PART 1
1

문과라도 안 죄송한 이세계로 감 第一部

就算是文科生到異世界也不必感到抱歉

Jeong Su Uil（정수일）｜著
郭盈孜｜譯

比斯瓦
克萊佩達
邁因拉特公國
比斯庫姆高原
布倫南君主國
伊澤恩斯
盧貝爾河
克內堡
伊薩爾公國
拉埃提卡公國
維特爾斯巴赫
布雷克河
葉勒尼亞公國
斯佩庫盧姆公國
卡洛林格共和國
盧泰提亞
塞里卡
諾托斯
梅里迪艾斯大陸
拉朱海峽
烏尼卡

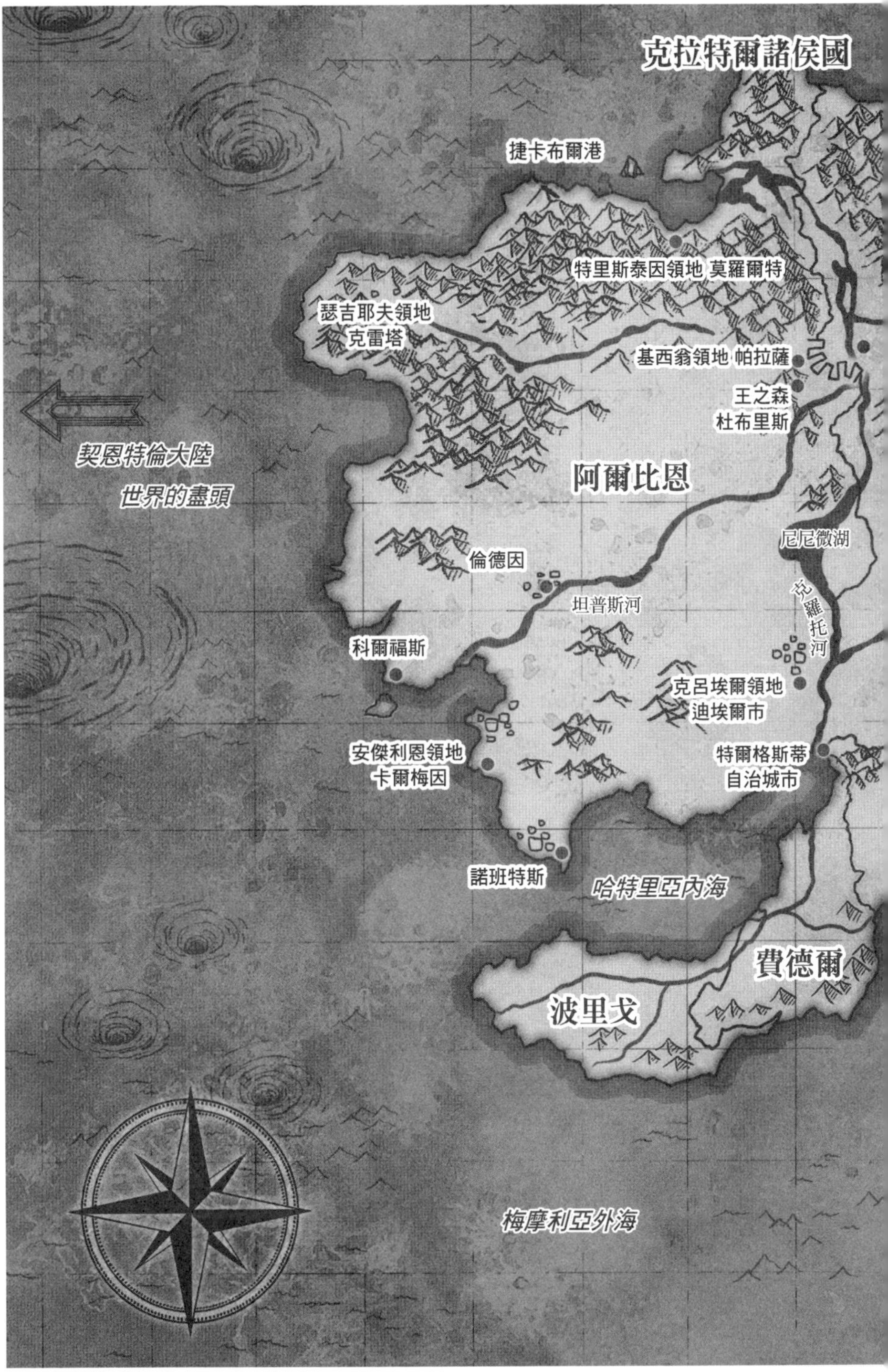
克拉特爾諸侯國
捷卡布爾港
特里斯泰因領地 莫羅爾特
瑟吉耶夫領地
克雷塔
基西翁領地 帕拉薩
王之森
杜布里斯
契恩特倫大陸
世界的盡頭
阿爾比恩
尼尼微湖
倫德因
坦普斯河
克羅托河
科爾福斯
克呂埃爾領地
迪埃爾市
安傑利恩領地
卡爾梅因
特爾格斯蒂
自治城市
諾班特斯
哈特里亞內海
費德爾
波里戈
梅摩利亞外海

目次

『所以說，這裡就是小說原稿裡的世界啊。』

有五年編輯經驗的（前）編輯金正珍心想。

『……不過，我非得回原本的世界去嗎？』

有必要回去那個沒有家、沒有家人、沒有朋友，甚至昨天才剛失去工作的地方嗎？

『何況現在也不知道要怎麼回去。』

因為落水而疲憊不已的金正珍，沒能再多想些什麼，身體一沾到溫暖的被窩便再次沉沉睡去。

此時，他正待在德尼耶大陸阿爾比恩[1]王國的首都——倫德因——皇家首都防衛隊附屬學校宿舍裡，而這裡正是他昨天才審閱過的小說原稿《阿爾比恩王子》故事的舞台。

---

1 Albion，大不列顛島的古稱，也是該島已知最古老的名稱，至今仍為英格蘭的一個理想化或詩意化形象的代稱。奇幻文學中常以「Albion」作為神話或中古幻想王國之名，帶有古典與傳奇色彩。

✦走進原稿的世界

五年的職場生活就這樣空虛地結束了。由於主要合作的中盤商倒閉，本來就只有四名員工的歷史書專門出版社，如今也只能拿著一堆沒價值的票據焦急跳腳。

其實，即使沒有這次事件，出版社也早已因為書賣不好而撐不下去了，於是社長索性下定決心把出版社收起來。今天是公司的最後一次聚餐。

「我們的金正珍編輯，這段時間真的是辛苦了。」

「不，社長，您太客氣了。」

「什麼麻煩事都是你一肩扛起。」

這是因為他一走出這裡就無處可去，就算只少領一個月的薪水也無法生活下去。

編輯這個職業聽起來或許頗為體面，但實際上更像是作者的跟班。媒體描繪的編輯形象與現實相去甚遠，他們並沒有左右作品主題或方向的權限。事實上，光是為了刪掉一個註解、拿掉三個原文夾註，就得不斷發信或打電話，苦苦哀求作者點頭答應。

也因此，金正珍練就了皮笑肉不笑的功夫，無論心裡罵了多少髒話，臉上仍然掛著笑容。就像現在，他其實很想賞這個老頭一巴掌，但為了順利拿到退職金[2]，也只能忍著。

「還不是多虧了社長，我才能學到這麼多。」

「連作者們都常稱讚你，說你做事細心呢。」

2 與中文的「遣散費」概念不同，韓國的退職金是一種累積型補償金。員工在同一公司工作滿一年後，無論是自願辭職、被解雇或退休，只要符合條件，就能在離職時獲得這筆款項。

「哎呀，哪裡的話，我也沒做什麼特別的事。您這麼稱讚我，我很感激。」

「而且你還這麼謙虛。」

那個總是當面挖苦他，說他辦事不周、不懂變通的社長，現在卻說著完全不同的話。社長只有在喝酒時，才會變得這麼親切。

『算了，反正都結束了。』

酒館的電視上正在播放核武的相關新聞。這種時候，他只覺得世界毀滅了也無所謂。這場聚餐就在這股沉重的氣氛中，伴隨著幾瓶燒酒下肚後結束。

夜色已深，金正珍的鬱悶依舊揮之不去。他從公司所在的鐘路，一路走回位於舍堂洞山坡頂端、自己住了多年的屋塔房[3]。

房東因等著重建而將這間房子閒置，所以租金便宜得不可思議，但也因為這樣，房子既老舊又不方便。雪上加霜的是，他從房東那裡收到限期搬離的通知，因為延宕多時的重建計畫即將啟動。

『搬走之後，我該何去何從？』

金正珍是在成年之後隻身來到首爾。高中以前，他一直隨著家人四處搬遷，在各個漁村之間漂泊。為了離開鄉下，他在報考大學時特意選了文組中較冷門的科系，想著「只要能考上就好」。但即便如此，他仍覺得，自己一生的運氣大概已經在大學錄取的那一刻用光了。

之後的日子，只剩下打工、上課，再打工。五年前颱風來襲，母親在修理養殖場時因為頭部不慎受傷而住進醫院。

她在病床上撐了幾年，最終還是悄然離世。這期間的醫療費，對於一個背負學貸的社會新鮮人來說，是難以承受的重擔。

3 韓國特有的建築形式，指那種建在住宅樓頂的獨立房間，租金通常較低，住戶多為年輕人或經濟較拮据的人。

他的父親早在他三歲時於遠洋漁船上意外去世，弟弟則是在兒時玩水不慎溺水身亡。金正珍的一生，似乎從未發生過什麼好事。

他一路走著，腦中充斥著各種雜亂的念頭，周圍的人影也逐漸稀少。當他踏上銅雀大橋的人行道時，夜色已深，時間已過凌晨。對面是江南，眼前一片密密麻麻的大樓叢林，卻沒有一處是自己的容身之地。想到這裡，他不禁覺得苦澀。

也不知過了多久，他的手機突然「嗡──嗡──」震動起來，彷彿在提醒他別再發呆了。金正珍被震動聲拉回現實。原來是一封工作郵件。

『誰會在凌晨兩點多寄信？』

【RE：RE：RE：RE：內附投稿原稿】

【金正珍編輯，

您好，我是繆斯。

非常感謝您上次的積極回應。您竟然答應繼續參與原稿的修改工作，我一定會好好報答您。這次完成的原稿將會是《阿爾比恩王子》的「最終版」。讓這個故事在完美的形式下結束，是我窮極一生的目標。

有了您的協助，我相信這次一定能順利接著展開第二部的創作。再次感謝您。】

主動投稿的作者突然傳來這樣的回信，讓金正珍瞬間酒醒。

「等等……我什麼時候說過要幫忙了？」

金正珍第一次收到「繆斯」這位作者的來信是在上週五。

當時，公司即將結束營業，卻反而讓他忙得不可開交，每天加班。就在他精疲力盡、忙於處理翻譯書授權合約與外包設計費結算時，這封信進來了。

【您有新郵件。(1)】

【主旨：內附投稿原稿

附件：《阿爾比恩王子》.hwp】

金正珍一時衝動，把這份原稿列印出來，只因為社長向來對列印原稿這種事極為小氣。他甚至有一瞬間想把印表機砸個稀巴爛，順便把整個辦公室弄得一團糟……不過，終究只是想想罷了。最終，他的「消極反抗」只體現在這份紙稿上。他隨手將它塞進包包，匆匆下班。

那個週末，他過得相當忙碌。他查了失業補助申請流程、瀏覽求職網站，並勉為其難地打開履歷表檔案。

三十二歲，畢業於讓人羞愧的文組歷史系。

學歷和經歷都普普通通。

他開了一罐啤酒，面對著履歷表，腦子裡不由自主開始胡思亂想。喝完啤酒後，他從包包裡拿出列印的原稿。

《阿爾比恩王子》（繆斯／著）

『什麼啊，是奇幻小說嗎？作者的名字也像是暱稱。』

這種連小說都不出版的老字號小出版社，他到底是怎麼找到的，而且還決定要投稿呢？說不定是看錯出版社的名字了。

金正珍早已習慣收到那些執著於奇幻故事、甚至熱衷《桓檀古記》[4]這類歷史奇書的中年人投稿，因此隨手翻閱起來。沒想到內容出乎意料地吸引人，結果他花了一整天把故事看完。

但他最後發現，這故事竟然沒有結尾。

『這是第一部的結尾？都已經寫了六千頁耶？』

第一部的最後還附上關於結局的簡略說明和作者的備註。不知道是不是他先用手寫再謄打成電子檔的關係，備註中提到了「謄寫」的字眼，還說這部作品已經修改了八次。

『八次？也太有毅力了。』

一般來說，對於不同領域的稿件和未達標準的投稿者，金正珍是不會回信的。但這位作者寫得如此用心，讓他無法置之不理。

讀完原稿後，他回信給作者，不久後便收到回覆。兩人往來了幾封信件，他也給了一些建議。當然，因為金正珍不是負責小說的編輯，所以他還貼心地建議對方將稿件投到像「黃金樹枝」或「子音與母音」[5]這一類出版社。

『我還以為這件事到那裡就結束了。』

沒想到，當時那點同情心，竟讓他在凌晨三點收到這樣莫名其妙的回應。

『這作者該不會沒意識到自己被拒絕了吧？』

他在信件末尾寫著「希望未來還有機會與您交流，祝您筆耕不輟」。這樣的措辭乍看之下不像是拒絕，或許正因為如此，對方才誤以為這代表願意提供協助。

---

4 內容包羅「韓民族上古史」的疑偽史書，記述從天神帝釋桓因建立「桓國」至渤海國滅亡的歷史，時間跨度約七萬年。根據書籍發布者李裕岦所述，此書由其老師桂延壽根據古籍編纂，並由李沂進行校閱。它對韓國民族情感影響深遠，但學術界幾乎一致視之為二十世紀的偽作。

5 前者為韓國專門出版奇幻、科幻、推理等類型小說的出版社。後者為韓國知名綜合型出版社，出版範圍涵蓋諸多領域。

『不管了。』

金正珍關掉郵件應用程式，收起手機。突然間，他眼前閃過像文字一樣的東西。

【——訊息接收完成。】

「開始出現幻覺了嗎？」

金正珍甩了甩頭，迎面而來的河風讓他瞬間清醒。正當他準備繼續過橋時——

銅雀大橋的路燈突然全數熄滅，對岸原本零星亮著燈光的幾棟大樓，也陷入一片黑暗。

「咦？」

他明明沒有移動，卻感覺身體像是被某種力量拖拽一般，隨時可能掉到欄杆外。高漲的漆黑江水看起來異常不祥，彷彿帶著強大的引力，不斷翻騰著。

他討厭水，壞事總是與水脫不了關係。直到此刻，他才意識到自己竟然選擇走路穿越漢江大橋，一定是因為喝醉了，否則他清醒時絕不可能做出這種事。

『要是被人看到，肯定會以為我想跳河自殺。』

他不想登上新聞版面，成為因為失業而走上絕路的主角。金正珍連忙想從欄杆旁退開，但水的力量緊緊束縛住他，讓他無法掙脫。就在那一瞬間，他被吸入河水之中。

「啊，啊……?!啊啊啊啊！」

他在急流中瘋狂掙扎，彷彿被什麼東西纏住一樣。退伍以後，他從未再碰過水，這次一入水後便直直往下沉，無論他如何奮力掙扎，身體始終浮不上去。

雖然活著沒什麼值得開心的事，但他怎麼能就這樣毫無意義地死去？過去，他也曾因為生活艱難而說過「乾脆死一死算了」這樣的話，但那只不過是隨口抱怨，並不是真的想死啊！

這就是人們所說的，臨死前會看到的幻象嗎？母親的面容、弟弟的模樣，甚至是大學時代暗戀過的同學敏珊，他們的臉一一從他眼前掠過。

「不行！我不想死，不管怎樣都要活下去——」

「【救救我！】」

他在心裡無聲地吶喊。就在這一瞬間，他的左手突然爆發出一道耀眼的光芒。一個金色的圓環將他的身體包圍住，光環內的漆黑江水彷彿被排擠一般迅速退散。

失去意識的正珍被金色圓環托起，緩緩浮向水面。

就在此時，一道敏捷的身影察覺到光芒，迅速趕來，一把抓住漂浮在江上的金正珍，將他拉上岸。緊接著，那道不明的金色光芒彷彿被吸入一般，瞬間消散在他左手的畢業戒指中。

「振作點啊，克萊奧．阿塞爾[6]！」

金正珍睜開眼睛，映入眼簾的是一名外貌極引人注目的少女。她有著一頭鮮紅色的頭髮和一雙深綠色的眼睛，此刻正抓著他的衣領猛力搖晃。

「咳、咳。」

過了好一會兒，他才猛地吐出積水，眼睛、鼻子、嘴巴、耳朵全都悶痛不已。

「克萊奧——！」

「妳、妳先……放開我……」

可能是喝進太多水，金正珍的聲音聽起來有些沙啞。他眨了幾次眼，視線卻依舊模糊不清。眼前瞪著他的人，是一名身材纖瘦高挑的外國少女。她有一雙大眼睛和英氣十足的外貌，但金

6 克萊奧（Kleio）一名源自希臘神話中掌管歷史的繆思女神，有「稱頌」或「使之發揚光大」的意涵。阿塞爾（Asher）則源自舊約《聖經》，是雅各的兒子之一，其名意為「有福的」或「快樂的」，在希伯來語中象徵「祝福與幸福」。

正珍完全不認識這個人。

「大半夜的，你在這種地方搞什麼鬼?!」

「什麼克萊奧……為什麼突然這樣叫我……」

金正珍搞不懂：自己明明是從銅雀大橋掉下去，為什麼現在被一個陌生的外國少女揪住衣領？

「你是一年級的克萊奧．阿塞爾吧！別想抵賴，我看到你的魔法陣發出的光芒了！」

他的身體抖得像風中的落葉，但少女毫不留情，繼續滔滔不絕地說著話。那語言聽起來不像韓文，奇怪的是，他居然能理解她的意思，但也僅此而已，對於對方到底在說什麼，他仍是一頭霧水。

「我不知道妳在說什麼……妳到底是誰，為什麼這樣對我？快放開我。」

被少女抓著衣領猛搖，讓金正珍感覺腦袋嗡嗡作響。他拚命揮動雙手，卻完全掙脫不了對方的控制。天啊，他到底在水裡泡了多久，竟然連一個女學生都甩不開？

下一秒，力氣徹底被抽乾，他無力地倒下。喧鬧的追問聲持續了一陣，然後逐漸平息。他隱約感覺到自己被某種溫暖、帶著香氣的東西包裹住，隨後被抬起，而他的意識也漸漸模糊……

✦ ✦ ✦

醒來時，天色朦朧，正是黎明時分。他感覺自己像睡了幾十個小時，又像只是小憩片刻後醒來。半掩的窗戶透進一陣涼爽微風。明明是七月，本該悶熱難耐的天氣卻異常涼爽。

『這裡到底是哪裡？』

他像是大病初癒一般，拖著沉重無力的身體從床上坐起，渾身疲憊不堪，絲毫提不起勁。稍作喘息後，他感覺乾澀的眼角隱隱刺痛，下意識用手背揉了揉，卻猛地察覺到一絲違和感。

他低頭仔細端詳自己的雙手：學生時代，因為打工，他的指節變粗大，指尖也由於用砂紙處理退書而變得粗糙。然而現在，他的手卻變得細長而光滑。當甲板兵時被研磨機弄傷、縫了十二針留下的明顯傷疤，如今竟然也消失得無影無蹤。

更奇怪的是，他右手手背上那個舊疤痕所在的位置上，出現了一道隱約可見的長方形痕跡。由於它的線條太模糊，他得把手舉到眼前，才能勉強辨認。

『這是怎樣？這根本不是我的手啊。』

正珍連忙打量房間，目光落在門旁的裝飾鏡上。鏡中映出一個瘦得像沒吃飽飯的少年，那雙微微下垂、細長的眼眸，透著無力與疲憊。

他搖了搖頭，但這樣做也沒讓腦袋更清醒。隨著他的動作，鏡子裡那名少年的蓬鬆棕色頭髮也跟著晃動。

『那是我嗎？這到底是什麼荒唐的夢……』

他茫然地想著，自己是喝醉後在哪裡摔倒了嗎？失足？腦中風？假死狀態？還是說，他其實正躺在病床上，這一切不過是一場幻覺？

『就算在夢裡變成別人的身體又怎樣，我的戒指還在啊。』

雖然變成了陌生的少年，但正珍的手上依舊戴著那枚大學畢業戒指。或許正因為這是他唯一珍惜的物品，所以連在夢裡都還戴著。

除了這枚戒指，正珍幾乎沒有什麼值得留戀的東西。

在快畢業的時候，他就讀的學系因為併科的關係即將被廢除。為了留下紀念，敏珊和幾位學生提議一起訂製畢業戒指，他便在敏珊的說服下參與了。其實他只是想和敏珊擁有一樣的戒指罷了，而且一直到現在，他還傻傻地戴著。

『又不是二十出頭的年輕人，都三十二歲的人了，竟然還忘不了暗戀的人，我到底在幹嘛？竟然連在夢裡也這樣。』

當正珍抱著頭、陷入自我厭惡時，外頭突然傳來一聲陌生的鐘響，那個聲音既清脆又悠遠。窗外不知何時開始亮起來，茂密的森林與古色古香的建築群逐漸在眼前浮現。

正珍驚訝得張大了嘴。這裡不是首爾，但如果不是首爾，又是什麼地方呢？夢只是記憶與經驗的重新排列而已，清醒後就應該完全消散才對。

但正珍的意識完全沒有一絲模糊，感覺也無比真實，甚至連頭痛、長時間躺著造成的痠痛，還有口乾舌燥的感覺都無比清晰。

他再也無法用夢或其他的藉口來逃避了。這樣如同電影般的夢，他從來沒做過，過去他總是因為疲憊而倒頭就睡，然後再被鬧鐘叫醒，日復一日。眼前這些從未見過的異國美景，完全超出了他的想像範圍。

當他陷入沉思，無力垂下的手指開始微微顫抖，原本尺寸完美貼合的鉑金戒指此刻卻在食指上轉動著，彷彿隨時會掉下來一樣。正珍下意識地用手按住快要滑落的畢業戒指。

「唔……」

在他碰到戒指的瞬間，一股驚人的熱流從細薄的金屬傳來。他想要摘下它，卻發現戒指彷彿與手指融為一體，完全摘不下來。

緊接著，一串發光的文字突然浮現在正珍眼前。即使他閉上眼睛，那些文字仍未消失，彷彿被直接烙印在視網膜上。

【聖物：□□□的約定

—專屬於使用者的物品。

—由於敘事參與度過低，功能受到限制。

——『約定』的鏈接可連結不同次元，進入最終世界後，『約定』的基本功能將完全解鎖，賦予使用者無限的以太感知力。

——『約定』的第一階段功能「記憶」已解鎖，能將生平讀過的所有文字憑藉「記憶」功能全部記住。】

這些發光的文字，如同擴增實境一般，清晰地停留在他的記憶中。

「這是什麼？某種訊息嗎？」

他確實看見過類似的東西，就在他確認完那個作者莫名其妙傳來的電子郵件後，他在銅雀大橋上瞥見河水翻騰的景象，當時眼前突然浮現出【——訊息接收完成。】的字句。

「我還以為是自己看錯了，這到底是什麼鬼啊。」

正珍滿臉疑惑地掃視著眼前浮現的文字。

『什麼？進入某個世界後，聖物的功能就會解鎖……？而且生平讀過的所有文字都能完整記住？那是不是代表我以前讀過的書現在都能重新回想起來？』

這未免太荒謬了，他忍不住嗤笑出聲。

『這未免太像我高三時期的妄想了。當時因為數學能力差，只能把整本教材死背下來。』

這種白日夢或妄想，真的可能實現嗎？他可是連昨天吃的是大醬湯還是辛奇鍋都記不得呢。不是有句話說「人無法理解超出自己認知範圍以外的事」？對於一個身處過勞狀態的三十幾歲青年來說，要理解這樣的設定根本就是天方夜譚。

『這設定也太誇張了。』

正珍還沒想明白，空中又浮現了另一段內容。

【——『約定』的「記憶」功能已解鎖，您可以重新閱讀《阿爾比恩王子》。】

『啊……』

到了這個地步，正珍也差不多猜到了。

『所以，這裡是小說原稿裡的世界嗎？』

這種情節經常出現在他通勤時看的網路小說裡：主角進入自己讀過的、喜歡的，或是偶然撿到的書中的世界。

『但穿越進書裡這種設定也太老套了吧？而且那些小說好歹都是已經發行的作品，現在這可是作者還在瘋狂修改的未完成原稿耶！』

再說，如果他的靈魂真的進入了原稿中的角色，那他的手上怎麼還會戴著這枚畢業戒指？正珍一時慌亂，習慣性地用手指摩挲起戒指邊緣。

『《阿爾比恩王子》嗎……那麼，原稿裡有提到這副身體的主人是誰嗎？』

就在正珍試圖回想原稿內容、努力集中精神的瞬間，一種怪異的感覺讓他的身體瞬間癱軟。額頭深處開始發熱，腦海中浮現清晰的卷軸形象。當卷軸迅速展開，已經讀過的文字再次清晰地在腦中重現。

『這就是「記憶」功能?!』

正珍又重新躺回去。才剛啟用能力，《阿爾比恩王子》就已經被他瞬間讀完了一遍。

『原稿中根本沒有克萊奧．阿塞爾這個名字啊。』

那個站在河邊的紅髮少女，確實稱呼他為「克萊奧．阿塞爾」。

『那個女生還說我是一年級學生。而從她知道這點來看，她有可能跟我讀同一所學校。』

唯一對得上的地方，是小說中曾短暫提到有一名同班同學在河邊失足身亡。小說在開頭，寫到了校內發現不明術式的事件。

當時，為了調查針對主角亞瑟的陰謀，他的同伴伊希爾在夜間巡邏時，恰好在河邊發現了那名已經斷氣的學生。

「沒錯！那個女生就是伊希爾．基西翁！說起來，她當時質問我的內容好像也是跟魔法有關的。難怪……她不只長得漂亮，力氣也超大，還有一頭鮮紅色的頭髮。」

伊希爾．基西翁是《阿爾比恩王子》故事中，繼主角亞瑟．里歐格蘭之後最重要的人物。她不僅是亞瑟的第一位騎士、師承同門的劍士，也是對他忠心耿耿的臣子。

學生時代，大家都覺得，以第一名成績入學的伊希爾，單純只是因為和三王子亞瑟是修習劍術的同門，就被指派去收拾這名問題學生。

現在來龍去脈理清楚了。如果伊希爾和亞瑟都還是學生，那麼現在離戰爭爆發至少還有五年以上。

術式的事是出現在原稿第二頁的小插曲，而克萊奧．阿塞爾是一個連名字都沒留下就消失的配角。

會有疑問也正常，畢竟作者根本沒寫出來。克萊奧在以亞瑟為主角的《阿爾比恩王子》裡，只是個可有可無的小角色。

至於克萊奧．阿塞爾到底過著怎樣的人生，又是為什麼而死，正珍根本無從得知。

『算了，這種事還是之後再想吧。』

正珍才動腦思考了一下，就覺得累了。

『就用大家常用的伎倆，假裝失憶就好了，而且不是掉進河裡嗎？這理由正好。』

阿爾比恩王國的首都倫德因有一所皇家首都防衛隊學校。根據原稿的描述，這可是全國最頂尖的菁英學校。不管是能力出眾、家世顯赫，還是財力雄厚，總之至少得符合其中一項條件才能入學。

『這個名叫克萊奧的孩子，應該也符合其中一項條件吧？』

再怎樣也不會比金正珍原先的人生更糟。

『也是啦，不管是我做的夢，還是作家的創作，本質上都只是想像，沒什麼差別。』

成年後，他從來沒能好好休息超過三天。休假或連假時，他得接外包工作，為了多賺點小錢拚命生活。別人都在出國旅遊，他一次都沒去過……不，應該說，他連護照都沒辦過。

說不定，現在的他其實正躺在加護病房裡，戴著呼吸器，感受著護士替他換上病人服的觸感。

『管他的，我就繼續躺著吧，感覺讓我再睡上十年都沒問題。』

正珍再次縮進柔軟的被窩裡，彷彿被雲朵包覆住一般舒服。

戴在左手上的『約定』微微閃爍，獨自發出淡淡的光芒。沉睡中的正珍，全然沒有察覺浮現在『約定』上方的金色文字。

【—開始撰寫《阿爾比恩王子》「最終版」。】

【—作者已獲得新的結局靈感。】

【—將重新撰寫現有角色。】

✦✦✦

上午時分，舍監老師帶著醫生來叫醒正珍。正珍頂著一頭亂髮起身，按照事先想好的說詞，堅稱自己除了名字以外，什麼都不記得了。

留著小鬍子的醫生拿著復古的聽診器，先替他檢查身體，接著從頭到腳仔細查看了一遍。結果當然是一切正常，沒有任何異狀。最後，他只是做出簡單的診斷，認為少年本來就體弱多病，這次落水又受到驚嚇，才會變成這樣。

『萬一真的被發現什麼就麻煩了，但看來是沒事，真是太好了。』

正珍忍住笑，徹底放鬆下來。那位自稱「柳巴」的舍監老師一直在和他搭話。她是個看起來心地善良的中年女性，正滿臉憐惜地看著克萊奧，還溫柔地拍了拍他瘦弱的背脊，一遍又一遍地確認他是不是真的只是出門散步，結果不小心掉到河裡。同樣的問題，她只是換了幾個詞，重複問了三次。直到這時，正珍才後知後覺地察覺到端倪。

『怎麼感覺她這目光，像是在看需要特別關照的士兵一樣。』

他大概明白了，克萊奧．阿塞爾似乎是想自殺，而且還成功了。正因如此，現在在這裡的，才不是原本的克萊奧，而是「金正珍」。

「我們已經聯繫住在科爾福斯的阿塞爾準男爵[7]，但一直沒有回音。」

「是嗎？」

「別太放在心上。現在正是貿易量增加的時節，所以你父親才會比較忙吧。他畢竟是我們阿爾比恩最頂尖的商人，肯定有許多重要的事要處理，絕對不是故意忽視你的，明白嗎？」

「我明白。」

原先還沒完全清醒的正珍耳朵猛地豎了起來。這可是非常重要的訊息。阿塞爾準男爵，國內頂尖的商人。這行資訊像是使用二十四號粗體字一般刻進他的腦海。這意味他很有錢，雖然只是個低階貴族，但絕不是平民。

『這還真是不得了啊。』

看來，這孩子八成是靠財力進入學校的。正珍努力壓下不自覺上揚的嘴角，確反而讓表情變得更僵硬。柳巴似乎誤解了什麼，只見她的臉色變得更加凝重。

---

7 Baronet，英國君主授予的一種世襲爵位，地位介於騎士與貴族之間，由英王詹姆士一世設立於一六一一年，目的是籌集資金，雖是世襲爵位，但不屬於英國貴族體系，歐陸上也沒有完全對應的封號，其性質與「世襲騎士」較為近似。

「不過，你父親的祕書要我轉告你，這週的零用錢已經匯過來了，你可以去銀行確認一下。」

『孩子都試圖自殺了，結果家裡聽到消息後，竟然只是匯了筆錢過來……可以想見，他們家的氣氛有多糟。』

如果正珍不是外人、而是原來的克萊奧，家人這種回應肯定會讓他心態炸裂，直接翻桌了。

『對真正的克萊奧．阿塞爾來說，這一定是相當痛苦的事吧。』

就算是那些沒有名字、僅僅一閃而過的角色，他們依然會像主角一樣，經歷生命的掙扎與痛苦，面對死亡，也渴望慰藉。只是，這一切從未被敘述過罷了。

『即使我在那個現實世界中真的消失了，恐怕也沒有人會發現、沒有人會難過吧……就像這孩子一樣。』

一個比起虛構角色還要荒涼的現實人生，還有一個被擠出世界主線、只能在邊緣空白中漂泊的存在。

想到這裡，正珍猛地甩開這些消極的念頭。

『當然，收到錢總比沒收到好。可惡，我又太認真投入角色了。我是克萊奧，克萊奧．阿塞爾。換個角度想，成為被有錢人家拋棄的孩子，不正是所有韓國小市民的夢想嗎？』

住在自己的豪宅裡，俯瞰美麗卻孤寂的夜景，心裡還煩惱著「父親為什麼不愛我呢」，一邊思索，一邊打開昂貴的紅酒……大概就是這種感覺吧。

不過，至少還是得確認一下銀行帳戶裡到底有多少錢才行。

「等身體恢復後，可以出去走走。我會跟你的室友內博說一聲，你們明天或後天可以一起出去。我已經幫你請好假。從今天到星期五，你這五天就好好休息吧。餐點的部分，我會交代餐廳送到你的房間。」

「謝謝您。」

「哎呀，克萊奧，這還是你頭一次看著我的眼睛回答問題呢，真讓人開心。」

柳巴舍監臨走前的一番話，讓克萊奧暗地在心裡咂嘴。

『這孩子以前的性格到底有多陰沉，竟然連這麼關心他的舍監老師都不敢直視？』

✦✦✦

彷彿把過去十年欠下的覺一次補回來似的，正珍睡了異常香甜的一覺。沒了房租和貸款利息的煩惱，竟然可以睡得這麼安穩。

醒來時，時間已接近中午。直到侍從送來餐點並替他更換寢具前，克萊奧一直沉浸在睡夢中。有人替他處理這些事，讓他有些不自在。他等到侍從整理好房間、離開之後，才開始慢慢享用這頓「早餐」。

這種待遇實在太舒適了，簡直是奢侈。他的人生中從未有過這樣的經歷。

『這哪裡像學校，簡直比飯店還好。』

在原本的世界裡，他總是把「累死了」掛在嘴邊。但說到底，韓國上班族口中的「好想死」，其實只是想擺爛、吃喝玩樂的代名詞罷了。

根據原稿的描述，這裡的學生唯一的麻煩就是——

畢業後的義務兵役。

不過，這個問題很好解決：只要畢不了業就行了。

『想考好才難吧，要考爛還不簡單？』

克萊奧連最後一顆葡萄也不放過，吃得一乾二淨後，才終於勉強起身，把裝著空餐盤的托盤放到臥室外。

宿舍的構造是兩人共用一個玄關，兩間臥室相對而設，中間隔著一條走廊。臥室的窗戶朝向校園內茂密的森林，客廳和浴室則位於走廊盡頭，面向河岸的方向。

克萊奧的房門上掛著「克萊奧・阿塞爾」的名牌，而對面房間的門上寫著「內博・亞爾維」。

『看來舍監說我可以跟他出去的意思是，內博這個人負責照顧克萊奧・阿塞爾吧。』

現在也不確定他是不是去上課了，連個影子都沒見著。剛好不用碰到室友，洗澡起來更自在。克萊奧哼著歌，開始放水進浴缸。

此時，他甚至升起了一絲感謝作者的念頭。

『這裡還有供水和排水系統，真是太好了。如果進入的小說背景是中世紀，沒有床，只能當個領主躺在稻草堆裡和豬、馬一起睡，那才叫淒慘吧。』

泡在熱水裡，簡直舒服得要融化了。泡完澡後，他隨手甩了甩頭髮，但乾枯凌亂的髮絲早就打結，梳子根本梳不開，只能隨便撥順幾下。

洗手台的鏡子裡映出的臉依然那麼陌生：瘦得皮包骨，洗完澡後的臉色依舊蒼白，甚至可以說發青；一頭棕髮又乾又毛躁，髮尾還褪色了。浴室裡提供的浴袍也太大了，他穿上後幾乎只能露出指尖。

『說什麼父親是富商，看來連飯都沒吃飽過。』

他皺了皺眉，棕色的瞳孔在光線下透出淡淡的綠意，眼尾微垂，無精打采的睫毛隨著眨眼微微顫動，讓他本就有些呆滯的臉看起來更加無神。

『這種弱不禁風的樣子，再加上一張好欺負的臉，說不定常被同齡人欺負。』

他活到現在，雖然常被說表情陰沉，從沒想過有一天可能會因為長得太好欺負而吃虧。

『算了，這種事等遇到時再說吧，反正我也不會在這裡待很久。』

既然舍監老師要他休息一週，那聽話的乖學生就應該好好吃喝玩樂才是。

走出浴室後，宿舍客廳的大窗戶外展現出一片壯麗的坦普斯河[8]景色。雖然正珍討厭水，但還是被這片異國風景吸引，走到陽台上。對岸巍然聳立的花崗岩王城和砂岩議會大樓，看起來就像明信片上的美景一樣。

『連國都沒出過一次，沒想到會在這裡感受到這種異國風情。』

坦普斯河上橫跨著八座橋樑，連接東西，寬敞的大道上有路面電車和共乘馬車穿梭往來。如果硬要說的話，這個小說的世界觀應該近似於十九世紀後期。有路面電車和電報，但還沒有飛機和氫彈，是一個國王與首相、科學與魔法共存的世界。

當正珍正全神貫注地對照原稿內容與眼前的風景時，某個細長又扭動著的東西從他腳邊輕輕掃過，短暫地纏繞了一下便離開，觸感像是某種獸毛，令他的背脊瞬間發麻。

「哇，嚇死我。」

蹲伏在克萊奧腳邊的是一隻大得像野獸的巨貓。這隻全身漆黑、毛髮光滑得有如絲綢的貓發出低沉的嗚嗚聲，彷彿在對他抗議。

「哪來這麼大一隻貓……」

這傢伙嘴巴周圍、左腳和下腹部的毛是白色的，看起來就像偷舔奶油後弄得到處都是一樣。牠有亮黑色的眼睛和白鬍鬚，本來應該很可愛才對，可牠的表情不知怎的有點討人厭，讓正珍的心情也跟著不太美麗。

「喵嗚嗚嗚——」

貓的叫聲越來越激烈，聲音大得讓克萊奧不得不彎下腰與牠四目相視。

「你到底在生什麼氣啊。」

8 Tempus，源自拉丁語，意思是「時間」。在拉丁語中，它不僅指時間的概念，也常用來描述時間的流逝或時期。

「喵嗚嗚嗚！」

「我又聽不懂貓話，真是的。」

克萊奧喃喃自語的瞬間，戴在左手上的〖約定〗再次閃耀出一道光芒。

【──〖約定〗的基本功能已啟動。】

同時，貓咪的喵喵叫聲突然變成了人類的語言。

「飯。」

「……?!」

「給我飯。為什麼今天只有你吃飯？」

「什麼，這個世界連貓都會說話嗎？」

聽到克萊奧愣愣的喃喃自語，那隻巨大又胖嘟嘟的貓猛地抬起前爪，狠狠地賞了他一巴掌。克萊奧正低著頭，冷不防挨了這一掌，整顆頭猛然甩向一邊。

『這傢伙怎麼這麼有力！』

雖然沒被抓傷，但這隻覆滿奶油色蓬鬆毛髮的前爪，竟能爆發出如此驚人的力量，簡直令人難以置信！

「無禮之徒！你竟敢將我這麼高貴的靈貓與那些低賤的生物相提並論？世上縱然有無數的貓，但唯有本喵才擁有真正的智慧！」

為了躲避攻擊，克萊奧飛快跑進臥室。

『先穿上衣服，不然這個樣子也太狼狽了。』

衣櫥裡掛著兩套相同的衣服，看起來應該是校服：白襯衫配有可拆卸的筆挺領片，搭配灰色背心和後擺較長的黑色外套，組成了一套完整的校服。

「喵嗚嗚嗚——飯！——喵嗚嗚嗚——」

克萊奧連襯衫扣子都來不及扣，臥室的門就被外面的貓猛地撞開了。

「哈，這個終於聽懂話的飯奴，居然還敢反抗？」

猛地撲來的貓高高躍起，狠狠撞上克萊奧瘦弱的身軀，將他撞翻倒地，還滾了幾圈。

「……你話說得真好。」

「喵嗚嗚嗚嗚！」

克萊奧與這隻暴躁的大貓在地上纏鬥著，索性放棄思考。

『這裡是人類能使用劍氣和魔法的世界，貓咪會說話似乎也不奇怪。』

貓咪的身體溫熱又柔軟，但同時也是個惹人嫌的傢伙。克萊奧被牠用前爪猛推著胸口，忍不住開口說：

「呃……我可以給你飯，但你得回答我幾個問題。」

「你這個靠走後門才混進來的蠢傢伙，怎麼突然想動腦了？還是乖乖把飯端過來吧。」

這隻龐大的貓擁有與體型不符的靈活身手，一下子就從克萊奧懷裡竄出，輕巧地站起來，發出不滿的咕嚕聲。這傢伙對飯的執著簡直到了荒唐的地步。

「我是靠走後門混進來的？」

「別裝傻，你老爸可是砸了一大筆錢才把你送進來的，這種事連我這隻貓都知道。」

『哦，原來是這樣。老爸有的是錢，可是兒子的腦袋似乎不太靈光。』

如果克萊奧是這種背景，真的要感恩戴德呢。

「我們貓大人果然聰明絕頂、英明神武，那麼就讓愚鈍的我請教幾個問題吧。」

「我英明神武，那是當然的，但你居然敢餓著我，還想問問題？」

「我每天都會給你飯吃嗎？」

貓咪盯著依然躺在地上的克萊奧，眼睛微微瞇起，鬍鬚輕輕顫動，黑色的眼睛裡似乎閃過一道金光，接著牠突然用後腿站了起來。

「你，不是克萊奧．阿塞爾吧！」

『這隻貓真的有夠敏銳。』

克萊奧有些笨拙地撐起身子坐起來。

「你是誰？」

「給你飯的人。」

「飯當然要給我啊！」

「我會給你飯，但你怎麼知道我不是本人？其他人或是貓也分得出來嗎？」

還好這次只是被貓發現而已，萬一被什麼重要人物發現這副軀殼裡的人不是那個「克萊奧」，那就麻煩了。

都已經進入這個身軀了，他打算靠著有錢老爸的財力悠閒度日、吃喝玩樂，絕不想被捲入麻煩事裡。

「本喵這雙真實之眼，可是擁有世界分裂為九個部分之前的力量，能夠洞察萬物本質，誰膽敢模仿？」

克萊奧既沒有大笑，也沒有表露任何情緒，只是面無表情地敷衍著貓咪。

「好厲害，太棒了，超帥。所以，只有你能看清這種事，對吧？」

「正是如此。」

『謝天謝地。』

不過，能察覺克萊奧異樣的，竟然只有這隻貓，這倒是讓人有些唏噓。他掉到水裡，半天過去了，卻連一個朋友都沒來探望。

「不管怎樣，飯！喵嗚嗚嗚嗚嗚——」

「你不說人話還比較可愛。」

又一次，暴風般的貓爪拳頭向克萊奧揮來。

「你這臭傢伙！」

克萊奧勉強躲過貓咪的前爪，問道：

「貓咪，你叫什麼名字？」

「我幹嘛跟你說！」

「那就是沒名字囉。」

「誰都不敢任意幫本喵取名！」

「所以就是沒有名字嘛？」

「我可是高貴的靈貓，怎能讓區區人類幫我取——」

貓咪用後腿站了起來，像雙足生物一樣伸展身體，對著人類指指點點，看上去真的又大又黑。

『這種樣子倒是讓我想到一個名字。』

「貓咪，從今天開始你就叫『貝赫莫特』[9]吧。怎麼樣？這名字很帥吧。」

「不要用那種邪惡的名字叫我！」

「我們偉大的莫特老師，怎麼樣？看來你很喜歡這個名字。」

「誰說的！」

「莫特啊。」

「喵嗚嗚嗚嗚嗚……」

9　Behemoth，舊約《聖經．約伯記》中出現的神祕巨獸，常被譯作貝西摩斯、比蒙或巨獸，其名源自「behemah」（獸）的複數形式，意指「群獸」或「極大的獸」，象徵其龐大的體型與原始的力量。

「我們莫特啊。」

貝赫莫特再次四肢著地。看來牠對這個名字其實頗為滿意，只是假裝勉強接受而已。

「嗯哼，既然你都這樣求我了，我也只能勉為其難地接受。從今以後，你就叫我高貴的莫特老師吧，愚蠢的人類。」

「是的，高貴的莫特老師，我想問您幾個問題，因為昨天我掉進河裡後，似乎失去了記憶。」

「不是失去記憶。你雖然是克萊奧，卻也不是克萊奧。」

「不管怎樣，總之，現在我就是克萊奧・阿塞爾嘛。」

貓咪冷哼了一聲。

「所以我需要了解更多關於自己的事，希望偉大的莫特老師能夠指引我這個愚笨的人，好嗎？」

克萊奧軟言細語地哄著，極盡阿諛奉承之能事，結果這隻貓越來越得意，驕傲地昂起頭，滔滔不絕地開始回答問題。沒多久，他便發現，貝赫莫特確實是個合適的談話對象。這隻在學校裡生活多年的貓，幾乎掌握了校內的一切情報。

這隻老練的貓咪每年都會仔細觀察新生，然後從中挑選最軟弱、最容易使喚的人當他的「飯奴」。這種狡猾又精準的觀察力，果然不愧是見過世面的貓。

「所以說，莫特，在你眼裡，我就是今年新生中最弱、最容易欺負的那個人對吧？」

「算你還有點自知之明，不過，真正的克萊奧可不會像你這樣對我沒大沒小，嗯?!」

「是是是，我不打斷您了，請繼續說，我很想聽聽莫特老師更多的高見。」

「哼，豎起耳朵好好聽吧，你這傢伙不只缺乏『以太感知力』[10]，隨機應變的能力也很差，每

10　aether，源自希臘語。最早的古希臘「四元素說」是由柏拉圖提出的，認為世間萬物皆由水、火、土、氣這四種物質構成。亞里士多德在其基礎上增加了「以太」，表示「沒有物體」或「虛空」，建立了「五元素說」，因此「以太」成了表示虛空物質的抽象概念。

天只會躲在房間裡哭哭啼啼，當然不會有站在你這邊的朋友了。你爸好歹是全國首屈一指的大富豪，怎麼不花點錢幫你解決呢，嘖嘖。」

這所學校匯聚了無數雄心勃勃的優秀學生，但克萊奧似乎與他們格格不入。

「入學考試的時候，我也在窗外看著呢。你這個吊車尾的新生，『以太感知力』實在弱得可憐，拚命掙扎也不過勉強發出一點微弱的光。」

「以太嗎……」

克萊奧回想起清晨利用〔約定〕的「記憶」功能重新閱讀過的原稿內容。

這個世界擁有名為「以太」的獨特力量，只有擁有「以太感知力」的人才能使用這股能量。

劍士和魔法師需要通過修煉，將「以太」儲存在體內的容器中。劍士可以將積聚的以太覆蓋在身體或武器上使用，魔法師則會將以太從體內釋放到外部，並將其附著於術式上運用。

德尼耶大陸上最優秀的劍士與魔法師，都出自這所阿爾比恩的皇家首都防衛隊學校。

『我記得原稿裡提到，亞瑟王子在進入學校之前就已經能將以太覆蓋在劍上了，但是他隱藏了實力，以最後一名的成績入學。』

然而，在這個版本的原稿裡，似乎出現了一個比王子還差勁的新生，那就是現在的自己：克萊奧．阿塞爾。

『反正老子有錢，能力差一點又怎樣？以後繼續當個吊車尾的邊緣人就好啦。』

就算被排擠，反正這裡也沒什麼成天拉幫結派圍毆搶錢的小混混。要無視的話，就大家一起互相無視囉，沒什麼大不了的。

『我都三十二歲了，現在就算一群十幾歲的小鬼對我叫囂，也不痛不癢。』

克萊奧陷入沉思，一旁的貓咪用疑惑的眼神緊盯著他。

「嗯……不過，你的以太感知力好像一夜之間提升了不少嘛。」

「嗯？」

「現在應該不會再因為跟不上課程而哭著睡了吧？」

「咦咦？」

貓咪用前爪輕輕拍了拍克萊奧的左手。

「我可以從這隻空空如也的手上感受到強烈的以太感知力。而且，你的以太等級還一下子升到了二級……該不會你昨天在河裡撿了什麼東西吃吧？」

看來，即使是這隻眼神銳利的貓咪，也無法看見克萊奧左手上的戒指——那枚對他來說依然清晰可見的鉑金戒指。

『〖約定〗！』

「以太本就是來自這個世界之外的力量。如果只論以太感知力，現今的你恐怕是百年難得一見的存在。嗯，我明白了，是因為這樣，你才能聽懂本喵高貴的話語吧。」

「……！」

克萊奧突然想到什麼。

『**【——賦予使用者無限的以太感知力】**……難道，這句話指的就是這個意思？如果以太是來自這個世界之外的力量，那麼〖約定〗是否正扮演著連結以太的關鍵角色？』

到這種程度，讓克萊奧不禁懷疑這根本不是原稿內容，而只是他自己的一場妄想：搖身一變成為富家子弟，甚至不費吹灰之力當上天才……

「不過，就算以太感知力再強，若不擴展容器也沒用。像你這麼虛弱的傢伙，根本不可能成為劍士。」

「嗯，是啊。嗯，沒錯，這樣才對。」

「可是！」

「又怎麼了?!」

「右手，快把右手也伸出來！」

貓咪的命令太過果斷，克萊奧不由自主地伸出了手。

「哈！這可不得了！『專屬異能』竟然覺醒了！這可是女神的恩賜啊！」

「專屬異能?!」

「雖然因為能量太微弱，我一開始沒認出來，但你手上的這個可是『聖痕』啊！是哪種類型的？」

『聖痕……？』

當然，之前的原稿中就已經提到過「專屬異能」與「聖痕」的設定。唯有與消失的女神有著特殊機緣的人，才能獲得「專屬異能」，而「聖痕」正是這種力量的證明。

『「專屬異能」不是可以創造亞空間、施放範圍技那一類非常帥氣的能力嗎？這種像是被家具邊角撞出來的痕跡，究竟能施展什麼異能？』

克萊奧再次仔細打量自己的右手背。手背上有一道寬二．五公分、長三公分左右、線條模糊的長方形，完全無法理解它有何意義。

「不知道。莫特，你看不出來嗎？」

「連你都不知道了，別人怎麼可能知道！不過，本喵如此偉大，倒是能看到它的名字，叫做〖編輯的權限〗。這種名字古怪的異能，我還是頭一次見到。你好奇的話，就試著啟動看看吧！」

「……要怎麼啟動？」

貓咪瞪著克萊奧，一臉的嫌棄。

「只要想著就能啟動的事也要本喵教你嗎！喵喵喵！我話已說完，現在快拿飯來！」

忍無可忍的貓咪開始暴衝，激動地又蹦又跳。由於他叫得實在太起勁，甚至不需要特地喊人，侍從就已經聽到動靜，主動走進了房間。

貓咪終於如願以償，開心地大快朵頤煮熟的雞肉。他豎起耳朵，把頭埋進陶瓷碗裡，吃得津津有味，看起來竟然有些可愛。克萊奧望著他，陷入了沉思。

『原來我的想像力有這麼豐富？還是說，日子實在真的太難過了，才會讓我逃避到這種程度……？』

不，不管怎麼想，自己都不可能憑空想像出魔法和聖痕這些東西，一切都是作者大人的安排。

【您竟然答應繼續參與原稿的修改工作，我一定會好好報答您。】作者的郵件內容浮現在他的腦海中，再回想現在的情況，這分明是有意設計的局面。

『把我拖進原稿世界就算了，為什麼還要對一個路過的配角賦予這種才能？「編輯的權限」又是什麼東西……』

一種不祥的預感油然而生。

✦ 編輯的權限

貓咪專心吃飯的時候，克萊奧開始翻找臥室，看看能否發現其他線索。

克萊奧的物品少得可憐，只有教科書、文具、校服、睡衣和幾套簡單的便服。

『難怪這地方會讓人覺得像飯店房間。』

空蕩蕩的書桌抽屜裡，只有一本學生手冊和一本由「普拉塔銀行」發行的支票簿孤零零地躺著。

『看看這家人，對一個連和人對視都不敢的孩子，居然只是塞錢了事。』

雖然再怎麼想，這家人的作風都讓人無言……但從目前的情況來看，克萊奧帳戶裡的餘額應該相當可觀。如果把它掏空，會不會就能見到那位傳說中的大富豪阿塞爾準男爵的真面目呢？

『看來還是得聽柳巴老師的話去一趟銀行。』

克萊奧查看支票簿左側被撕掉的部分，看起來少了大約一、兩張。他靈機一動，拿起鉛筆在簽名處輕輕劃過，果然浮現出寫過字的痕跡。這個簽名，他應該可以輕鬆模仿。

『暫時就用這個吧。』

克萊奧將支票簿收進外套內袋，接著翻開學生手冊。

克萊奧．阿塞爾

德尼耶曆一八七三年出生

皇家首都防衛隊學校一年級

第二組：魔法師志願
以太等級：一級

就在克萊奧翻閱著學生手冊時，貝赫莫特悄悄地繞著他的腿蹭了蹭。牠已經把雞肉和湯吃得乾乾淨淨，顯然心滿意足。

「喂，克萊奧——還是說該叫你，不是真的克萊奧的克萊奧。」

「直接叫我克萊奧就好，怎麼了？」

「雞肉還不錯，但我更想吃牛排。七分熟，淋上馬德拉醬汁，再配上一杯酒。」

「這隻貓在說什麼啊——貓不是不能喝酒嗎？」

「本喵可是跟其他貓不一樣的存在，懂嗎？今天本喵對你大發慈悲，所以明天一定要用血紅色的布爾迪加拉[11]葡萄酒和烤小牛肉排來回報本喵。」

克萊奧沒理會貝赫莫特要肉和酒的要求，換來大貓直接用後腳踢了他的脛骨一下。那力道可不小，讓克萊奧倒吸一口氣，皺起了眉頭。

『現在如果跟他硬拼，真的有可能會輸。』

才不到三十分鐘前還表現得像個地痞流氓的貝赫莫特，此刻卻裝得一臉無辜，正可愛地舔著前爪、舒舒服服地蜷在伊希爾．基西翁的膝蓋上，彷彿什麼都沒發生過。

『這隻狡猾的貓！』

陽光透過窗戶灑進客廳，美麗的少女安坐在舒適的椅子上，一隻貓咪窩在她的膝上，滿足地發

11 Burdigala，羅馬時期對法國波爾多（Bordeaux）的古名。這裡指產自波爾多的高級紅酒，以其深沉的紅色與豐富口感而聞名。

出低沉的呼嚕聲。

『當時太慌亂沒注意，現在在明亮的地方仔細一看，她長得還真漂亮。』

長期練習劍術使她的臉龐曬成柔和的小麥色，肌膚卻依舊光滑無瑕；長及頸後、微微捲曲的紅髮，如六月的玫瑰般鮮艷；翠綠色的雙眼，如陽光下閃爍的翡翠一般明亮透澈；精緻的下巴、高挺的鼻樑，以及緊抿著、透著堅定意志的小巧嘴唇。

如果眼前這隻貓不是已經活了一個世紀的老貓，或是這位美麗的少女不是來質問克萊奧的話，這景象簡直就像一幅畫。

「別想逃避，克萊奧．阿塞爾。從魔法陣的範圍來看，你的以太等級很明顯超過二級，為什麼要隱瞞？」

「我什麼都不知道，掉進河裡以後的事，我一點都不記得了。」

『唉，剛想喘口氣，怎麼又開始審問了？』

稍早突然闖進克萊奧房間的伊希爾，這時因為貓咪的撒嬌動作而分神，但很快便回到正題。

「所以你是無意識啟動了魔法陣嗎？」

「這種可能性也不能完全排除吧。」

克萊奧生平第一次與如此美麗的少女對話，但原本的悸動早已被她銳利的質問榨得一點不剩。他心想，伊希爾擺明了是來打破他一直嚮往的富家少爺式悠閒生活，自己當然只能正色以對。

兩人僵持了一會兒。伊希爾皺起眉頭，將原本撫摸著的貓放到地上，站起身來，居高臨下地冷冷看著仍坐在椅子上的克萊奧。

「真是奇怪，今天你一次都沒有被我身為劍士的氣勢壓倒。」

伊希爾．基西翁回想起外界對「克萊奧．阿塞爾」的評價。作為手腕高明的阿塞爾準男爵的次子，他入學的消息很快就在校內傳開，但大家對他的印象，不過是一個內向膽小、靠關係進來的學生罷了。

可眼前這個少年，卻完全不同。

雖然身材依舊瘦弱，毫無力量，但他的目光和姿態卻與以往大相逕庭。他的眼神像是經歷過漫長歲月一般冷靜，直視對方時毫不退縮，甚至以從容的態度將與自己同齡的伊希爾當成小孩對待。

『這真的是克萊奧．阿塞爾嗎？』

「妳可能不知道，我因為掉進河裡受到衝擊，所以記憶有些混亂……」

「你連一句都不退讓——記憶混亂真的能讓人徹底變成另一個人嗎？」

這件事對克萊爾來說也很難受。他已經知道「克萊奧．阿塞爾」的性格是極度內向又憂鬱，但自己並非演員，實在無法完美模仿另一個人的個性。

『我知道人不可能完全變成另一個人，但沒想到這麼快就會遭到質疑。』

伊希爾之所以會表現得如此敏感也是有原因的。她懷疑最近發生的未知術式事件是三王子亞瑟的兄弟設計的陰謀，目的是對他不利。

當然，事實並非如此，那只是某位偷偷收集古文書碎片的學生，試圖在不讓老師發現的情況下進行召喚魔法，才引發了這場騷動。

只要撐過去，真相總會浮出水面。到時候，伊希爾應該就不會再緊咬著不放了。

「少說廢話，跟我去校長那裡進行以太等級測試。如果你能證明你真的是一級，我就承認昨晚是我看錯了。」

克萊奧內心一驚。

『如果現在測試那個什麼以太的等級，出來的結果肯定會比學生手冊上的紀錄高吧？』

他無法將〖約定〗從自己身上分離。雖然他多次嘗試將那枚戒指取下，但戒指就像被強力膠牢牢黏住了一樣，紋絲不動。

一旁的貓悠閒地繞著圈，彷彿嫌事情不夠熱鬧一樣，還故意火上澆油。

「喵嗚嗚嗚嗚嗚嗚～」（你到底做了什麼事，讓這麼漂亮的少女氣成這樣？我先提醒你，以太等級測試是無法作假的喵！）

克萊奧來到這個世界後，頭一次真的開始動腦。他很清楚，若要繼續過著躺平的日子，現在絕對不能引起過多關注。

「我身體不好，暫時需要休息，為什麼我非得接受這樣的要求呢？」

「克萊奧．阿塞爾，如果你不配合測試，我就正式檢舉你虛報以太等級。」

「妳沒有證據吧。」

「我親眼所見就是證據。」

「我真的記不得了，或許只是情急之下的反應吧。」

唉，過去總覺得那些在聽證會上死咬著「不記得了」的人只是推托之詞，但等到自己真的遇上類似的情況，才發現也只能這麼裝傻到底。

『接下來是不是該坐著輪椅出場了？』

克萊奧雙手緊扣，放在膝上，依舊是一副鎮定的模樣。他將內心的焦躁隱藏得滴水不漏，原稿裡的內容仍然歷歷在目。

『根據劇情，投河三天後主謀就會接近伊希爾，而病假還剩下三天……』

「那麼，測試就等我病假結束後再進行吧。」

「別想要什麼花樣。」

「不是花樣，我現在是真的生病了。妳不分青紅皂白地逼迫一個無辜的人，試問這樣做真的正當嗎？」

克萊奧瞄準了伊希爾追求公平與正義的性格，巧妙地轉移話題。

「……我要怎麼確定這不是你計畫中的一部分？」

「去問問我的室友和侍從吧，看看在我落水之前，整天關在房裡的我有沒有接觸過其他學生——或是任何人。」

伊希爾面無表情的臉上出現了一絲波動。她應該早就調查過，知道根本沒有人會來找克萊奧．阿塞爾。

『一個都沒有。』

「如果在我病假結束前，案件還沒解決，我就答應妳的要求。但是如果在那之前解決了，就別再來煩我了。」

克萊奧．阿塞爾抬頭看著伊希爾，臉上顯露出的疲憊與倦怠完全不像一個十七歲少年應有的模樣。他可是陷入過勞的三十二歲上班族，現在只是想休息而已，但這個熱血的少女偏偏要讓他的願望成為泡影，他的臉色自然好看不起來。

少年蒼白的額頭上滲出冷汗，看起來的確病得不輕。伊希爾抿了抿嘴唇，不再咄咄逼人。克萊奧的背脊微微顫抖著，彷彿真的發燒了，心裡卻在竊笑。

『好了，這下該放過我了吧。』

眼看只差一步就能說服伊希爾，計畫卻瞬間被打亂。「砰！」的一聲巨響，某人猛地用力關上門，幾乎要把整個玄關震裂一般，隨即衝進了客廳。

「克萊奧．阿塞爾，你給我出來！」

『不是說他沒朋友嗎？怎麼今天找他的人這麼多。』

「你知道因為你跳進河裡，害我被多少人叫過去嗎？我是因為你可憐才對你好一點的耶！」

一名身形高大的少年直接越過伊希爾，徑直朝克萊奧衝過來，看起來怒火中燒，已經失去理智。他巨大厚實的拳頭直接往克萊奧的臉揮來。如果被這一拳打到，感覺骨頭都會跟著碎裂。

「唔……【救命啊！】」

在伊希爾阻止少年之前，一個內部充滿複雜圖案的金色半圓出現在克萊奧周圍，將他包圍住。少年的拳頭撞上半圓的邊界，被直接彈開。

「呃啊啊啊啊——！」

少年緊抓著手背，發出痛苦的尖叫。伊希爾透過閃耀的金色半圓，冷冷地瞪視著克萊奧，手已搭在練習用劍上，隨時準備拔劍。

『哇靠，這下該怎麼辦。』

即使是對魔法一竅不通的克萊奧，這次也能明白，自己周圍這個直徑達兩公尺的金色圓圈，無疑就是他在原稿中見過的魔法師的「魔法陣」。

克萊奧迅速回想起原稿中關於魔法陣的描述。

魔法陣是一個圓形場域，其大小取決於魔法師的以太等級。在這個範圍內，魔法師可以擺脫物理法則，施展「魔法」。

只有極優秀的學生，才能在一年級時就展開魔法陣。而現在的情況，簡直就像全校倒數第一的自己，突然在模擬考中拿了滿分一樣荒謬。

〖約定〗閃爍著耀眼的光芒。看來，當身體面臨重大威脅時，魔法陣與防護結界會自動展開。

『……要把一個現代人扔進奇幻世界裡，總得給他一點保護手段吧。伊希爾看見的果然是這個。』

毫無疑問，正是這個在無意間發動的魔法救了掉進水裡的自己。

『雖然很感謝，可是現在不是時候啊。真的沒有辦法挽回嗎？』

剛才還極力否認自己會魔法，現在卻當場被逮個正著，這讓克萊奧的心情無比複雜。正當他拚命思考如何脫身時，金色的字串再次浮現在眼前。與此同時，他感覺右手背傳來一陣灼熱感。

【—要啟動專屬異能〖編輯的權限〗[12]嗎？】

【—啟動異能時，作者將接受編輯的修改建議。

限制：僅能在該章節內使用三次。】

正珍在心中大喊：

『用！不管是什麼，我都要用！』

【—已啟動專屬異能〖編輯的權限〗（1／3）】

【—剩餘時間／限制時間：

00:00:14／00:00:15】

伊希爾、內博，甚至連那隻貓都在瞬間靜止不動，一旁隨風飄動的窗簾也停在被風吹起、鼓脹的形狀。

一疊破舊的紙張彷彿被疊加在景象之上，漂浮著浮現出來。那些頁面像是被反覆塗寫過很多次一樣，脆弱得即使小心觸碰，也會沙沙作響、碎裂開來。

在清晰的黑字下方，隱約浮現出多層重疊、尚未完全被擦去的模糊字跡。雖然那是從未見過的文字，克萊奧卻能讀懂它的內容。紙上赫然寫著：《阿爾比恩王子》。這是他尚未讀過的「最終版」。

展開的頁面上，最後一段正描述著克萊奧剛才經歷的危機。這段文字之後，便是一片空白。先前的內容彷彿被刮去，只留下鬆散破損的紙張。

『要我直接修改正在寫的東西？這就是所謂〖編輯的權限〗嗎?!』

12 中文「權限」的語感重點雖然側重「限制」，似乎不適合作為一種「異能」名稱，但本書中此異能不只有能力、權力之意，也包含被作者約束的限制，因此沿用韓文原文的「權限」一詞來指稱編輯的權力與其界限。

【——剩餘時間／限制時間：00:00:07／00:00:15】

剩餘時間正迅速減少，沒有時間猶豫了。克萊奧看著手上不知何時出現的筆和那一疊破舊凌亂的原稿，迅速動起了筆。

『希望韓國的校對符號在這裡也能使用！』

克萊奧選擇編輯描述自己發動魔法的那一段——也就是最後一整段內容，然後揮筆畫上刪除符號。筆尖流出的墨水呈深藍色，當中摻雜著細細的金粉。

【——作者接受了編輯的修改建議。】

【——該段落已被編輯。】

隨著原稿上的文字被刪除，原稿也隨之散落消失。

隨後，世界開始發生變化。

窗戶、牆壁、地板與天花板的質感盡失，化作錯綜交織的黑色線條，構成世界的那些文字塊瞬間被漂成一片潔白。克萊奧只覺得自己彷彿被拋入一片純白的虛無，整個人漂浮在無重力的空間中，失去了方向感。

熟悉的客廳、伊希爾和貓咪的模樣又重新回到正在劇烈喘息的克萊奧眼前，然後是「砰」的一聲，門被推開的聲音響起。

「克萊奧．阿塞爾，你給我滾出來！」

一名身形高大的少年直接朝克萊奧衝過來，看起來怒火中燒，已經失去理智。

——時間回溯了一整段情節。

這個世界是一篇原稿，而當原稿的文字被修改，世界也會隨之改變。面對這種即時且不可思議的力量，克萊奧只感到目瞪口呆，幾乎無法思考。

重點是——

『世上哪有這麼聽編輯話的作者啊！』

克萊奧甚至沒時間驚嘆，因為那個凶惡的少年已經衝到他眼前了。

「你知道因為你跳進河裡，害我被多少人叫過去嗎？我是因為你可憐才對你好一點的耶！」

克萊奧用盡吃奶的力氣躲到伊希爾身後，大喊道：

「幫幫我！」

伊希爾的反應迅如閃電。她握住劍鞘，輕鬆擋下了那名體型幾乎是自己兩倍大的少年。

「不管發生什麼事，都不能一上來就揮拳揍人吧。」

「呃呃呃呃——」

少年被伊希爾用劍鞘狠狠敲了一記，當場無力地趴倒在地。克萊奧則是因為那股讓人反胃的飄浮感，雙腿發軟，癱坐到地上。

客廳一片狼藉，兩個少年倒下了，只剩一名少女站在原地。伊希爾將劍重新插回腰間，回頭問克萊奧：

「你沒事吧，克萊奧？」

「我剛才就說了，我不太好……」

克萊奧的身體依舊燙得嚇人，冷汗浸透了衣物，全身無力地垮了下來。伊希爾慌張地扶住他，發現他的身體輕得像一塊布一樣。

「嘖，哪有男孩子這麼虛弱的？振作點啊！你這弱不禁風的傢伙！」

雖然語氣依舊強硬，但她臉上還是流露出一絲慌張的神色。

『上次也是她把我揹回來的嗎……？』

清新的玫瑰香氣讓他感到莫名熟悉。被這雙纖細卻有力的手臂抱住後，克萊奧終於支撐不住，徹底陷入昏迷。

✦ ✦ ✦

克萊奧一連睡了兩天，昏睡得像是死了一樣。直到第三天，他才勉強起身，但仍感到渾身無力，於是洗了個澡、吃點東西後，又躺回床上。有時在半夢半醒間，他會回想〖編輯的權限〗到底是怎麼一回事。

他動過再用一次的念頭，但因為不清楚這項異能的具體限制，加上使用次數有限，所以始終猶豫不決。

使用異能後的幾分鐘內，手背上的長方形印記最為清晰。那呈現青藍色金屬質感的紋路從皮膚上浮現出來，既不像刺青，也不像燒傷的痕跡。

『現在這印記已經變淡，真是太好了，不然還真不知道該怎麼掩蓋。』

於是克萊奧就在「該怎麼辦」和「算了，隨它去吧」的糾結中徘徊，最後又沉沉睡去。

到了第四天，也就是星期五的下午，克萊奧終於恢復精神，全身輕鬆舒暢。他睜開眼，看到室友內博．亞爾維正守在床邊。

這個身形巨大的少年，早已失去四天前揮拳時的那股凶悍氣勢，只是滿臉焦急又慌亂，像有什麼事急著要解釋一般，不斷向克萊奧道歉。

「對不起。」

「嗯，我知道了。」

「真的很抱歉。」

「我說我知道了。」

「真的嗎？你會原諒我嗎？」

「這個嘛……」

克萊奧冷淡地看著他，給出模稜兩可的回答，不確定算不算接受道歉。

內博的顴骨和額頭上青紫的淤傷十分醒目，顯然是伊希爾的傑作。

『果然，法律遠在天邊，拳頭卻近在眼前。』

看內博態度丕變的樣子，克萊奧猜測，這幾天伊希爾應該對他進行了不只一次訓誡，大概是說些「不准欺負弱小」之類的話吧。

『不過嘛，作為入學以來一直穩居第一的劍術高手，伊希爾確實很可怕。多虧她，短時間內應該能清靜些。』

內博還在看克萊奧的眼色，小心翼翼補上一句，或許是因為不清楚他和伊希爾的關係，所以不敢太放肆。

『難道他以為我會去跟伊希爾告狀？』

「那個……我有餵那隻瘋——不，凶巴巴的貓！」

「謝了。」

「喵嗚嗚~」（只會給我雞肉吃，真不爽。）

「貝赫莫特說他也謝謝你。」

「牠叫貝赫莫特？」

「嗯，簡稱『莫特』。」

「莫特？莫名其妙的『莫』？什麼白痴怪名字……」

「喵嗚嗚嗚嗚！」

「啊！別打我啊，你這傢伙！」

被伊希爾打過的地方，又被貓咪的前爪狠狠拍了一下，讓內博發出痛苦的叫聲。這一人一貓鬧得塵土飛揚，吵得地動山搖，終於在一陣騷亂後停止了爭鬥。

總之，內博在卸下心中的重擔後，臉色顯得輕鬆不少，再次拉過椅子到床邊坐下。

「話說，你真的失憶了？」

「我都說了，是真的。」

「哈，真是服了你……」

「就是啊，還真是什麼事都有。對了，所以是誰把你叫去、讓你吃盡苦頭？」

克萊奧笑了，那是一個歷經社會磨練後的上班族專屬客套微笑。內博從這種陌生的表情中察覺到一絲微妙的不祥預感。

『哇啊……怎麼回事，這人感覺有點可怕。』

「現、現在沒事了，澤貝迪校長把我叫去，但誤會已經解開了，是真的。」

「哦，這樣啊。」

內博抓了抓頭，將視線轉向窗外。雖然他與這個室友已經同住了幾個月，此刻卻覺得對方有些陌生。

過去，虛弱的克萊奧白天總是躺在宿舍裡，有可能只是以身體不適當作藉口，逃避跟不上課程的現實。

由於害怕他人的敵意，他總是躲在陰暗無人的角落；又因為背負著阿塞爾準男爵巨額捐款的壓力，他連退學都不敢想。到最後，他甚至在深夜裡跳河，鬧得全校雞飛狗跳。

這樣的克萊奧，現在卻能坦然地抬起頭看著自己。這對內博來說是個陌生的景象。

克萊奧以平靜的語調接著說：

「內博，你今天下午有事嗎？」

「有啊，我要練習費希特老師交代的連續動作作業。」

「要不要休息一天？」

「……為什麼？」

「我要去銀行辦事，希望有人能帶我去。柳巴老師說可以請你幫忙。」

內博露出一副不情願的樣子，但似乎因為介意伊希爾和柳巴老師，最後還是勉強點了點頭。

「謝啦，內博。」

「你好像不只是失憶，是整個人都變了。」

✦小混混與作弊錄取生

克萊奧和內博包了一輛馬車，過橋來到坦普斯河西岸。馬車行駛途中，內博聽了克萊奧的幾句稱讚後，便滔滔不絕地開始講解如何叫馬車、如何搭電車等生活技巧。

『光看原稿無法學到這些生活小技巧，上學期間還是得多了解這個世界才行，這樣未來當個廢人時，日子也能過得比較順利。』

不久後，已經熟悉流程的克萊奧準確地向車伕說明了目的地。他請車伕帶他前往最近的普拉塔銀行分行。抵達後，車伕讓克萊奧兩人在一座小型石造建築物前下車。

五分鐘後，普拉塔銀行皇家圓環分行的分行長亨利・菲斯特擦拭著光亮的禿頭上冒出的汗珠。

「什麼？阿塞爾？是父親還是兒子來了？」

分行長的祕書冷靜地回答：

「是兒子。」

「他現在不是應該正和契恩特倫船隊同行嗎？」

「不是大兒子，是二兒子。」

「他們家有二兒子？」

「是的，他想要查詢帳戶餘額。」

「確定是本人嗎？」

「已經確認過了，是皇家首都防衛隊學校的學生克萊奧・阿塞爾沒錯。」

「他為什麼要查詢帳戶？」

「他說想提款。」

「提多少？」

「他沒交代清楚。現在帳戶裡的餘額是四十萬迪納爾，如果今天全部以現金提取，我們的現金儲備恐怕不足，可能需要從總行調撥……」

「我親自去見他一面，得搞清楚他為什麼來分行辦理。」

事實上，克萊奧只是因為距離最近才選擇這裡，但分行長當然無從得知這一點。

普拉塔銀行皇家圓環分行的會客室既華麗又舒適。柔軟的沙發旁擺放著雪茄盒和白蘭地酒瓶，整個空間看起來就像電影中的紳士俱樂部。深陷在沙發裡的克萊奧，正盡情享受這裡的環境。

『當然，這會客室應該不是為了接待十七歲的客人而設計的，但如果我請他們給我一杯酒，會不會讓人覺得我很奇怪？』

事實上，克萊奧不是一開始就被帶到會客室。事情是當他在櫃檯拿出支票並簽名時，才突然變得複雜。

由於他對金錢的價值沒什麼概念，所以在填寫支票金額前，他向職員問了幾個問題。結果，櫃檯員工聽了他的問題後開始顯得有些慌亂，而克萊奧雖然表面上未露任何聲色，其實內心也感到有些驚慌。

『居然還把我叫到裡面來，讓我以為自己偽造簽名被發現了呢。』

顯然問題不在這裡。與支票連結的帳戶裡總共有四十萬迪納爾，銀行顯然在擔心這筆金額會不會被全數提領。

克萊奧正盯著桌上的白蘭地出神，分行長這時走了進來。克萊奧見狀，迅速露出一個職業性的微笑。

「您好，我是克萊奧．阿塞爾，勞駕您親自迎接，真是感激不盡。」

「哪裡的話，感謝令尊大人從過去到現在一直支持我們普拉塔銀行。您的需求我已經明白了，請問您預計提領的數目是多少呢？」

「我只是想領一點錢作為生活費而已，沒想到會讓您這麼費心。」

分行長明顯鬆了一口氣。

「那麼，不知道一千迪納爾夠不夠？」

「可以，那就麻煩您了。」

『四十萬迪納爾到底是多大的一筆錢，居然讓他們緊張成這樣？總之，看起來應該不是一個小數目。』

看來是小型分行的現金儲備不多，才會對他的提款請求感到措手不及。

「真是抱歉，我們的員工誤解了情況，平白浪費了您的時間。」

「沒事。那麼，既然事情解決了，可不可以給我一杯白蘭地？」

「當然可以，這些飲品本來就是為客人準備的。」

分行長爽快地回答，倒了一杯滿滿的白蘭地遞了過來。

「那麼，我們待會便會將現金送過來。」

「好的，慢慢來，不急。」

剛過變聲期的少年用這樣的語氣說話，的確有些不搭，但克萊奧的心思都在白蘭地上，完全沒注意到這一點。

終於，滿滿一杯的白蘭地到手了。少年握著酒杯，臉上露出彷彿擁有全世界的神情。溫熱的觸感順著喉嚨滑下，香氣在鼻尖縈繞，實在是太棒了。

『這比什麼二十五年的雅馬邑[13]還要好喝啊。』

過去在公司上班時，偶爾會收到作者出國參加學會後帶回來的酒，雖然一邊喝酒、一邊聽老闆發牢騷讓他感到有點心煩，但他認為這些昂貴的酒值得他忍受這一切。

過了三十歲以後，正珍最熱愛的事物不是異性或書本，而是酒。而現在這杯酒，不僅免費，還不用聽上司的嘮叨。

『真是賺到了。』

克萊奧慢慢地將白蘭地喝完。

當他享受著鼻腔中殘留的餘韻時，分行長親自將鈔票送到了會客室。克萊奧滿臉笑地將厚厚的信封塞進懷裡。

「您以後可以不用親自到分行來辦理，可以叫差使幫忙。非常感謝您的光臨，也請代我向令尊問好。」

「我會的，謝謝。」

『在原本的世界裡，就算只是地方分行，也要地主、房東等級的才會受到這樣的待遇。來到這裡之後，我還真是什麼都經歷過了。這難道就是金湯匙[14]的滋味嗎？』

在大廳等待的內博，看到克萊奧領著幾位銀行職員走出來，不禁瞪大了眼。

「喂，原來你真的是個貴公子！」

「嗯，我之前也不知道，走吧。」

內博仍然滿臉驚訝，目光不自覺地飄向正在恭敬行禮的分行長頂上那片禿頭。克萊奧步伐悠閒，內博則四處張望著穿過大廳。目送他們離開後，分行長亨利立刻叫來了祕書。

13 Armagnac，源自法國西南部加斯科涅地區（Gascogne）雅馬邑的一種白蘭地。

14 「金湯匙」在韓國象徵出身富裕的階級，此外還有「銀湯匙」、「銅湯匙」等階級對比的表述。

「去查一查克萊奧．阿塞爾在首都的動向。一向沒有動靜的次子突然親自出面，肯定是有什麼目的。」

「我明白了。」

「阿塞爾畢竟是阿塞爾，雖然他年紀小、身體虛弱，骨子裡卻完全是個小老頭。我們謹慎一點總是沒壞處。」

如果克萊奧知道自己只是喝了一杯酒，就被這樣評價，說不定會想把剛喝下去的酒全吐出來。幸運的是，這番話沒有傳到他耳裡。

✦ ✦ ✦

『伊希爾沒再來找我，說明術式的事情已經解決了。果然，裝傻裝病撐過去才是最好的辦法。』

克萊奧躺在床上，一邊吃著零食，一邊思考〔編輯的權限〕與作者的目的。不過，他打從收到那封郵件後就再也沒收到任何消息，缺乏足夠線索來推測對方的意圖。

『他雖然說了要我幫忙修改原稿，但他既沒說對哪裡不滿意，也沒講想要怎麼改，就這樣把我放著不管……』

既然如此，他也只能照自己的步調過日子了。自從去過銀行後，他整個週末不是吃就是睡，懶洋洋躺著，無聊時就順手擼貓。

接著，他開始仔細閱讀學生手冊上的校規。第一條是退學，這需要監護人的同意才可以。

『老爸都捐了那麼多錢，肯定不可能同意我退學。至於老媽，完全沒聽人提起過，該不會根本不存在吧？』

第二條是留級和開除學籍。如果連續兩次考試不及格就會被留級，留級兩次或每學期的出席率不足三分之二，便會被開除學籍。

『就是這個了。』

最後，他也隨手翻了一下教科書，結果發現一件極為重要的事實。

『就算有〔約定〕，如果是第一次閱讀某本書，速度還是和原本一樣啊！』

他試了好幾次，發現結果都一樣。〔約定〕的「記憶」功能只有對已經完整讀過一遍的書才會生效。而對於沒讀過的書，他仍然需要像普通人一樣動腦去學習內容。

『誰要幹這種傻事？』

克萊奧把教科書隨手丟到一邊，連連打著哈欠，又重新躺回床上。看到他這樣，貓咪也四肢大張躺著，隨後忍不住挑釁起來。

「笨蛋，現在才想到要看書嗎？」

「才沒有呢，我就是因為笨才不想讀書。」

「嘖嘖，真是可悲的傢伙。你上次考試也不及格，再這樣下去就要被學校開除了。」

「哦，那不正合我意？」

就這樣，週日的傍晚悄然流逝。

✦ ✦ ✦

終於迎來了星期一。

克萊奧悠哉地走向一年級的教學大樓。就算開始上學，生活也不會有什麼太大改變。或許是他自殺未遂的消息已經傳開了，無論是老師還是學生，都像面對未爆彈似的，小心翼翼地對待他。

換句話說，即使他整節課都癱在教室後排睡覺，也沒有人說他什麼。克萊奧就這樣睡了一整堂課，直到中午鐘聲響起，才伸了個懶腰。

『好久沒趴著睡了，背還真有點痠，看來從明天開始還是別來上課比較好。』

學校的正規課程只在早上進行，從週一到週五，每天三小時。下午開始，學生可以根據自己的志向進行研究或訓練，但克萊奧當然直接放生這一塊。

『還是先去吃飯吧。』

他事先向侍從打聽過教學大樓餐廳的位置，還特地記了下來，下課後悠哉地晃蕩過去。果然，等到他抵達時，餐廳裡已經沒什麼人。入口處掛著一塊手寫菜單，上面寫著：濃湯、奶油煎魚、燉煮莓果佐鮮奶油。

『哇，午餐竟然一次提供三道菜。』

克萊奧停下腳步，仔細看了看菜單下方的小字，發現這學生餐廳竟然還可以點酒。

『這裡的未成年人好像也能喝酒？難怪銀行那邊毫不猶豫就給我酒。』

克萊奧那雙總是半垂的眼睛，頭一次猛地大睜。自從來到這裡，這應該是繼查詢帳戶之後，第二件讓他感到開心的事。

『我還以為接下來好幾年都得禁酒，真是白擔心了。』

他回想起那間早已倒閉的出版社帶給他的唯一好處。出版社的學術書作者大多是教授，而他們對於各種昂貴的好酒可是一點都不陌生。

一般來說，公司會負責招待作者，但那家靠著社長人脈苦撐的小公司，反倒讓作者覺得社長很可憐。

也因為這樣，他們總是能夠收到那些作者送的酒。克萊奧就這樣時不時喝著那些靠自己薪水根本不敢奢望的好酒。從平時的禮物到節日問候，他喝著喝著，漸漸上了癮。

『這款酒很像盧永信教授一箱箱買來的亞爾薩斯酒[15]，不酸、不甜，還帶著礦物味。啊，這種天氣喝酒真是越喝越順。』

他一邊吃著托盤裡的餐點，一邊一杯接一杯地點酒喝。昨晚睡得很好，加上今天天氣也不錯，完全沒有感到醉意，讓他不禁鬆了一口氣。

他原本還擔心身體虛弱會影響酒量，結果或許是因為年輕、肝很健康，反而特別能喝。

克萊奧把餐點吃得乾乾淨淨，連甜點都不剩，最後還從餐廳大嬸那裡帶回一瓶盛滿酒的玻璃瓶。

此時正值五月。窗外那道低矮的柵欄邊，一朵朵含苞待放的夏季玫瑰悄然綻放，美不勝收。微風輕拂，帶來陣陣涼意，沒有任何待辦事項，而手中的美酒格外香醇。

『這才是人生啊。』

就在這悠閒的時光中，餐廳裡突然響起一道震耳欲聾的聲音，不僅打破了寧靜，也喚醒了沉浸在閒適中的克萊奧。

「嘖，明明還有剩，幹嘛騙人？一年級的餐廳不是都會有剩下的酒嗎？」

「滾開啦，臭小子！這酒是拿來搭配餐點的，不是讓你灌到爛醉的！」

學校裡，無論學生還是老師，說話的語調通常很柔和，這名少年的口氣卻顯得既粗俗又輕佻。

「那些為了不被留級而拚命努力的一年級生哪有時間喝酒？剩下的酒就給我一點嘛。」

「今天真的沒了，臭小子！剩下的全被一個來晚的小少爺拿走了！」

克萊奧悄悄朝廚房方向望去，只見餐廳大嬸正站在廚房後門外，拿托盤拍打一個頭髮亂糟糟的少年。

「我連符咒都幫妳弄來了，還替妳去黑市跑腿，妳這樣是不是太過分了？要不是我，妳怎麼可

15 Alsace，法國五大酒鄉之一，以出產風味多樣、香氣迷人、層次豐富的白葡萄酒聞名。

能跟湯普森大叔搭上線！」

「你這臭小子，話越說越離譜！那你說說看你到底喝掉了多少酒啊！」

「這學校的學費這麼貴，我偶爾喝點酒又不會讓學校倒閉。」

「你還敢頂嘴！看來我今天非教訓你不可！」

「啊——大嬸！」

『這孩子是在學校幫忙跑腿的嗎？』

皇家首都防衛隊學校四個年級的學生加起來總數不過一百六十人，但為了照顧學生的日常起居，學校雇用了與學生人數相當的侍從。但由於有許多雜務需要處理，除了正式的僱員，還有一些孩子專門負責跑腿或簡單的雜事，這倒也不足為奇。

看來這裡的學生幾乎不會在白天喝酒，所以那些剩下的酒，八成是當作那孩子的跑腿報酬吧。

說到底，金正珍不是什麼含著金湯匙出生的富家公子，他過去的生活應該更接近這名少年。想到自己可能讓滿懷期待、特地來拿酒的少年失望，他不禁覺得有些尷尬。

『嗯……有點過意不去啊。』

「夫人。」

此時正值侍從的休息時間，克萊奧便將盛著餐具的托盤拿去還給大嬸，手拿著那瓶剩下的酒。

「哎呀，這位同學，你吃完了？」

餐廳大嬸剛才還在教訓那個髒兮兮少年，一轉眼換上了一副親切的表情，彷彿先前的怒氣從未存在過。

「是的，非常好吃，謝謝您。不過看來我點太多了，還剩下一些酒，不知您還有需要嗎？」

「哎呀……看來剛剛這臭小子說的話你都聽到了？沒關係，那是給你的，你拿去吧。」

「大嬸，他不是都說可以了嗎？哈囉，所以這酒是給我的對吧？」

「嗯……對。」

「謝啦！」

「你這小子，不要用那雙沾滿泥巴的臭腳把我這裡踩得髒兮兮，快出去！」

少年穿著滿是泥巴的靴子，以肉眼幾乎無法捕捉的速度衝進餐廳，接著迅速抓起桌上的兩個玻璃杯。

剛才他縮著身子時還不太明顯，但等他站起來後，克萊奧才發現這少年個頭很高，手也很大。他一隻手拿著兩個玻璃杯，另一隻手拎著酒瓶，轉過頭對克萊奧說：

「看來你對酒也挺有研究的嘛。」

「什麼？你認識我？」

「不，不認識，但剩下的酒我們就一起喝吧。」

克萊奧猶豫了一下，不，應該說猶豫了好一陣子。

他完全沒想過要和一個素未謀面的孩子一起碰杯喝酒……

『唉。』

然而，想到那隨著室溫上升而散發不同香氣的酒，他的理智最終還是敗給想再喝一杯的渴望。

「找個沒人的地方吧。」

「學校裡那種地方多的是。」

「……好吧。」

雖然他的目標確實是被開除學籍，但在已經揹上「被霸凌者」、「作弊錄取生」、「自殺未遂者」等頭銜後，如果再加上「大白天在外喝酒的十七歲少年」，會不會太過火了？

越往裡走，樹林越發茂密。這些樹齡與學校歷史相當的古老樹木，投下大片陰涼的樹蔭，帶來陣陣涼意。

兩人終於來到森林深處，一片空地映入眼簾，四塊古老的石碑分別豎立在東南西北四個方向，而石碑中央則矗立著一座建築殘骸，如今僅剩一面牆壁，滿布歲月的痕跡。

「學校的正中心怎麼會有廢墟？」

「你真的是這裡的學生嗎？這就是『謨涅摩敘涅[16]之門』啊，說什麼可以連接異世界的那個。」

「哦，原來是那個……」

「謨涅摩敘涅之門」與其說是門，不如說是一面包含門框和柱子的建築牆體。它的石灰岩門框上，原先的浮雕裝飾早已脫落，取而代之的是滿滿的綠色苔蘚。即使是對這些不太了解的克萊奧，也能看出這應該是有超過千年歷史的古蹟。

「沒想到長得這麼寒酸。」

「可是，據說在很久以前，這裡經常會有魔獸突然冒出來，所以人們不太敢靠近。這不是正好？適合喝酒的好地方。」

少年率先一屁股坐了下去。克萊奧與他稍微保持一些距離，也靠著石碑坐下來。他們之間幾乎不需要多餘的話語。少年倒了滿滿一杯酒給他，克萊奧則專注地享受著美酒。

暢飲幾輪之後，原本還剩半瓶的酒，如今只剩下一杯的量。微醺的酒意讓克萊奧感到飄飄然，心情彷彿也隨之飛揚起來。少年帶著笑意，先開口自我介紹：

「我叫列奧。你呢？」

16 Mnemosyne，希臘神話中司記憶的泰坦女神，最初象徵記憶的具象化，後來發展為掌管記憶的女神。根據古希臘詩人赫西俄德（Hesiod）的《神譜》（*Theogony*），她是天空之神烏拉諾斯和大地女神蓋婭的女兒。謨涅摩敘涅也是宙斯的情人之一，為宙斯生下了九位繆思女神，後者掌管文藝、音樂和詩歌等領域。

「我？」

『他不知道我是誰嗎？也是啦，不是學生可能不會知道。』

克萊奧這才開始仔細打量起少年。

『仔細看的話還算順眼，但這副模樣……』

少年那頭亂糟糟的金髮因為沾滿灰塵而顯得毛躁蓬鬆，稀落的鬍鬚上還沾著污垢，以至於下巴輪廓都看不清。笑起來時，他的眼角會彎成弧形，讓人說不準瞳孔是什麼顏色。

「我叫萊奧。」

「咦？你的名字和我挺像的，所以你也喜歡喝酒？」

「別廢話了，趕快把剩下的酒喝完。」

「小傢伙看起來一副斯文樣，嘴倒是滿利的。」

◆◆◆

克萊奧以為自己不會再見到這個少年，結果大錯特錯。

每次翹課後來餐廳吃午飯，克萊奧總是會碰到列奧。他們很快就建立起酒友一樣的關係。

漸漸地，他不但被充滿活力的少年帶著去學校的小溪嘗試飛蠅釣[17]（結果一條魚都沒釣到，還被嘲笑了一番），還在一旁觀察如何捕鳥，兩人就這樣一起打發了不少時光。這是金正珍在十七歲時從未體驗過的田園生活。

『那時候的目標是不管怎樣也要考上首爾的大學，日子又苦又累。』

17 Fly Fishing，一種以模擬昆蟲的輕型擬餌來釣魚的方法。

在鄉下，他的成績算是名列前茅，也因為如此，他雖然不曾遭受霸凌，但也沒什麼朋友。由於家裡條件不好，補習對他來說是一種奢望，只能靠老師分發的教師用習題和學校的電腦課程自學。沒錢的他，只能拚命花時間學習，才有希望考上大學。

那是一段即使能回去，他也絕對不想回去的時光。

來到這個小說中的世界後，他終於能享受一段無需為未來擔憂、也不用為金錢煩惱的十七歲時光。

當然，他也沒忘記喝酒。

與不認識「克萊奧」這個名字的平民少年列奧一起喝酒的時光，意外地很開心愉快。

這個少年擅長許多雜七雜八的小手藝，隨身攜帶著各種東西，比如裝滿各種跑腿物品的袋子、用彈弓打下來的鳥、羽毛做成的釣餌等等。他不僅擁有一身技藝，還非常擅長人際往來。

今天，列奧不知道從哪裡弄來了一把小匕首，正玩得不亦樂乎。匕首在他手上閃閃發亮，手法神妙，令人驚嘆。克萊奧放下裝滿紅酒的陶壺，問道：

「那是怎麼回事？」

「小把戲而已。」

「好神奇。」

列奧似乎在觀察克萊奧的反應，目不轉睛盯著他的臉看。克萊奧覺得莫名其妙，回瞪了一眼。

「你看什麼？」

「我以為你會大大誇我一番，結果你的反應未免太冷淡了？」

「你想要我做出什麼反應？這麼想得到稱讚，去找那些幫忙跑腿的小鬼然後給他們看吧。」

「哈哈哈，我這副德性，你覺得他們會理我？」

「那倒也是，不過不管怎麼說，還是該洗個澡吧？」

「不要，太麻煩了，下雨的時候就會被沖乾淨了，幹嘛特別洗？」
「真是什麼都嫌麻煩。」
「你自己還不是一樣，整天嫌麻煩，都花那麼多學費了，竟然還翹課。」
「喂！我才不是嫌麻煩，是因為我天生就討厭上課……」
「期末考快到了，你再不去上課的話，小心被退學！」
少年不愧是在學校幫忙打雜跑腿，對學校的規矩瞭若指掌。
「被退學更好，直接躺在家裡什麼都不用幹。」
「你不是說你被分到魔法班？不覺得浪費嗎？」
「浪費什麼？」
「你天生就擁有別人夢寐以求的以太感知力，卻對出人頭地完全沒興趣？」
「管他的，能躺著喝酒才是最棒的人生。當什麼騎士、魔法師的，結果只會被國家抓去到處賣命工作。」
正珍腦海中回想著小說接下來的劇情，明白戰爭的時代已經不遠，即使按照原本的發展走下去，也只剩短短五年。
更何況現在劇情已經被重寫了，很難說未來會怎麼發展。如果繼續這樣得過且過地待在這所學校，搞不好會被捲入戰爭的漩渦。畢竟，這所學校的學生全都被列為義務服兵役的對象。
『去他的貴族義務[18]！我打死也不會再當兵，還不如退學算了。』
對於已經服完兵役的正珍來說，軍隊絕對是他不想再踏足的地方。他唯一的人生目標，就是盡快被退學，然後回位於科爾福斯的老家去。

18　noblesse oblige，起源於中世紀歐洲，指貴族階層需承擔相應的社會責任，也包含「地位越高，責任越大」的意涵。在現代政治中，此一概念通常指社會上層階級有照料底層人民、增強社會凝聚力的義務。

『再怎麼說，作父親的應該不會真的把兒子趕出去吧。不對，就算被趕出去，有四十萬迪納爾的話，應該能撐一陣子。』

據他這陣子打聽到的消息，四十萬迪納爾相當於四億元[19]。這也是讓目前過得隨心所欲的克萊奧感到安心的原因之一。

「哇，你真的很亂來耶……不過我喜歡這種態度。」

「喜歡又能怎樣？」

「我偷偷複製了一把教授宿舍酒窖的鑰匙，打算找個聊得來的朋友一起享受快樂時光，但如果你沒興趣的話……」

「列奧啊，你這傢伙真的太優秀了。」

兩個少年一拍即合，一同潛入了教授宿舍，為當天的冒險畫下句點。列奧負責把風，體型瘦小的克萊奧則從門縫鑽進去，幹走了兩瓶酒。

拿出來後他一看，發現它們正是貝赫莫特吵著要的布爾迪加拉葡萄酒，一看就知道是昂貴的好酒，顏色、質地和波爾多紅酒頗為相似，即便隨意把酒倒進列奧帶來的木杯裡，香氣還是撲鼻而來。

✦ ✦ ✦

然而，克萊奧．阿塞爾悠哉的日子只持續了一週，便因為一篇學生報導徹底瓦解。

〈小混混與作弊錄取生：亞瑟．里歐格蘭與克萊奧．阿塞爾的校內飲酒行徑〉，F．W撰文。

19 指四億韓元，約相當於新臺幣九〇〇萬元。

學校裡竟然有地下學生刊物，原稿裡完全沒提過這一點。但就算事先知道有這刊物存在，又怎麼可能預料到會有人特地追蹤吊車尾學生的行蹤？

今天的學生報頭版，鉅細靡遺記錄了少年與克萊奧這段時間裡遊手好閒的荒唐行徑。

克萊奧使勁按著隱隱作痛的頭。

這篇報導讓他陷入了兩個大麻煩：

1.他原本沒有打算這麼高調地惹人注目。不管是哪一種名聲，他都敬謝不敏。

2.為什麼那傢伙是亞瑟．里歐格蘭？

在《阿爾比恩王子》這本小說中，所有事件和意外都以主角為中心展開，無論身邊的人是自願還是被迫，都免不了被巨大的歷史浪潮捲入其中。

這就是作為故事核心角色的力量。

克萊奧的真心話是，他根本不想和那種人呼吸同樣的空氣。事已至此，他恨不得指著作者的鼻子破口大罵。

『說什麼「連畫作裡的年輕神祇都無法與亞瑟．里歐格蘭的俊美相比」！神祇個鬼咧！他一點貴族少爺的派頭都沒有，不就是個流浪漢嗎！』

雖然知道故事正在被重新改寫，但他萬萬沒想到亞瑟竟然會落魄成這副模樣。

『仔細想想，讓那把匕首閃閃發光的，不就是劍氣嗎！他該不會在試探我能不能認出來吧？』

克萊奧陷入了沉思。亞瑟與自己相遇，會不會是作者的刻意安排？如果是這樣，到底是為了什麼？

『什麼都不告訴我，直接就開始推進劇情，這是要我怎麼應對？』

他的頭痛越來越劇烈。更糟糕的是，讀完報導的貝赫莫特開始在房間裡四處亂竄，大發雷霆。

「你好大的膽子！居然敢不分本喵一杯酒，自己跑去狂喝！」

「啊……喂……你關心的就只有這個嗎？」

「對！這就是問題所在！你應該要拿布爾迪加拉葡萄酒來孝敬本喵啊！教授宿舍的酒窖裡應該有一八七五年產的『主教之塔』葡萄酒吧！」

「唉喲，莫特老師，您還真是內行。」

「沒錯，總而言之，本喵就是酒界的行家！既然拿到了鑰匙，就應該趕快告訴本喵才對！」

「就算沒那種東西，你也可以到處鑽吧？」

「酒窖裡有保溫結界！像本喵這種靈氣非凡的生物，根本無法偷偷溜進去啊啊啊啊！」

就在克萊奧的頭痛越演越烈之時，內博突然推門而入，臉上帶著微妙的幸災樂禍神情。

「喂，澤貝迪校長要你現在馬上過去，他有話要跟你說。」

「好……」

「仔細想想，你還真是個麻煩精，哈哈，怎麼連一個星期都沒辦法安穩過完？」

『你以為我想嗎！我只想靠著缺課被退學而已！』

克萊奧帶著一臉生無可戀的表情，來到了校長室外的走廊。校長室的門關著，裡面似乎已經有客人了。在門外等待的，是另一個等著受罰的學生。

想必是因為同樣的理由被叫來的「另一個人」。

少年似乎察覺到了克萊奧的氣息，轉過頭來。修長的身形、筆直而寬闊的肩膀、一頭打理得整整齊齊的深金色髮絲。在午後傾斜的夕陽映照下，他的頭髮彷彿被鍍上一層光暈。那張稱得上俊美的臉上，嵌著一對過於銳利明亮的眼，反而透出一絲淩厲的氣息。

由於『約定』的「記憶」功能，克萊奧連那些多餘的細節都記得一清二楚，什麼「能直擊靈魂深處的銳利感」，還有「宛如兩片海洋交匯的青綠瞳色」……

「你也被叫來了？澤貝迪校長只要一開口，就至少會講個二十分鐘，該怎麼辦？」

『……口氣還是一模一樣嘛。』

克萊奧無奈地接受了現實。洗過澡、剪了頭髮、穿上整齊校服的「列奧」……沒錯，原來他就是「那個」亞瑟。

亞瑟．列奧尼德．里歐格蘭

《阿爾比恩王子》的主人公

未來將繼承王位的王國第三王子

『這種人竟然會以流浪漢的模樣到處抓鳥，到底誰認得出來！』

克萊奧氣得牙癢癢。

「你不是說你叫列奧嗎？」

「對啊。」

「哈，該死的……」

「克萊奧．阿塞爾，你不也只說自己叫萊奧嗎？」

「你就當作沒聽過我的名字吧。」

「已經知道了，怎麼可能當作沒聽過？」

「那你就忘掉吧。很不幸認識你，我們之後別再見了。」

「你怎麼這麼無情？好歹我們一起喝了一個星期的酒耶，幹嘛那麼冷淡？」

克萊奧與亞瑟並肩站在校長室外，故意迴避那雙直勾勾盯著自己的眼睛。

『我說，作者大人，我不知道你在想什麼，但我可不想跟主角扯上關係。這傢伙的命太坎坷，我實在惹不起！再說，我為什麼非得幫你？』

正焦慮思索著的克萊奧，很快想起了〖編輯的權限〗。

雖然每個章節最多只能使用三次的限制有些可惜，但這種時候不用，更待何時？

結束事件的最佳方法，就是讓它從一開始就不要發生。

『對了，把劇情改回去吧。』

簡單來說，只要一開始不要遇到就好了。就回到學校餐廳——不，乾脆回到星期一早上的教室吧。

雖然不知道作者會否接受這個建議，但總比什麼都不做來得好。運氣好的話，說不定還能得知作者的意圖：究竟作者為什麼會希望自己「一起」參與這次的改寫？

『當然，就算知道原因，我也沒有義務答應這個請求。到底憑什麼要求我啊？』

克萊奧回想之前的感覺，在心裡默念〖編輯的權限〗。他的手背開始發熱，熟悉的金色文字再度出現在眼前。

【—已啟動專屬異能：〖編輯的權限〗（2／3）】

【—剩餘時間／限制時間：

00:00:14／00:00:15】

不久後，原稿出現在他的面前。

依然是那幾頁破破爛爛的紙張，克萊奧往前翻了幾頁，很快就找到星期一的學校餐廳場景。他拿起筆，畫了一條線，寫下「以下全部刪除」。然而，這次回應他的卻是不同的訊息：

【──作者未接受此建議。】

【──〖編輯的權限〗無法在未經作者同意的情況下執行。】

手中的原稿旋即無聲無息地化為烏有。正珍並不驚訝，因為不管再怎麼心胸寬大，作者終究還是作者。那些固執己見、壞脾氣的頑固份子，哪有可能輕易聽從別人的建議。

看到滿頭大汗、氣喘吁吁的克萊奧，亞瑟又往前靠近了一步。

「你哪裡不舒服嗎？怎麼流這麼多汗？」

「別管我。」

克萊奧連頭都沒回，再度啟動了〖編輯的權限〗。

『如果現在不阻止，之後就得花更多力氣來解決。我可不能就這樣放棄。如果劇情無法改變，那至少得減少我的戲份。』

【──已啟動專屬異能：〖編輯的權限〗（3／3）

注意：本章節的使用次數已達上限。】

【──剩餘時間／限制時間：

00:00:14／00:00:15】

由於十五秒實在是太短，沒辦法仔細查看內容，克萊奧只能抓緊時間拚命翻找原稿。最後，他在最末段找到一句看似能派上用場的描述，內容是關於亞瑟對克萊奧抱有好奇與懷疑的描寫。

『就改這句吧。』

他在原句加上刪除符號，並將內容改寫成【亞瑟在被校長召見時，看到發脾氣的克萊奧，覺得

自己真的受夠他了】。匆忙寫下的歪七扭八筆跡顯得極為潦草，句子拙劣得令人不忍直視。畢竟，除了求職信的自我介紹外，他這輩子從未寫過任何描述劇情的內容。

『也沒別的辦法了，只能想辦法活下去，來，套用吧！』

就在這時，克萊奧突然感覺到背後有一股強烈的視線，灼熱得像是要刺穿他的背部。

克萊奧手中拿著筆、緩緩轉過身，正面迎上了更靠近他的亞瑟。此刻，少年的臉上已經不見一絲笑容，冷峻得像一尊雕像。

『這傢伙，該不會動了吧？怎麼可能……？』

先前啟動異能時，伊希爾和內博這些人都像是靜止在畫面裡一樣，連貝赫莫特也無法察覺到他使用異能的事實。

然而，亞瑟與他們不同。少年的雙眼緩緩閉上，再吃力、慢慢地重新睜開了。啟用〔編輯的權限〕的克萊奧．阿塞爾，與作為異能套用對象的亞瑟．里歐格蘭，兩人的視線在空中交會。

『怎麼回事?!』

兩個少年的周圍，青藍色與金色的光芒猛烈地交織並爆發開來。

【──亞瑟．里歐格蘭是深度參與世界結構的存在。
使用者的敘事參與度不足，無法對其造成任何影響。】

【──由於過度嘗試修改，《阿爾比恩王子》原始稿「□□□□的重寫本[20]」被刮除……因果性……被……破壞……】

---

20 palimpsest，原指一種重複使用的羊皮紙手稿。在書寫材料稀缺的中世紀，抄寫員會將原有文字刮除或褪色後，在同一頁上重新書寫。儘管肉眼難辨，但原文痕跡今日仍可能透過現代技術重現。在現代語境中，「重寫本」泛指層層覆蓋但仍殘存舊痕的文本、記憶或結構，常見於文學、心理學、都市研究等領域，象徵過去與現在交疊共存的狀態。

剛剛還處於崩解狀態的世界，轉眼間便像馬賽克一般，一塊塊拼回原狀。在場景重組時的劇烈震盪中，克萊奧彎下腰，感覺那些閃耀的文字碎片，彷彿深深刻入他的腦海。

『停……停下來，夠了！』

【——《阿爾比恩王子》「最終版」中，部分修訂前的段落被隨機混入。敘事的一致性下降。】

突然湧出的鼻血啪嗒啪嗒滴落在克萊奧的膝蓋上，亞瑟的手背上也緩緩滲出黑色的血液，彷彿有一道很深的傷口。

「克萊奧，你到底……做了什麼……」

從嚴苛的師父那裡學劍，又在基西翁子爵家的兵營裡與士兵一同翻滾成長的亞瑟，對受傷早已習以為常。

真正讓王子剝除偽裝的並非傷口帶來的痛楚。他緊握著流血的手背，心裡想著——

『世界被顛覆了。』

重新回到眼前的這條走廊、這夕陽、這地毯，雖然與剛才看似無異，卻已完全不同。亞瑟對此近乎完全確信——這種強烈的直覺，正是他年幼時因為預知能力而被視為不祥之子的那種感覺。未來彷彿變成了過去般的異樣感，以及世界毫無預兆的扭曲，從來都沒有人能理解。而這一切，只是讓亞瑟肩上的詛咒枷鎖變得更加沉重罷了。

但這次的異變並非只有亞瑟一人目睹。克萊奧無法止住湧出的鮮血，渾身顫抖不已，那對凝視著虛空的綠褐色瞳孔驟然放大。

這人無疑經歷了與亞瑟相同的現象。不，或許應該說，這個異常的現象根本就是來自於克萊奧．阿塞爾。

亞瑟還來不及開口詢問或責難，校長室的門轟地一聲猛然被推開。推門的力道之大，震得整條走廊都隨之顫動。

「亞瑟．里歐格蘭！克萊奧．阿塞爾！你們怎麼連在這裡也要打架！」

一位高大魁梧、眉毛和鬍鬚全白的老者大步走出來，袍子隨著他的長手長腳飛舞著。

「嘖，你們倆偷酒喝時不是配合得很好嗎？怎麼被叫來後就只會責怪對方了？」

老者猛地擠進了兩個少年之間，顯然以為他們剛才打了一架。亞瑟先站起身，迅速換上了他平日那副輕浮的模樣。

「老師，小孩子本來就是這樣，打著打著感情就變好了嘛。」

「這是你這個學生該說的話嗎？什麼，還流血了！你們動用武器了？」

「沒有啦！是因為袖釦不小心勾到才變成這樣的。」

「唉喲，亞瑟，你真是不管怎麼樣都能受傷耶。自從你入學以來，我就沒一天能好好睡覺！」

「老師，原來您這麼時刻惦記著我，真是太感動了！」

「你這傢伙……！」

亞瑟臉上雖然掛著笑，但他按著的傷口卻滲出了更多血。

「你們到底幹了什麼好事啊。嘖，先處理完傷口再聽你們解釋。」

老人輕輕伸出左手，一道光環從他身邊展開，包裹住克萊奧和亞瑟，形成了一個大圓。對克萊奧來說，這是他頭一次目睹別人展開「魔法陣」，也就是魔法師啟動的場域。

「【止住生命的流逝吧。】」

隨著校長的咒語響起，地板上的金色圓環逐漸浮現出複雜的文字與圖案。完成的圖案浮升到半空中，逐漸融入亞瑟與克萊奧的身體，一種溫暖柔和的感覺隨之湧入。

兩個少年身上的血很快就止住了，隨後澤貝迪便收起魔法陣。

「我們真的沒有打架，對吧，克萊奧？」

「啊……嗯，對，沒錯。」

亞瑟試圖讓氣氛變得輕鬆一些，但仍坐在地上的克萊奧，連開口說話都顯得吃力。短短幾分鐘內發生的事情，已經讓他驚訝到無法承受。這一切超出了他的認知極限。

『這就是……所謂的術式?!』

來到這裡後，他見過各種稀奇古怪的事，但真正親眼見到魔法在自己眼前運作，仍讓他感到不可思議與震撼。與克萊奧不同，亞瑟似乎對魔法已經司空見慣，立刻給出了反應：

「每次看到老師的治癒魔法都覺得好震撼！」

亞瑟一邊誇張地揮動手臂，一邊以輕浮的姿態將手插進口袋。澤貝迪無奈地咂了咂嘴。

「亞瑟，你看起來沒事了。克萊奧，你還好嗎？有沒有哪裡比較嚴重？」

「沒……沒有，我只是有點嚇到了……」

澤貝迪教授從袖子裡掏出一條手帕遞給克萊奧。他看著少年笨拙地擦著臉上的汗，隨後伸出那雙又大又布滿皺紋的手將克萊奧扶了起來。

「唉，像你這樣弱不禁風、一點小事就嚇倒在地的人，到底為什麼要惹事生非？」

血跡與灰塵弄髒了制服，讓兩名少年顯得格外狼狽。他們並肩站著，挨了澤貝迪教授毫無停頓、長達二十分鐘的訓話，語速快得像機關槍掃射。

夜不歸宿、曠課、闖入教授宿舍，甚至還偷竊學校物品，數起來罪名還真不少。至於克萊奧，他之前因為身體不適，一直推遲面談，沒想到在這段期間又惹出這場風波，自然被額外再加上「不知好歹」的罪名。

「你們兩個，從下週開始一直到放假為止，一天都不能缺席。不然放假就別想回家，只能乖乖留在學校。」

「老師，這部分就算了吧……您就看在我的面子上，拜託了？」

「咕，你這臭小子，誰要看你的臉啊？懲罰是兩週內整理好圖書館的藏書！下週二下課後就立刻開始，中間如果要賴的話，日期就重新開始算，明白了嗎？」

「……明白了。」

「唉，不管是上課還是打掃，既然是老師的命令，也只能聽從了，還能怎麼辦呢？明白了。」

亞瑟一開始還厚著臉皮頂撞澤貝迪，如今聽到處罰內容，馬上腳底抹油，溜得比誰都快。

身心俱疲的克萊奧追不上腿長又跑得快的亞瑟，只能垂頭喪氣地站在原地，獨自向教授鞠了一個躬。澤貝迪的語氣稍微放柔了一些。

「克萊奧．阿塞爾，你還有其他的事要做。」

「咦？……什麼事？」

「你的父親在會客室等你，從左邊的走廊一直走到底，最後一間房就是了，快去吧。」

「什麼？他現在來幹嘛……」

「最近發生了不少事，不是嗎？」

克萊奧的臉瞬間皺成一團。

『校長室的客人竟然是吉迪恩．阿塞爾嗎？還真會挑日子。』

吉迪恩．阿塞爾準男爵是個在此前版本的原稿中未曾被提及的人物。但如果非要找些線索的話，他有可能是在內戰期間曾經向亞瑟提供資金的匿名捐助者，除此之外，大概也想不起更多的資訊了。

『算了，那又如何，父親總不至於真的殺了兒子吧？』

克萊奧蹣跚地沿著走廊走到會客室，推開了門。然後，他在五秒鐘內就後悔自己這麼做了。在清脆的聲響下，他的眼前頓時一陣發白。

他甚至還來不及和初次見面的「父親」寒暄問候，就直接挨了一巴掌，重重摔倒在地。由於身體太過瘦弱，他根本承受不了成年男性的力量，整個人被打飛出去。所幸，他並未覺得特別痛。

『這人是怎樣，連我親生父親都沒碰過我一根手指耶……』

畢竟，親生父親我連一面都沒見過。

『這簡直跟電視劇情節沒兩樣。』

克萊奧呆住了，比起肉體上的疼痛，這場面反倒讓他覺得有點滑稽，甚至忍不住輕笑出聲。他拍了拍衣服站起來，但其實制服早就被血浸濕、全身髒兮兮，根本沒什麼好清理的。

「父親大人，這段期間您一切都好嗎？」

「我一切都好嗎？你覺得你有資格問這個問題嗎？」

終於見到吉迪恩．阿塞爾本人了，沒想到他和克萊奧長得相當神似。

『看他對自己兒子這麼隨便，還以為克萊奧是他老婆跟別人生的，結果居然是親生的。』

棕色的頭髮整齊地向後梳理，綠褐色的眼睛，略顯消瘦的面頰，以及高高的顴骨。

『從基因上來看，確實挺像的……但為什麼他長得像電影明星，我卻像個營養失調的人啊？』

身材高挑的阿塞爾準男爵一臉冷酷的表情。即使克萊奧一身狼狽，他也沒有絲毫憐憫之意，甚至連一句讓他坐下的話都沒有。

「你這身弄得亂七八糟的制服，可是我花了兩千迪納爾訂製的，鈕釦上還刻了縮寫，布料是亞麻混羊毛，領帶則是絲綢。」

克萊奧突然覺得很新奇，低頭打量了一下自己的制服。他轉了轉袖口上的鈕釦，看到上頭果然刻著「ＫＡ」的縮寫。

『我還在想這孩子這麼瘦，怎麼衣服還這麼合身，原來是訂製的……』

「入學捐款費是七十八萬迪納爾，再外加兩萬迪納爾的福利金。每學期的學費五萬迪納爾，四個學期共二十萬迪納爾，已經提前繳清。在這裡，可以說你的每一天，都是用金錢堆砌出來的。」

原本還懶洋洋、站著三七步的克萊奧，聽到這串驚人的數字後，馬上立正站好，彷彿他心裡那個「韓國人」突然蹦了出來，正指著「克萊奧」劈頭訓斥一樣。

『什麼呀？這樣的話，如果只是賞我一巴掌就能了事，這位父親比我想的還要仁慈啊，還真是失敬了……』

「克萊奧．阿塞爾，重來一次，你問我『一切都好』嗎？」

「嗯……確實是不能說『好』啦。」

「你好像覺得這些事跟你無關嘛？聽說你半夜跳進河裡？」

「……那真的是意外，散步的時候太暗了，看不清楚……」

聽到這裡，克萊奧開始覺得有些難為情，自己先前竟然指控他身為父親，完全不關心兒子。

『說到底，他可是花了十億[21]才讓我進這所學校的人，現在我總不好對人家說什麼因為人生他媽的爛透了才跳進河裡吧。』

「讓你進這所學校，是你母親的夢想。當年，她在難產當中生下你，甚至說出，就算犧牲自己的生命也在所不惜。如果她還活著，看到你現在這個樣子，又會怎麼想？」

平時總是伶牙俐齒的正珍，這次無言了。沒有人提起過的『母親』，還有即使痛苦到想死也無

21　十億韓元，約相當於新臺幣二三〇〇萬元。

法退學的「克萊奧」——他早就隱隱約約覺得，這之中一定有什麼隱情。果然不出所料。

雖然這情況讓他頭痛欲裂，但結論倒是很快就得出了：

『已故的特爾瑪．阿塞爾夫人，您的兒子確實已經成功進入這所學校，您可以含笑九泉了。』

克萊奧以比較恭敬的姿態看向父親。看到這一幕，終於坐下的吉迪恩揮了揮手，示意兒子也可以坐下。

看起來約莫五十出頭的男人，內心似乎掀起一場情感風暴，既有愛與關懷，也交織著憎恨與憤怒。

「看來你依然什麼都不明白。所以，你給我記住，牢牢地記住——不是所有生而為人的人，都能被視為『人類』。如果想被當作『人』看待，就最少必須擁有地位、財富或是才能這三者的其中一項。」

『嗯……對，你說得很對，父親大人，現實確實就是這麼殘酷。』

「我出生於奧里恩斯地區的貧民窟，生下來什麼都沒有，但我憑著自己的力量，獲得了地位和財富，也為你——我的兒子——準備好這一切，為的就是讓你不必經歷我受過的痛苦與壓迫。」

這些過往，單從吉迪恩的語氣、穿著與舉止是無法看出的。

「而且你還擁有天賦，那可是與生俱來的以太感知力。就算你這個資質很微弱，但我知道，只要用對方法開發，也能達到非凡的成就。為了讓你購買魔石和魔導具，我還在你的帳戶存了滿滿的錢，但我沒想到你對提升自己的能力居然一點興趣都沒有。」

『什麼？現在連沒花錢這件事也要被唸嗎？』

因為覺得太過荒唐，克萊奧不由得露出一抹苦笑。

「所以我已經凍結你的帳戶，等期末考試結束後，再根據你的成績來判斷是否要解除凍結。」

「……這會不會太突然了？」

克萊奧覺得自己就像個被奪走一切、流離失所的可憐人——比起真的被迫離開原本的世界，現在無法動用帳戶裡的四十萬迪納爾才是更讓他崩潰的事。

『哪有東西給了還能收回去的道理！這裡的金融法到底是怎麼回事？只因為我還未成年，父母就能這樣為所欲為嗎？早知道就該把錢全提領出來，當時怎麼就沒想到這一點呢……』

「很突然嗎？我覺得我已經給了你足夠的時間了。」

「學問這種事，可不是有心就能達成的。」

「沒錯，你說得對。如果你真的無法在學業上有所成就的話——」

正在絞盡腦汁思考如何解除帳戶凍結的克萊奧，沒認真聽吉迪恩的話。

「可以再說一次嗎？」

「唉，我說，如果你無法繼續待在這所學校的話，我就會讓你去從軍，十七歲已經是可以服兵役的年齡了。」

『他瘋了嗎？』

克萊奧差點忍不住喊出聲，反射性地狠狠咬了一下嘴裡的肉，才強行忍住。刺痛讓他的腦袋瞬間清醒了過來。

對於一個為了逃避兵役而盤算退學計畫的人來說，這簡直是逼他在「五年後從軍」和「明天就去當兵」之間做選擇，實在太殘忍了。更何況，這個國家幾年內一定會爆發戰爭。

畢業後的義務役好歹是以軍官的身分入伍，但如果讓這副虛弱的身體在十七歲入伍當大頭兵，那絕對是不可能的事。雖然他也想過，自己的身體狀況這麼糟，會不會在體檢中就被刷掉，但他那位父親，顯然是個說到做到的人。

『他一定會想盡辦法把我送進去，這件事絕對不能讓它發生。』

克萊奧前所未有地認真起來，挺直了腰桿，也不自覺地壓低了聲音。

「您希望我考到什麼名次？」

「說得好像你真的能達成一樣。看來這條坦普斯河的水還真是靈驗啊，我這個次子，過了十七年，總算第一次直視別人的眼睛回答問題了。」

男人的聲音是悅耳的男高音，語氣卻冷得令人不寒而慄。

「我可以相信你以後的行為會和之前不同嗎？」

「這個嘛，我不知道您在我身上看到了什麼，但我從頭到尾都沒什麼和人家不一樣的地方。」

吉迪恩看向克萊奧的眼神中閃過一抹奇異的神色，但因為心裡隱隱冒火而忙著動腦筋的克萊奧，完全沒察覺到。

「至少考進前三十名吧，不要再讓我失望。」

「只要我進前三十名，您就會重新解開帳戶？那如果我進了前二十，您會給我什麼獎勵嗎？」

看到次子難得頂嘴的模樣，吉迪恩第一次放鬆了緊繃的嘴角，露出一絲稍顯人性的表情。

「那我會看在你努力的份上，存兩倍金額在你的帳戶裡，只要你能做到。」

或許他真的能做到。

畢竟，克萊奧擁有豐沛的以太感知力，還有無敵的作弊密技：「記憶」。

「我一定不會讓您失望的，父親。」

✦學生的本分

回到宿舍時，天色已經晚了。克萊奧連吃晚餐的念頭都沒有，直接洗了澡後就躲進臥室裡。

貝赫莫特正在一旁整理毛髮，旁邊放著只剩下一些鳥骨頭的碗。看來內博已經幫他準備了水和食物。

「澤貝迪是不是狠狠修理了你一頓呀？雖然今天的晚餐不算太糟，但本喵在啃著塞滿蘑菇的鶉時卻沒有好酒相配，實在是太悲慘了。」

『變成貓可能會更好一些，哪怕是附身在書上也比當人類強多了。』

克萊奧坐在貓的旁邊，抱住他溫暖柔軟的身體，狠狠地揉了揉他的肚子，心情稍微平復一些，貝赫莫特卻不滿地嘶了一聲，隨即跳窗逃走了。

『唉……』

這是克萊奧來到這個世界後，第一次輾轉難眠。僅僅一個下午，就發生了太多事情。

『來整理一下吧。』

克萊奧頭一次坐到了書桌前，拿出筆記本和鋼筆，開始梳理思緒。

1. 這裡是原稿中的世界。而且，原稿仍在持續寫作當中。

2. 這份原稿是經過八次重寫後的「最終版」。

2-2. 因為在同一張稿紙上反覆重寫，導致原稿變得非常不穩定。在使用〚編輯的權限〛時，如果稍有失誤，就可能讓被刪除的內容混進來。

2-3.目前無法確認哪些內容被混進來，也不知道它們的具體影響。

『果然，編輯的權限不可能是什麼萬能的工具，一開始只是運氣好罷了。如果每次失敗都會鬧出這麼大的亂子，誰還敢碰這東西啊？更何況，後果還會波及到我身上。』

克萊奧低頭望著手背上隱隱閃爍的聖痕，嘆了一口氣。史蒂芬・金曾經說，創作是人的工作，而編輯是神的工作。這話恐怕不盡正確。親身經歷過後，克萊奧才更深刻地體會到，在這個故事裡，真正的神，果然還是作者。

『是我太天真、太輕率，雖然那時候情況緊急，也沒時間讓我細想就是。』

亞瑟似乎也受了傷。當時沒能仔細確認，讓克萊奧有些掛心。遇見他之前，克萊奧讀過的原稿與「最終版」之間沒有太大的差異。無論是人物還是事件的發展，幾乎都相差無幾。

如果自己只是個對故事毫無影響的人物，是不是就能完全置身事外，不被主角周圍的歷史事件牽連，過上安穩的日子？既然如此，選擇一條安全的道路，似乎也是理所當然的吧。

『像亞瑟那種傢伙，當戰場上的英雄再適合不過了。至於我嘛，更想待在後方，喝點小酒、睡個午覺，守住我的小確幸。』

只是他也明白，作者不可能會隨隨便便就給一個無關緊要的小角色這麼多的財產和強大的以太感知力。

『作者到底是抱著什麼樣的想法，才會這樣設定「最終版」裡的克萊奧？您究竟在想什麼啊，作者大人？』

當然，沒人會回答克萊奧的問題。他心想，是啊，神什麼時候回應過個人呢？思及此，他又一次嘆了口氣，並在上面的項目下方追加了一條新內容。

3.作者無法自行解決原稿中出現的問題，而且到目前為止，只能在得到作者的批准後才可以使用「專屬異能」。

接著，他畫了一條分隔線，新增了一些項目。

＊「□□□□的重寫本」

＊「□□□的約定」

克萊奧在發現無法使用〖編輯的權限〗後，腦海中浮現了一個字眼：「重寫本」。就像〖約定〗的修飾語未完整顯現一樣，「重寫本」的修飾語也沒辦法看到。

□□□□和□□□。

「能連結不同次元」的戒指。

「書寫這個世界」的原始稿。

這兩樣東西都與作者有關，而且似乎並非屬於這個故事中的道具。至於作者是誰的線索，可能也隱藏在那些尚未揭示的部分裡。

『敘事的參與度過低，導致〖約定〗的功能尚未完全開放嗎……也就是說，因為我還沒被完全捲進這個故事裡，所以連它們的名字都無法看見？』

但克萊奧認為，為了探尋作者的真面目而深入故事，實在是太危險了。他也坦承，自己其實沒那麼想知道——反正就算知道了，對他來說也不會有什麼改變。

『無論之後會怎麼發展，都不影響亞瑟繼承王位的事實吧。』

雖然很難完全違背作者的意圖，但克萊奧也不打算坐以待斃，任由自己被牽扯進去。

畢竟「正珍」從來沒說過要幫忙修改這份原稿，而這種事本來就是要人家情願。再好的差事，對方如果不願意做，也勉強不來吧。

『我和亞瑟現在也只是剛認識的程度而已，雖然那傢伙開始懷疑我了……但我既不是主角的朋友，也不想成為與他同甘共苦的夥伴，更不是會向他效忠的臣子。只要不落到這三個位置上，就不會走上那條苦不堪言的道路。』

克萊奧心意已決，絕對不要和亞瑟扯上關係。他前一世歷經千辛萬苦，最後卻落得淒慘的下場。如今，好不容易獲得這額外的人生，結果還要他拚命奮鬥？未免太過分了吧。他可一點都不想放棄這得來不易的「無能富家小兒子」的安逸生活。

『結果，想過上那種生活，還是得努力——這不是很諷刺嗎……』

克萊奧再次畫下橫線，在筆記下方列出目前的行動計畫。

1. 設法避免入伍。

2. 解決因為帳戶凍結而無法提款的問題。

『這兩件事只要努力讀書就能解決，那接下來呢？』

3. 帳戶解凍後，立刻將所有錢提領出來。

4. 離開學校，只要不被抓住，撐過兩個月便會自動被退學。

備註：必須另外籌措父親零用金以外的資金來源。

剛來這裡的時候，他對這世界一無所知，但在和明事理的內博相處之下，他逐漸掌握了一些基本常識，像是如何租房、旅行需要取得許可等。這個世界連監視器都沒有，對一個四肢健全的年輕人來說，要藏身根本不是難事。

『額外籌措資金的計畫就慢慢來吧。』

自認這計畫還算不錯的克萊奧，終於安然入眠。

✦ ✦ ✦

計畫徹底失敗了。克萊奧倒在地上，只能無聲地哀嚎。他不過是跟其他學生一起揮了幾下練習用劍，手臂就已經開始發抖，手掌甚至還起了水泡。

他的頭腦可以理解教科書上的基本姿勢，尤其是連女學生都能輕鬆模仿了，他心想自己應該也能做到，於是硬是咬牙堅持上課，卻還是體力不支倒了下來。

『這副身體，簡直爛到家了……』

由於《劍術基礎》教科書主要是教理論內容，因此克萊奧壓根不知道這門課還需要進行技術測驗。他甚至不知道，一年級要先學習統合課程，而劍士與魔法師的分班要到二年級才會開始。

背後傳來陣陣竊竊私語和壓抑不住的竊笑聲，嘲諷意味十足，有如一根根尖刺扎進克萊奧的後腦勺，讓他羞愧得抬不起頭來。倒在地上的他，只能眼睜睜看著教授朝自己走來。

「好了，別再看了。第一組和第二組，各自練習上週教的連續動作和第三種劈砍姿勢。助教，去指導第二組。」

劍術基礎課的教授羅莎．佩希特，是以太等級高達八級的高階劍士，同時也是一名劍術大師。這位從皇家首都防衛隊騎士團團長職位退下的老劍士，任教多年來對學生一向寬厚和善。問題是，克萊奧的體力，甚至連她最基本的指導都無法承受。

「唉呀，克萊奧，我看你在學習基礎劍術之前，最好先鍛煉一下基礎體能。從明天開始，每天早上繞學校跑兩圈吧。」

羅莎教授的身高與澤貝迪教授相當，但她看起來力氣更勝一籌，輕輕鬆鬆就把克萊奧扶起身來坐好。

她身穿著輕甲，內搭白襯衫與黑長褲，腳踩靴子，身形依舊結實得像個年輕人。克萊奧的腕力與體力，竟然還不如已步入老年的羅莎教授。羅莎用僅剩的一隻眼，仔細打量著克萊奧因為長水泡而紅腫的手掌，隨後開口道：

「你肯來上課是件好事，但這學期內，你別想能拿劍了。」

「那期末考試怎麼辦……」

羅莎輕輕拍了拍克萊奧那明顯比她窄小的肩膀，臉上帶著一抹憐惜。儘管她的左眼被眼罩遮住，但豐富的表情讓人一眼就能看出她的心情。克萊奧似乎很容易激起年長女性的同情心。

「劍術基礎課的技術測驗，會根據第一組的劍士志願生和第二組的魔法師志願生採用不同的標準來評分。」

克萊奧即便對劍術一竅不通也能看出，第一組的動作顯然達到了另一個層次，而他們當中包含了伊希爾和內博。

「我會幫你安排另一種技術測驗。如果你能在期末考試前，在五分鐘內跑完這座練兵場四圈，就給你三十分。然後，只要筆試再拿到十分，你就不用擔心留級了。」

「謝謝教授……」

「我看你的筋骨沒問題，只要每天跑學校兩圈，應該就能輕鬆達成目標。」

克萊奧垂頭喪氣地點了點頭。他目測估算了一下，練兵場的周長大約是二五〇公尺，跑四圈就是一千公尺。如果在劍術課上靠一千公尺的跑步來拿分，確實已經算很寬鬆了。

剩下的課堂時間裡，他坐在長椅上，一邊喝著助教送來的水，一邊休息。但即使教授特地放寬標準，克萊奧皺著的眉頭也沒有舒展開來。

劍術基礎的技術測驗滿分是八〇分，筆試分數是二〇分。即便他完成一千公尺的跑步並在筆試中拿到高分，最多也只能獲得五〇分。

『基礎課程包括劍術基礎、魔法基礎、歷史和古典文學，每科滿分都是一〇〇分，四科加起來總共是四〇〇分。如果總分相同，就算是相同名次。』

週末時，他已經把所有的筆試科目教科書看過了一遍，一邊看還整理了一些重點。雖然內容有些陌生，但不算太難理解，讓他稍微安心了一些。

然而，劍術這門課拿最低分已成定局，他必須重新制定策略。他已經在「父親」面前誇下海口，剩下的三科絕不能表現平平，必須獲得高分才行。

『我得想個突破性的學習方法才行。』

「學識過人的靈喵老師啊，我想請您指點我這愚笨之人。」

「哼，本喵不會再被你這張嘴騙了。本喵雖然知道這所學校一世紀以來的所有課程，但可不打算免費幫忙。」

總之是找對老師了。這隻在學校生活了上百年的貓顯然比校長還要了解這裡的一切，雖然他總擺出一副傲慢的姿態，但的確有這個資格。

問題在於，自從克萊奧獨自喝光那瓶布爾迪加拉葡萄酒後，他就一直對克萊奧懷恨在心。

克萊奧沒多猶豫，直接叫了輛馬車，迅速趕往市區。他在最大間的酒商門口下車，報上阿塞爾的名字後，老闆立刻變得熱絡起來。不過，對方隨即表示，一八七五年產的「主教之塔」葡萄酒是稀有老酒，短時間內無法取得。聽說店裡只剩下一八七九年產的酒後，他也只能將就著買了。

去商店之前，克萊奧還抱著一線希望，跑了一趟銀行，結果確定帳戶真的被凍結了。

他身上只剩下之前提領的一千迪納爾，而這一瓶酒就花掉了他將近三分之二的現金。克萊奧心情低落，搓弄著裝著酒瓶的袋子，發出沙沙的聲響。

『瘋了吧，一瓶酒竟然要價六百迪納爾……不，這叫捨小錢賺大錢！』

當克萊奧從袋子裡拿出酒瓶時，正在打盹的貝赫莫特立刻跳起來，像長了翅膀似的，在房間裡飛奔來回。

「喵嗚喵嗚喔喔喔喔喔嗚——！」

克萊奧連忙打開瓶塞，往水碗裡倒了大約三分之一的酒。貓立刻竄了過來，興奮地撲向水碗。

「啊，雖然不如一八七五年的好……但一八七九年的酒應該也不錯吧，那年夏天很炎熱呢，哇，這香氣，喔喔喔……」

隨著時間過去，紅酒的香氣逐漸散發出來。價格這麼高的酒果然不負期待，濃郁的黑莓和玫瑰香氣彷彿充斥了整個房間。

當克萊奧問自己能不能喝一杯時，貝赫莫特直接一口拒絕。每次貝赫莫特喝完一碗，克萊奧就忙著再幫他倒滿水碗，勤快地伺候著。

隨著酒的減少，貝赫莫特眼周的金光越發耀眼，毛髮似乎也更加閃閃發亮。

『這根本是酒精中毒的貓了吧……』

酒瓶終於見底了。貝赫莫特用前爪抱著空瓶，依依不捨地舔著瓶口，然後才轉頭看向克萊奧。

「好了，現在總算有點想當老師的心情了。話說，你怎麼突然想要認真讀書了？」

克萊奧將和「父親」之間發生的事一五一十告訴了貝赫莫特，還特意強調，如果帳戶持續被凍結，就沒辦法再買酒給他喝了。

正在回味美酒滋味的貝赫莫特，尾巴猛地炸開，毛全部豎了起來。

「那可不行！絕對不行！」

「但是，如果我能考進前二十名，我一定會把你一直念念不忘的一八七五年「主教之塔」葡萄酒獻給你，前提是我能拿回存款的話。」

「馬上開始吧！明天的課是什麼？」

「魔法基礎。」

比克萊奧本人還要充滿幹勁的貓跳上了書桌，昂首挺胸坐好。

「本喵一定會讓你的成績大幅提升，好好期待吧。」

「一個月後就要放假了吧？那澤貝迪這週或下週肯定會來個術式的筆試小考。」

「是嗎？」

「澤貝迪最討厭臨時抱佛腳，所以總是三不五時來個突襲考試，性格真是差勁。」

「那要怎麼準備會比較好？」

「他總是會把教科書上沒有的術式放進考題，這正是他的陷阱。如果能把《魔法全書》第一卷背下來，那麼對於一年級的課程來說，無論澤貝迪出什麼題目，都可以拿滿分了。」

「《魔法全書》？去圖書館借就可以了吧？」

「圖書館？什麼圖書館！你到現在都還沒買必備的輔助教材嗎？趕快找人去買。《魔法全書》整套共有三本，一定要買最新版的。」

「既然你那麼了解，乾脆幫我去偷看考題不就好了？」

克萊奧直接挨了一記貓拳。

「你在打什麼歪主意！再說了，你這傢伙就算看到考題也不懂吧？還是從最基本的開始。你知道術式和咒語是什麼嗎？」

「我看到澤貝迪校長施展魔法了！他展開魔法陣，喚出術式，然後只說了一句【止住生命的流逝吧】，血就一下子停了！」

「眼力不錯嘛，那是那傢伙的拿手本領之一。那麼，你知道那是怎麼運作的嗎？」

「呃，不知道，一點都不懂。」

「你連為什麼要背術式都不知道就想背？」

貝赫莫特抬頭看了一眼天花板，又低頭瞄了眼地板，最後看到空的紅酒瓶，總算恢復了冷靜。不愧是賄賂的威力。

「嗯，我知道那是什麼：『術式的作用是指示魔法內容。它是一種神聖的構造，能束縛以太，使其服從魔法師的命令，而人類無法自行創造新的術式。咒語是用來啟動照術式排列的以太，這就是魔法的運作原理。』」

多虧了「記憶」功能，克萊奧能將教科書上的內容一字不差地背出來。貝赫莫特看著他，臉上難得露出驚訝的神情。

「不過，能背下這些內容，不代表我知道怎麼使用魔法。」

即使是在原稿中，除了會使用治癒魔法的澤貝迪以外，也沒提到什麼關於魔法師的內容。魔法雖然是一種強大的能力，但學習起來極為困難。而且，施展魔法需要時間，且只能在魔法陣的範圍內生效；它適合拿來研究，很難在戰鬥中派上用場。

「唉，我真搞不清你是笨蛋還是聰明人。那我再說得簡單一點，就拿槍來比喻吧，展開術式就像上膛，念咒語則是開槍。要開槍，得先有子彈吧。這下你這傻瓜能理解了吧？」

「懂了！」

「那麼，子彈要怎麼製造？你得完全記住術式的樣式，而且要能精確無誤地在白紙上寫下來，這樣才能成為你的子彈。」

「沒有其他辦法了嗎？」

「沒有，背是唯一的途徑，如果不把術式背下來，就別想當魔法師。雖然一開始一年級的學生還不能開啟魔法陣，但提早讓他們背下術式，是為了讓他們開啟魔法陣後能直接使用。」

「原來如此！」

「如果等到之後再來背，就太晚了。《魔法全書》第一冊裡有一百個術式，你得把這些全背下來，才勉強算是個魔法師。等你全部背完，一年級大概就結束了。」

「一百個……我知道了。」

克萊奧嘴角微微上揚。這種程度的話，他應該能辦到。他試著一邊讀教科書，一邊動手練習。雖然無法像畫家那樣創作出充滿藝術性的作品，但術式這種由圖形與文字組成的結構，只要親手抄寫一遍，就能深深記住。只要能成功輸入，「記憶」功能便是萬能的。

『雖然是苦差事，但並不難。對我來說，真正的問題是不知道該從哪裡、怎麼開始背。』

「那麼還有一個問題。教科書裡沒有提到咒語，那也要從《魔法全書》裡找嗎？」

「術式來自這個世界之外，《魔法全書》記載了世上所有的術式，但咒語是每個魔法師自己創造的。」

「呃，我真的不擅長作文……」

「所以！必修課裡才會有古典文學課啊！優秀的魔法師必須精通語言，因為優美的語言蘊含著更強大的力量。如果咒語寫得好，即便是相同等級的魔法師使用同一術式，威力也可能相差兩倍！也就是發射的力道不同。」

「所以澤貝迪教授才不喊【止血】，而是喊【止住生命的流逝吧。】這樣嗎？」

「正是如此，那個魔法的術式名稱就是毫無美感的【止血】。當然啦，那樣喊也是可以啟動魔法。」

「……！」

克萊奧回憶起自己施展防護結界時的情景。他記得兩次都是在緊急時刻喊出了「救命啊！」或者「救救我！」這樣的話。

『難道那也算咒語?!』

「但如果只是按照名稱喊出來，連澤貝迪也沒辦法同時治療兩個人，是因為他用了『生命的流逝』這樣的表達，威力才會那麼強大。」

「那如果是防護結界，也得把【救命啊！】改成【防護屏障啊，守護我吧！】這種肉麻的說法，才能得到更好的效果嗎？」

「當然囉。」

「直接抄別人的不行嗎？」

「引經據典是被鼓勵的，但不管是順序或結構，就算只改一個字也好，總之一定要有所改動，才能讓它成為你的咒語。那些將魔法傳授給人類的女神子嗣，對於頌歌與詩詞的創作極為嚴苛。完全相同的咒語，會削弱魔法的威力。」

「真是讓人抓狂。」

『這設定根本充滿了作者的執念，唉，文科果然也有區別。要是我當初讀的是國文系，而不是歷史系，現在說不定更有用……』

✦ ✦ ✦

到頭來，他根本沒得睡。每當感覺到睡意襲來，貓的前爪就重重地拍在他的手背上。對學生毫無期待的貝赫莫特，在克萊奧只用幾小時就背下侍從買來的《魔法全書》第一卷後，態度徹底改變，於是克萊奧就在貓的前爪和後爪輪番招呼下熬了一整晚。不過，成果還是相當不錯。

「幹得不錯嘛！你有資格成為我的弟子。你已經在一天之內背下《魔法全書》第一卷了，現在只需要提升你的以太等級。接下來四週內，我會幫你突破三級，然後……」

「慢慢來吧，學識過人的莫特老師。」

清晨的光線漸漸灑進屋裡。疲憊得只能發出微弱呼嚕聲的貓，和累得連眼皮都抬不起來的人類對視著彼此，然後傻笑起來。

之後，克萊奧直接出門，在學校附近走走跑跑繞了一圈，接著換上備用的校服，準備進教室上課。

他頭一次在課堂上保持清醒，就聽見教室裡傳來閒言碎語，像是「作弊錄取生」、「自殺未遂」之類的。不過，只要沒人當面找碴，他就當沒聽見，一律無視。

克萊奧比高三時還要熱切地專注於課堂學習。教授講解的內容正是他昨晚預習過的，還附上示範，他一下子就完全吸收了。到了第三節課，在前兩小時的魔法基礎課結束後，澤貝迪教授突然拋出一顆炸彈。

「那麼，先休息十分鐘，下一堂課將進行術式測驗，總共有十道題目，魔法師志願組必須全對才能拿滿分，劍士志願組只需要答對三題就能拿滿分。這次測驗的成績將占期末總分的三〇％。」

教授的話讓教室內一片譁然，大多數學生都措手不及。除了依然打算交白卷的劍士組亞瑟，以及胸有成竹的魔法師組克萊奧。

『貝赫莫特這傢伙，真是神奇又可靠，簡直是貓中龍鳳呀。』

克萊奧一邊掩著不斷打哈欠的嘴，一邊忍不住偷笑。

『投資六百迪納爾果然值得。』

不只可以輕鬆理解課堂內容，還能輕鬆答對測驗的十道問題。聽著教室各處傳來的一聲聲嘆息，克萊奧開心地在試卷上沙沙作響寫下答案。

『甚至連題目的結構都和貝赫莫特畫的重點一模一樣，《魔法全書》的內容就占了四題呢。』

第一個離開教室的是明顯只寫了名字便交卷的亞瑟。第二個是似乎放棄測驗、猛然踢開椅子站起來的內博。

第三個是克萊奧，他交上填得滿滿的試卷後，帶著輕鬆的心情回到宿舍。助教似乎以為克萊奧也是放棄測驗的學生，刻意用明顯的咂嘴聲表達不滿，但他毫不在意。

『等分數出來你就知道了。』

這份喜悅只持續了一會兒。吃過午飯後，即便睡了四個小時，他還是覺得不夠。到了下午四點左右，克萊奧被柳巴舍監喚醒，說得去校內進行志願服務了。他洗了把臉，抬頭看向洗手台的鏡子，才發現自己眼下的黑眼圈都垂到臉頰了，看起來疲憊不堪。

『人生果然是甜中帶鹹啊，但這些日子很快就要結束了。等放假時……我就要離開這所學校，再也不回來了。』

克萊奧邁步走向圖書館。上週，籬笆旁的玫瑰還含苞待放，如今已然盛開，天氣則依舊晴朗。然而，不過短短一週前，他還整天躺著睡覺、玩樂、大白天喝酒。如今回想起來，那段日子竟然遙遠得像去年的事一樣。

在圖書館門口，亞瑟朝他揮手，但克萊奧裝作沒看見，因為他完全不想與亞瑟交談。

圖書館管理員帶著克萊奧和亞瑟來到分館後方的倉庫。他們的處罰內容是將堆積了數十年的廢棄書籍和文件搬到外面，並清掃倉庫。望著堆得比身高還高的書籍、灰塵和紙堆，克萊奧的表情顯得十分陰鬱。

『要是用這副身體把這些全搬完，我肯定會累倒。用術式裡的【分解】應該可以解決，看來得盡快學會發動魔法才行。』

不管克萊奧是憂鬱還是開心，亞瑟都只顧著說自己的話，吵個不停。

「萊～～奧，你真的不打算回答我嗎？」

「……」

克萊奧沒有回應，只是戴上圖書館管理員遞過來的手套，搬起離自己最近的一疊文件，但亞瑟立刻搶過那疊文件，隨手往後一甩，力氣之大，那堆文件竟像棒球般劃出一道弧線，直直飛了出去。

「可以回我一下嗎？」

亞瑟臉上仍是笑容滿面，那雙眼睛卻莫名帶著一股寒意。他脫下手套，朝克萊奧大步走來。克萊奧本能地感覺到不對勁，向後退了幾步。

『他該不會是怕揍我的時候，手套會沾到血吧？』

根據之前的原稿，十七歲時的亞瑟已經是以太等級四的中級劍士，具備不俗的武藝。而在現在的「最終版」裡，他甚至已經能使用劍氣了。要是被他揍上一拳，恐怕連骨頭都會碎得找不著。

『用防護結界能撐住嗎？但我還無法隨心所欲開啟魔法陣耶。』

就在克萊奧縮著脖子戒備時，亞瑟突然把右手伸過來。那是他上週因為〖編輯的權限〗執行失敗後流血的地方。

「以為我要揍你嗎，幹嘛這樣反應過度？流一堆血的明明是我。給我好好看清楚，這裡出現了這種東西。」

「出現了什麼？傷口完全癒合了啊……」

「你看不到嗎？蛤，搞什麼啊？雖然很淡，但這裡明明有痕跡吧？這是你弄出來的，照理說你應該能看見才對。」

「我什麼都沒做啊。」

「不，你肯定做了什麼！雖然我不確定到底是什麼，但這絕對是那天你動手的證據。」

「你動手的證據。」這句話像是什麼誘發詞，一瞬間觸發了什麼。克萊奧左手戴著的〖約定〗綻放出耀眼的光芒，強烈到連手套都遮不住。克萊奧能清楚感覺到，自己的心臟正在劇烈跳動。

【聖物：□□□的約定】

【——因使用者的敘事參與度上升，〖約定〗的第二階段功能已解鎖。】

【——可深入「理解」敘事的構成要素。】

亞瑟右手周圍浮現出密密麻麻的金色文字。突如其來的大量資訊讓克萊奧無法承受，使他踉蹌了幾步。

亞瑟的手背上浮現出一個半個手掌大的圖案，如今連克萊奧也能清楚看見了。圖案的中心是一個小圓，外圍三分之二的部分被層層扇形環繞，下方連接著一個長方形。它的整體形狀如同貝殼，由獨特的金屬質感線條構成，有如一座「環形劇場」[22]的平面圖，呈現一個形狀鮮明的聖痕。

【專屬異能：「前景化」[23]

22 一種將表演區置於觀眾席中央的開放式劇場結構。

23 foregrounding，是文體學（stylistics）的一個核心術語，用以指稱某些語言元素在文本中被特意突出，從而吸引讀者注意力的語言技巧，目的是打破語言使用的習慣性（即「語言自動化」），藉由語法、聲韻、修辭、結構等手法創造語言形式上的陌生感，從而引發讀者的注意與情感反應。與「前景化」相對的有「背景化」（backgrounding）、「自動化」（automatization）及「慣例性」（convention）。

——生成一個無法被任何武力或魔法侵害的亞空間。
——將使用者和使用者指定的人物從事件與背景中分離，並移動至亞空間中。
——亞空間的持續時間與可容納人數，會隨使用者的以太等級提升而增加。
使用者：亞瑟．里歐格蘭
限制時間：00:00:40
可進入人數：包含使用者共四人】

這道聖痕在之前的原稿中，是亞瑟通過「環形劇場」地下城後，作為獎勵獲得的專屬異能。
『為什麼亞瑟現在就得到了這個東西?!』
目前「最終版」的劇情還在初期。按照進度，「謨涅摩敘涅之門」理應仍處於封印狀態。儘管之前他們在門的周圍連日豪飲，但完全沒發現門有任何被打開的跡象。
「記憶之界」是只能透過「謨涅摩敘涅之門」連接的一種地下城。難道作者原本就打算，毫無道理地把本該是地下城突破獎勵的異能，直接塞給主角嗎？
不可能。那位曾執著地將同一份原稿修改了九次的作者，應該不會希望故事發展得這麼突兀。
『這更像是一種錯誤。』
克萊奧腦中閃過了先前出現的訊息框內容：
【——《阿爾比恩王子》「最終版」中，部分修訂前的段落被隨機混入。】
『是最終版混入了之前原稿後半段的內容才出現了聖痕！』
在原本的原稿中，亞瑟經歷了多次生死對決。但要是原稿再次被攪亂，使得身為中級劍士的亞瑟現在就遭遇本該在後期才登場的強敵，會變成怎樣？如果不是聖痕，而是出現了致命傷呢？不可能每次都像這次這麼幸運。

『如果主角死了，這個世界會變成什麼樣子？』

被〖編輯的權限〗碰過的原稿，如今已經破損得無法再修寫，是只要筆稍碰一下就會破洞的那種程度。

『萬一發生連作者都無法挽救的局面呢？那不就是世界末日嗎？』

克萊奧現在已完全被這個原稿世界困住，絲毫看不到逃脫的線索。更糟的是，他甚至不敢去想，如果這個世界崩潰了，會帶來怎樣的後果。

『財富、軍隊，這些相較之下都無關緊要了，我絕不能讓這種事發生。』

亞瑟見他再三呼喚都不回答，似乎有些惱怒，抓住克萊奧的肩膀用力搖晃。

「你還真是固執，都來到這裡了還是不肯開口。當我還是列奧的時候，你不是和我相處得不錯嗎？只因為我現在是亞瑟．里歐格蘭，你就不願意搭理我？」

「不是這樣——」

亞瑟的右手筆直地向一旁伸出去，一道暗灰色光芒從他的手中迸發。〖約定〗這時依然不負所望地散發出金色光芒，揭示了新的事實。

【—亞瑟．里歐格蘭已啟動〖前景化〗異能。】

【—剩餘時間／限制時間：

00:00:39／00:00:40】

眼前的景象在一眨眼間就轉換成一片連影子都不存在的空間。亞瑟與克萊奧如今的所在位置是舞台的正中央。亞瑟的身後，是一根正在崩毀中的石柱。而當克萊奧茫然地轉頭望去，看到了身後層層向上堆疊的半圓形觀眾席。

即使曾經讀過原稿，當文本中的內容真實地展現在眼前，要將文字與現實對應起來，仍舊需要一點時間。

『……真的是「前景化」……那座圓形的劇場。』

亞瑟的左手依然緊緊抓住克萊奧的肩膀，冷漠而陌生的眼神掃過克萊奧的側臉。亞瑟從小經歷過太多成人的殺意與欺瞞，因此練就了能讀懂他人表情的能力。這是為了求生而磨練出的本能。他從克萊奧的神情中讀到了自己想知道的答案。

「你知道這裡是什麼地方，對吧？」

克萊奧猛地回過神，急忙掙脫亞瑟的手臂。

「……不，我不知道，放手。」

「別撒謊了，關於這個『環形劇場』異能，你看起來知道得比我還多。」

「你誤會了。」

「為什麼這麼防備呢？我又不是要責怪你。其實我還挺感謝你的，這異能看起來非常有用。」

亞瑟誇張地笑了一聲，隨後鬆開了抓住克萊奧肩膀的手。

【——剩餘時間／限制時間：

00:00:01／00:00:40】

【——由於時間限制已到，異能解除。】

兩人瞬間回到滿是灰塵的倉庫。外頭傳來某種不知名的鳥鳴聲，襯托出異樣的寧靜。不久後，亞瑟手背上的聖痕光芒漸漸暗淡，率先開口道：

「本來只是想試著保住一條命，但光是這樣乖乖待著，已經快讓我瘋掉了。乾脆，如果那個當哥哥的傢伙再找我事，我就趁機來個大翻盤算了。」

這樣的亞瑟和原稿中的形象完全不同，不是那個充滿領袖魅力的王子，而是個任性的小鬼。

『他不是為了謀畫大局，才假裝成紈絝子弟嗎？不是為了召集夥伴才隱忍的嗎？』

「你就這麼信任我？竟然把這些話告訴我，難道不怕我出賣你？」

「如果你跑去跟我那些兄長告狀，說『亞瑟其實不是遊手好閒的廢物，他還藏著什麼計畫』，那應該會變得更有趣吧？」

眼前的亞瑟依然在笑，讓人感到更加恐怖。他身上散發出的氣勢，完全不像是個十七歲少年，克萊奧更是感受到了一生中從未體驗過的殺氣。

「我最討厭受制於別人的意志，不管那人是誰。我以前太年輕，只能為了活下去做些蠢事。但是現在，我再也無法忍受了。就算因此毀掉一切，我也想照自己的意志行事。」

「好吧，如果那是你的選擇，我支持你……但拜託你別再管我了。」

「做出這樣的事之後，還叫我別管你？萊奧，你就不想知道為什麼會出現這個聖痕嗎？」

克萊奧扶住額頭。亞瑟的語氣似乎變了，讓他以為性格也會跟著改變，沒想到說出口的話依然如故。這麼一來反而讓他好奇，在之前的原稿裡，亞瑟到底是如何在學校裡掩蓋這種性格的？

無法卸下的偉大聖物『約定』立刻運用「記憶」功能，從原稿中找出類似的句子。那是亞瑟宣告自己不再屈服於兄長壓迫的時候。

「我絕不允許任何人動搖我的意志，無論是神還是惡魔，都不得干涉。我將只遵從自己的意志行動。」

意志堅定的主角，從近距離的角度看來，是否其實就是個不聽人話的瘋子呢？有時候，某些角色即使是作者的創造物，也會擁有獨立的生命，甚至脫離作者的意志與控制。

『就算作者想要壓制住這個傢伙，但考慮到劇情的合理性，總不能讓雷電擊中他，或是直接引發洪水吧？因為小說的虛構世界比現實更受因果關係的束縛。』

反倒是，在歷史中，往往會發生一些完全無法解釋、超乎邏輯的事情。這種事如果發生在連載小說裡，評論區恐怕早已被上百條「不合理」的負評洗版了。

『啊，我不想再想了！我是歷史系出身，不是國文系！為什麼偏偏是小說啊！應該讓我穿越到熱門的朝鮮時代啊，至少那是已經發生過的事！歷史多美好啊！』

克萊奧心裡一陣抱怨，甚至覺得應該發起一場「投稿要送往正確的出版社」運動。

『只因為對方聽了一些我的建議，我居然就傻傻地被牽著走了。當時我真的是腦子有洞。』

就像這世上沒有壞狗狗一樣，這世上也不會有好心的作者。

克萊奧正試圖逃避現實，亞瑟卻毫無耐心，完全不打算放過這個當面無視他的人。

「如果你不打算開口，那就沒辦法了，我會一直纏著你，直到你願意說出來為止。」

「我根本沒什麼好說的！你到底想要我說什麼？」

該怎麼解釋？要告訴他「你是原稿中的角色」嗎？但如果因為這樣而改變了這個少年的什麼地方，會變成怎樣？「深度參與世界結構」的角色若被撼動，可能會引發什麼後果？連作者都無法駕馭的角色，如果發狂起來，已經破損不堪的原稿承受得住這場災難嗎？

無論發生什麼，克萊奧都無法承擔後果。他很清楚，修訂這份原稿已完全超出自己的能力範圍了。

「不是沒話要說，而是不想說吧？這可不一樣。沒關係，我會慢慢挖出來的。」

亞瑟露出淘氣的笑容。令人不快的是，『約定』緊接著再一次浮現出金色的文字。

【——使用者的敘事參與度持續上升。】

「絕對不行！滾開，你這個混蛋！」

「你幹嘛亂罵人啊？嗯？我們以後每天都會見面，別這麼冷淡嘛。我們一定沒辦法在兩個星期內把倉庫整理完，放假後應該還要繼續來吧。」

『啊啊啊啊啊！』

克萊奧在心中發出慘叫，捂住腦袋像是要崩潰了一樣。他已經確定，自己與亞瑟的關係越深，敘事參與度就會越高。

『能力值上升了又怎樣！只會讓我更累！這個作者一旦賦予能力，就一定會安排使用的場合！』

此刻的〔約定〕已經不像是一種祝福，反而更像一條勒住他的頸繩，硬是將他拖回到這個故事的中心。克萊奧滿腹怨氣地看著自己的左手。

✦ ✦ ✦

每天晚上熬夜學習，早上又得早起繞著校園跑步，課後還要和那個讓人精疲力盡的亞瑟一起清理圖書館倉庫。那傢伙似乎完全不覺得膩，天天追問異能的事，問不到答案就開始打聽克萊奧的底細；不理會，他就變本加厲纏著不放；回應了，他又喋喋不休，讓克萊奧心力交瘁。

『幸好亞瑟在教室裡不會纏著我。如果整天都得看到那傢伙，我恐怕會被氣得血壓飆升，根本撐不下去。』

一週時間很快過去。在魔法基礎課的教室裡，大家正在等待上週小考的成績公布，氣氛有些壓抑。

「這次考試的結果非常兩極，認真學習的學生和不認真的學生差距太明顯了，嘖嘖。」

澤貝迪教授甩動著長袍，從倒數名次開始念分數。

「先叫那些交了白卷的傢伙。第一組的亞瑟．里歐格蘭，內博．亞爾維，你們兩個必須上輔導課程加強學習。」

果然不出所料。這兩人都擺出一副若無其事的樣子，完全沒把教授的話放在心上。

「想成為劍士，也不能忽視術式的重要性！即便不能開啟魔法陣，只要可以手寫出術式、注入以太，也能在戰場上使用像【發熱】、【乾燥】這樣實用的技能。等你們到時候因此保住了小命，就會感激今天的努力。」

「嗚嗚嗚，這簡直是暴政，太過分了！」

「閉上你的嘴，亞瑟。」

「教授，您太嚴苛了。」

就算來上課也只會妨礙授課的亞瑟與教授鬥嘴了一番，終於安靜了下來。教授繼續公布成績。第一組的劍士學生大多只答對一題，第二組的魔法師學生則大多答對三到四題，因為從《魔法全書》中出的考題有很多是陷阱題。

「接下來公布劍士組的高分組——答對七題，瑟爾雷斯特．坦菲特．德．內格。」

原先因為貝赫莫特連日來的斯巴達式教育而疲憊不堪的克萊奧，在聽到這個名字後耳朵立刻豎了起來。

『什麼？瑟爾？她竟然也是這一屆的？』

那位將來創建阿爾比恩王國空中突擊隊的女傑——瑟爾雷斯特，未來會成為亞瑟的主要戰力之一。在原先的原稿中，她應該是在亞瑟畢業後才會出現的角色。這到底是怎麼回事？

「接下來是答對八題的莉比．安傑利恩和蕾蒂莎．安傑利恩。答對九題的是伊希爾．基西翁。今年第一組劍士們的成績竟然比魔法師組還好！早知道就應該多分配些額外的加分，嘖！」

『莉比和蕾蒂莎？居然是她們?!』

一向對同學漠不關心的克萊奧，這時連忙掃視整個教室，試圖確認那對雙胞胎的身影。果然，教室的最前排坐著一對女孩。她們有著亮麗的深棕色頭髮，髮絲微微泛著光澤，俏皮地盤成髮髻。

莉比在右邊頭髮上別了一枚常春藤葉造型的髮飾，以此做出區分。兩個女孩正在交談。她們微微撅起嘴巴，露出不滿的表情，似乎對於沒能全答對而感到遺憾。

從克萊奧的座位也能看清楚她們的模樣：兩人都有一雙閃著金光的橄欖色眼睛，眼尾微微上挑，顯得格外可愛。莉比和蕾蒂莎比亞瑟小四歲，按理說根本不可能出現在這間教室裡，所以，要麼是提前入學，要麼是年齡被重新設定了。

安傑利恩姐妹使用雙手劍。當她們兩人聯手，可以爆發出堪比四人進攻的威力。她們也是未來亞瑟的重要戰力。

克萊奧輕輕咂了咂嘴。

『這幫人最後還被封了個「親衛隊」的名號。這學校太離譜了吧！堂堂一國的軍方高層，竟然全都來自同一所學校、同一屆，甚至還是王子的同班同學？』

雖然目前還不清楚這些孩子與王子的關係進展到什麼程度，但很顯然，「最終版」是想讓亞瑟更早組建自己的團隊。不管怎樣，克萊奧有一種不祥的預感。

『這是不是意味著，戰爭也可能提早到來？』

突如其來的資訊讓克萊奧忙著在腦中拼湊線索，甚至沒注意到澤貝迪教授正在說話。

「克萊奧．阿塞爾？我說的話你聽不見嗎？」

「啊，是！」

「全班唯一答對十題的，就只有你，克萊奧．阿塞爾。」

雖然早就料到結果，但是當聽到教授親口宣布時，他還是鬆了口氣。

「是這樣嗎？謝謝您。」

「明明有這種程度的實力，為什麼之前都不來上課？你這傢伙也真是的。」

「之前總覺得有點提不起勁……我就當您這是在誇我了。」

「是在誇你沒錯，但學校是看心情想來就來、不想來就不來的地方嗎？嘖。」

或許是身為優秀魔法師的關係，澤貝迪教授的感知異常敏銳，在他的課堂上，想要作弊幾乎是不可能的事。他比誰都清楚這一點，因此儘管心中滿是疑惑，但還是壓了下來，把克萊奧的試卷遞還給他。

克萊奧因為離當兵又更遠了一步，臉上的表情稍微放鬆下來。但他這副淡定的模樣，反而讓同班同學更加震驚。教室裡所有人的目光都聚焦在最後一排的克萊奧身上。

『這怎麼可能？伊希爾能答對九題都已經是奇蹟了。』

『怎麼可能……這個從來沒上過課的傢伙，怎麼可能全部答對？就算上完整個學期的課也很難辦到吧！』

『太不合理了……』

克萊奧安穩地坐在座位上，對自己的滿分成績毫不在意，結果讓他看起來像是不把分數這種事放在心上的大人。

瑟爾雷斯特和克萊奧隔著一排座位，正用滿含興趣的目光盯著他，伊希爾則是轉過頭來以銳利的眼神打量他。不過，克萊奧完全沒注意到這些目光，正低頭專注地翻看自己的試卷。

澤貝迪教授試圖平息教室的騷動，繼續上課。

「大家安靜點，筆試已經結束了。這堂課我們要進行最終的術科測驗。」

剛剛才稍微平靜下來的教室，再次變得如同戰場一般混亂。澤貝迪教授的課之所以惡名昭彰，並非沒有理由。

「考試是檢驗你平時所學，臨時抱佛腳可不算真正的實力。現在，全體學生拿好練習用魔杖，前往練兵場集合！」

「劍士組的三十名學生，必須在練兵場上準確畫出兩種術式，並注入以太讓術式啟動，作為測試的評分標準。術式只要有一筆畫錯，就無法發動，但若是能完整畫出九成以上的結構，仍然可以計入評分範圍。」

學生們拿起指揮棒長度的練習用魔杖，依照組別排好隊。儘管涼爽的山風輕輕吹過，幾名學生的耳邊仍然冒出了細密的汗珠。

「至於魔法師組的十名學生，則需要畫出六種術式。如果能開展魔法陣，並且成功驅動術式，將直接獲得滿分。」

「嗚嗚嗚嗚——」

「這是什麼反應？」

「老師，在今年的新生裡，還沒有人能成功開展魔法陣啊。」

魔法師組的一名學生小聲抱怨，澤貝迪教授的眉毛立即一挑。

「不要說那種喪氣話！難道你做不到，就代表其他人也不行嗎？只要平時沒有偷懶，經常練習讓以太在心臟周圍運行的方法，一年級生一樣能開展魔法陣。」

「那最後一次有一年級生成功開展魔法陣是什麼時候？」

「大概五十二年前吧。好了，別再閒聊了，我來做個示範。」

澤貝迪舉起那根彎彎曲曲的木質法杖，「咚！」的一聲猛地敲擊地面。瞬間展開的魔法陣迅速擴張，光圈延伸出練兵場，甚至越過了學校的邊界。

溫暖的金色光芒覆蓋了整座校園，連正在上課的學生們也紛紛探頭望向窗外。克萊奧同樣驚嘆不已，目不轉睛地觀察著澤貝迪教授展開的魔法陣。

『對了，就外圍結界的標準來看，身為首都防衛隊學校的校長，必須擁有能將整個學校納入魔法陣的能力吧？』

澤貝迪是阿爾比恩唯一的大魔法師，頭銜為「慈悲的堅忍者」。根據貝赫莫特的說法，澤貝迪教授的以太等級是八。

八級魔法師的魔法陣直徑可達一公里，並且擁有八個術式欄位，意思是能夠同時驅動八個術式。

〖約定〗的「理解」功能開始運作，金色的文字浮現在澤貝迪的頭頂上：

【八級魔法師
稱號：慈悲的堅忍者】

隨著教授的魔法陣展開，地面上也出現了巨大的術式。克萊奧瞪大了眼睛。

『【風】、【淨化】、【清爽】，這三個術式都出現在上次的考試裡！竟然同時結合了三個術式！光是這樣就已經很厲害了！』

死記硬背的成果總算派上了用場。雖然三個術式結合時的樣態十分複雜，但他還是能辨認出其組成要素。這種絕妙的組合讓克萊奧不禁讚嘆。

澤貝迪環視一圈眾人後，高聲喊道：

「【吹拂吧，平靜的慰藉！】」

校園內的樹木枝葉同時顫動作響，林間的鳥兒受驚，成群結隊地振翅飛向天空。清新的微風輕拂過每位學生的髮絲，瞬間帶走身上那股令人不適的暑氣，讓人感覺身體輕盈不少。

這次不論是規模還是複雜性，都遠遠超出克萊奧上次看到的魔法。他震驚得說不出話來。

『這才叫魔法啊！他們居然不積極開發，只是拿來做研究?!』

在之前的原稿中，澤貝迪確實曾經在危急的時刻治癒了亞瑟，但並未展現出如此驚人的能力。

『「最終版」不只是人物和事件改變了，連魔法都完全不同了！』

不久後，微風漸漸平息，樹葉的晃動也隨之停下。學生們甚至不敢大聲喘氣。澤貝迪教授在鼓舞人心方面有著卓越的能力，連克萊奧的心跳都加快了，更別說那些十幾歲的青少年了。看著學生們逐漸露出敬佩與崇拜的神情，澤貝迪滿意地說道：

「畫出八個以上術式的學生，到前面來。我會先對你們進行評分。莉比・安傑利恩、蕾蒂莎・安傑利恩、伊希爾・基西翁、克萊奧・阿塞爾。」

被點名的四人走到學生們前方，在澤貝迪教授附近站定。

「誰想先試試？」

這三名少女和少年看著彼此。克萊奧迅速往前跨一步。

「我先來吧。」

「很好，克萊奧。你是想畫術式，還是嘗試開展魔法陣？」

「我要嘗試開展魔法陣。」

克萊奧身後傳來伊希爾倒吸一口氣的聲音。如果可以說話，她一定會大喊「你果然在騙我嗎！」

克萊奧努力不回頭看，緊握著練習用的魔杖。

『雖然我不想被當成騙子，但現在情況也由不得我了……』

既然已經無法避免引人注目，那他的選擇就不多了。

克萊奧原先打算隱藏部分的實力，但貝赫莫特在知道他的基礎劍術課最多只能拿到五十分後，氣得直發抖：「你這個連稻草人都不如的傢伙！基礎魔法一定要拿一〇〇分！不然你的存款和我的酒全都會泡湯！」

在成績這方面，克萊奧完全信任貝赫莫特。經過貝赫莫特的地獄特訓後，他終於在前天晚上成功開展了魔法陣。

多虧能感受到以太氣息的貝赫莫特，克萊奧在胸口、背部和肩膀各挨了他一百下之後，總算掌握了以太循環的技巧。

『以太必須正確運行，等級才能提升！別只讓它在表面繞圈，一定要完整地繞過心臟一圈後再提取！接著，想像魔法陣的形態，在你的周圍畫出圓環！』

克萊奧現在彷彿還能聽見貝赫莫特洪亮的聲音迴響在耳邊。雖然在看過澤貝迪驚人的魔法陣後有些洩氣，但他依然照著學到的方法讓以太循環到心臟，並且將魔杖向前伸出。

克萊奥腳下升起了一個金色圓環。儘管已經很努力了，但他所能展開的魔法陣直徑只有二．五公尺。

『這樣已經很好了，一般人連展開都做不到呢。我該滿足了。』

「哇啊啊……！」

「真的是魔法陣！」

「是魔法陣耶！」

「好厲害啊！」

安傑利恩雙胞胎用清亮的嗓音讚歎著，學生們的喧嘩聲此起彼落，但專注於展現術式的克萊奧，完全沒聽見這些聲音。

要回憶起腦中的【風】術式並不難，但由於他稍遲一步才疊加上【淨化】，導致兩者無法結合，最終直接彈開。於是，地板上僅浮現出【風】術式的圖形。以太沿著術式的型態流動，閃耀出耀眼的光芒，完成了啟動程序。

『沒辦法，想要結合還是太勉強了。』

不過，既然現在只有【風】術式，他倒是想起曾在另一個世界讀過的書裡的一句話。

『對不起了，大文豪先生。我才疏學淺，借用一下您的佳句吧。』

「【狂風撼動了五月的嬌弱花蕾！】」[24]

燦爛的術式熊熊燃燒起來。

發動的魔法已不僅僅是微風。

而是風暴。

壓縮成一點的風暴在少年的魔法陣內猛烈盤旋，他棕色的頭髮狂亂飛舞，制服外套被吹翻掀起。困在狹小魔法陣內的風暴化作金色旋風，凶猛地直衝天際，彷彿颶風的核心在練兵場上空現蹤。

克萊奧輕盈的身體隨著狂風翻騰不定，彷彿稍有不慎就會被直吹上天。他在風中艱難地穩住身形，腦海中迅速浮現出一個適用於基礎等級的術式。他沒時間構思華麗的咒語，只能直接喊出術式的名字。

「【排除施術者！】」

以太的光芒過於耀眼，似乎沒人注意到克萊奧在慌亂中跌倒的模樣。他因為刺眼的光皺起眉頭，一邊拍掉制服上的灰塵，一邊若無其事地站起身，試圖掩飾自己的狼狽。

以太風暴肆虐了數十秒後，逐漸平息，最終自然消散。先前驚嘆連連的學生都噤聲了，連附近教學大樓正在上課的講師和助教都探出身子，向練兵場張望。

這明明是二級的魔法陣，裡面也只發動了一種術式，威力卻足以媲美四級魔法師。這是一項驚人的天賦。

澤貝迪以沉穩的聲音開口，注視著克萊奧的目光無比炙熱。

「……除了五十二年前的那名一年級學生，你是第一個做到這件事的新生，克萊奧．阿塞爾。」

「是嗎？」

---

24 引用自威廉．莎士比亞的〈十四行詩〉第十八首（Sonnet 18），原句為：「Rough winds do shake the darling buds of May」，描寫狂風動搖花蕾的景象，象徵美好事物的易逝。

「那名學生的名字叫澤貝迪・菲西斯，現在是阿爾比恩王國唯一的大魔法師。」

克萊奧聞言頓時一愣。大魔法師是對八級魔法師的尊稱。

『什麼呀，這傢伙……還真會往自己的臉上貼金。』

「你的表現值得其他人效法。我給你的分數是滿分。另外，我建議你從下學期開始，可以考慮修習二年級的課程。」

✦機智的暑假生活

雖然一切的紛擾都源自這間一年級教學大樓的餐廳，但這裡的飯菜依舊那麼可口。如果對面沒有瑟爾雷斯特，兩旁也沒有莉比和蕾蒂莎緊貼著，這頓飯或許會吃得更開心。

「各位，我想先吃飯，等會再聊。」

「吃吧。」

「多吃點。」

「那請離我遠一點。」

「你先回答我們的問題。」

「不管問幾次，答案都一樣。我只是運氣好，剛好考題出現我背過的部分而已。」

「可是那是《魔法全書》第一卷的最後面才出現的術式耶？你是怎麼全部都背下來的？萊奧，你該不會是天才吧？」

兩邊的雙胞胎嘰嘰喳喳個不停，讓克萊奧連一口飯都吃不下。

安傑利恩雙胞胎看來確實是提前入學的樣子。近距離觀察，她們臉上仍帶著稚氣未脫的神情。還只是孩子的她們，完全不顧面子地追問克萊奧的魔法。

這兩個聰明絕頂的少女之所以說話時帶著孩子氣，是因為她們曾經在過於嚴苛的環境下度過漫長的劍術訓練生涯。

直到進入這所學校，她們才首次感受到自由與友情——這是克萊奧在之前的原稿中讀到的內容。不過，當時這份友情的範疇裡沒有瑟爾雷斯特。

「瑟爾，妳能不能幫我勸勸她們？」

「勸什麼勸？她們這麼可愛，況且我也很好奇你的魔法祕訣呢。你的魔法陣雖然只有二級的大小，威力卻讓四級魔法師都自愧不如。」

「呼……妳們明明沒有想當魔法師，為什麼對魔法這麼感興趣？」

「雖然同樣使用以太，但我們劍士的目的是將以太凝聚在體內，魔法師則是將以太展開於體外。這之間的差異本來就很有趣，不是嗎？呵呵。」

「說這種沒內容的話時，沒必要刻意壓低聲音吧……」

面前擺著一杯白葡萄酒、雙手交握托著下巴的瑟爾雷斯特．坦菲特．德．內格，是個即使擺出這種姿態也不會令人心生厭惡的美麗少女。

一頭靛藍色的輕柔波浪短髮，閃爍著銀色光芒的細長眼眸。

她身穿未完全扣上的襯衫，既沒穿外套，也沒繫領帶，袖口隨意捲起，修長的雙腿包裹在制服長褲下，整個人散發著中性而優雅的氣質。

『就連身高看起來都比我高……』

克萊奧在雙胞胎的干擾下，沒吃幾口飯就打算放棄，正準備起身時，一隻手輕輕按在他的肩上。他不用回頭也知道是誰。

果然，麻煩事總是一波接著一波。

「……伊希爾。」

少女劍士凌厲的氣勢讓兩旁的雙胞胎瞬間退開，閃到桌子的另一側，靠向瑟爾。後者悠然地抿了一口酒，完全沒有要阻止的意思，眼中反而閃爍著興味盎然的光芒。

「你竟然對我說謊。」

「什麼謊？」

「你不只一次說自己不懂魔法。」

「我只是說我不懂，沒說我做不到。」

這種情況下，只能再次祭出「聽證會模式」戰略：因為情況變了，所以立場可以不同。這種話術是標準操作，不是嗎？

「好吧，我就姑且相信你不屬於某些特定勢力。亞瑟大人也這麼說了。」

或許是意識到餐廳裡的學生都在注意這場騷動，伊希爾含糊地表達了自己的意見。若要進一步解釋，那應該是「既然亞瑟說你不是第一、第二王子派來的間諜，那我就必須相信，可儘管如此，我還是很難相信你，而且我認為你一定是有什麼隱藏的目的」這個意思吧。

前有猛虎，後有猛獅。被四個少女那或明亮、或帶有殺氣、或充滿好奇的目光包圍，克萊奧只想就地消失。

「所以說，你隱藏力量的目的是什麼？」

『這丫頭怎麼總覺得全世界的人都像她一樣，活著一定要有什麼目的和使命呢。還是說，是因為年紀小才會這樣想……』

「退學。」

「什麼？」

「我的人生目標是退學，不用去當兵。」

伊希爾面無表情的臉上瞬間浮現一絲慌亂，但很快就變得更嚴肅了。

「……是因為有什麼讓你不惜要逃避兵役的理由或特定目標嗎？」

她的語氣像是在問，克萊奧是不是什麼反戰主義者，或是因為不想違背個人信仰、道德良知，才會拒絕服役。克萊奧被問得有點鬱悶了，簡直煩到想捶胸。

「當然有啊！我想在度假飯店裡吃喝玩樂，早上喝香檳，晚上喝威士忌，夜裡睡上十二個小時，這就是我的目標。」

「你就不能正經一點嗎！你到底為什麼要進這所學校！」

伊希爾似乎認為自己是認真地在提問，卻被對方當成玩笑對待，於是再次發火。然而，克萊奧的回答根本沒有半點玩笑成分，而是百分之百的真心話。

「我又不是自願來這裡的。」

伊希爾的拳頭止不住微微發抖，大概很想揍克萊奧一拳。但她也清楚，對方不過是個連基礎劍術都無法施展的弱雞，實在下不了手。她深吸了幾口氣，像是在壓抑怒火，隨後以冰冷的語氣吐出：

「再跟你說下去也是徒勞，我對你展現的才能佩服至極，但這樣的才能落在你身上真是浪費，真不明白亞瑟大人為什麼對你那麼關注。」

她丟下這番話後，大步走出餐廳。隨著她的背影逐漸遠去，在一旁看熱鬧的瑟爾忍不住笑出聲。

「哎呀，我們伊希爾就是什麼都太認真了。」

「那就是她的風格。」

「什麼呀，你這是在護著她？」

「只是在說事實罷了。」

「哈哈哈，你還真是塊木頭。那麼漂亮的女孩對你念念不忘耶……話說回來，我已經了解你的抱負了。看來你真的很喜歡度假，那要不要我送你一張邀請函？當作你剛才讓我看了一場好戲的謝禮。我媽媽在諾班特斯的海邊開了一家飯店。」

「那是哪裡？」

「你是住在哪個山洞裡嗎？竟然連阿爾比恩最有名的海灘都不知道。快放假了，去看看吧。我媽媽的飯店口碑一向不錯，是一座建在白色石灰岩懸崖上的白色飯店。」

聽到這裡，克萊奧突然想起原稿中的某段描述。瑟爾雷斯特的母親卡塔莉娜．坦菲特．德．內格是全國首屈一指的飯店經營者。日後，當戰爭爆發時，她把旗下飯店提供作為野戰醫院，更是因此聲名大噪。

『不過在那之前，她的德．內格飯店已經憑著最尖端的服務和裝潢而享有名氣了。』

瑟爾察覺到克萊奧的心中已有些動搖，立刻趁機加大攻勢。

「那裡本來是我外祖母的別墅，但在我出生前後改成了飯店，地下酒窖裡珍藏了許多好酒。如果你願意來，就每天供應你免費香檳。」

這段聽起來有些可疑的推銷詞，倒是先引來安傑利恩雙胞胎的反應。

「瑟爾，我也想去！」

「我也是！不過我不喜歡香檳，我要萊姆雪酪。」

「我要檸檬水！」

「我們可愛的安傑利恩家小姐們，當然隨時歡迎啊。萊奧，我會寄邀請函給你，改天在諾班特斯見！」

瑟爾帶著雙胞胎離開現場。克萊奧感覺自己的心情如同一場風暴過後的廢墟，留下一片狼藉。他在心中默默下定一個決心。

『以後如果要從父親那裡逃跑，諾班特斯一定不能去。』

✦ ✦ ✦

第一學期的課程全部結束，期末考成績也出來了。

劍術基礎總算搞定。克萊奧拚了命以四分五十九秒的紀錄跑完一〇〇〇公尺，再加上筆試滿分，一共拿到五十分。

歷史科則是一邊忍受貝赫莫特前爪的折磨，一邊記住了輔助教材目錄上的所有內容，拿下九十二分。雖然他答對了高分題，但因為不知道前前任國王的名字而被扣分，事後還被那隻貓譏笑沒常識。

古典文學他得了八十五分，這次挨的是貓的後爪。

至於魔法基礎，他拿到滿分一〇〇分。幸好出席率不計入成績。雖然他初期經常缺席，但澤貝迪教授還是給了他滿分。

克萊奧的總分是三百二十七分，沒想到竟然拿到了第九名。通常的情況下，羅莎教授的給分很寬鬆，澤貝迪會很吝嗇地把那些分數扣回來，但克萊奧的情況正好相反。

路過公告欄時，他看見了排名表。果然，伊希爾．基西翁這次仍然是第一名，總分三百九十七分。

『每天不是劍術訓練就是學習，那孩子其實可以活得輕鬆一點。』

克萊奧心中既替她感到不捨，又覺得佩服，畢竟她這麼年輕就確立人生使命，並且朝著目標前進，委實令人驚嘆。

『是啊，這才是配得上亞瑟的忠臣嘛。妳可是重要角色，就繼續努力過妳的人生吧，而我就過我的。』

雖然最後一次見面時，克萊奧說的那些話好像有點傷到她，讓他有點在意，但無所謂了。畢竟這次他離開學校後，就不會再見到她。

克萊奧前往校內的郵局寄出電報，地址是科爾福斯的阿塞爾商會祕書處。他輕快地哼著小調，寫下訊息：

【總排名第九。

希望您能履行諾言，解除提款限制。】

『看到了嗎，父親？現在該把我的錢還給我了吧？』

既然成績已經提高到前十名，那麼按照約定，入伍的事應該會取消。現在只要解除提款限制，他就能把錢全部領出來落跑了。想到計畫正按部就班地進行，克萊奧臉上露出了滿意的笑容。

✦ ✦ ✦

父親的反應非常迅速。結業典禮才剛結束的第二天下午，就有人來找克萊奧。

「初次見面，請多指教。我是在阿塞爾準男爵大人的手下工作的迪奧內・格雷伊爾。」

在接待室裡等待克萊奧的，是一位宛如從畫中走出來一般、舉手投足間透著可愛與優雅氣質的「淑女」。

身材嬌小的她輕輕提起裙角，行了一個輕盈而優雅的禮，模樣有如電影畫面那般美好。她的白色蕾絲帽下，一頭高高盤起的髮絲泛著淡灰色調的粉紅光澤，牛奶般白皙的臉龐襯托出一雙清澈的水藍色眼眸，格外引人注目。

帽子下的緞帶在她的下顎左側綁成一個俐落的結，輕柔的禮服布料順勢垂落，腰間被束得只得盈盈一握，纖細得近乎不真實。不同於那些佩著劍在練兵場上奔跑的女孩，跟這樣的「淑女」獨處一室，讓克萊奧感到有些不自在。

「……妳好，迪奧內・格雷伊爾小姐。」

「叫我迪奧內就好。寒暄就免了，我們先坐下來談吧？」

這名戴著透明蕾絲手套、隱約透出肌膚的淑女，優雅地舉起一把展開的扇子，在扇面後方露出一抹輕柔的微笑。克萊奧的尷尬則透過與她之間的距離顯現出來。他選擇坐到桌子的另一側，與她保持明顯的距離，兩人就這麼展開對話。

「我最近還在科爾福斯的阿塞爾商會學習並熟悉業務，這次回到首都是為了繼承家業。而就在我回來之前，阿塞爾準男爵請託了我一件事。」

「什麼事？」

「希望我能在暑假期間擔任你的家庭教師兼監護人，陪伴你獨自在首都的這段時間。」

「感謝妳的好意，但十七歲應該已經不需要監護人了。」

『他之前不是一直把孩子丟著不管嗎？怎麼會突然想到要派個人來監視？』

「你說話的感覺還真是早熟，和我聽說的完全不同，真是有趣。」

語畢，她「啪」地一聲闔上扇子，笑容依舊甜美，那雙玻璃珠般的眼睛卻透著寒意。

「我已經見過你的幾位老師了，聽說你在最後的考試中取得了非常優異的成績。」

「妳特地跑這麼遠，就是為了確認這件事嗎？真是辛苦了。」

『這多疑的女人，該不會以為我的成績是假的吧？』

「哎呀，怎麼會辛苦呢？難得能見到恩師們，我反而覺得很開心。羅莎老師依舊精神奕奕，澤貝迪老師還是那麼古怪！」

「……妳是我們學校的校友嗎？」

「雖然有些羞於啟齒，但我應該算是你的學姐，比你早了五屆。我也是學習魔法的，所以才會受託來當你的家庭教師。」

克萊奧心想，自己差點就被她的衣著和語氣騙了。迪奧內雖然態度溫柔，但那雙水藍色的眼睛卻始終冰冷，況且，她竟然是首都防衛隊學校的畢業生兼魔法師。

室裡的花朵。』

『魔法班的畢業生至少都是三級以上吧。果然，在吉迪恩．阿塞爾底下工作的人不可能會是溫室裡的花朵。』

「不過，我的主要任務是來交付你們父子約定的東西。我和準男爵大人說過了，是否接下家庭教師這份工作，還得看我見到你的印象再決定。」

迪奧內從白色絲質手提包中取出一個封口信封，遞給克萊奧。

「無論如何，最重要的就是將這封信交到你的手上。你可以確認一下內容。」

這是克萊奧期待已久的回信。他滿懷期待地打開信封，首先拿出一張便條紙。

【帳戶凍結已解除。請確認。

——吉迪恩．阿塞爾】

『真是的，我好不容易才辛苦完成了目標，竟然連句稱讚都沒有。』

克萊奧一邊評價「父親」的性格，一邊暗自咂嘴。他再次打開信封，看到裡面還有兩張支票，分別寫著四十萬迪納爾，這是吉迪恩．阿塞爾的個人支票。

『八十萬迪納爾！』

克萊奧立刻改變了態度。

『比起空洞的讚美，還是實際的嘉獎更好。謝謝你了，父親大人。』

他迅速將信封收入外套內袋中。加上帳戶裡原有的金額，總共一二〇萬迪納爾，比原先說的多了四十萬，完全足夠作為跑路的資金。

迪奧內出於禮儀，沒有直接盯著克萊奧拆信，而是優雅地在一旁倒茶，直到適當的時機才輕聲開口：

「好了，差事算是完成了，該告訴你我的決定了。離開這裡後，我會立刻發電報給阿塞爾準男爵，告訴他這個夏天，我迪奧內・格雷伊爾會為他的次子負起責任。」

說完，她再次展開扇子，動作輕巧優雅，彷彿蘊含著某種克萊奧不理解的上流社會暗語。扇子後方的那雙水藍色眼睛，此刻看來像是真的染上幾分愉悅的笑意。

與此同時，克萊奧的表情卻微微扭曲。他直覺自己的跑路計畫已然遭遇重大的阻礙。

「你看起來似乎對我的決定感到好奇，既然如此，我自然得解釋一下。能夠讓一向嚴苛的澤貝迪教授大加讚賞的學生，我作為魔法師，怎麼可能不感興趣呢？教授看起來特別興奮，說是繼他之後，阿爾比恩終於又要誕生一位八級魔法師了。」

『這個幫不上忙的老頭子……』

「過譽了，校長對學生的監護人通常會說這樣的客套話。」

克萊奧心想，抵死不承認就行了，反正她又沒親眼看到自己施展魔法。

「誰不知道澤貝迪教授不是那種愛講場面話的人呢？你這樣一副若無其事的樣子，實在太可愛了，連我都要被迷住了呢。」

「妳的玩笑有些過火了。請稍微注意一下禮儀，迪奧內小姐。」

這位容貌出眾的小姐，竟然對著克萊奧這張臉說出一連串空泛的讚美。這實在超出了克萊奧的理解範圍。

雖然他現在有按時吃飯、每天跑步，所以體格稍微好一些，體力也有所提升，看上去卻仍是個瘦弱的少年。

「哎呀呀，害羞什麼呀，我說的可是真心話！只要再長高一些，臉頰紅潤起來，少爺肯定會受到女孩子的青睞。」

「……」

「一開始我還沒注意到，不過現在看來，你這樣一臉冷淡的樣子，和你父親真的是一模一樣耶。你知道嗎？阿塞爾準男爵，其實有不少暗戀他的女性喔。」

「先不論談論這樣的話題是否恰當，我想妳也很清楚，即使對我說些空洞的讚美，恐怕也無法從我這裡得到什麼。」

克萊奧的回應極其冷淡。對他來說，迪奧內那副可愛的外表已不能再迷惑他。

『一位學經歷兼備的年輕魔法師，竟然願意當小孩的保姆？原因竟然只是因為教授的一句讚美？應該沒什麼必要特地接近一個只靠零用錢過活的孩子吧？

『更何況，如果她的姓氏是格雷伊爾商會的那個「格雷伊爾」，就更值得懷疑了……』

由巴斯科・格雷伊爾創立的格雷伊爾商會，是阿爾比恩最知名的魔導具供應商之一，雖然規模不大，但經手的每一件商品品質都極為精良。

魔導具是一種能提升以太、生成魔法防護結界等具備多種魔法功能的工具。它們既可以是全新製造的，也可能是從遺跡中發掘的古物。

在修復古代魔導具的領域中，巴斯科・格雷伊爾是當之無愧的專家。原稿中描寫的巴斯科，性格隨性又自我，但是在關鍵時刻總會拿出神奇的工具幫助亞瑟。

『巴斯科・格雷伊爾居然有個沒出現在原稿中的女兒？可是他們的年齡差距又不太合理……』

「冒昧問一下，妳和格雷伊爾商會的巴斯科・格雷伊爾子爵是什麼關係……？」

「哎呀，您竟然知道我們格雷伊爾商會！那是我的叔叔喔，他現在搭乘阿塞爾商會的契恩特倫貿易船出海了。在他回來之前，商會會暫時歇業，所以我才能抽身來做家庭教師。」

克萊奧用滿是疑惑和警惕的眼神看著迪奧內。

「哎呀呀，別用那種眼神看著我嘛。我們少爺那副全身緊繃的樣子，真的太可愛了。」

迪奧內不知何時已經站起身，而且趁克萊奧毫無防備地坐著時，突然一把抱住了他。

『……!!』

克萊奧被突如其來的擁抱嚇得全身僵硬，立刻用力掙脫迪奧內的手臂。她的手腕看起來和克萊奧一樣纖細，力氣卻比他想的還要大。

「請……請妳放開我！迪奧內小姐！妳這樣太失禮了！」

「我們少爺現在終於有點孩子樣了。既然接下來要一起度過整個假期，我們多親近親近吧。」

迪奧內那種因逗弄不苟言笑的小鬼而顯得興致勃勃的態度，只讓克萊奧感到既惱怒又尷尬。

『這位小姐，男女授受不親，懂嗎！』

✦ ✦ ✦

迪奧內整理了長期無人居住的阿塞爾宅邸，為迎接即將到來的夏天做好準備，並表示會在隔天派馬車來接克萊奧，隨後便離開學校。

「明天見啦，少爺！」

迪奧內一離開，克萊奧立刻去了銀行一趟。這次他沒去皇家圓環分行，而是直奔現金充足的總行。帳戶裡的四十萬迪納爾可以立刻提取，問題在於支票。將八十萬迪納爾的支票兌現為現金需要一天時間。

儘管他迫不及待地想收拾行李逃走，但在拿到錢之前，絕不能露出任何蛛絲馬跡。回到學校後，克萊奧隨意地整理了行李。昨天他已經和內博告別，貝赫莫特則大概是去他例行的巡邏了，房裡不見他的蹤影。

正當他感覺心裡有一絲絲悵然時，柳巴舍監帶著愧疚的表情走了進來。

「校長說，倉庫沒清理完的話，就不能算是完成懲罰……他要你今天再過去一趟。我剛剛有去找亞瑟，雖然他還沒退宿，但不知道跑去哪裡了。你今天就先過去吧，之後這幾天也多擔待一些，好嗎？」

克萊奧都快把牙齒咬碎了，但在這位溫和的舍監面前，他還是勉強維持住笑容。

『忍著，忍著，就快結束了，千萬別鬧出什麼事來。』

「沒問題，我現在就去整理，謝謝您通知我。」

克萊奧心想，亞瑟那傢伙本來就很少待在自己房間裡，要是逃走的話根本就找不到人，但他如果放著不管，又擔心那個執著的澤貝迪會追著自己不放。

『躲著父親就夠煩了，要是再被一個八級魔法師追著跑就糟糕了。』

克萊奧長嘆一口氣後，邁步走向圖書館的倉庫。他下定決心，就算只有自己一個人也要把倉庫清理乾淨。

明明每天都和那個討人厭的亞瑟一起清理，倉庫裡卻還剩下大約五分之一的東西沒整理完。

『魔法，不就是為了這種時候才學的嗎？』

克萊奧走到書堆中間，伸出左手。金色的魔法陣靜靜地展開，好幾疊書進入了魔法陣的範圍內。

『一次能處理這麼多，再多做幾次應該就能完成，加油吧。』

他啟用了在來的路上就想好的兩個術式。經過上次失敗的教訓，他特別注意術式重疊的時機。兩層複雜而精巧的圖案從地板浮現，緩緩延伸至紙堆上方。

「【解體】、【分解】！」

術式的外觀相當酷炫，卻未能順利發動，威力微乎其微。那些書被撕裂的樣子，就像半壞的碎紙機緩慢而艱難地咀嚼著紙張，遲鈍地碎裂開來，那些碎屑則是斷斷續續逐漸消失，像在看卡頓的影片一樣。

【分解】是能快速清理細小物質的術式，對於較大的物體則需要耗費較長的時間，所以即使搭配了【解體】，效果仍不顯著。

「……等這些處理完，恐怕天都亮了。」

果然還是得用咒語。

『塵埃嗎……塵埃……這麼做實在很中二……真是丟臉到爆！』

幸好四下無人。雖然他明知道放假期間不會有學生過來，依舊不放心地再次環顧四周。確認真的沒有其他人後，他深吸了一口氣，大聲喊出咒語。

貝赫莫特曾經說，咒語既是讚歌，也是演說，聲音越響亮，效果就越強。

「【灰歸於灰，塵歸於塵！】」[25]

『啊啊，真是丟臉死了！』

克萊奧的耳尖瞬間紅透了。對於一個三十二歲的靈魂而言，這句咒語實在羞恥得令人難以招架。

『但除此之外，我真的想不到別的辦法啊！』

即使覺得羞恥，這點尷尬還是值得忍受的。再次展開的雙重術式滲入了書堆，魔法陣內的書本和紙張瞬間化作塵埃。染上金色以太的灰塵有如爆炸一般四散，最終消失在空氣中，不留痕跡。

成功發動術式後，那種獨特的虛脫感隨之而來。他很清楚感覺到以太正快速流失，但成功一次後，後續施展起來就容易多了。克萊奧連續喊四次同樣的咒語後，感覺自己已經用盡了全力，原本的羞恥感也消失了。

到了第四次嘗試時，他感覺以太幾乎已被完全榨乾。懷著盡快清理完書堆、徹底告別學校的執念，他強忍著眩暈，再次施展魔法。但就在此時，〔約定〕發出了警告。

25 出自聖公會《公禱書》（Book of Common Prayer）的葬儀部分（The Burial of the Dead: Rite One），原句為「…ashes to ashes, dust to dust」，意指人的身體源於塵土，最終也將歸於塵土，象徵生命的循環與無常。

【──以太殘餘量不足。】

眼前驟然一亮，隨即席捲而來的是一陣強烈的眩暈。儘管教科書裡一再強調，應盡量避免陷入以太枯竭的狀態……

不過，貝赫莫特曾經咯咯笑著對他說過「其實以太耗盡個一、兩次也死不了人啦。教科書寫那麼保守，只是怕把學生搞死而已」這樣的歪理。

『但還是很難受啊……』

就像腦袋裡被塞進一塊冰塊那樣，頭昏腦脹，耳朵嗡嗡作響。他的視線開始變得模糊，讓他覺得如果繼續站著可能會摔倒，於是緩緩坐了下來。

不知過了幾分鐘，他的視野終於恢復清晰。這時，眼前浮現出更多金色的文字。

【──以太總量增加。】

【──以太等級達到三級。】

【──術式欄位增加至三個。】

「……什麼呀，這樣清理幾堆紙就能升到三級？」

雖然等級提升了，但他依然覺得疲憊不堪，頭痛得厲害。

『沒有什麼「鏘鏘！恭喜升級！」然後體力上升之類的福利嗎？』

雖然等級提升了，但以太早已耗盡，連展開魔法陣都做不到。他只能半坐著調整呼吸，慢慢讓以太循環，試著恢復一點能量。

過了大約三十分鐘，他終於勉強回復了一點以太，足夠再施展一次魔法。

『來看看三級的魔法陣長什麼樣子吧！』

克萊奧充滿期待地再次展開了魔法陣。

『哇喔。』

魔法陣比之前大了許多，直徑看起來至少有五公尺，足以將剩下的書堆完全包覆，還多出不少空間。

他獨自站在靜謐的金色圓環中央，凝視著那幅壯麗而絢爛的景象，心中湧起一陣淡淡的感動。

『怎麼說呢，現在才真的有「我是魔法師」的感覺啊。』

最後一次施咒時，他因為體力不支，只能用嘶啞的聲音喊出來，但術式依舊順利運作。到最後，最後一大坨雜物與那些惱人的碎片終於被徹底清除，讓克萊奧感到前所未有的暢快。

然而，隨著魔法陣消失，他的頭又是一陣暈眩。他顧不上維持體面，乾脆直接躺倒在地。雖然聽說就算魔法陣變大，每次消耗的以太量依然相差無幾，但也許是因為連續施展了多次魔法的緣故，他還是覺得十分疲憊。

『還是像澤貝迪說的，是因為我的魔法火力太猛了？』

期末考試後，澤貝迪特地把克萊奧叫去，進行了幾次測試。最後，他幾乎是以能從眼中射出雷射一般的氣勢，向克萊奧宣布：「你施展的所有術式，威力幾乎是普通人的兩倍。」正因為如此，原本只是讓衣角微微飄動的【風】術式，在他的手裡卻產生了有如颶風般的破壞力。

『他還說，只有等級提高後才能更細緻地調整魔法威力。不過……我有必要再提升等級嗎？』

反正離開學校後，他連魔法都不想碰了。聽說，三級以上的劍士或魔法師還必須向政府申報居住地。

『我可沒打算過那種被牽制的生活。』

克萊奧躺著的這段時間裡，頭痛漸漸緩解，心跳也恢復平穩。好一會兒之後，他才慢慢抬起被灰塵弄髒的臉。他試著動了動四肢，勉強撐起身體，嘴角微微翹起，露出一抹發自內心的笑。

「再也不來了，這該死的學校。現在我是自由身啦！哈哈哈哈！」

倉庫已經徹底清空。心情雖然輕鬆，但克萊奧的步伐依然有些蹣跚。他走出倉庫時，還不忘將門關好。隨著最後一抹閃耀的魔法光芒消失，倉庫內重新陷入一片黑暗。

過了好一會兒，黑暗的角落裡微微出現了動靜。倉庫橫樑上，一道隱匿的身影悄然起身——正是柳巴舍監怎麼找也找不到的亞瑟，沒想到他竟然一直藏身於圖書館倉庫的屋頂之下。

學校通常是安全的，但像結業典禮這種外人頻繁進出的日子，刺客潛入的風險會大幅提高。為了不讓其他學生被捲入危險，亞瑟選擇了潛伏。而在這段隱匿的時間裡，他無意間目睹了一場魔法，那畫面一直縈繞在他腦海中。

『這種事，我從沒來看過。』

實際上，二級或三級的魔法師雖然不常見，卻也不罕見。但年僅十七歲就成為三級魔法師，情況就完全不同了，連澤貝迪也是在十八歲才達到三級。

何況，即使是更高等的魔法師，也很少有人能連續五次成功施展同一種魔法。人的記憶並非完美無缺的，即便是再熟練的術式，一旦集中力下降，也可能會記錯。

『可是，克萊奧．阿塞爾怎麼有辦法用「那種方式」施展魔法？』

這已經超出了亞瑟所熟知的魔法範疇。

對於不知道〖約定〗存在的亞瑟而言，他只能得出一個結論：克萊奧是個令人驚嘆的天才。

這名繼續隱身於深沉黑暗中的王子，眼神為之越發黯淡。

緩緩走回宿舍的克萊奧，眼前突然浮現出〖約定〗的文字訊息。

【──使用者的敘事參與度上升。】

『什麼？為什麼？我今天根本沒有碰到亞瑟，是不是哪裡弄錯了？』

然而，與其去探究原因，他更想回去躺平休息。回到房間後，克萊奧直接倒在床上，很快便沉沉睡去。

✦ ✦ ✦

隔天早晨，克萊奧一手提著簡單的行李，另一手費勁抱著貝赫莫特，坐上了迪奧內安排的馬車。

「話說回來，貓不是領域性很強的動物嗎？怎麼你突然決定跟我一起走？你真的可以離開學校？」

「喵喵喵喵嗚～！」（整個首都都是我的領域，只是以前沒必要出來罷了。）

「好好好，聲音小一點。」

「喵嗚嗚嗚嗚嗚～！」（沒人伺候用餐，我要怎麼度過這個假期！）

「好吧……」

馬車駛離學校，穿過河流和西岸的市區，來到了公園眾多且私人森林密布的郊外。十多分鐘後，馬車繞過國王公園的一個角落，一棟小而整潔的宅邸映入眼簾。它穿過正門，經過庭院，停在宅邸前。

「你來了啊，少爺！」

陽光下，戴著草帽、穿著輕便薄紗洋裝的迪奧內站在整排的僕人和女僕前方揮手迎接。克萊奧剛下馬車，就見到一名和藹可親的中年女子從迪奧內身後走出，向他迎來。

「您好，少爺，我是女管家坎頓。」

「很高興見到您，坎頓夫人。」

據說坎頓夫人在科爾福斯老家工作了四十年，顯然認識以前的克萊奧。克萊奧掩蓋住內心的不自在，用得體的社交笑容應付著。

然而，這位看起來非常和善的夫人，突然紅了眼眶。這種套路，克萊奧已經司空見慣了。

「發生在您身上的事我已經聽說了，但您在學校還是過得不錯吧？看起來氣色很好呢！」

「啊，嗯……是啊，多虧同學和老師的照顧。」

「這還是您第一次這樣跟我打招呼呢，實在是太開心了！看看我，都激動得有些失態了。」

「您言重了。」

略顯尷尬的感動場面，隨著迪奧內高亢的聲音戛然而止。她注意到跟在克萊奧身後下車的貝赫莫特。

「少爺！這隻貓是你的寵物嗎？」

「喵嗚嗚嗚嗚！」（無禮！這傢伙只是我的飯奴兼徒弟罷了。）

「差不多吧，他叫貝赫莫特。」

「差不多是什麼意思啊！哎呀，貝赫莫特，看來你很喜歡親近人，真是太可愛了！」

「喵嗚～」

對女性沒轍的貝赫莫特喵喵叫著，向迪奧內撒嬌。同時，女管家向克萊奧介紹宅邸的各項情況。她說，當克萊奧前往首都就學時，為了重新整修久未使用的宅邸，她便一起來到了首都。

『竟然為了一個孩子，準備好整棟宅邸和這些僕人……這背後應該有其他原因吧？』

然而，克萊奧沒有時間細想。他交出行李後，便被迪奧內和坎頓帶著在宅邸內部四處參觀。

坎頓似乎對自己的工作成果感到自豪，讓克萊奧也不得不多加讚賞。

當然，這樣的成果確實足以令人驕傲。這棟宅邸整理得如此完美，幾乎讓人難以相信它曾經閒置多時。七間臥室、一張可容納二十四人的餐桌、會客室，每一處都整潔得不見一絲灰塵。宅邸內的大廳面積寬敞，地板和樓梯乾淨光亮，每一盞吊燈與鏡面都熠熠生輝。

參觀的過程中，安分跟隨的貝赫莫特終於用尾巴碰了克萊奧一下，喵喵叫著抗議。

「喵嗚嗚嗚！」（看完了嗎？帶我去看看酒窖吧。我聞到地窖裡有葡萄酒的味道。）

『真是隻嗅覺敏銳的酒鬼貓……』

「坎頓夫人，我可以看看酒窖嗎？」

「當然了，少爺。請跟我來。樓梯也已經清理乾淨了。」

坎頓點燃一盞煤氣燈，領著克萊奧前往位於廚房後方的地下室入口。迪奧內看了一下樓梯，決定留在廚房等他們。

酒窖深邃而涼爽，宛如洞穴一般。視力良好的貝赫莫特搶先一步跳下地窖，隨即開始大聲抱怨。

「喵嗚嗚嗚！」（這麼好的酒窖居然空無一物，簡直是犯罪！）

坎頓無法理解貓咪的話，帶著些許遺憾地說：

「雖然現在酒窖是空的，但我們在翻新宅邸時，已經通知了葡萄酒批發商。訂購的酒很快就會送到。」

「喵嗚嗚嗚嗚！」（我被背叛了！竟然叫我等！）

「好了啦，莫特，我們再去找你之前說的那個吧。」

「喔咿嗚～喔咿嗚～」（好吧，你趕快給我看著辦！）

看著克萊奧被跳來跳去的貓咪搞得手忙腳亂，坎頓忍不住露出滿足的笑容。

「少爺看起來真的很像能聽懂貓說話一樣。」

「因為他老是黏著我嘛……」

這一天的折磨遠遠尚未結束。迪奧內拉著克萊奧，說要去服裝店訂製衣服，絲毫不給他逃脫的機會。馬車沿著剛才的路折返回去。

克萊奧好不容易才說服迪奧內，在去裁縫店之前先繞到酒商那裡。他先前訂購的兩瓶一八七五年份的「主教之塔」葡萄酒正好到貨了。拿到酒後，他才剛上車，貝赫莫特的尾巴立刻炸開，興奮地來回打轉。

「喵嗚嗚嗚嗚嗚！」（就是這個！啊，這就是我要的！）

「貝赫莫特，冷靜點。」

「喵嗚嗚嗚！」（我哪裡冷靜得了！）

「哎呀，少爺，你的貓真是充滿活力啊。」

「……活力？大概是他把我的精力全吸走了才這麼活躍吧。」

「哈哈哈，少爺真幽默。」

離開酒商後，馬車在環狀路口繞了半圈，進入一條高檔商店林立的街道。車上，迪奧內從包裝袋裡取出一塊肉乾，遞到貝赫莫特嘴邊。

「可愛的小貓咪，接下來你得在馬車上等我們一會兒了，時間可能有點久，你先吃點零食。」

胖貓馬上接下肉乾，尾巴高高捲起。迪奧內看著他可愛的樣子，輕聲說道：「唉唷，真乖，我們莫特最可愛了。」

「到底要等多久，竟然還得先拿零食哄貓？」

剛剛還溫柔笑著的迪奧內突然正色，語氣堅定地說：

「少爺，今天下午的所有時間都得花在這裡了。我剛才看了你的行李，發現你根本沒有一件可以穿出去的像樣衣服。所以我也已經下定決心，要全力陪你挑選。」

『她到底打算買多少衣服……』

克萊奧背脊一涼，不祥的預感油然而生。

來到這個世界後，克萊奧曾熬夜背誦《魔法全書》，也曾施展魔法直到力竭倒下，但他從未想過，今天下午的折磨竟比那些時候還要艱辛。

他能讓自己撐下去的唯一理由，就是想著那筆今天下午可以兌換成現金的八十萬迪納爾。

『撐住，只要再忍半天就結束了。堅持到最後的人才是贏家。』

量尺寸的過程還算可以接受，頂多是有些尷尬。可接下來，就是一連串的試煉。

就克萊奧的常識來看，準備一、兩套外出服已經足夠了，但迪奧內的標準與他截然不同：白天外出穿的長外套，和它搭配的褲子與背心；晚宴用的正式燕尾服；白天社交聚會穿的西裝；運動用上衣，還有八件襯衫……從衣料的材質、顏色，到袖口、口袋的設計，迪奧內全都一一詢問、比較、挑選，毫不鬆懈。

『快瘋了我，真的。』

更別提這些之後，迪奧內又開始挑選領帶和手帕。克萊奧的體力早已耗盡，無力地癱倒在沙發上。

對於那些看起來沒什麼區別的布料，她不停詢問顏色和款式哪個更好，讓克萊奧感到百無聊賴，終於忍不住吐槽了一句：

「在這種地方訂作衣服這麼貴，也是父親的意思嗎？」

『明明之前他還給我臉色看，說那件校服要價兩千迪納爾……』

迪奧內把最後的需求交代給裁縫師後，終於坐下來，這時已經過了整整三個小時又四十分。她以堅定的語氣回答：

「是的，這是你父親的意思。他說少爺你在入學前幾乎沒怎麼出門，連像樣的外出服都沒有，必須為你準備一整套的基本衣物。」

「男人的衣服不就是西裝嗎？用得著這麼講究？」

「少爺，你剛才說的話……是認真的嗎？」

迪奧內的臉色瞬間一變，連先前保持的那絲禮貌性笑容也徹底消失。

「阿塞爾準男爵雖然並非事事正確，但在這件事上，他確實做得很對。人們在看一個人時，首先注意的是他的衣服、飾品和儀態。至於內在和能力，都是之後才會被看到的事。」

「我又不是要去參加什麼正式的商業會談，用不著這麼講究吧。」

「少爺，你現在到底在說什麼蠢話？」

『啊？』

克萊奧被她冷峻的態度嚇了一跳。雖然他對迪奧內的性格多少有點了解了，但她此刻如此直接的表達，還是讓他感到意外。

「喔，我好像失言了。總之呢，哎，每次都聽人家說你年紀輕，沒想到竟然真的這麼輕。你裝得那麼成熟的樣子，連我都差點被你騙過去了呢。」

『這個比我小十歲的女人到底在說什麼啊，真是的。』

克萊奧腦海中浮現出「八十萬迪納爾」這幾個字，極力忍耐著這一刻。

「那麼，我們先從簡單的問題開始吧。你覺得，阿塞爾準男爵為什麼要費盡心思讓你進皇家首都防衛隊學校呢？」

「不是因為我母親的遺願嗎？」

「你是不是把你父親看得太感性了？難道你真的認為僅僅是因為這個原因，他就會為次子投入幾百萬迪納爾？」

「……應該不是吧。」

這問題讓克萊奧的後腦勺隱隱作痛。雖然「出於對已逝妻子的愛」這理由聽起來很動人，但只要見過吉迪恩．阿塞爾一面，就知道他絕不是這麼浪漫的人。

到了這個地步——那所問題學校、為舉辦晚宴而準備的宅邸，以及老謀深算的家庭教師——一切似乎都通向一個結論：他是不是想讓兒子進入政治圈？

『我之前沒想那麼多，反正本來我就打算逃走……原來是這樣啊。那傢伙是不是根本不了解自己的兒子？竟然想把一個內向又怕生的孩子推到那種烏煙瘴氣的地方去！』

「你現在總算有點感覺了吧？和長子弗拉德不同，你的父親完全沒教你任何事業經營之道，反而讓你進入孕育下一屆內閣和軍事領袖的學校。」

『沒錯，那學校完全就是個腐敗的溫床。』

剛才還只是感到有些疲憊的克萊奧，此刻臉上露出了標準的三十二歲韓國人民獨有的表情，一張臉像腐爛似地垮了下來。他從未在富裕的家庭中生活過，自然無法理解，當人有了足夠的金錢後，就會渴望追求權力。

「既然如此，父親大人為什麼不自己去做，反而要對我這種沒什麼才幹的孩子抱持這麼不切實際的期待？」

「你再說蠢話，我就要不客氣了喔。聽好了，你的父親是平民出身，憑藉他在產業上的貢獻才獲得準男爵的爵位。他既沒有足夠的人脈，也缺乏足夠的聲望，根本無法成為平民院的議員。而那高高在上的貴族院，又怎麼可能讓你父親這樣的人擔任商務大臣？這些事，只有等到下一代上來了才有可能實現。」

這句話讓克萊奧深刻意識到，這裡果然是完全不同的世界。

「沒有由繼承得來的宅邸和酒窖，怎麼可能辦得成宴會？那些上流人士，從來不會將昨天才出現在餐桌上的人視為同伴。所以，不如將子女培養成他們下一代的一員，這樣才能更快進入既得利益階層。」

根本是狗屁不通。這種階級社會就是有病。不是光有錢就好，還扯什麼繼承不繼承的。

『這樣的世界，也難怪吉迪恩會變成這種爛人。但就算如此，那又怎樣？』

這段有苦衷的奮鬥史固然令人不禁感慨，但是對克萊奧而言，坦白說，和自己完全無關。

『不是有兩個兒子嗎？就讓能幹的那個去做啊，他的野心為什麼要拿我來犧牲！』

「氣氛好像有點沉重呢。喝完剩下的茶，我們就起身吧。之後我們還得來試裝，所以要好好跟裁縫師打聲招呼。」

雖然克萊奧心知自己大概不會再來試裝，但還是默默配合著迪奧內的節奏。此時，他的決心更加堅定了：只要現金一到手，他就要立即溜走，今晚動身也毫無問題。

在身心俱疲的狀態下，克萊奧正準備走出店門，卻在出口處停下了腳步。

「請幫我再加一條紅色緞帶領結。」

「你不是對衣著不感興趣嗎？為什麼要買這種東西？你戴這個好像有點太孩子氣了。」

迪奧內立刻否決了克萊奧的要求，但克萊奧只是輕輕搖頭。

「不是我要戴，這是要送給一位紳士貓先生的。」

「……！」

聽到這句話，迪奧內的表情立刻變得明亮起來。

「是我考慮不周！哎呀呀，我們家莫特戴上這個一定很可愛。」

她明明已經收拾好一切，連陽傘都拿在手上了，此刻又興奮地把所有東西放到一旁，決定多買幾條領結。

「請把那邊圓點圖案的領結全都包起來，三種顏色都要，還有條紋領結也幫我一起放進去。」

迪奧內後來又露出她平時那副可愛的笑容，說想順道去一趟書店，說完便領先走在前頭。

「科爾福斯的新書配送速度比首都慢。我一直好想知道《重回諾班特斯》和《颶風山丘》這兩部作品的後續內容啊！」

趁著迪奧內忙著買一堆小說的時候，克萊奧悄悄從後門溜了出去，來到位於後方不遠處的普拉塔銀行總行。在他提取八十萬迪納爾的同時，迪奧內仍沉浸在新書專區，滿臉洋溢著幸福的笑容。

回到宅邸後，他們享用了簡單卻精緻的晚餐，然後兩人一貓齊聚在會客室。這隻對女性特別溫順的狡猾貓咪，正乖巧地抬著下巴，任由迪奧內替他繫上紅色領結。

「好可愛喔～」

迪奧內緊緊抱住這隻幾乎與自己上半身一樣大的貓，把臉埋進牠柔軟的肚皮上蹭來蹭去。戴著紅色領結的貝赫莫特確實很可愛，但克萊奧完全無法理解迪奧內那種瘋狂的反應，只是不停地打著哈欠。

「喵嗚嗚嗚嗚～」（沒錯，快讚美我這偉大的存在。）

『要是迪奧內聽得到貝赫莫特說的話，應該就不會覺得他可愛了。』

克萊奧的房間位於二樓最盡頭的臥室，位置隱蔽，就算偷偷溜出去，也不容易被人察覺。

喝完兩瓶「主教之塔」葡萄酒的貝赫莫特，滿臉幸福地往地上躺倒。他四肢大張，發出咕嚕咕嚕的規律呼吸聲，沉沉睡去。克萊奧順手摸了摸他圓滾滾的身體，再細心地將埋在柔軟頸毛中的紅色領結整理好。

『小子，這段時間謝謝你了。』

回房間之前，克萊奧特意叫來了一名看起來最天真的年輕女僕，叮囑她這隻貓會喝酒，並要她記住，只要他跑來抓酒窖的門，就挑一瓶他想要的酒給他。說完，他順手塞給她一千迪納爾作為小費。

克萊奧沒有開燈，將總金額高達一百二十萬的一百元迪納爾紙鈔分別藏在外套內襯裡和銀行提供的亞空間口袋中。平民出身的他，面對這筆鉅款難免感到緊張，但因為支票具有定位功能，可能會被追蹤，因此他無法使用。

『幸好他們給了我這個亞空間口袋，真的派上用場了。』

這個魔導具是銀行贈送的禮品，希望客戶可以繼續愛用自己銀行。即使將相當於十二億[26]元的紙鈔裝進這個袋子裡，也能輕鬆放進外套的內側口袋。

『雖然很感謝他們，但我以後不會再光顧了，畢竟那裡也是吉迪恩的勢力範圍。』

克萊奧換上樸素的外出服，挑了一雙最舊的鞋穿上，然後小心翼翼抓著宅邸外牆上的裝飾構件，從露台慢慢爬下去。

直到他離開宅邸之前，都沒有人追上來。他將漆黑的宅邸拋在身後，內心忍不住歡呼：

『人活著活著，還真是什麼奇怪的事都幹得出來。大家保重啦，以後永不再見。』

✦ ✦ ✦

像在諜報電影中看到的那樣，克萊奧搭上了下一班最早發車的列車，然後在下一站換乘開往反方向的列車。

---

26 十二億韓元，約相當於新臺幣二七〇〇萬元。

夜間列車的二等座車廂裡一片混亂。黑暗中，香菸頭的火光若隱若現，混雜著濃烈的酒味，醉漢的鼾聲和列車行駛的轟隆聲響混雜在一起。

這一刻，他真切感受到自己來到了一個全新的世界，心情既空虛又如釋重負。望著車窗外越來越遠的城市燈火，他在不知不覺間睡去。

◆逃跑之處沒有……（以下省略）[27]

阿爾比恩東部的邊境上，山間度假勝地的空氣清新涼爽。木屋前，終年積雪的山峰靜靜矗立，景色令人心曠神怡。

寬敞的木製陽台上，克萊奧靠坐在舒適的躺椅上，手裡捧著一杯冰涼的芬托斯葡萄酒，覺得人生夫復何求。

『原來那時學校餐廳提供的就是這種酒啊。』

這酒純淨清澈，沒有雜味，讓人忍不住一杯接著一杯。搭配當地出產的葡萄和山羊奶酪，味道柔滑得彷彿會在嘴裡融化。

『這才叫生活啊。』

這片有一點沒落的山地度假區既不算冷清，也不算太熱鬧。

『跟著其他人一起下車果然是對的。』

這裡不是貴族常去的度假勝地，因此更方便藏身。芬托斯的設施主要是為登山客和需要療養的人設計的，即使是外地人也不容易被注意到。

更棒的是，芬托斯還有溫泉。飯店本館的大浴場有提供溫泉，他每天泡兩次，結果不僅全身變得滑溜溜，連頭痛都消失了。

---

27 此章節名語出韓文中常被引用的人生格言「逃跑之處沒有天堂」（도망친 곳에 천국은 없다），但省略了最後兩個字。這句話在文學作品、電影、社群媒體、年輕人的語境中經常出現，屬於流行語／人生警句的一種，用來描寫「逃避現實↓發現逃避無用」的角色心理。

正如他所渴望的，在這裡他可以隨時躺下聽鳥鳴、喝酒、欣賞風景。當對景色感到厭倦時，他就使用『約定』的「記憶」功能重溫以前讀過的書。

昨天、前天，甚至是十天前，克萊奧都過著相似的每一天，差別只在他中途換了一座城市。對他來說，在首都倫德因的生活已經變得遙遠而模糊。

『只要有錢，做什麼都覺得很輕鬆。』

即使穿著舒適的室內服，他仍會時不時地拍一拍衣服下的袋子，確認它是否安好。

『離開首都後，物價便宜得很，幾乎都沒怎麼用到錢。』

距離假期結束還有六週，在那之後只要再撐兩個月，他就可以因為出席天數不足而被退學。想到這「美好的未來」，他不禁更加開懷地喝著酒。

『唉，真是的，都已經這把年紀，竟然還要上課、跑操場、受罰，真是什麼都做過了……不過，也算是塞翁失馬吧，居然因為成績不錯而賺到了十二億。』

雖然當時只顧著生氣，但好處也不少。

『要是只有錢，心裡還是會不安，但現在至少有能保護自己的魔法了。』

口袋裡有滿滿的錢，無憂無病，這就是他夢寐以求的日子。

『在這裡也過了四天了，接下來該往北走走看了？聽說那裡的蘋果威士忌和焦糖很有名？感覺很不錯呢。』

克萊奧躺在椅子上，隨手翻著在車站前買來的旅遊指南，偶爾啜飲幾口香氣四溢的葡萄酒，感覺人生無比美好。

事實上，這次的逃亡行動本身就是一場賭博。原稿中的世界正在逐漸崩壞，並且脫離作者的掌控，因此克萊奧將希望寄託於此，試圖藉此行動測試作者的控制力究竟能達到什麼程度。

到目前為止，劇情尚未發展到他被逮捕的地步。逃亡時間越長，他的信心就越足。

接下來的戰爭將圍繞東部邊境和首都周邊展開。他猜想，自己只要藏身於鄉間，過著平靜的生活，那麼亂世應該很快就會過去吧？

『雖然原稿在第一部就結束了，但就像上頭寫的那樣，只要亞瑟成為國王，就能迎來太平盛世吧？而且亞瑟現在比舊版更強了，說不定會更快登基呢。』

終於，酒瓶見底了。克萊奧懶得從躺椅上起身，只是將酒杯放到地板上，隨即翻身往另一邊躺，嘴角浮現出一絲安心的笑容。

正當克萊奧打算小睡片刻時，「噹啷」一聲，耳邊突然傳來玻璃杯翻倒碎裂的清脆聲響，緊接著是厚重的木門被撞破，轟然倒下。

穿著制服的騎士群破門而入，為首的騎士瞬間壓制住愣在椅子上的克萊奧。

騎士結實而強韌的手臂狠狠壓住瘦弱得像紙片般的克萊奧。沉重的壓迫感讓他胸口發悶，呼吸瞬間停滯，克萊奧忍不住驚叫出聲：

「【救……命啊——！】」

這聲驚叫並非克萊奧的本意，但是當危機降臨，〖約定〗便會毫不遲疑閃耀起來。那是一道透過簡單咒語觸發的【防禦】術式。

抓住克萊奧的壯碩騎士猛地被彈飛，越過直徑五公尺的魔法陣，重重摔到露台外的灌木叢中。

站在離克萊奧較遠處的三名騎士，或許是因為以太等級較高，雖然被強烈的衝擊力逼退，在地面留下深深的腳印，並未被直接甩到欄杆外。

『啊，糟了！』

目睹同伴負傷，那三名騎士的眼神瞬間變得陰沉可怕。他們本以為對方只是個孩子，輕敵之下吃了大虧——正如事前接到的通報所述，這名少年的確擁有前所未見的強大魔法力量。

眾騎士齊拔劍，劍氣迸發，炙熱的金色光芒透著殺氣。

「皇家首都防衛隊騎士團奉命行動！現依法以拒絕傳喚、妨礙公務、以太等級登記不實等罪名，逮捕魔法師克萊奧・阿塞爾！」

劍術基礎教材的第一章，列出了劍士濫用以太時會面臨的懲罰。這個世界的法律比克萊奧原本生活的世界更加嚴苛，尤其對那些能夠透過以太展現出超凡力量的人而言。

在學校裡，每個人都會使用以太，因此他未曾感受過這種差異。但仔細想來，擁有如此強大力量的人混在文明社會中，會被施加種種限制也是理所當然的。

『但人又不是狗，這個LED狗項圈是什麼鬼？』

這條名為「制壓裝置」的狗項圈，是澤貝迪發明的魔導具，原本用於壓制失控的劍士，具有限制以太循環的功能。「制壓裝置」只能由極為稀有的礦物「蒂弗拉姆」製作，因此數量極為稀少。

蒂弗拉姆是一種既非魔石也非魔礦石的特殊礦物，內含純淨的以太。由於加工極為困難，僅有高階魔法師能夠處理，但一旦刻印上魔法，便幾乎能永久發揮效力。

制壓裝置上刻印了【停止】、【封鎖】等八種魔法，等級七以下的劍士無法以自身力量解除，這一點也同樣適用於魔法師。

二十七年前發明這項具革命性魔導具「制壓裝置」的八級魔法師，絕對不會想到，他最鍾愛的徒弟竟然有一天會戴上這東西。

魔法師的戰鬥能力通常不高，因此原先是不可能為了抓捕一位二級的魔法師，而派遣精英騎士出動並強行戴上制壓裝置。

克萊奧不知個中內情，但今天發生的一切，都是迪奧內的傑作。她沒想到，自己會被一個十七歲少年捅了一刀，因此氣得七竅生煙，再加上她那愛惡作劇的性格，於是造就了這場災難。

阿塞爾商會的調查部門先是從鐵路路線開始搜尋，最終找到了克萊奧的蹤跡。根據這些情報，迪奧內成功調動了騎士團。

『我們少爺一定比登記的等級更高。據菲西斯校長保證，他未來將成為八級魔法師。我明白您們可能會認為，這不過是青春期少年常見的叛逆行為，但我擔心會不會發生什麼危險，才不得不向您們提出這樣的請求。』

劍士和魔法師的管理，原本就屬於皇家首都防衛隊的職責範疇。迪奧內的言辭奏效，她告訴騎士們：「如果這孩子逃跑時惹出麻煩，恐怕您們也不好交代。」

結果，克萊奧被關進村莊的拘留所，心中滿是茫然與無措。他只穿著輕便的室內服，甚至連鞋都來不及穿，只能光著腳待著。

『怎麼會因為沒登記等級提升，就把人直接抓走？這分明是有人從中作梗！我本來還提防著那些像警察或偵探的人，結果他們竟然直接動用了騎士團?!』

從那些人的談話中，克萊奧得知，最早出手逮捕他的那名騎士是今年年初才晉升為正式騎士，結果在被甩進灌木叢時，直接摔斷了腿。

守在鐵欄杆外的騎士目光冰冷，對克萊奧抗議他們非法拘禁的話充耳不聞。當他繼續抗議時，只得到了一句冷冰冰的回應：「在拘捕期間若是破壞公物，當事人會被起訴。」情勢極為不利，他沒有任何逃脫的機會。

『要是能使用〖編輯的權限〗就好了……唉。』

但轉念一想，就算擁有〖編輯的權限〗，我也不覺得作者會放棄這段情節。即使是一部即將崩壞的作品，作者依然擁有足夠的掌控力，使配角無法逃離自己的命運。克萊奧在最糟的方式下，深刻體會到這一點。

『看來無法走上當廢宅的道路了……唉。』

即使是夏天，夜晚的石板地依然冰冷刺骨，涼意直透脊背。幾個小時前，他還悠閒地窩在溫暖舒適的安樂椅上，如今卻落得這般狼狽。

他不知自己是何時睡著的。克萊奧蜷縮著身體，在不適的姿勢中入眠，直到鞋跟敲擊石板地的清脆聲響驚醒了他。一直牢牢鎖著的拘留所大門，正緩緩打開。

「少爺！」

迪奧內猛地衝了進來，臉上帶著彷彿承載了世間所有悲傷與擔憂的表情，儘管她的衣著依然華麗無瑕。

她像是與失散多年的弟弟重逢一般，緊緊抱住克萊奧，並拿手帕輕輕按去根本不存在的眼淚，向眾騎士懇求為她的被保護人解除制壓裝置。她的表演堪比奧斯卡影后。克萊奧清楚地看到，迪奧內用蕾絲手帕掩著的嘴角微微顫抖，顯然是在憋笑。

作為監護人，迪奧內提交了身分保證書並支付保釋金後，克萊奧才被釋放。她還準備了一個裝有食物的籃子與香檳，親自送給眾騎士以表示歉意，讓原本如鐵壁般嚴肅的他們頓時融化。

「那天，整座宅邸鬧得翻天覆地，一個名叫米拉的侍女跑來找我，遞給我一千迪納爾，並且告訴我，少爺像是要遠行，還特地把貓託付給她照顧。於是我賞了她兩千迪納爾作為獎勵。要不是她，富家少爺失蹤的消息恐怕早就鬧成了綁架案，在全國掀起軒然大波。」

回首都的馬車上，迪奧內時不時爆發出笑聲，看來她這十天來的怨氣總算是一掃而空，心情好得彷彿要飛上天。

「真的被少爺狠狠擺了一道啊！竟然將我，迪奧內．格雷伊爾的信用貶損到這種地步！幸好阿塞爾準男爵大人給了我足夠的權限，才讓我挽回了一些名譽！」
「……父親怎麼說？」
「和往常一樣，沒有任何反應。怎麼？現在才害怕嗎？」
「不是……」
「好啦，反正已經找到你了。他也沒有責怪我，就算你不在，薪水還是照樣支付！所以少爺，這麼多人因為你而陷入困境，你在外頭玩得還開心嗎？」
「……」
「我得承認，少爺果然聰明得讓人頭疼啊，沒想到為了找到你，居然花了這麼久的時間。不過，你難道沒聽說過，阿塞爾商會的調查部門可是比梅爾基奧[28]世子殿下的祕密情報部門還要厲害嗎？」
原來如此。克萊奧早就覺得奇怪。他們明明不是騎士團，怎麼能這麼迅速找到他的蹤跡，沒想到阿塞爾商會竟然還有調查部門這種東西。
「所以，我父親是什麼地下組織的頭頭嗎？」
「怎麼可能呢？光是海上貿易就讓他賺得飽飽了，根本沒必要鋌而走險啊。不過，情報就是金錢，據說在德尼耶大陸，沒人能逃過阿塞爾準男爵的眼睛。」
『那不就是說，如果有需要，他也會鋌而走險嗎？』
克萊奧又累又氣，還覺得荒謬至極，只能把頭埋得更深，彷彿恨不得直接鑽進膝蓋裡徹底消失。
「那麼，少爺，你怎麼捨得放著倫德因西岸高級住宅區的華麗宅邸不住，反而選擇逃跑呢？看你的回答如何，也許我可以幫你在令尊面前美言幾句哦。」

28 名字來自《聖經》中的東方三賢士之一。根據《新約聖經．馬太福音》第二章第一至十二節的記載，當耶穌誕生時，三位來自東方的賢士前來朝拜他。

「……因為我不想當兵。」

克萊奧懶得多說，乾脆簡單帶過。無論是身為韓國人對父親野心的看法、作為一個不想被捲入主角命運的配角附身者的心境，還是他這次逃跑其實是在試探作者的掌控力——這些事都無法向迪奧內解釋。

「什麼？」

迪奧內睜大雙眼，這次似乎不是在演戲，而是真的感到震驚。她手中的蕾絲扇也「啪」地一下闔上，發出清脆的聲音。

「因為我不想服義務役，所以打算直接退學，但我父親聽了後竟然說，如果我這麼做，就要立刻送我入伍。」

迪奧內放下扇子，伸手輕輕按住眉心，望向遠方的山景，隨後轉過頭，目光中帶著一絲同情。

「少爺，我本以為你非常聰明，沒想到在這方面竟然完全沒有概念。來，看看我，我可是第九七二屆的畢業生。你覺得我有當過兵嗎？」

仔細一想，這個女人確實是他的學姐，比他大五歲，今年二十二歲。按照年齡，應該服過兵役，但她之前提過自己在阿塞爾商會工作。

「魔法班的學生只要畢業名次進入前三名，就可以免除兵役，選擇當研究員或是進入產業界工作。所以這兩年來，我就在少爺父親的公司裡，專心雕魔石啦。」

克萊奧猛地抬起頭，震驚得無法言語，嘴巴微張。

「一屆魔法班通常也不到十個人，你覺得進前三有那麼困難嗎？」

沒有人告訴他這些事，連原稿中也完全沒有提到，因為亞瑟的同伴們全都成了騎士！

「你覺得為什麼當初會區分為魔法師班和劍士班呢？劍士和魔法師的以太積累方式事實上是相同的。」

迪奧內語氣溫和親切，慢條斯理地解釋著，活脫脫像個盡職的家庭教師。

「劍士是將以太融入自身來運用的人，他們必須在鍛鍊以太的同時，也強化自身體魄，才能真正地發揮力量。」

她每說一句話，克萊奧都感覺像是挨了一記悶棍般，心頭越發沉重。

「但魔法師的魔法陣大多依賴天賦。即使以太運行得再怎麼規律，也『未必』能在現實中啟動魔法陣。所以，魔法師的培養非常困難，那麼你覺得國家會將這兩者等同看待嗎？」

雖然這次逃亡不完全是因為害怕當兵，但這的確是主要動力。現在他知道自己根本就是白忙一場。克萊奧側著身子往馬車座椅上一倒，眼角隱隱淚濕了。

✦ ✦ ✦

接下來的三天，他幾乎整天都在睡覺。當希望破滅，只剩下空虛、疲倦和迷茫，腦袋昏沉，思緒也難以集中。

回到宅邸後，貝赫莫特興奮地衝向克萊奧，發出激動的叫聲：「你都跑走了，怎麼不乾脆去死？幹嘛還回來！」雖然他嘴上這麼說，卻用前爪緊緊抱住克萊奧，怎麼也不肯離開他。

除了坎頓夫人，其他女僕都只當這是少爺一時的任性，才鬧出了這場離家出走的鬧劇。

過了幾天，克萊奧依舊萎靡不振，貝赫莫特的態度也變溫柔，試圖用「送來的酒全檢查過了，二十五箱都沒問題。你父親的批發商還算誠實嘛，裡面的香檳特別出色」這樣的話哄他開心。他一邊說著，一邊黏在克萊奧身上，用前爪溫柔地踩踏他的身體，像是在安慰他一樣。克萊奧捏了捏貝赫莫特軟乎乎的肚皮，意外地覺得心情稍微好了一些。

『逃跑的路已經被堵死，看來無法擺脫這個故事了。那麼接下來……我到底該怎麼活下去？』

錢是有的，雖然是父親的錢；房子也是有的，雖然是父親的房子。

即使照迪奧內所言，他能夠被免除兵役，但父親為他規畫的那條荊棘之路，依然無法避免。

即便他躺著不動，『約定』依然不時閃爍，顯示出【——使用者的敘事參與度上升。】的討厭訊息。每次看到這個訊息，他都會不自覺地皺眉，心裡充滿了不安。因為他知道，這個訊息對他來說，只意味著死亡與受傷的機率正在增加。不管他是否有所行動，這個世界依然會根據作者的安排，翻到下一頁。

「沒有我，這個世界也運作得很順利，到底還要我做什麼呢？好吧，我知道這世上沒有輕鬆的躺平族之路可以走。」

正當他這樣想時，迪奧內端著餐點走進了臥室。

「我們愛睡懶覺的少爺，現在該起床了吧？」

「如果妳能停止用那種讓人發癢的語氣，我應該能更快起床。」

「啊，那就永遠讓你躺著好了。」

迪奧內把托盤放在克萊奧的膝上，並朝他眨了眨眼。

「睡覺是沒關係，但飯還是要吃喔。坎頓夫人因為你不吃飯的關係都快急死了。」

「……我現在就吃。」

雖然睡太久讓他沒什麼胃口，但水果和布丁塔還勉強能吃下去。迪奧內一邊看著克萊奧吃飯，一邊說起正事。

「那位坦菲特‧德‧內格小姐不是發來了邀請函嗎？你打算什麼時候回覆呢？就是那個在諾班特斯飯店舉辦的夏季派對。」

「去不去呢……」

克萊奧搖了搖頭。現在的他頭腦混亂，完全沒力氣應付雙胞胎和瑟爾雷斯特。

「夏天的諾班特斯可是擠滿了商人和名流，其他人想去都沒辦法，你竟然想浪費這麼好的機會？你的頭腦真的清醒嗎？」

「……」

「我已經告訴你不用當兵的辦法，現在該振作起來了吧？去諾班特斯轉換一下心情也不錯，和我一起去派對吧。」

「我父親也會去嗎？」

「喂，諾班特斯的格局對阿塞爾準男爵來說太小了，那裡的重點是飯店、餐飲和房地產投資。」

克萊奧放下叉子，腦中那些委靡不振的腦細胞突然活了過來。

『嗯……這也許是一個機會。如果在父親沒有插手的領域裡撈錢，應該比較不會被逮到。』

「而且，諾班特斯還有特里尼提拍賣會。夏天的時候，退休的富豪也會來參加拍賣，到時候會發生不少有趣的事喔。」

這三天以來頭一次，克萊奧眼中出現了像往常一樣的光采。

「特里尼提拍賣會是在諾班特斯?!」

「我們少爺怎麼會這麼沒常識？我得好好幫你上個課了。」

「我會回覆邀請函的。好，就一起去吧。」

「哦，真是太好了，雖然不知道發生了什麼事，但好在你已經恢復精神了！等收到回信後，我就馬上開始打包！」

「喵喵喵喵~？」（終於要活得像個人了嗎？）

迪奧內急忙站起身。而幾天來頭一次起身的克萊奧，感覺心跳隨之加快。他覺得房間裡很悶熱，便打開窗戶透透氣。窗外是盛夏，濃郁的青草氣息隨風拂來，鮮活而真實，彷彿在向他昭示這個世界的存在感。

原稿中的世界，比起「金正珍」曾經熟知的世界，更加殘酷，但同時也多了一絲餘地。雖然他被拋入其中，但並非毫無依靠，至少不是一無所有。他已經知曉這個世界即將發生的種種變故。儘管與主角相關的主線劇情有所變動，但細節設定幾乎沒什麼改變。換句話說，除了與亞瑟有關的部分，克萊奧在這個世界裡幾乎相當於一名預言者。

知道未來的最大好處是什麼？就是能在投資上搶占先機。好一陣子未啟用的〖約定〗中的「記憶」再次觸發，迅速翻動他先前讀過的內容。

『我雖然不清楚兵役的特例制度，但我知道一八九〇年夏天，特里尼提拍賣會上會出現了哪項物品。』

✦投資的正道

一八九〇年最高價的拍賣品是一項樂器。這樂器的名聲甚至傳到了阿爾比恩的首都。

『忒耳普西科瑞[29]的里拉琴。原稿中提到，巴斯科．格雷伊爾以低價買下來修復後，再以五〇〇萬迪納爾賣出去。但巴斯科已經前往契恩特倫大陸了……既然現在沒人認得它，我就把它據為己有吧。』

在之前的世界裡，別說是投資了，他甚至連啟動資金都沒能力積攢，但現在不一樣了，資金與情報都到位了。

無論是在小說內還是小說外，人的生活其實都差不多。如果被動行事，就只會被他人的要求牽著走。

『不管是父親，還是主角……或是作者，都一樣。』

這些人的意圖將在這個世界的頁面中碰撞。

『如果我在第二頁就死了，那也就算了。但現在既然已經被賦予了名字和力量，作者就不可能輕易放過我。無論逃到哪裡，最終還是會被強行拉回故事的中心。』

迪奧內和吉迪恩．阿塞爾也同樣是受作者意志影響的存在。即使甩掉他們，克萊奧仍然會被其他人物或劇情要素纏上。

『再說，就算等第一章結束、我又能使用〖編輯的權限〗了，作者也還是不會接受任何他不想

29 Terpsichore，希臘神話中的九位繆思女神之一，專司舞蹈與合唱，里拉琴（Lyre）是她使用的樂器。

要的情節。偏偏他又不會直接告訴我該怎麼做，只是讓事情按照他的意圖推進，真是讓人頭疼。』

有時他甚至覺得，這位作者還真是個精打細算的寫作者，不僅把他當成故事裡的角色來用，甚至還讓他負責「編輯」劇情。

想到這裡，又有另一個念頭接連浮現在他的腦海中——

『為什麼作者不乾脆自己進來推動故事？為什麼要用這麼麻煩又複雜的方式？』

原稿紙已經破爛不堪，很有可能，連作者自己都無法輕易修改這個故事了。

假如作者真的擁有那種無限的權力，亞瑟的聖痕早就該被刪除了。

隨著這些想法的湧現，他的疑問也接連增加。然而，在受制於人的情況下，他既無法查明真相，也難以自由行動。

「財富也是一種力量，能讓人物具有行動的自由。就算發生戰爭了，只要有錢，就能找到活路。身為父親的人竟然想把這個傻兒子推入政治的深淵，不合他的意時還會扣住零用錢——這樣的人，怎麼能指望呢？我的活路，只能靠自己找了。」

如果無法避免被捲入故事，那就要盡可能為自己爭取更多的對抗手段。

『既然知道災難即將到來，就可以想辦法防備，這不是當然的事嗎。』

確定了目標後，克萊奧腦海裡一片清明，浮現出無數的計畫。

穿著睡衣、光著腳的克萊奧衝到陽台上，朝著正穿過花園的迪奧內大聲喊道：

「迪奧內小姐！出發前，妳能幫我找些東西來嗎？」

「什麼事讓你這樣急著跑出來！說吧，我幫你弄來！」

看到克萊奧恢復生氣勃勃的模樣，迪奧內似乎也很高興的樣子，滿臉笑地抬頭望向二樓。

「請幫我準備好『鍍上時間金砂之里拉琴琴弦』和『魔石』蛋白石，拜託了。」

「哦，剛好我們倉庫就有呢——你怎麼這麼神，連我們的庫存品項都知道？」

「湊巧而已。另外，也請給我一本賣方用的拍賣規則指南。」

✦ ✦ ✦

如果說科爾福斯是位於首都西邊的貿易港城市，那麼諾班特斯則是南端的度假勝地。

克萊奧終於放棄賴床，迪奧內迅速張羅好一切。等回信一到，他們便立即啟程，提前三天抵達諾班特斯。這座度假城市依偎著湛藍的海灣，無數遊艇靜靜地泊在港口，隨著波光輕輕搖晃。

從火車站就能看到遠方白色山丘上的德．內格飯店。戴著寬邊帽的迪奧內望向車窗外，忍不住發出讚嘆，但此刻這些美景未能引起克萊奧的注意。他飛快下車，直奔車站附近的特里尼提拍賣會。由於火車延遲了一個小時，他擔心會錯過拍賣會。

那幾星期間每天繞著學校跑步的努力沒有白費，克萊奧迅速抵達了拍賣會場。他喘著氣買下入場券，坐到會場最後面的桌子邊。拍賣尚未開始。

『還來得及！』

穿著高跟鞋緩緩走來的迪奧內，約十幾分鐘後才進入拍賣會場。

「少爺，你怎麼能把我丟在一邊自己跑來？至少也該告訴我一聲吧！」

「抱歉，但這事很重要。」

拍賣主持人開始在台上講著笑話和天氣話題。這氣氛更像是單純的度假勝地活動，而非正式的拍賣會。在這樣輕鬆的氣氛中，只有克萊奧保持警覺，目不轉睛地盯著會場的台上。

「那麼，首先要拍賣的物品是——非常適合用來將花園改造成廢墟風的裝飾品！這是一件來自契恩特倫大陸的古代海洋遺物，確定是真品，底價一千迪納爾。」

台上的石雕七弦琴殘片看起來極為古老，幾乎無法確定其年代。它的上方三分之一處還看得出里拉琴形狀，下半部則附著一大塊無法剝離的石灰岩，乍一看甚至看不出任何七弦琴的痕跡。

這件物品顯然是用來調節拍賣氣氛的，並非主要拍賣品。在克萊奧忙著確認這是否是自己所知的那個物件時，眼前浮現出一串耀眼的金色字串：

【──〖約定〗的第二階段功能「理解」已啟動。】

【忒耳普西科瑞的里拉琴

──聖遺物

＊目前處於需要修復的狀態。】

『就是這個！確定了。』

〖約定〗的第二階段功能「理解」非常實用，不僅能查看聖痕，還能查詢魔導具的詳細資訊，實在讓克萊奧非常滿意。

在克萊奧心頭一陣欣慰時，大多數人是在閒聊，喝著香檳，完全不在意拍賣會。

「今年似乎不太有看頭。」

「今天的拍賣品當中，那張孔雀石餐桌非常驚人，好像把其他的都比下去了，不是嗎？」

「不過，錫芮昂夫人，這件廢墟風的裝飾品還是有不少愛好者的。」

『但當然沒人會為了這個花上一萬迪納爾。』

聽著周圍人的交談，克萊奧謹慎地選擇舉牌的時機。拍賣金額緩慢向上攀升。

「三六八〇迪納爾，二十一號，三六八〇迪納爾。還有其他人要出價嗎？」

十一號似乎正在和同伴討論是否要提高出價。六十七號放下了牌子，決定放棄。此時正是出價的好時機。

克萊奧舉起了他的牌子。

「一萬迪納爾。」

「哦，看來有位客人的品味相當高雅。好的，一萬迪納爾，八十二號，一萬迪納爾。」

周遭的目光集中在八十二號牌子上，似乎在訝異為何要為這種毫無價值的物件出這個價格，但當看到出價的是一名年輕學生時，周遭的人開始轉為嘲弄的姿態。

「里拉琴殘片，一萬迪納爾，八十二號客人得標！」

會場爆出了笑聲。有人開玩笑說這會不會坑小孩坑得太狠了些。克萊奧完全不在意這些嘲諷。

『我倒是很想知道，兩天後大家的表情會是怎樣的。』

迪奧內默默注視著克萊奧，彷彿已察覺到他似乎在策畫什麼。

✦ ✦ ✦

他們出示了瑟爾的邀請函、在德．內格飯店辦好入住手續後，飯店人員安排他們住進三樓的套房。這間套房分成兩間客房，中間是會客室，顯然是考慮到克萊奧與家庭教師同行的需求。

一進房間，克萊奧便迅速將床單鋪在地板上，隨後將親手抱回來的里拉琴殘片從箱子中取出。接著，他依序將「鍍上時間金砂之里拉琴弦」和「魔石」蛋白石擺在一旁。儘管迪奧內是以優惠價購得這些材料，它們的總價仍然高達五萬迪納爾。

『這件「里拉琴殘片」之所以沒被鑑定師發掘它的價值，是因為它需要集齊所有的組件才能復原。這是需要精心處理的物件，巴斯科也是在試了幾十種材料之後，才找到合適的材料進行修復。』

迪奧內沒打招呼便闖入克萊奧的臥室，眼中閃爍著好奇的光芒，慢慢走近他。

「你在做什麼？我可以看一下嗎？」

「反正現在要妳離開，妳也不會答應吧？」

「是也沒錯，但我畢竟也是個研究員魔法師，對古老物件的修復工作怎麼可能不感興趣？」

迪奧內拉過椅子坐下，克萊奧則是小心地展開一個小型魔法陣。直徑約兩公尺的魔法陣發出光芒，將里拉琴殘片和材料包圍住。

雖然這次他只用了單一術式，但它相當複雜，內容來自《魔法全書》第一卷的最後一章。

「【修復！】」

術式在一瞬間發出了光芒，隨後迅速消散。

『果然，沒用咒語是無法成功的。』

他很想知道巴斯科是用什麼咒語，然而在原稿中，巴斯科是直接帶著修復完成的琴現身。克萊奧試著吟誦了幾種咒語，里拉琴雖然微微震動了一下，但隨即又恢復平靜，原本快要脫落的石灰塊也依然黏在上頭。迪奧內一邊反覆琢磨咒語的內容，一邊開口問：

「少爺，你是不是知道這個物件原來的樣子？」

「知道。」

克萊奧肯定的答覆讓迪奧內顯得有些驚訝。

「既然如此，就試試用更具體的咒語來描述它的形狀與用途吧。」

克萊奧坐在那裡凝視著里拉琴，雙臂交叉，眉頭微微皺起。

『這該死的魔法，真是麻煩得要命。』

每次構思咒語都要費很大力氣，但一想到修復後的價值，他只能打起精神繼續。

『研究過古籍的巴斯科，為什麼會將它命名為「忒耳普西科瑞的里拉琴」，應該是有原因的吧。據說它經曾在繆思女神手中奏響，能發出傳說中的音色。』

克萊奧在短短五分鐘內，不斷嘗試各種詞彙的組合，為之苦惱不已。當「早知道就應該去讀國文系」的念頭再次閃過時，他終於定下了咒語。他小心翼翼地展開魔法陣，啟動術式。隨著魔法陣的光芒驟然亮起，克萊奧果斷地吟誦出咒語。迪奧內對他快速而精確的動作讚嘆不已。

「【你於繆思掌中之時，曾賜予頌歌之喜悅——歸來吧，以昔日之姿！】」

璀璨的以太之光再次凝聚成一道強烈的閃光，在魔法陣內旋轉。明燦奪目的光芒將空間染成了白色。

『唔……這個術式消耗的以太還真不少。』

經過一段時間後，光芒才逐漸褪去。這場景連見過世面、充滿膽識的迪奧內也不禁為之失神——那是目睹了不可能之事，才會出現的反應。

床單的中央，靜靜躺著一把泛著融合了螺鈿與蛋白石般瑰麗光澤的里拉琴。它的七根弦都鍍上了時間金砂，使整把樂器看起來宛如神祇的遺物。

「這……這怎麼可能。」

震驚的迪奧內來回看著這件樂器和修復它的人。

「少爺，我可以用一下分析魔法嗎？」

「當然可以。」

迪奧內展開魔法陣，快速施展【追蹤】與【分析】的術式，很快便會有結果。這個術式組合有個限制就是，它無法分析不完整的物件。

「【物件啊，揭示你本來的年代與源起吧！】」

迪奧內的魔法陣閃爍起來。由於「理解」的作用，克萊奧的視野中浮現出【三級魔法師】的字眼。正緊咬嘴著唇分析結果的迪奧內，一時忘了顧及形象，興奮地一跳。

「這是超過千年的古物耶！被判定是聖遺物！」

她的語氣無比興奮。復原成功後，克萊奧一直緊繃著的肩膀終於放鬆下來。

『好了，現在只要把它賣掉就行了！』

克萊奧擔心萬一買主沒出現的話怎麼辦，於是請飯店的員工幫忙整理出這座城市將舉辦哪些演出的清單。接著他啟動了〖約定〗的「記憶」功能，在確認名字之後，開始比對那份清單。

『有了！』

「舞蹈界革新者」普羅科洛斯伯爵。他的芭蕾舞團將在本季結束前，於這座度假城市上演最後一場特別演出。對樂器也有興趣的伯爵，本來是要來拍賣會買小提琴，結果購入了這件里拉琴——原稿裡是這麼寫的。

『拍賣會的最後一天會有很多音樂愛好者出席，樂器類的價格會大幅上揚。』

克萊奧放下只咬了兩口的三明治，開口對迪奧內說話，她卻仍怔怔看著放在摺好的床單上的那把樂器，慢了半拍才回應。

「啊，少爺你叫我嗎？」

「妳就這麼喜歡里拉琴？連我說的話都聽不見？」

「問題不在於它是不是樂器，而是它是聖遺物。仔細回想起來，你好像事先就知道這個里拉琴的真面目了，對吧？」

「可以這麼說。」

迪奧內微微瞇起眼，靜靜凝視著克萊奧，然後閉上嘴。聖遺物價值連城，看來她認為就算問了，克萊奧也不會透露情報的來源。

《阿爾比恩王子》中的「聖遺物」，光聽這名稱或許會讓人以為它擁有什麼強大的力量，其實完全不是那麼回事。

這類物件除了能歷經歲月而不腐朽，幾乎沒有任何特別之處，卻仍被歸類為「聖遺物」。大多數聖遺物都是樂器，每次流入市場時，音樂愛好者與遺物收藏家總是不惜砸下驚人的鉅資競相購買。

『我不懂藝術，只要能賣個好價錢就行了。之前的那個世界裡，一把小提琴動輒就是幾十億，應該是差不多的道理吧？』

「少爺果然讓人看不透呢。你不僅找到這些情報，還能知道里拉琴的琴弦和蛋白石是它的構成要素……難道你有什麼與『分析』或『預測』有關的聖痕嗎？」

身為格雷伊爾商會的繼承人兼研究員魔法師，迪奧內此刻激動得難以自持。這名年僅十七歲的年輕魔法師，不僅找到了聖遺物，還成功將它復原了，這讓她的好奇心被徹底激發。

「那是企業機密。這麼說吧，我只是擁有一些比其他人更強的情報收集和分析的能力罷了。」

「唉！你是不想告訴我，對吧？」

「現在是這樣沒錯。」

「現在是這樣啊，意思是，等我不再是你父親的人時，情況就會改變嗎？」

「妳果然很敏銳。」

「我還在想你為什麼要問父親是否會參加宴會呢，原來……少爺，你比我想的還要反骨，跟外表看起來差很多。」

「所以，妳不喜歡嗎？」

迪奧內用那對帶著寒氣的天藍色眼眸仔細打量對面的少年，他則以悠然的姿態與她對視，感覺與當初鬧出離家出走風波的小鬼已是完全不同的人。

「不，我很喜歡。所以，克萊奧．阿塞爾先生，你希望我怎麼做呢？」

這是迪奧內在兩人相識以來，第一次不再稱呼他為「少爺」，而是直接喚他的名字「克萊奧」。

這意味著，她不再只將他視為阿塞爾家的次子，而是開始將他當作「克萊奧這個人」來看待。克萊奧替她倒滿茶之後，接著說：

「我希望把這件里拉琴安排在拍賣會最後一天上場。順序不重要，時段不太好也無所謂，只要能夠事前演奏給大家聽就可以。」

「如果打出阿塞爾準男爵的名字，是很簡單……」

克萊奧搖搖頭，表示他完全不打算利用他父親的名字。

「私人賣家如果想臨時參加明天的拍賣，幾乎是不可能的事。這物件甚至不在目錄中，還需要時間進行鑑定。」

「既然妳已經看過修復過程並完成了分析，那麼，迪奧內，妳應該能幫我寫個保證書吧。畢竟，妳是皇家首都防衛隊學校的畢業生，也擁有研究員魔法師的資格證。」

這一次，迪奧內的臉上露出像是被人敲了一記後腦勺的表情。

「萊奧，原來你從一開始就打算利用我？」

「不是利用，是合作。」

迪奧內把茶杯放回桌上。現在她已不再是克萊奧的家庭教師，而是格雷伊爾商會的繼承人。

克萊奧在心裡暗自得意一笑。

出發前往諾班特斯之前，克萊奧沒有閒著。坎頓夫人對首都的情況非常熟悉，也了解迪奧內．格雷伊爾。

迪奧內小姐是位小有名氣的高手級人物。從學生時代起，她便參與家族企業，並實際掌管商會的營運工作。當她在社交界一亮相，迅速便結交了大量人脈。

這也就能說明，為什麼一名沒有官職的年輕女性，竟能為了抓一個逃跑的學生，動用首都防衛騎士團。克萊奧原本考慮過是否要設法擺脫她，畢竟她是父親指派的人，但最終還是判斷將她拉攏到自己這邊會更為有利。

「嗯，那麼，你打算怎麼算佣金呢？」

「鑑定費用一般是兩千迪納爾，但因為必須以急件處理，所以我可以給妳四千迪納爾。妳覺得怎麼樣？」

對於已經將拍賣規則指南讀透徹的克萊奧來說，這樣的協商並不困難。從修復魔法成功的那一刻起，迪奧內就已經向克萊奧邁出一步了。

「哎呀，聽起來好像挺有趣的。」

「對了，特里尼提拍賣公司的總部也在首都吧？首都的商會會員不是都有佣金優惠嗎？只要妳以格雷伊爾商會的會員資格幫我送拍，我就將成交金額的二％作為佣金支付給妳。這個比例也比一般的佣金高。」

迪奧內放下手中的扇子，雙臂交叉，仔細權衡利弊。

『他才剛拿到拍賣規則指南，居然就能完全掌握其中的內容。這樣的人怎麼可能是還沒成材的次子？』

最終，迪奧內做出了決定。

「好吧，那麼，你已經找到人來演奏里拉琴了嗎？」

「現在正要找。」

「如果你給我三％，演奏、列入拍賣清單，還有宣傳工作，這些我都可以一手包辦。」

「做得到嗎？」

「我的座右銘是，賺多少就做多少。」

「那麼，我們先簽約吧。」

「克萊奧先生，你還真是一絲不苟呢。」

兩人簽了簡易合約，並在下方親手寫下【承諾】術式，再各自注入以太完成刻印。

雖然不像撒上魔石晶粉的正式契約書那樣，可以施加「死亡」等嚴苛的懲罰，但在金錢交易方面，這份合約的效力已經綽綽有餘了。等附著在【承諾】中的以太完全消散後，迪奧內像是突然想起什麼似的，又額外提出一項要求。

「另外，我還想訂做一件禮服，也請將費用一併計入吧。」

「當然沒問題。」

✦ ✦ ✦

迪奧內．格雷伊爾天生就是個優秀的氣氛炒作高手。她穿著有如古代女神般垂墜的白色禮服，頭戴金色月桂冠，登上了拍賣會的舞台。

「這是我小時候學會的才藝。里拉琴不是常見的樂器，與其臨時找人，不如我自己演奏。」

克萊奧雖然半信半疑，但就算迪奧內的演奏不如預期，她出眾的美貌也足以吸引全場的目光，所以他決定按原計畫進行。

結果遠超出預期。迪奧內宛如精靈般的優雅姿態，配上高水準的里拉琴演奏與清亮的歌聲，完美烘托了現場的氣氛。

里拉琴的音色非同凡響。它擄獲人心，讓平凡的歌詞也如同一首動人的詩篇。普羅科洛斯伯爵感動到流下淚水，隨即起身鼓掌。

在他的影響下，全場觀眾也紛紛起立，報以熱烈的掌聲。

經過一番激烈競標，「忒耳普西科瑞的里拉琴」最終以五九五萬迪納爾的高價落入伯爵手中，比原稿中的成交價足足高出九十五萬迪納爾。

『即使扣掉佣金與上拍費，也還有五五〇萬迪納爾，可以著手進行下一步了。』

款項並非以支票或本票的形式支付，而是直接匯入克萊奧在來諾班特斯之前特地開立的奧瑞爾銀行帳戶。他已經中斷與父親有關的普拉塔銀行之間的往來。

當晚，他立刻支付了迪奧內的報酬。迪奧內拿到十六萬五千迪納爾的匯款證明時，露出了有如盛開牡丹般的燦笑。

「還有，這裡是四千迪納爾現金，是要給妳的鑑定費。」

「你還真是有情有義、通情達理。的確，佣金最好是立刻支付。」

「這是應該的，畢竟是受到妳這樣的高級人才協助。」

迪奧內摘下先前戴著的月桂冠裝飾，口氣認真地說：

「看來你是真的很不想成為政治家或政府官員吧？因為你不想照著父親的意思走，所以開始籌措資金，對吧？」

克萊奧只是微微一笑，沒有回答。

「這麼想來，當初你離家出走的理由我也能理解了，如果是我，也絕對受不了別人對我的人生指手畫腳。」

「妳能理解，真是太好了。早知道我當時就直接向妳說清楚，這樣妳就不至於用那種極端的方式把我抓回來了。」

「不不，一碼歸一碼，當時我與你的父親簽了合約要照顧你，而既然我收了錢，自然要信守承諾，不是嗎？」

「那現在呢？」

「我想，我已經盡責、充分回報了阿塞爾準男爵支付我的報酬，現在也該是擬一份新合約的時候了。」

『上鉤了。』

「說實話，成為父親的傀儡去從政，那種人生有什麼樂趣可言？我們乾脆一起賺大錢吧。魔導具的流通是你父親不曾涉足的領域，很有吸引力對吧？」

迪奧內也是不存在原稿中的角色，她的行動難以預測。不過，世上沒有不愛錢的人。

『但我沒料到她會這麼喜歡……』

「能找到聖遺物，絕對不是偶然，你身上一定有某種不能向我透露的特殊能力。」

「承蒙妳如此看得起我，讓我感到非常榮幸。」

「我想為你的情報能力與修復技術打造一個舞台。我們商會的倉庫裡還堆著不少尚未修復的魔導具，但我的專長是魔石加工，無法處理這類物品。我一直希望可以盡快將它們商品化，卻遲遲無法著手，實在讓人焦急。我在想，說不定你能解決這個問題。你怎麼想呢？」

「沒問題。」

克萊奧這簡短有自信的回答，似乎讓迪奧內留下深刻的印象。對克萊奧而言，這正是求之不得的情況。如果能修復格雷伊爾商會倉庫內的魔導具，勢必能獲得可觀的報酬。

雖然他沒有什麼高超的分析能力，但〖約定〗的第二階段功能「理解」，加上對原稿的記憶，已經足夠補足這一缺陷。搜過原稿一遍後，他發現健談的巴斯科曾經詳細描述如何收集材料並修復魔導具。他有信心能以此為基礎完成這項工作。

『沒想到她這麼快就提出合作邀約，看來這位小姐對於經營商會相當熱衷。』

「不過，迪奧內小姐，妳還真不像一般在富裕環境下長大的貴族子弟呢，反而擁有相當務實的商業頭腦呢。」

正小心翼翼地將四千迪納爾現金放進手提包的迪奧內，聞言微微抬起了下巴，露出一抹微妙的神情。

「富裕？真正不食人間煙火的人是少爺你吧。貧窮的貴族比窮苦的平民還要悲慘，挨餓三天也不能去乞討呢。」

「……！」

「原本的格雷伊爾子爵爵位是屬於我父親的。他一輩子都沒賺過一個迪納爾。如果他沒死，我恐怕早就餓死了吧？」

這是克萊奧完全無法想像的背景。迪奧內看起來就像是個從沒拿過重物、只吃白麵包長大的典型貴族小姐。

「是我的叔叔巴斯科，在外探險十年後回來收養了我，並且資助我接受教育。讓一個人擁有立足之地、活得像個人，最重要的就是金錢了。我怎麼可能輕視它？」

「關於這一點，我想我們的想法是共通的呢。」

「可不是嘛？不過，阿塞爾準男爵家的孩子竟然能理解這種迫切感，倒是讓我有些意外。」

兩人目光交會，彼此心照不宣，露出既像共犯又像合作夥伴一般的笑。

「合作的詳細條件等之後擬合約時再好好討論吧，我現在得去買份晚報。」

「你早上不是已經看過報紙了？」

「飯店沒有提供晚報。如果妳累了，就先休息吧。」

「休息？怎麼可能！我還得準備參加宴會呢！」

「現在距離九點還有點早，不是嗎？」

「什麼早啊？四個小時根本不夠！我先去準備，你趕快去吧。」

收到迪奧內「三十分鐘內一定要回來」的叮囑後，克萊奧便離開了飯店。自從克萊奧重新振作以來，他每天都會購買主要的全國性報紙，仔細閱讀每一條消息。雖然一直毫無所獲，他依舊耐心地逐一檢視各種資訊，連最短的邊欄訊息也不放過。

這天，他在報攤一次買了五份日報後，坐到長椅上翻閱。終於，他期待已久的消息，刊登在今天的晚報上！

〈芬托斯山脈杜布里斯市附近「王之森」發生異常現象〉

〈因野生動物集體遷徙導致部分居民受害〉

〈政府將派遣調查團前往勘察〉

『一切都在我的預想中啊。』

杜布里斯市附近「王之森」一帶出現異常現象，正是後來發現蒂弗拉姆礦山的前兆。眼前的事實驗證了克萊奧所掌握的情報，這點甚至讓他感到一絲暢快。

『杜布里斯的蒂弗拉姆礦山，將徹底顛覆整個大陸的勢力版圖。』

在《阿爾比恩王子》中，蒂弗拉姆被描述為可以大幅提升阿爾比恩軍事力量的關鍵資源。

『不過，礦山位於王室領地，開採與經營完全由王室掌控，外部的投資者根本沒辦法從中分一杯羹。』

真正的商機在其他地方。

『即使在這個世界，房地產依然是不敗的投資！』

克萊奧正是為了替這件事奠定基礎，才會來到諾班特斯。

晚間的迪奧內，美得令人屏息。她穿著銀絲交織的蕾絲禮服，挽起的灰粉色長髮間點綴著珍珠髮飾，耳環也是珍珠製成，淡雅的妝容讓她的臉頰與唇色泛著櫻花般柔美的色澤。

即使不懂時尚，克萊奧也能看出迪奧內在穿搭上的造詣。因為當他們走在路上時，不僅男性，就連女性都忍不住對她投以驚艷的目光。

『自己精心打扮成這樣就算了，為什麼連我也要這麼大費周章……』

距離宴會開始前的一個半小時，迪奧內甚至動員了飯店的女侍，親自發起了所謂的「克萊奧．阿塞爾改造計畫」。在外人面前，她再次以「少爺」稱呼克萊奧，態度極嚴格地從頭到腳將他打扮整齊。

襯衫領口硬挺得讓人透不過氣，背心也緊繃得比校服還難受。穿著這種前所未有的拘謹服裝，讓克萊奧渾身不自在，但女侍們完全無視他的抗議，只聽從迪奧內的指示。

「少爺，你不知道，為了這套晚宴禮服，我可是千拜託萬請求裁縫師加急趕工，這才總算趕上。因為連試穿的過程都省略了，真的是費了好大一番功夫啊！」

「……妳不是已經決定不再當『家庭教師』了嗎？」

「如果只是『家庭教師』，就不需要將你打扮得這麼光鮮亮麗了。可是，作為我的『合作夥伴』，我可不能讓你邋遢地出現在大庭廣眾之下。」

最終，在歷經一場「酷刑」般的改造後，迪奧內親手為克萊奧戴上了高禮帽，為這場改造計畫畫下句點。女侍們紛紛為她的成果讚嘆不已。

「果然是迪奧內小姐，眼光真好！少爺看起來完全像變了一個人呢！」

「簡直就像真正的紳士！」

克萊奧被一群女性推到鏡子前。當他看見自己的模樣，也不禁感到驚訝。

『……這怎麼可能……？』

量身訂製的服裝修飾了他偏瘦的身形，而將頭髮往後梳後，竟讓他看起來有幾分年輕企業家的模樣。雖然年紀明顯更小、體型也較瘦小，但乍看之下，竟隱約有些神似吉迪恩．阿塞爾。

迪奧內站在一旁，和他一起看向鏡子裡，似乎仍覺得有些不足，支著下巴若有所思。

「迪奧內小姐，這樣已經可以了吧……」

「嗯……總覺得還少了點什麼……啊！胸花！忘了別上胸花了！」

『這又是哪一齣……』

迪奧內輕快地走到桌前的花瓶旁，摘下一朵純白色的小花，小心翼翼地別在克萊奧的禮服翻領上。當她低著頭幫他插上時，淡淡的香水味撲鼻而來，距離近得甚至能看見她頸側細緻的絨毛，讓克萊奧一陣微微心癢。

「好了，這樣一來，無論是誰，都會將你當成正經的交談對象了。」

「在這個國家做生意，真的需要這麼講究？」

「想把生意『做好』的話，當然需要這樣。少爺，你真的選了個好搭檔。我可是專門研究這類社交場合的專家呢。」

「唉……」

「而且，如果能善加利用異性間的吸引力，可以成為強大的武器與人脈喔。」

「那種事我應該很難勝任吧。」

「哎呀，少爺，你要是以為女人只喜歡那種像雕刻一樣健美的美男子，那就錯了。像你這種類型，在市場上也是有穩定需求的。相信我，我可是在十六歲那年登上了社交界舞台，風靡了整個首都呢。」

『她看男人的眼光真的很特別……之前就不斷誇吉迪恩·阿塞爾長得好看……雖然那傢伙確實長得不錯，但那副看起來連血液都冷冰冰的樣子……』

「對了，你應該會跳舞吧？」

「跳舞？妳是指什麼舞？」

「舞會上跳的舞難道還有其他種類嗎？當然是社交舞。」

「……不會，我從來沒學過。」

「……哇，真是要瘋了，這怎麼可能？」

先前的溫馨氣氛瞬間瓦解。迪奧內露出一副像是自己被詐騙了的表情，在走向大廳的一路上不斷唉聲嘆氣。

宴會一直到九點過後才開始，會場內擠滿了盛裝的淑女與身著燕尾服的紳士。克萊奧隨著迪奧內的引導，向人們寒暄問候，並且與賓客聊著些無關緊要的話題，逐漸熟悉了整體氛圍。

等克萊奧稍微適應這樣的宴會氣氛後，迪奧內便被幾位呼喚她的賓客帶走，消失在人群之中。獨自留下的克萊奧端起一杯香檳，觀察著整個會場。就在此時，樂團的柔和演奏聲中，傳來了一個熟悉的聲音——是瑟爾雷斯特。

「你來了啊，克萊奧！能邀請到你，真是我的榮幸！」

「彼此彼此，謝謝妳邀請我來這樣的場合。」

瑟爾穿著一身奶油色的燕尾服，打扮得像某位舊時的好萊塢男星，讓他想到以前出版社裡年紀最小的編輯最喜歡的那種類型。當她將頭髮向後梳時，右邊顴骨上的一顆痣格外顯眼，散發著一種成熟又危險的氣息。

「萊奧！」

「萊奧！你今晚看起來真帥！」

「好像大人喔！」

瑟爾強烈的存在感讓克萊奧後知後覺，直到這時才注意到她兩旁還站著安傑利恩姐妹。

「莉比、蕾蒂莎，妳們今晚也打扮得很漂亮呢。」

姐妹倆穿著腰線偏低且寬鬆的洋裝，洋裝上有著層層疊疊的荷葉邊，頭上還戴著花冠，看起來就像婚禮上的花童一樣可愛。

她們撲上來，親暱地抓住克萊奧的雙臂。儘管外表天真可愛，但克萊奧心裡清楚，這對從四歲就開始習劍的雙胞胎，絕非他能輕易掙脫的對象。

『可惡……我連這種小孩子都贏不過嗎……』

「孩子們，快放開克萊奧。他今天可是精心打扮過的，別把他的衣服弄皺了。」

「啊，對不起！」

「對不起！」

「那邊有雪酪和布丁，去嘗嘗看怎麼樣？」

「好耶！」

「我們去吧！」

等雙胞胎的注意力被甜點吸引走後，瑟爾接著開口：

「哇喔，早就聽說過迪奧內小姐的傳聞，但沒想到她這麼厲害，簡直把你的外表潛力完全發揮到了極致，應該頒個獎給她才對。」

「你頂著這張臉說這種話，會讓人覺得是在挖苦吧。」

「哈哈，不過是打扮得帥一點，就想和深受千金小姐們歡迎的我較量嗎？克萊奧，你還真是放肆啊。」

克萊奧不知道怎麼回她，只好抿一口香檳。正如瑟爾之前所說的，這酒的確是上乘佳釀。

「我聽說白天發生在特里尼提拍賣會的事了，看來你這趟來可不只是為了消遣？」

「嗯……總之就變成那樣了。」

「什麼就變成那樣了？整個諾班特斯都被你搞得天翻地覆了！你標下那把里拉琴的時候，錫芮昂夫人也在場，現在她到處在講你的事呢。」

『原來當時在背後碎念說我被坑的大嬸就是錫芮昂夫人啊……該感謝她免費幫我宣傳嗎？』

「多虧了她，今晚的賓客都在討論你。你看，他們現在還一直在往這邊看。」

「看就看啊。」

遠處隱約傳來竊竊私語：「果然是阿塞爾準男爵的次子……」、「年紀輕輕卻氣場十足啊。」

『這就是所謂的上流社交圈嗎？明明人就在面前，卻毫不掩飾地品頭論足……真是的。』

既然撒了魚餌，就該釣到真正的大魚才對，一群雜魚湊在一起根本沒什麼意義。克萊奧迅速喝光了水晶杯中的香檳，隨即面無表情地又拿起一杯。

「對了，我母親說想見你一面。」

「那可真是我的榮幸。」

在香檳杯後，克萊奧的嘴角微微勾起，因為這正是他等待已久的大魚。能接觸到卡塔莉娜，無疑是他與瑟爾雷斯特成為同學後所能獲得的最寶貴資源之一。

『既然被作者擺布得這麼慘，手邊有的資源就得盡可能利用，這樣才划算。畢竟，足以讓這個世界天翻地覆的大事件正在暗地裡醞釀中，我也得趕緊行動才行。』

「沒錯，確實是榮幸。畢竟，能夠親吻我母親手背的機會，可不是誰都能得到的。你看，她現在已經被一群仰慕者團團包圍了。」

幾公尺外，一名風姿綽約的女性正緩步前行，無論年輕或年長的男性都用憧憬與渴求的目光注視著她，彷彿她是難以企及的存在。

『按照原稿的描述，她應該年過四十了吧？可她看起來一點都不像……』

卡塔莉娜與瑟爾擁有相同的深藍髮色。她將秀髮華麗地盤起，髮間以鑲嵌著數十顆鑽石的髮飾點綴，與她那對銀色的眼眸交相輝映，映照出奪目的光彩。

她的目光如同神話中的妖怪，彷彿能將與她對視的男人石化。當她將視線轉向克萊奧，原本圍繞在她身邊的男性一個接一個悄然退開。

「你就是瑟爾的朋友克萊奧吧？令尊近來可好？」

「您好，我是克萊奧．阿塞爾。我聽說父親一切安好，感謝您的關心。」

「喔？」

這句話，等同於刻意和父親保持距離。卡塔莉娜微微歪頭，指尖抵在下巴上，目光銳利地審視著眼前的少年。

克萊奧刻意挺直背脊站好，微微收起下巴。從這一刻開始，才是真正的較量。今晚的鋪墊必須完美收尾，這樣他之後的計畫才能順利推進。

門扉緊閉、拉上窗簾的陽台，原本是情侶幽會的私密之地，但卡塔莉娜與克萊奧在這裡展開了極其枯燥無味的對話。

初見克萊奧．阿塞爾時，她只覺得他是個稚嫩的少年，但這種印象僅僅維持幾秒鐘而已。從他開口問候的那一刻起，她便意識到，眼前這位少年並非只是個愛搞有趣把戲的小孩。

此刻的她已經收起了笑容，甚至散發出一種令人難以抗衡的壓迫感。就連王室的諮詢委員長，在她面前都會因她的氣勢而退縮。然而，這個甚至連劍都握不穩的少年，卻毫不畏懼，目光堅定地迎向她的視線。

「首都的開發版圖即將改變，新飯店的用地應該選在東區。」

「繼續說下去。」

「尤其是夫人您目前正在規畫的最新式飯店，若要兼具商務會談與高水準接待功能，選在東區將會更具優勢。」

「東區地段，除了斯科拉地區——也就是首都防衛隊學校的所在地——像樣之外，其他地方不是連火車站都沒有，就是地段劃分混亂、產權關係不清。你認為那種地方適合為企業人士打造的高級飯店嗎？」

「現在看似理所當然的事，過去也理所當然嗎嗎？現在這些所謂的事實，未來也一定會如此嗎？」

「這話雖然聽起來很有道理，聽起來卻還是空泛的推測，我可不想浪費時間聽這種缺乏實質依據的假設。」

卡塔莉娜喝下杯中最後一口香檳，隨後將酒杯輕輕放在陽台的欄杆上。這動作已經明確傳達了她的態度：我已經給了你足夠的時間，現在該說重點了。

「火車站嘛，在哪裡都能興建，只要需求迫切到無法忽視的程度。」

卡塔莉娜的眉頭微微皺起，身為與政府、王室關係密切的企業家，這種消息她竟然從任何渠道都未曾聽聞。

「你的消息是從阿塞爾準男爵那裡得來的嗎？」

「不是的，這件事與我父親毫無關聯。我希望您能理解，我與他的目標和方向完全不同。」

「那麼，我究竟該憑什麼相信你這番荒誕無稽的主張？若不提你的姓氏，克萊奧，你不過是區區一個學生罷了。」

「梅爾基奧世子不也是年紀輕輕時就登上王儲之位，您覺得他有哪裡不足嗎？」

克萊奧刻意選擇了這句帶有挑釁意味的回答。根據原稿，卡塔莉娜向來欣賞大膽且富有冒險精神的人。

實際上，他早已經緊張得背脊發癢，而每當他感覺身體逐漸僵硬時，便會在腦海中回想貝赫莫特那柔軟的肚子，藉此緩和自己的情緒。

卡塔莉娜．坦菲特．德．內格從不與初次見面，或不使用真名的人做生意。她的事業，完全建立在貴族之間緊密且牢固的社交圈上。

即便這次會被她視為狂妄自大的毛頭小子，他也必須先讓對方留下印象，否則她絕不可能與一個才十七歲的少年簽訂任何合作協議。

『夫人，妳高高在上的姿態能撐多久，我們就拭目以待。雖然我現在的語氣聽起來像詐騙集團在推銷，但我其實也不想這麼裝腔作勢……』

然而，他絕不能過早洩露太多細節，因為即使可能性不高，倘若卡塔莉娜去向他人徵詢意見，整個計畫仍有可能因此功虧一簣。

「有確鑿的證據嗎？」

「很快就會浮出水面，而如果等到新聞報導出來才行動，那就太遲了。這點您應該比我更清楚。不過，由於我們尚未正式合作，我目前能透露的有限，但我建議您，從現在起密切關注礦業局調查部的動向。」

礦業局、坦普斯河以東、火車站——這幾個突然拋出的關鍵字，讓卡塔莉娜的腦袋迅速開始運轉，分析起其中可能隱藏的商機。

「如果我能在其中找到合理的依據，我會主動聯絡你。」

「我想我們很快就會再見面，只是想在此先提前表達，我希望能與您進行一樁對彼此都有利的交易。」

克萊奧按照迪奧內教導過的禮儀，優雅地在卡塔莉娜的手背上落下一吻。他出於禮貌握住她的指尖，感覺非常冰冷。

回到客房後，克萊奧向迪奧內完整地轉述了他與卡塔莉娜之間的對話。迪奧內聽完後，笑得前俯後仰。

「你居然敢在那條老謀深算的毒蛇卡塔莉娜面前拋出這種誘餌，看來你是有十足的把握？」

克萊奧解開領結，癱在床上，聽到她的話後只是微微點頭。模仿一個雄心勃勃的青年實業家，對他而言確實有些勉強。

『但總之還是完成了，呼……』

「那麼，你接下來該把內情告訴我了吧？」

「當然，我不只會告訴妳，還想請妳協助……」

「你這語氣一聽就知道不會直接說出重點……得先簽保密協議，然後再用一次【承諾】術式對吧？」

「這次就讓我來施術吧。」

「你一個和生意完全沾不上邊的人，居然能背下這種複雜的術式？」

「我是學生，很會背東西嘛。」

「只有在這種時候才說自己是學生！藉口找得很好啊。」

克萊奧簡明扼要地向迪奧內解釋了自己一直隱藏的真正目的。【承諾】術式的以太都還沒完全消散，迪奧內便驚訝得將椅子猛地往後一推，幾乎是不顧形象地衝上來抓住克萊奧的衣領。

「蒂弗拉姆礦山？在杜布里斯？」

「兩個月內，礦業局就會公布預估的開採量。」

「那可是到目前為止只發現過極少量的稀有礦物！如果真的是礦脈，那價值可就難以估量了！」

「沒錯，但根據我掌握的情報，礦脈只延伸到芬托斯山脈最北端的『王之森』，也就是王室領地，因此開採出的蒂弗拉姆將全數歸國家所有。」

「這樣的話，我們豈不是一點好處都撈不到？」

迪奧內一點就通，立刻明白了其中的關鍵。更何況，雖然克萊奧目前無法直接透露，但按照原稿的描述，蒂弗拉姆將被列為戰略資源，一旦戰爭爆發，其加工與冶煉產業勢必會被國家全面接管，投資相關產業根本無利可圖，甚至可能虧損。

「沒錯，但房地產就不同了。杜布里斯的交通與物流將會呈現爆炸性成長，但目前的中央車站位於行政區域裡，已經沒有擴建的空間了，對吧？」

「那不就……必須另建一座新的終點站了！」

克萊奧點了點頭。

「……那麼，你知道火車站會設在哪裡嗎？」

「準確來說，是在歐雷爾斯區。」

「歐雷爾斯區？雖然位於東北側，地點是不錯，但土地使用分區很複雜，加上又有王室領地卡在中央，應該很難規畫出足夠的車站用地吧？」

「我預測火車站就會設置在那片王室領地上。世子應該會釋出王室私有土地，作為火車站與調車場用地，以此博取民心與商界的支持。」

「什麼?!」

「等興建車站的計畫一旦公布，周邊的地價將會暴漲。我不方便親自行動，因此希望由妳代為出面處理，如何？」

克萊奧透過〘約定〙的「記憶」能力，反覆確認了相關細節：幾年之後，倫德因東站將成為自杜布里斯礦山出發的列車終點站，並成為產業與物流的中心。

車站前方將修建一條長達三百公尺的「梅爾基奧大道」，而大道的盡頭、正對著車站的，便是德・內格東部飯店。

在之前的原稿中，是商務大臣搶先得知了世子的計畫，並用他人名義買下車站周邊土地，隨後以高額租金將土地轉租給打算興建飯店的卡塔莉娜。

原稿之所以對此有詳細描述，是因為這名政客的腐敗行徑，最終被正義的主角一行人揭發了。

『那筆錢，與其讓最後會被暗殺的貪官拿去，倒不如讓我好好地利用。』

更何況，根據原稿後半段的描述，倫德因在未來將成為整個阿爾比恩最安全之地，屆時地價將會飆升到如今難以想像的程度。

『現在就是最後的機會。』

果然，迪奧內沉默了幾分鐘後，開口說出了克萊奧預想中的答案。

「這件事確實值得立下保密協議，可是這些情報到底是從哪裡得來的？真的有確切的依據嗎？」

「當然有，未來我會逐一向妳說明。」

「好吧，我就信你一次。回到首都後，我們就立刻簽正式合約，內容不光是這次的代理購買土地，也把未來的土地管理委任一併納入——這就是你希望我負責的吧？」

「真是謝謝妳，幫我省下不少說明的時間。我回到首都後，會將預計收購的土地標示在地圖上。那麼，今天就先到這裡吧。」

「哎呀，已經凌晨三點多了。」

「快去休息吧。」

或許是因為緊繃的情緒終於鬆懈下來，克萊奧的眼皮越來越沉重，眼睛幾乎要闔上了。

正當迪奧內熄滅了煤氣燈、準備走出房門時，她忽然想起一個疑問。

「但是……調查結果都還沒出來，你怎麼能確定杜布里斯的礦脈就是蒂弗拉姆？」

即將進入夢鄉的克萊奧，隨口敷衍了一句：

「……妳不妨回想一下，妳是派騎士團到哪裡把我帶回來的。」

「難不成……你當時去芬托斯山脈，是為了進行地質調查？」

「算是吧……」

「看來是我當時誤解了你的用意，雖然現在說有點晚了，但我還是想向你道歉。」

回應她的，只有克萊奧平穩的呼吸聲。在會客室柔和燈光的映照下，他的側臉顯得格外稚嫩，與清醒時的沉穩判若兩人。

✦✦✦

宴會結束的隔天，他們便返回首都。對於喵喵叫著討禮物的貝赫莫特，克萊奧直接將瑟爾送的香檳交給他。

體力差的克萊奧又整整睡了一天後，已完成萬全準備的迪奧內將他喚醒。

隨後，在克萊奧的臥房內，兩人近距離坐在一起討論後續的計畫。考慮到未來的風險，克萊奧堅持這次的合約必須設下最高等級的懲罰條款。畢竟，雖然這次交易金額是五〇〇萬迪納爾，但未來的計畫中可能會涉及五〇〇〇萬也說不定。

「你還真是謹慎，不過是房地產買賣與管理委託，真的有需要做到這種程度嗎？」

「只要談到錢，連親子之間都有可能鬧翻，更何況是我們？而且，我們不是做完這一筆房地產交易後，就要各走各路的關係吧？」

「哎呀，你竟然也會說這種意味深長的話啊。」

「我是真的把妳當成長期的合作夥伴才這樣說的，希望這不只是我單方面的想法。」

「那好吧，那我們就簽下這份最高等級的懲罰條款契約吧，反正又不只我，連你的命也一起賭上了。」

於是，他們簽訂了一份正式的「以太刻印契約」。這份契約本身也是一件魔導具，由塗有魔石晶粉的羊皮紙製成，上面刻印了【承諾】與【履行】的雙重術式。

一旦契約生效，術式就會直接刻印在雙方的心臟上。若有人未能【履行】【承諾】內容，心臟就會停止跳動。雙方亦約定，若未來有新的合作內容，需經雙方同意後追加條款，契約正本則保存在克萊奧的保險箱中。

「那麼，我來報告目前的進展。你昨天在地籍圖上標示出的土地，目前共有十二位地主，租客則有二十一人。自從兩年前歐雷爾斯發生火災後，大多數居民已搬離，但仍有部分無處可去的住戶留了下來。如果要在期限內完成整塊土地的收購，可能需要額外的補償金或安置費。」

「預計需要追加多少？」

「預估是地價的一〇%左右，這樣還要繼續進行嗎？」

「我會把五五〇萬迪納爾全額交給妳，請妳妥善處理收購與補償事宜，只要確保租戶不會因此產生任何不滿與糾紛就好。最重要的是要趕在期限內完成。」

「哇，完全不靠貸款、全部用現金？」

「我連抵押品都沒有，怎麼可能貸款？而且等貸款審核下來，機會早就溜走了。」

「了解，看來你是打算速戰速決了。幸好現金的力量很強大，我會隨時向你彙報進度。」

「謝謝妳，迪奧內小姐。」

「不需要道謝……不過，如果你真的打算繼續做生意的話呢……」

迪奧內的語氣逐漸從「合作夥伴」轉為「老師」模式，克萊奧瞬間感受到一股再熟悉不過的危機感。

「我已經把一切都交給妳，接下來不會再露面了，迪奧內，所以請不要再要求我做其他事情。」

「就算不談生意，跳舞還是得學呀，這可是身為紳士的基本素養！你怎麼能到現在都還不會跳社交舞？你知道上次的舞會我有多驚慌嗎？就算現在馬上背舞步也來不及了，我們還有很長的路要走呢！」

「我賺錢，就是為了不要做自己討厭的事情。跳舞什麼的，免談。請妳接受學生的極限，迪奧內小姐。」

「什麼?!別想用這種荒唐的藉口敷衍我！不是每場宴會都能讓你像上次那樣逃掉——」

「夠了！」

眼看迪奧內隨時要強行開始進行舞蹈教學，克萊奧猛地站起身，頭也不回地衝出臥室。

他的節奏感本來就糟糕透頂，跳舞對他而言簡直是天方夜譚。

但迪奧內的速度比克萊奧想像中還要快。克萊奧顧不得形象，直接兩步併作一步跨下中央階梯，飛速往樓下奔逃。然而，背後迪奧內那嘮嘮叨叨的聲音卻越來越近了。

情急之下，他的腳下一滑，結果因為下樓的衝力過猛，讓他整個人直接騰空，像被彈飛了一樣朝樓下摔去。

這突如其來的狀況讓他連「救命」都沒能喊出口，更別說吟誦咒語來施展防護結界。

克萊奧反射性地蜷縮起身體，準備迎接即將到來的衝擊。但就在他即將落地前，一道迅捷的身影如閃電般飛撲而來，穩穩地接住了他。

「你沒事吧?!」

是紅髮劍士——伊希爾．基西翁。

「伊希爾？妳怎麼會在這裡……？」

伊希爾雖然手臂纖細，卻輕鬆接住了克萊奧。看來，她透過將以太注入身體來施展的【強化】技巧，比放假之前更加精進了。

短短幾週不見，連她的外貌也顯得更加成熟。她變長的髮絲垂落到臉頰，讓克萊奧的鼻尖微微發癢。原本滿臉擔憂地確認著克萊奧傷勢的伊希爾，下一刻便收起了情緒，默默鬆開了懷抱。

「看來沒什麼事。」

克萊奧狼狽地摔倒在地，難堪地呻吟了一聲。

「呃啊……」

伊希爾見狀，退後了一步。而此時，迪奧內像疾風般衝了過來，驚慌失措地上下檢查他的身體。

「有沒有受傷？我不知道會弄成這樣！少爺，對不起！我這就去叫醫生！」

由於這場混亂，原本在樓梯下方睡午覺的貝赫莫特也被吵醒。他豎起尾巴跳了出來，開始指責干擾他午睡的人：

「喵嗚嗚嗚～喵嗚嗚嗚嗚嗚嗚～！」（你們這些無知的人類，為什麼要打擾本喵午睡？）

於是，在宅邸的中央階梯口，形成了一個哭笑不得的場面：一個鼓著臉頰的少女，一個慌張不已的小姐，一個摔倒在地的少年，以及一隻剛從午睡中被吵醒的貓咪。

「克萊奧，看來你過得很開心嘛，開心到完全沒想到我吧？」

就在這時，又一個熟悉的聲音響起，讓這場混亂更加熱鬧起來。那是亞瑟的聲音。

沒想到宅邸重新裝潢後，迎來的第一位貴客竟然是「王子」，這讓坎頓夫人十分開心。她特意拿出最精緻的茶具，並端出精心製作的點心。

然而，亞瑟毫不領情，光顧著哈哈大笑，點心連一口都沒動。站在他身後的伊希爾是一臉正色，彷彿不屑參與這種低水準的對話。

「啊哈哈哈哈！你是為了逃避學舞才摔下樓梯？這簡直是我整個夏天以來聽過最好笑的話了！平常還假裝自己很聰明，結果連基本的紳士禮儀都不會？」

「就是說啊，王子殿下，您能不能幫我勸勸少爺？」

「他連小姐的話都不聽了，難道會聽我的嗎？」

雖是初次見面，亞瑟和迪奧內卻已經開始熟稔地開起玩笑。克萊奧懶洋洋地癱在沙發上，看著兩人有說有笑的樣子，終於不耐煩地打斷了他們。

「夠了，別再笑了，你到底跑來這裡做什麼？」

自從上次見面後，亞瑟也變得更加成熟，臉部線條尖銳了許多，氣勢也更加鋒利。這點和伊希爾如出一轍。

『按照原稿的描述……這時候他們應該在基西翁子爵的領地進行軍事訓練吧？看他們的樣子，應該吃了不少苦頭。』

亞瑟明知道克萊奧在公然打量自己，卻只是笑嘻嘻地不作反應，然後從懷中掏出一封燙印了華麗金箔的信封。信封的正面，以優雅的花體字寫著「克萊奧．阿塞爾」。

「來，這是國王陛下生日宴的邀請函。」

「為什麼要給我？」

「聽說在皇家首都防衛隊學校中表現優異的學生，都會受邀參加國王生日宴……我也是昨天才聽說的。」

克萊奧飛快回想一下原稿，卻未發現有提到這場生日宴的劇情。

那就更沒有理由去參加了。

『再說，照原稿設定，國王菲利普不是得了重病、快不行了嗎？他連床都下不了，還辦什麼生日宴會。』

他碰也不碰擺在桌上的那封信，直接搖了搖頭。

「不去，幫我回絕吧。」

「果然，我就知道你會這麼說。」
「既然知道，為什麼還特地跑來？」
「因為……不管你想不想去，到頭來你還是會參加啊。」
亞瑟的語氣帶著篤定，而克萊奧手背上的〖約定〗此刻正微微泛起一抹不同尋常的白光——

【——使用者的敘事參與度上升。】

✦王子殿下，我們的王子殿下(1)

『這又是什麼展開啊。』

克萊奧明白，自己無法完全避免被捲入敘事，只能選擇接受，這點他早有心理準備。然而，眼前這突如其來的劇情轉折，還是讓他產生了反感。

按照原稿的情節發展，即便不再額外增加什麼事件或事故，接下來恐怕也難有安穩的日子過。而這場「國王生日宴」，像是刻意為了增添緊張感而加戲一樣，讓他感到不安。

『想也知道，生日宴會根本就是立旗，很不祥啊……』

「不參加的話，難道還會派騎士團來強行帶我走不成？辦個生日宴也辦得這麼殺氣騰騰，這就是你們家的家風嗎。」

「看吧，我就知道你會這樣回應。要是你像平時那樣抵死不從，被王室那些人盯上就麻煩了。所以我才會自願當這次的傳信使者，這可是感人肺腑的友情啊，對吧？」

「友情？少來了。你一出面，盯著你的人也會跟著湧上來，只會帶來反效果吧。」

兩人針鋒相對，旁邊的迪奧內終於按耐不住，板起了臉。

「少爺！」

「嘖，你看看，迪奧內小姐的臉都發白了，你怎麼能這麼亂講話？在學校這麼做就算了，現在可是在外面，稍微克制一下吧。」

「身為少爺的監護人，我在此為他的無禮發言向您致歉，感謝您的寬宏大量與諒解。」

「妳不用這麼拘謹，迪奧內小姐。我哪裡敢當，讓妳說什麼寬宏大量呢……不過我好像喝太多茶了，請問洗手間在哪裡？」

亞瑟壓根沒碰茶，顯然只是為了給兩人留點私下談話的空間而找的藉口。

等亞瑟連同伊希爾一起離開後，迪奧內立刻瞇起眼睛，對克萊奧展開猛烈的質問。

「你不打算接受寫著自己名字的王室邀請函？難不成你想宣告自己是共和主義者嗎？」

「什麼啊，怎麼突然扯到那裡去？不過是缺席一場舞會而已，這能算什麼政治表態嗎？」

「你就是太不懂人情世故了！夏季的國王生日宴，是梅爾基奧世子用來展現自己人氣的重要場合！既然你都被點名了，就不要太耍性子，直接說你會去吧。」

「世子又怎麼樣，為什麼他叫我去我就得去？我有擔任什麼公職嗎？我有向王室宣誓效忠嗎？」

「你在說什麼！他可是我們阿爾比恩所有人都愛戴的美麗王子啊！你說這種話，小心會惹上大麻煩！你應該感謝亞瑟王子親自跑這一趟來邀請你才對。在學校，因為你們都是學生，你才會沒什麼自覺。難道真的要犯上大不敬的罪，你才會清醒嗎？要是今天面對的是世子親自派來的使者，你這種態度，你知道會鬧出多大的事嗎！」

「唔……」

「等小王子回來，你就立刻答應吧！」

亞瑟回到了會客室。克萊奧癱坐在沙發裡，臭著臉拆開了那封邀請函，並在回函上寫下確定出席的回覆，最後簽下自己的名字。

迪奧內接著迅速將一張唱片放上留聲機，然後一手插著腰，另一隻手伸向克萊奧。克萊奧愣愣地盯著她那隻小巧的手，滿臉困惑。

「迪奧內……妳幹嘛？」

「現在沒有退路了。少爺既然都要參加國王陛下生日宴了，總不能連一支華爾滋都跳不好吧？到時候，我這個老師的名聲可怎麼辦？既然如此，趁著今天朋友們也都在，順便學一學不是更好嗎？」

『妳想得美咧……』

迪奧內的表情堅定無比，留聲機中輕快的舞曲旋律在會客室中迴盪。巨貓貝赫莫特這時輕巧地走了進來，彷彿看到了什麼有趣的戲碼，正用一臉看好戲的表情盯著克萊奧。

「喵嗚嗚嗚嗚……」（你能違抗這位小姐嗎？哼哼。）

唯一看起來可能幫得上忙的伊希爾，此刻早已被貝赫莫特吸走全部的注意力，只顧著摸他那柔軟的皮毛。貝赫莫特則是討好地翹起他的鬍鬚，還用嘴去蹭伊希爾的腳邊，好像剛才嘲笑克萊奧的不是他一樣。

克萊奧的瞳孔瘋狂顫動。這時，他的目光與正在將邀請函收好的亞瑟對上。亞瑟在迪奧內的背後，無聲地對他做了個口型：

『要我幫忙嗎？』

「少爺，快牽起我的手，站起來吧！」

克萊奧咬緊牙關，僵硬地點了點頭。亞瑟默默地笑了。

「迪奧內小姐。」

「是的，王子殿下？」

「雖然教舞很重要，但今天我們朋友之間難得相聚，能否讓我們敘敘舊呢？」

一走出阿塞爾宅邸，亞瑟立刻問：「有帶錢包吧？」克萊奧點了點頭，話還沒說完，就被亞瑟直接拽上環狀電車的最後一節車廂。

這節車廂沒有天花板和牆面，只有簡單的欄杆圍住，因此風勢很大，搖晃得厲害，兩人必須得用喊的才能聽清楚彼此的聲音。

「我們要去哪裡？」

「東邊！西邊那邊根本沒什麼像樣的酒吧，本少爺今天讓你見識一下真正的倫德因夜生活！」

兩個少年加一個少女在東邊的站點下車後，拐進了車站轉角的酒館。他們點了滿滿一桌臘腸與炸薯條等油膩的下酒菜，再配上濃郁的艾爾啤酒，味道簡直絕配。兩個少年幾乎是一口氣就喝乾啤酒杯裡的酒，反觀伊希爾則是默默啃著香腸搭蘇打水，滴酒不沾，看來是預料到這一夜還很長、還有得喝。

這場混亂的酒局，就這樣一路從第一攤喝到了第三攤。第二攤是帶著清新香氣的琴酒，第三攤則是為了品嘗醇厚的雪莉酒，他們特地穿過了髒亂的小巷。

看來亞瑟似乎真的經常偷跑出來喝酒，因為他對倫德因的酒館分布瞭若指掌。每間店雖然都是平民小店，但氛圍溫馨舒適，酒的品質也都相當不錯。喝到這個程度，克萊奧甚至已經把「那傢伙是王子」這件事和「明天可能真的要學那該死的舞」煩惱拋到了腦後。

『這雪莉酒真不錯，酸味恰到好處，帶著乾果與堅果的厚重香氣……』

正當克萊奧小口啜飲著杯中最後一滴雪莉酒時，亞瑟剛好端著兩杯酒回到了桌邊。

「對了，你為什麼那麼討厭學跳舞啊？有那麼漂亮的家庭教師親自教你，這可是求之不得的機會耶。」

「管她什麼漂不漂亮，我就是不想學而已。」

「你這傢伙，看起來一臉隨和，實際上意外的固執耶。」

「你這傢伙，看起來一本正經，實際上講話沒個分寸。」

「喂，要說沒有分寸，我比得上你嗎？你這個整天對王室不敬的傢伙。」

不管亞瑟怎麼酸他，克萊奧都懶得理，自顧自從亞瑟手裡搶過一杯酒，咕嚕一口喝下。李子香氣在口腔中擴散開來。這是一杯風味濃郁的波特酒。

亞瑟也喝乾了自己的那杯，咧著嘴一笑。

「這裡的酒不錯吧？」

「嗯，確實是不錯。」

「這雪莉酒和波特酒可是直接從波里戈進的貨喔，因為老闆的表親住在那邊。」

「你到底是喝了幾次，竟然連這種細節都知道？」

「這就是當個紈綺子弟的附加好處吧。我必須這樣活著，畢竟，就像你白天說的那樣——『盯著我的人也會跟著湧上來』，注視的目光永遠跟著我，因為這就是我的人生。」

「咳——」

克萊奧被酒嗆到了。這傢伙竟然把他之前一時氣急脫口而出的話記得一清二楚。

『這傢伙怎麼又突然冒出這種話……唉，都怪我自己多嘴。』

「雖然我長期被威脅這件事也不是什麼祕密，但沒有人敢像你這樣直接戳破，你還真是個不按牌理出牌的人。嘴上說不想引人注目，甚至想被退學，但你偏偏做的都是最惹人注目的事。」

「你根本什麼都不懂，少把我說成那種渴望被關注的傢伙，懂了嗎？」

「不想引人注意的傢伙，會把四級劍士的腿打斷，還跟三個五級劍士大打出手？」

「那根本不叫打架好嗎！他們一群人突然衝上來，把我壓制在地，還想幫我套上像是狗項圈一樣的東西，我難道要乖乖地說『請便』嗎？」

「……那你當時就不能忍一忍嗎？」

亞瑟放下空杯，聲音壓低了幾分。

「我不清楚你為什麼要隱藏自己的實力，但已經太遲了。你的魔法，澤貝迪和其他學生都看到了，連皇家首都防衛隊的騎士們也親眼目睹了。而且，梅爾基奧已經注意到你，這封邀請函就是證據。」

說著，他拍了拍自己的外套，像是在提醒克萊奧那封王室的邀請函。

「那個什麼世子是閒著沒事幹嗎？居然操心一個學生闖禍？」

「學校的結界確實能擋住入侵者，但擋不住流言蜚語。」

「但魔法師又不像劍士那樣擁有什麼了不起的力量，為什麼大家要這麼在意？」

「澤貝迪是個徹底的和平主義者，他拒絕使用任何可能傷人的魔法。但你呢？沒人知道你是不是和平主義者。」

夜色漸深，喧囂的酒館一隅正是密談的絕佳場所。然而，或許仍覺得防備不足，伊希爾選擇不參與對話，而是默默坐在視野良好的入口處，加強對周圍的警戒。

「消息靈通的人都在談論你，說阿爾比恩說不定會出現兩名大魔法師，這可是前所未聞的事。」

「他們只不過在瞎說而已。」

「瞎說？你已經被正式記錄為三級魔法師了，這可是被列到首都防衛隊名冊上的事實。」

「三王子殿下即使被困在基西翁子爵領地，消息依然很靈通嘛，知道國內的各種事情。」

「不是我靈通，是梅爾基奧的祕密情報部門掌握了所有情報。我只是偷看了他們抽屜裡的一點小祕密而已。倒是你，明明關在首都的宅邸裡，卻對我在做什麼瞭若指掌。你既不和你父親親近，也沒有什麼勢力，怎麼會這麼了解我的情況？」

話音剛落，亞瑟突然以迅雷不及掩耳的速度出手，一把抓住了克萊奧的手臂，用力將他拉向自己。克萊奧的身體往前傾，差點把桌上的酒都打翻。

「喂、喂！你幹嘛，有話好好說，你這傢伙！」

眼看兩人好像要吵起來了，伊希爾微微移動了位置，巧妙地用身體擋住周圍客人的視線，確保這場爭執不會引起旁人的注意。

亞瑟的身上泛起了微弱的以太波動，兩人接觸的手臂間激起了細小的火花。隨著那股能量的湧動，克萊奧的手背上浮現出了一道聖痕。

那是一道長方形的聖痕，幽幽閃爍著青藍色的光芒——

是〖編輯的權限〗。

『什麼？居然可以用注入以太的方式召出別人的聖痕嗎?!』

「這是……專屬異能的聖痕吧？」

亞瑟的目光緊緊鎖在那道長方形的聖痕上，像是要看穿它似的。

「自從那天走廊上的事件後，我就一直在思考……你究竟擁有什麼樣的力量？」

克萊奧忿忿地用力甩開亞瑟的手，臉上滿是惱火。亞瑟並未緊抓不放，順勢鬆開了手，以太的波動隨之消散，聖痕也漸漸變得模糊。但即使如此，他的目光依然緊盯著克萊奧的手背，絲毫沒有移開。

「我已經推測出兩種可能性，這個聖痕的能力不是和『分析』就是和『預測』有關，對吧？」

這個相當接近事實的推測令克萊奧心驚，身體不自覺一震。亞瑟敏銳地捕捉到此一細微反應。

「……你這個推測的依據是什麼？」

「當你發現我是『亞瑟．里歐格蘭』時，第一反應就是想與我保持距離。而當你無法避開時，你又試圖改變些什麼。而且，你甚至能一眼看穿出現在我身上這道從未被記錄過的聖痕。」

「你想太多了。」

「我想太多？我都親眼看到了，還能怎麼解釋？倒是你，別再硬凹了，如果不是因為聖痕的能力，那特里尼提拍賣會上的事，又該怎麼解釋？」

『才剛安靜一下，這突如其來的劇情發展是怎樣啦！』

克萊奧腦中飛快回想著原稿的劇情。亞瑟的政治地位在他們兄弟之間是最弱的，因此他比任何人都更加積極尋找能成為助力的人才。他所選中的人，最後無一例外都成了他最堅實的盟友。

然而，按照原稿的記載，亞瑟的隊伍中，從未出現過魔法師。

『這次重寫的「最終版」，作者該不會……想往這傢伙的隊伍裡塞一個魔法師吧？難道這就是作者的意圖？』

如果真是如此，那麼自己被賦予的〖約定〗能力，以及與這位王子成為同班同學的設定，似乎全都能串起來了。

『難怪這傢伙之前故意裝得那麼親近，原來是在鋪這個發展的梗啊。』

克萊奧的表情逐漸扭曲起來，但亞瑟沒理會，反倒罕見地露出嚴肅而慎重的神情，繼續說道：

「不管那聖痕是什麼，我不認為你會成為八級魔法師。」

「明智的判斷。」

「不，克萊奧，我不是這個意思，你先聽我說完。在放假那天，我親眼看到你使用魔法，總共六次。」

『這傢伙是在哪裡偷看到的？』

一想到自己當時在那間骯髒的倉庫裡像個中二病患者一樣念著誇張的咒語，克萊奧的臉頓時漲得通紅。真是……丟臉死了。不，這已經不是丟臉的問題了。

「基西翁子爵家的軍營附近，住了許多退役的老兵，他們曾經參與幾十年前的戰爭。我特地問過那些人，就連那位偉大的澤貝迪，也做不到連續六次成功施展同一個魔法。」

「呃，都說是很久以前的事，大家會記錯也很正常吧？不然就是……你那天在倉庫裡看錯了？」

克萊奧堅決否認，打算裝傻到底。然而，亞瑟平時總是掛在臉上的笑完全消失了。

「萊奧，別再裝了，你之後搞不好會成為等級超過八以上的魔法師。所以，當梅爾基奧拋出誘餌時，你最好別輕易上鉤。我早該在國王生日宴前提醒你的。」

克萊奧看著亞瑟凝重的神情，心裡感覺有哪裡怪怪的。在原稿裡，會直接威脅亞瑟的，一直都是二王子。至於大王子，是個讓人捉摸不透、行事隱晦的角色。

『而且，梅爾基奧世子根本不可能成為國王啊！』

「現在真正威脅你性命的，應該不是世子吧？你確定這種時候有空分心去擔心他？」

「沒錯，會在我床邊插刀子的人，一直都是亞斯蘭，那傢伙的行動太容易預測了。但是梅爾基奧……沒有人能理解他，更沒有人知道他的真正意圖。」

克萊奧皺起眉頭。亞瑟看來是想提醒他提防那位神祕莫測的大王子，但這種干涉其實根本多此一舉。

因為無論誰說了什麼、做了什麼，都不可能像亞瑟本人那樣，對克萊奧產生如此巨大的影響。這裡是小說中的世界，而這個世界的所有重大事件，全都圍繞著亞瑟展開。

『還不是因為這傢伙這段時間一直多管閒事、調查我的底細，才會讓我的敘事參與度不斷升高，唉……』

「所以當梅爾基奧直接點名要邀請你時，我才會有種不祥的預感。別看我這樣，我的直覺一向都很準。」

「世子再怎麼不祥，也比不上你這傢伙。」

「哈哈！『不祥之子』這個稱呼，我已經有將近十年沒有聽到了。你的聖痕連這種事都告訴你了嗎？」

「隨便你怎麼想。」

亞瑟和克萊奧的鬥嘴開始逐漸失去焦點。這時，伊希爾看了一眼牆上的鐘，默默站起身。時間已接近午夜。

「亞瑟殿下，時間已經很晚了。」

「嗯，該回去了。」

「走吧。」

冷靜下來的克萊奧也跟著起身。既然今天受到人家各種幫助，作為回報，他便招待了這場酒局。雖然這家酒館價格便宜，花不了多少錢，但幾乎所有的酒都進了亞瑟的肚子，伊希爾則只喝了一點加了糖漿的蘇打水。這讓克萊奧心裡有些不是滋味。

走出酒館後，三人一同朝著環狀電車站走去，準備搭末班車回去。由於這一帶的小巷彎彎曲曲，他們花了不少時間才走出去。伊希爾全程戒備地觀察著周圍，以確保沒有人尾隨，亞瑟則毫無危機意識地哼著歌詞幼稚的流行歌走在最前面。克萊奧與伊希爾並肩走著，率先開口道：

「對了，伊希爾，雖然有點晚了……但稍早時真的很謝謝妳。如果不是妳幫忙，我可能真的會受重傷。」

「別誤會，我可不是因為你可愛才幫你的。」

她的語氣依舊冷淡，大概還在在意上次學生餐廳的事吧。不過，克萊奧記得很清楚，剛才她站在樓梯前時，明顯露出了擔憂的神情。

現在她卻猛地轉過頭，像是刻意別開視線，只是那微微泛紅的耳朵，洩露了她的不好意思。克萊奧差點笑出聲，又怕讓她更尷尬，只好忍住了笑意。

『果然還是個孩子啊。』

「嗯，知道了。」

這時，走在前頭的亞瑟突然停下腳步，轉過頭，一臉促狹地笑著說：

「伊希爾是我請來保護我的劍士，結果卻老是在救你克萊奧，你不會覺得對我有點虧欠嗎？」

「虧欠？你這個掏空我錢包的傢伙才應該覺得虧欠吧。」

「喂！我以後一定會十倍、百倍還你，只要你肯站在我這一邊。」

「真好笑。」

「真的啦！」

亞瑟爽朗的笑聲在深夜的巷弄間迴盪。由於從小在宮殿外辛苦成長，他完全沒有王族該有的傲慢，反而親切又重情義。雖然他固執得讓人頭疼，但至少在原稿中，他總是把自己的夥伴和部下看得比生命還重要。如果不是和他以這種方式糾纏在一起，克萊奧其實不討厭這傢伙。

『問題不在於他的個性，而是……他是這部小說的主角。』

克萊奧在無奈中確定了這一點。

如果這個世界的作者想要這樣走，那麼總有一天，他會站在亞瑟的陣營裡。

『但也不是非得從今天開始吧？』

亞瑟才剛滿十七歲。即使受過再嚴苛的軍事訓練、劍術再怎麼精湛，如今的他，仍不足以掀起動搖世界的風暴。在王子逐漸建立起自己的勢力之前，如果靠投資嘗到一些甜頭的話，也許根本不需要他親自出手幫忙。

『錢的好處不就是這樣嗎？直接買些魔導具送他，不也能幫上忙？先不要擔心那些太遙遠的未來啦。』

克萊奧強迫自己正面思考，畢竟再怎麼煩惱，最後受苦的也只會是自己。

倫德因的夏夜，直到晚上九點以後天色才開始暗下來。即使現在已接近午夜，但太陽才剛落下不久，夜空仍泛著柔和的靛藍色光暈。即便亞瑟最後說的話破壞了氣氛，但微醺的酒意依然讓人感覺輕飄飄的。

這確實是個美好的夜晚——直到從黑暗中飛來數十枚暗器、往三人疾射而來的那一刻。

這是一場突襲。

伊希爾反應極快，立刻拔劍揮出劍氣，將襲來的暗器一一彈開。

「亞瑟殿下！」

亞瑟也迅速拔劍，將以太注入四肢後施展了【強化】。兩人幾乎同時躍上半空，劍刃上纏繞的以太光芒如閃電般耀眼，照亮了黑暗中的夜色。

兩人成功擋下了第二波飛來的暗器。隨著劍氣再次釋放，〖約定〗的「理解」功能自動啟動。亞瑟與伊希爾的頭上，浮現出【四級劍士】的字樣，隨即迅速消散。在這對英勇奮戰的主從後方，克萊奧完全僵住了，直到這時才遲一步展開魔法陣。

「【擋、擋住敵人！】」

因為過度驚慌，他不只結結巴巴，咒語也很拙劣。然而，或許是那份強烈的求生本能，使【防禦】魔法以驚人的威力爆發了。

術式瞬間綻放出耀眼的白光，暗器在接觸到光幕的瞬間便被彈飛，伴隨著清脆的撞擊聲散落在魔法陣之外。甚至連刺客刺向魔法陣的兵器也濺起火花，被強行彈開。

術式的光芒將昏暗的小巷照得如同白晝。隱藏在陰影中的黑衣人影逐漸顯現出來——襲擊者共有三名。

亞瑟毫不猶豫地展開反擊。

他從魔法陣內躍起，劍鋒直指其中一人的喉嚨。伊希爾則迅速揮劍，深深劈向了試圖阻擋亞瑟的另一名刺客的肩膀。

但那些刺客也不是等閒之輩。他們靈活地避開了攻擊，並且在身形暴露的瞬間，毫不遲疑釋放出劍氣。

克萊奧驚駭地瞪大了雙眼。

不祥的紅色劍氣自劍刃延展而出，竟然長達原本劍身的兩倍。〖約定〗的提示訊息因此扭曲不清，沒能正常顯現。然而，即便如此，光是從那劍氣的形態與強度來看，也足以讓他判斷出對方的實力。

『這些傢伙是五級劍士?!慘了！』

伊希爾迅速意識到敵人的危險性，立刻拉開距離，退回到克萊奧的魔法陣內。

「是中級劍士！」

「一群不懂榮譽的傢伙！」

亞瑟與伊希爾迅速評估了局勢，並巧妙利用克萊奧的魔法陣作為掩護應對，但還是寡不敵眾、力有未逮。

克萊奧仍被眼前的慘烈景象嚇得渾身顫抖。他緊緊握住自己顫抖的雙手。對於一個來自現代的普通人而言，這種血肉橫飛的場面過於衝擊、恐怖。

但他也清楚，現在不能逃避。【防禦】魔法雖然能將刺客阻擋在外，但只要敵人不踏入魔法陣範圍，他也無法對敵人進行任何攻擊。

他只能一次又一次啟動【防禦】魔法。每當魔法即將消散，他就強行重啟。如此重複了三次，隨著戰鬥持續，亞瑟與伊希爾的傷口越來越多，克萊奧的以太也在飛速消耗中。

『快想出術式啊……一定有什麼可以用才對。』

過度恐懼與緊張，讓克萊奧一時之間連自己熟悉的術式都無法想起。作為三級魔法師，他最多能同時施展三個術式。

他勉強記起了**【排除施術者】**、**【排除指定對象】**與**【風】**的組合術式。這一次，他沒有選擇再次啟動防護結界。

克萊奧強迫自己冷靜下來，拚命在腦海中搜尋合適的咒語。就在這個關鍵時刻，他腦中竟然浮現出他在大學裡誤選的那堂浪漫主義英美詩詞課上的片段——能在這種情況下想起來，簡直是一個奇蹟。

隨著防護結界的消散，三名刺客以為克萊奧的以太已經枯竭，毫不猶豫地衝入魔法陣的範圍內。就在那一刻，克萊奧高聲吟誦出咒語：

「【在黑暗風暴吹掠的大氣之上，如光之風般移動吧！】」[30]

下一瞬間，狂風自魔法陣中央爆發，將三名刺客的身體捲起，連他們手中的武器也被狂風捲到半空中。

自地面升騰而起的金色風暴耀眼刺目，光芒強烈到幾乎令人睜不開眼。

伊希爾與亞瑟因為【排除指定對象】的術式設定，絲毫未受到風暴影響。他們敏捷地利用這股狂風作掩護，迅速給予被捲入風中的刺客致命一擊。然而，三名刺客中看起來最強的一人竟仍勉強保持住平衡，再度握緊了武器，準備反擊。

「你們這群鼠輩——」

刺客臉上被黑布遮住，那雙赤紅的雙眼卻透出濃烈的殺意。他突然越過了伊希爾與亞瑟，將劍氣釋放到數倍之長，筆直朝著仍在維持魔法的克萊奧刺去。克萊奧仍在持續施法，完全無法防禦。亞瑟猛然轉身，大聲喊道：

「不要——！」

就在劍氣即將命中克萊奧的瞬間，亞瑟的聖痕爆發出墨色的光芒。〖約定〗浮現出金色的文字：

【——亞瑟．里歐格蘭已啟動〖前景化〗異能】

30 出自英國詩人雪萊（P.B. Shelley）為悼念詩人濟慈（John Keats）所做的長詩〈阿多尼斯〉（Adonais, XLIV），原句為第四十四節最後一句：「And move like winds of light on dark and stormy air.」。

【——剩餘時間／限制時間：
00:00:39／00:00:40】

魔法之風漸漸止息。因為過度消耗以太，克萊奧的雙腿一軟，癱倒在地。整條小巷再次恢復死一般的寂靜，只剩下伊希爾與克萊奧兩人。

那三名刺客，連同亞瑟一起消失在亞空間之中。這顯然正是亞瑟的意圖。

「他一個人怎麼可能應付得了三個對手！」

伊希爾的臉上浮現前所未見的焦急。兩名刺客雖然身負重傷，但還有一人保持戰力，而亞瑟身上也帶著多處劍傷，情況很不樂觀。

「難道沒有辦法了嗎?!」

克萊奧無力地低聲回答：

「『前景化』異能的亞空間……用任何魔法都無法干涉……」

幾秒鐘過去，伊希爾還想再說些什麼，但她的表情突然凝固，嘴唇微微張開，彷彿整個人被凍結了一般，甚至連隨著呼吸微微擺動的髮絲也靜止了下來。

〖約定〗的金色文字再次浮現，詭異地閃爍著。

【——亞瑟·里歐格蘭是深度參與世界結構的存在。
——主角的存在……＾※？！！（）面臨被刪除的威脅……1▲了＊†。
「□□□□的重寫本」遭受損壞】

原本穩固存在的世界開始從邊緣崩解。狹窄的巷弄中，只剩坐在地上的克萊奧與站在一旁的伊希爾，他們所在之處宛如殘存的孤島，周圍的一切則有如破碎的文字與撕裂的紙頁一般逐漸瓦解。

這與先前在校長室走廊上發生的情景如出一轍——世界正在扭曲。

『為什麼？我根本沒用〖編輯的權限〗啊？』

劃開世界的裂縫以驚人的速度蔓延至伊希爾的腳下，她的影子首當其衝，被那道漆黑的裂隙吞噬。裂縫之中唯有虛空，什麼也看不見。

克萊奧覺得自己快斷氣了。

✦王子殿下，我們的王子殿下(2)

就在這個時候——

【——在使用者亞瑟・里歐格蘭的命令下，〖前景化〗異能解除。】

「呃啊啊啊啊啊啊！」

隨著空間如同被撕裂般扭曲破裂開來，滿身鮮血的亞瑟突然出現在克萊奧面前。他重重摔倒在地，手裡緊按著腹部的傷口，鮮血汩汩湧出，完全止不住，傷勢看起來很嚴重。

「亞瑟！你還好嗎?!」

「一點都不好！快幫我止血，我快死了！」

語氣中依舊帶著幾分玩笑味，但亞瑟蒼白得如同死人的臉色，以及滲著冷汗的額頭，清楚說明了他命懸一線。

癱軟跪坐在地上的克萊奧，因為過度消耗以太，連站起來的力氣都沒有。他雙手按著地面，勉強支撐起自己，再次開展了魔法陣。

【——以太剩餘量不足。】

〖約定〗發出警告，但克萊奧已經無法顧及這些了。他根本不懂醫學，而這種程度的傷口，光靠止血恐怕遠遠不夠。

他拚命在腦海中搜尋合適的術式，想到了【止血】、【消毒】、【減輕痛楚】的組合。世界仍在崩解中。只要亞瑟的呼吸變微弱，整個世界的邊界也跟著塌陷。克萊奧的大腦一片空白，連完整的咒語都無法構思。

在連空氣都凝滯的時刻，克萊奧的聲音響起：

「【讓血止住，阻止感染，治癒傷口吧！這傢伙一定得活下來！】」

簡直亂喊一通。

即便如此，術式依舊生效了。三個複雜的術式緊密交織，釋放出耀眼的光芒，迅速滲入亞瑟的傷口。刺目的亮光讓克萊奧的視線一片空白。

【──以太消耗量過大。】

一陣劇烈的刺痛在頭顱深處炸裂開來，克萊奧差點當場昏過去。他猛地噴出一口鼻血，甚至倒灌進喉嚨，濃烈的血味又腥又熱。直到過了片刻，閃耀的術式光芒才逐漸消散。

克萊奧好不容易才抬起頭，只見亞瑟狼狽地站起身來。他低頭，伸手觸摸自己的腹部，滿臉的驚愕難以掩飾：破爛的衣物和沾滿血跡的雙手依舊一片狼藉，傷口卻已完全癒合。

風聲重新響起，空氣的流動也回歸了正常。世界依然存在。

「……活下來了嗎？」

「……克萊奧，多虧了你。」

所有的懷疑都化為了確信。

亞瑟的重傷直接引發了世界的動盪。

當「主角的存在」受到威脅，整個原稿會跟著受損。

所有跡象都指向唯一的答案──

『難道……這傢伙死了的話，世界也會毀滅嗎？』

隨著緊張感逐漸退去，克萊奧用盡以太的身體終於撐不下去了。他的意識開始模糊，耳邊傳來伊希爾和亞瑟的喊叫聲，但他已經無法聽清楚他們在說什麼了。

『完蛋，怎麼會這樣……』

【──使用者的敘事參與度急遽上升。】

【聖物：□□□的約定】

【──『約定』的第三階段功能已解鎖，獲得能力：「覺察」。】

✦ ✦ ✦

一週前的清晨，昏迷的克萊奧被基西翁子爵家的馬車送回宅邸，據說迪奧內當時的反應非常的可怕。

克萊奧自己也有些擔心，於是在隔天醒來後，立刻詢問貝赫莫特是否因為以太過度消耗，導致身體出了什麼問題。當時，貝赫莫特只是用尾巴輕輕敲著地板，一臉嫌棄地斜睨著他，張開他三角形的嘴巴不屑地回答：

「你滿身是血地回來，連本喵都被嚇到，所以花了整個晚上仔細檢查了你一番，結果你這傢伙根本好端端的，什麼事都沒有。」

「那為什麼我會流鼻血？」

「你的以太感知力本來就很強，偏偏是用這副虛弱的身體釋放那種程度的力量，當然會出問題。說到底，你的體力實在太差了，該鍛鍊一下了。」

聽他這麼說，克萊奧終於放下心來，一把抱住了貝赫莫特，就這麼窩在床上打滾了兩天。即使貝赫莫特嘴裡不停抱怨「喵！我的領結都被你弄歪了！」卻也還是乖乖地給抱。

當然，克萊奧沒有把這些對話告訴迪奧內。反正她聽不懂貓語，以後他也不打算讓她知道。

『只不過流了點鼻血，卻被當成重症患者一樣照顧……不過，至少她終於不再提要我學跳舞的事了。』

不用再跟著老氣的音樂練習那些複雜的舞步和旋轉，光是擺脫這項麻煩的義務，就已經讓克萊奧心滿意足。

當然，他也不是都在偷懶。這段休養期間，他仍然持續進行著以太的循環訓練。自從放假以來，他確實有些怠於修煉魔法。然而，經歷過那場生死交關的戰鬥後，他深刻意識到自己的不足。

『不管是為了避免入伍，還是為了保命，既然有這樣的力量，就應該徹底利用它才行。』

於是他開始不斷在腦海中描繪魔法陣的形狀，以畫圈的方式引導以太流動，讓它經過心臟並循環至全身。隨著這樣的訓練持續進行，他的思緒變得更加清晰，身體也逐漸輕盈起來。

自從克萊奧開始賴在床上後，貝赫莫特也跟著一動不動窩在他身邊。他甩著鬍鬚，露出滿足的表情。

「對，就是這樣。每天都這麼訓練的話，很快地，你容納以太的能力就會大幅成長，反正你的以太多的是。這樣下來用不了多久，你就算連續施展魔法十次，也不會覺得不舒服了。」

「才不要，我真的不想遇到需要連用十次的事件。」

貝赫莫特依舊懶洋洋地躺著，只動了動眼珠，然後輕輕嘖了一聲。

「資質這麼優秀，卻懶到一個極致……這大概就是世間萬物的平衡之道吧。」

「喂，我只做我做得到的，絕對不會勉強自己，這就是我的人生信條。」

『因為在前一個世界裡，我已經夠拚命的了。』

✦ ✦ ✦

平靜的日子只持續了一週。到了第八天，宅邸的氣氛開始變得有些混亂，因為亞瑟闖了進來。

進入過度保護模式的迪奧內，直接拒絕了亞瑟要求見克萊奧的請求。

她前陣子才說克萊奧犯下對王室不敬的罪，結果現在自己反倒在一氣之下，毫不保留地大爆粗口。坎頓夫人顯然沒阻止她，反倒用一種讚嘆不已的口氣將此事告訴了克萊奧。

而亞瑟這傢伙，明明才剛從鬼門關走了一遭，卻像完全沒事似的，幾乎天天往阿塞爾宅邸跑。昨天他又在會客室裡鬧得不可開交，克萊奧雖然聽見了，卻選擇裝睡到底，一聲不吭。

『反正他來也只是想說那句話吧？要我站到他那邊。』

至此，克萊奧終於徹底明白作者的意圖：這部作品裡的所有情節與設定，都在單方面強迫「克萊奧・阿塞爾」往一個方向行動。

和亞瑟同行。

協助他實現目標。

確保他活下來。

雖然故事的主角通常都能活到最後，但也不是每次都那麼幸運，尤其是當作者對原稿逐漸失去控制時，更是難以預料。

看這個情況，說不定隨時都會冒出一些沒有合理鋪陳的發展，但就算他真的直接告訴亞瑟「如果你死了，這個世界也會跟著完蛋，所以請好好保住你的命」，那傢伙也不會乖乖聽進去。

『更何況，這裡只是原稿中的世界，是由某個作者創造出來的故事，如果直接跟他解釋……他絕對不會當真吧。而且就算他信了，恐怕也只會更糟。以那傢伙的性格，肯定會說：「既然是被不知名的意志操控的世界，那乾脆讓它毀滅算了。」』

一個討厭聽勸，卻又愛自己跳進火坑的傢伙——這就是亞瑟．里歐格蘭這個角色的核心特質。但如果少了這種近乎魯莽的勇氣與堅忍不拔的意志，他又要如何走過那注定波瀾壯闊的人生？

『所以我的角色……就是個人肉安全氣囊？是因為作者大人也拿亞瑟沒轍了，只好把我丟進來，想辦法阻止這個世界毀滅？』

主角既是能夠終結故事的存在，也是能延續故事生命的存在。如果一個角色經歷過九次相同的敘事，那麼他與這個世界的連結就會變得密不可分，成為不可分割的存在。這樣的角色，會成為整個故事的核心支柱，也就不足為奇了。

許多古典戲劇都是以主角的名字為劇名，這不是沒有理由的……《阿爾比恩王子》說到底其實就是《亞瑟．里歐格蘭傳》。

從早上開始，克萊奧就在床上翻來覆去，不斷地悶哼著。貝赫莫特看不下去，直接鑽進了他的懷裡。

即使沒有睜開眼，克萊奧也能清楚感受到貝赫莫特此刻的表情，甚至還能知道他的尾巴垂向哪一邊——這就是〖約定〗第三階段功能「覺察」帶來的效果。即使身體並無異狀，他仍然整天待在床上，某種程度上也是因為這個。「覺察」的感知力實在過於強大，不是短短幾天內能適應的。

『這能力感覺像是作者怕自己安排的「安全氣囊」太廢，還沒來得及救主角就自己先領便當，所以才特地追加的吧？』

克萊奧心知肚明，自己的體力、敏捷性、反應能力全都爛透了。如果要在危急時刻閃避第一波攻擊，至少得有夠好的眼力才行。

這個新能力帶給他的最明顯變化，就是視野強化。他的動態視力現在變得異常敏銳，以至於旁人的動作看起來都像放慢了一樣。

他連感知力也變得極敏銳，即使只是靜靜躺在床上，也能清楚分辨走廊裡經過的每一個人是誰。

『這種能力要是能關閉就好了，偏偏關不掉，可惡。』

他開始懷疑，武俠小說裡的那些高手，是怎麼在這種感官過度敏銳的狀態下活下來而不被逼瘋。

『連鋪著地毯的走廊上的腳步聲都能聽得一清二楚，這樣怎麼睡得著啊？』

穩重的步伐是坎頓夫人，輕快靈巧的是迪奧內，而那個威風凜凜、四隻腳發出嗒嗒聲的，自然是貝赫莫特。至於那個與高頭大馬身材不符、走路安靜得像刺客一樣無聲無息的傢伙，毫無疑問就是亞瑟。

那傢伙到底把【強化】技術練到什麼程度了？居然能從花園直接一躍跳上陽台，卻連一丁點聲響都沒有發出，簡直讓人無言。

『因為迪奧內不讓他從正門進來，他才會使出這些有的沒的花招。』

克萊奧不耐煩地把被子往頭上一蓋，抱緊了懷中的貝赫莫特。即使貝赫莫特不滿地咕噥抗議，他也裝作沒聽見。

喀噠、喀噠——

咔嗒。

亞瑟這傢伙，難道是想把自己本就所剩無幾的王子威嚴徹底埋進土裡嗎？竟然真的試圖直接撬開陽台門的鎖？克萊奧終於忍不住大喊：

「你該不會是想當小偷吧？為什麼不走正門，要這樣偷偷摸摸？」

陽台外傳來了亞瑟的聲音。

「克萊奧，你還滿靈敏的嘛，馬上就知道是我了？」

「除了你，還有誰會這樣亂爬？這還需要想嗎？」

「還不是因為你的家庭教師不讓我從正門進來。」

被吵醒的貝赫莫特顯然心情不佳，耳朵猛地往下折。

「喵嗚嗚嗚……喵～」（誰啊一大早就吵個沒完……喵。）

克萊奧把貝赫莫特抱下床，拖著沉重的步伐走向陽台。他慢吞吞地拉開窗簾，打開陽台門，接著只是雙臂抱胸，斜倚在門邊，一臉不耐煩，完全沒有讓亞瑟進門的意思。

也許是為了避開他人的視線，亞瑟是直接從庭園潛入，因此整個人看起來頗為狼狽。他的頭髮上沾著草葉，身上只穿著一件襯衫和長褲，腰間繫著一條皮帶和掛著一把劍，看起來就像個調皮蛋的孩子般咧嘴笑著。克萊奧一看到，忍不住先開口：

「你看看你這副德性。」

「你自己還不是差不多？」

亞瑟不甘示弱地打量克萊奧：皺巴巴的睡衣、凌亂的頭髮，以及光著的腳。

「還不是你害的。」

「所以我才想來道謝呀，結果你都不肯見我～」

「你的感謝我收到了，現在請回吧。我可不想我們家被刺客盯上。」

「那天的事……真的很抱歉。平時來三個刺客，我一個人就能應付，但那天我是頭一次遇到那種傢伙啊。」

『原稿裡可沒到這個程度……二王子到底是怎麼折騰這孩子，居然讓才十七歲的他對夜襲熟悉到這種地步？』

「根據我的經驗，刺客大多數都專精於暗殺的技巧，很少見到以太等級高的人，畢竟擁有那種實力的高手，怎麼可能屈居人下，去做這種骯髒的勾當？」

這話確實有道理。在前一版的原稿裡，即使亞斯蘭數次派出刺客，也從來沒能真正威脅到亞瑟的性命，因為亞瑟是經過正統訓練、熟練掌握以太力量的劍士。

『為什麼這次刺客的水準突然提升這麼多？』

「你有注意到嗎？那些傢伙的劍氣是紅色的，不覺得奇怪嗎？魔法師的魔法陣、劍士的劍氣，不都是金色嗎？要讓劍氣染上顏色的話……」

這是連劍術基礎教材裡都明確記載的常識，克萊奧也立刻想到了答案。

「……必須是劍術大師級別的才可以，對吧？」

「不愧是全年級第九名，沒錯。但那些傢伙根本不是劍術大師，嚴格來說，大概就五級左右。更奇怪的是，把他們帶進亞空間以後沒多久，他們的力量就像被切斷了一樣瞬間耗盡。」

「所以……可能是有什麼東西可以短時間內強行提升以太等級？」

克萊奧相信亞瑟的觀察。畢竟，當時〖約定〗也沒能明確顯示那些刺客的等級。

「對啊，而且當我把他們的面罩拿下來，我發現三個人的眼睛都是嚇人的血紅色，怎麼看都不很不健康。」

這在之前的原稿裡也完全沒有出現過。克萊奧的神情變得嚴肅。這種突如其來的變數，令人極度不安。

「……亞瑟，先進來吧。」

「終於肯讓我進門了？哎呀，真是感激涕零。」

「少囉嗦……」

亞瑟大搖大擺走了進來，往壁爐前的躺椅一屁股坐下，雙腿交疊，自在得就像在自己家裡一樣。

「所以你到底為什麼要一個人帶走那些危險的傢伙啊？」

「因為我上次發現，亞空間一旦重置，當中的東西會全部消失，只有活著的人能回來。既然我們不能把事情鬧大，又要花很多精力處理屍體，不如乾脆全都帶進去，讓他們直接消失在那裡。」

亞瑟一邊搔著後腦勺、一邊說出這番話，真的很狂。他活像個做壞事被抓包的小鬼，說話時還帶著幾分竊笑——但這種話，根本不是可以笑著講的內容。

『這傢伙……到底殺過多少人，才會這樣不當一回事地談論「處理屍體」？』

「還有，我也是怕你這位未來的大魔法師一個不小心白白送命，才會急著解決。」

「你這人讓我吃盡苦頭、被折磨得快斷氣，嘴巴倒是很會講喔？這次雖然是你把我捲進來的，但你幫我擋下那些傢伙，我還是得謝謝你。該感謝的就要感謝，可是誰說我一定會成為什麼大魔法師……」

亞瑟放下翹著的腿，身子微微前傾，語氣篤定地說：

「你不想承認的話，那就不該讓我親眼看到證據。雖然時間不長，但那些傢伙確實展現出五級劍士的實力，可就算是這樣，他們連你這個三級魔法師的防護結界都無法突破，這還需要解釋嗎？」

『不是吧，在那種快要沒命的情況下，他居然還有閒情去記這種細節？』

「我不會看錯。再過不久，其他人也會發現你不只是魔法師而已，還擁有『分析』或『預測』的聖痕。你的真正價值，大家都會看到。」

克萊奧無話可說，只能閉上嘴巴。亞瑟低聲笑了笑，劍鞘因他的動作而輕輕碰撞發出聲響。他換了個姿勢，交疊的雙腿也換了方向。

「你之前在特里尼提拍賣會上找到聖遺物的事還沒傳到首都，所以現在才這麼安靜。但等到秋天的社交季開始，你的宿舍門前肯定會堆滿邀請函。」

光是想像那個情景，克萊奧就覺得倒胃口，一張臉皺成了一團。亞瑟看到他這誠實到不加掩飾的反應，接著說下去：

「所以我才想趁早把你拉過來。站我這邊吧。現在押在我身上，將來這筆賭注的回報至少會翻十倍。」

「站你那邊？具體是什麼意思？成為你的夥伴？朋友？還是要我對你宣誓效忠？」

亞瑟一挑眉，顯然對克萊奧今天的反應感到有些意外。這與他平常那種敷衍的態度不太一樣。

「要你宣誓效忠？有可能嗎？」

「不可能，絕對不會。」

「也是啦，說效忠什麼的也太誇張了，畢竟現在連要你成為我的夥伴或朋友都還太勉強。我也知道你對我不怎麼滿意，但至少……不要站到梅爾基奧或亞斯蘭那邊去。」

克萊奧這時再次露出那種放空神遊的表情。

『又扯到這個……什麼站到其他王子的陣營去，怎麼可能！那兩個傢伙，就算現在還算正常，一個遲早會發狂，另一個是早就沒救了。』

亞瑟似乎誤解了克萊奧的沉默，以為他還在猶豫，語氣變得更加懇切。

「你應該猜到了，這次暗殺的幕後主使就是亞斯蘭。那傢伙現在已經不演了，完全不擇手段，連親兄弟都敢下手。等他掌權之後，難保不會做出更可怕的事。而且，如果『他們』真的想借助大魔法師的力量，那可絕對不是為了讓這個世界變得更好。」

原本一副心不在焉樣子的克萊奧，聽到這句話後，不由得再次將目光聚焦在亞瑟身上。他注意到亞瑟剛才的話不僅提到了亞斯蘭，還暗示了梅爾基奧同樣危險。

『可是，報紙上的世子不是完美得不得了？英俊又能幹，還勤奮認真，又很受歡迎……』

「……你怎麼知道？亞斯蘭的事情，我還能理解，畢竟你深受其害，但世子的風評不是很好嗎？你是基於什麼理由，才說他不會讓這個世界變得更好？」

被這麼一問，亞瑟沉默了片刻，彷彿難以啟齒般猶豫了一下。

但他很快便像下定某種決心，緊握住拳頭低聲開口說道：

「……沒有證據，所以我知道你大概不會相信。我只能坦白說，我只是知道他們將來會做出什麼事。」

『……！』

「我只知道結果，卻不知道原因，這就是我所受的詛咒的核心。」

亞瑟難得慢慢斟酌著字句，彷彿在說一件他從未思考過要如何用語言表達的事情。

「這也是為什麼我從還不會寫自己名字的年紀起，就和母親一起被幽禁在邊境上的夏季行宮，因為有幾件不祥的事，確實如我所『知道』的那樣發生了。」

雖然這話不能對亞瑟說，但克萊奧多少明白點什麼。

『……喂，作者大人，所以說，改寫要適可而止啊！同樣的劇情寫了又刪、刪了又寫，八次這樣下來，搞得現在連不動手去碰故事，它都自己亂套了。』

「總之我知道，如果放任那兩個人不管，這個世界會因為他們的野心流下無數無辜的鮮血。」

亞瑟那雙銳利的青綠色眼瞳，宛如能洞穿一切般直視著克萊奧。因為「覺察」能力的緣故，他那過於敏銳的五感甚至讓他感受到亞瑟堅定不移的意志，如同一股壓迫感向他襲來，令他頭痛欲裂。

王子沒有退路。尚且年少的他，肩負著許多人的希望與信念。

克萊奧已經想不出任何拒絕的說法。沒有正當理由，只是一味逃避已經說不過去。主角那股強烈到近乎壓倒性的牽引力，正一步步將他捲入故事的中心。

『這樣看著我太有壓力了……拜託不要再這樣盯著我啦。』

「……好吧，我答應你，就算我不站在你這邊，也不會站在其他王子那邊。」

「你保證？」

「……我保證。」

彷彿等待這句話許久一般，〖約定〗再次浮現出耀眼的金色文字：

【——使用者的敘事參與度急遽上升。】

雖然克萊奧早就料到會有這種結果，但當那些金光閃爍的文字真的出現在眼前，他仍然感到無比刺眼且惱人。

亞瑟的氣勢越來越高漲，加上「覺察」讓他感到神經緊繃，克萊奧受到兩方夾擊，覺得疲憊不堪，身體往躺椅裡埋得更深。

「不過，你叫他『二哥』的那個傢伙，為什麼非要整死還只不過是個學生的你？」

事實上，他在閱讀之前的原稿時就對此感到疑惑。亞斯蘭從小亞瑟都還不會走路的年紀開始，便對他展露出極端的惡意。並非因為亞瑟擁有武藝，亞斯蘭才將他視為清除的對象，倒不如說，正是因為亞斯蘭不斷將亞瑟逼上絕路，亞瑟才能在僅僅十七歲的年紀便成為四級劍士。

既不是因為王位繼承權的正統性問題，也不是因為亞瑟有什麼外戚勢力，亞斯蘭對三王子的殘酷打壓，這行為實在說不過去。

『根本就前後矛盾。這又是先給了結果，卻沒說明原因的情況吧，也許……』

「那個嘛，大概是因為……我出生的關係吧？」

亞瑟一向自信滿滿，現在卻意外顯得無力，這讓克萊奧領悟了一件事：亞瑟猜想不到的亞斯蘭動機，就是亞斯蘭存在的目的：一個為了迫害主角而被塑造出來的角色，從一開始就注定了這樣的命運。

「從我有記憶以來，亞斯蘭就一直憎恨著我。不，倒不如說……他就像是一個因為我的出生而學會何為憎恨的人。王室的侍女長希蕾達曾經告訴我，我還沒出生的時候，亞斯蘭不是一個火爆的人。他那時候常常笑，開朗又親切，還是個活潑的少年。」

亞瑟雙手交叉托著下巴，手肘靠在膝蓋上，悶悶不樂地嘟囔著。

「可是在我認識的亞斯蘭眼裡，我就是個該死的眼中釘，總是用像地獄守門犬一樣的眼神盯著我。但這也不是我的錯吧？我的眼睛和頭髮跟列奧尼德一世一樣，不過是因為遺傳到我媽而已。結果就因為這該死的征服王傳說，那傢伙整個走火入魔了。」

克萊奧迅速使用了「記憶」，在原稿中搜尋有關征服王傳說的內容。

頭髮如太陽般耀眼，雙眼如西北之海般蔚藍的騎士王——列奧尼德一世。這傳說講述的是阿爾比恩建國的故事。

「征服王傳說？你哥還真是個浪漫主義者。」

「亞斯蘭是腦子有洞吧。這種浪漫如果再來一次，我的命就保不住了。」

『征服王的話題怎麼現在就出現了？在之前的原稿裡，亞瑟不是得再受苦一陣子才會提到？』

在這次的「最終版」中，故事的各種元素產生了不同的作用。克萊奧的腦袋還在混亂中，亞瑟接下來的話徹底把他打醒了。

「不管怎麼說，這樣子被他針對，反倒讓我覺得該給那傢伙一個真正恨我的理由才對，反正王冠上也沒寫著誰的名字。」

亞瑟臉上依舊掛著半笑不笑的神情，他話中的意思卻很明顯——這是他追求王位的宣言。

「國王還活著，正統的王儲也在，你說這種話就不怕被扣上大逆不道的罪名？」

「這裡只有你和我，誰會去告發？你要是會檢舉我，早就動手了吧？我都說了多少次這種話了，也沒見你採取過行動。」

「喂，我只是說我不會加入那兩個傢伙的陣營，可沒說我要當你的人，你也太亂來了吧？」

「我現在又沒有什麼外戚勢力，也沒有祕密情報部，總得有點決斷力吧。認真想想，對於一個有信念的年輕人來說，選擇一位能實現自己信念的王並為他賭上人生，難道不值得嗎？」

「我沒有什麼信念。」

「未來的大魔法師大人可真是個難以拉攏的對象呢。不過，為了成就大業，你一定要幫我，這一點我可不會放棄，記住了啊。」

亞瑟說完想說的話後，便轉身走出房間，輕巧地跨過陽台欄杆消失了，只有薄薄的亞麻窗簾隨風輕輕擺動，證明那個人剛才的存在。

克萊奧依然深陷在椅子中，兩眼凝視著緩緩飄動的窗簾，內心也泛起些許漣漪。

『在不知道原因的情況下預先知道結果——這真的是只有亞瑟才擁有的特性嗎？在故事的中心反覆經歷九次人生的，可不只有這個王子啊。』

超越作者的意志，這些角色以自己的想法與意志去實踐人生，對抗既定的命運。

這個故事正在被作品中的角色所扭曲。唯一能意識到這件事並加以修正的人，便是作為編輯的自己。

只要不違背作者的意圖，就能行使幾乎與作者等同的權力，他心想，這應該就是所謂〖編輯的權限〗意義所在。

『如果亞斯蘭真的在八次修訂中不斷追求他永遠無法得到的王位，積累下來的怨恨肯定非比尋常。或許正因為如此，他才會派出遠超出作者意圖的強大刺客。唉，大家都活得太拚命了。』

自己過去的生活，雖然沒有這種「世界的創造者」，但他真的有自由意志嗎？

只是因為活著，所以活著。只是為了撐過眼前的事，一天一天地過下去。作為「金正珍」，他既沒有特別想完成的目標，也沒有任何的人生目的。他唯一擁有的，只有對那些毫無預兆便死去之人的記憶。正因為如此，他才會被「能在全然嶄新的世界重啟人生」這個條件所吸引。

說不定，「有作者的世界」對自己而言會是更合適的地方。至少，「克萊奧．阿塞爾」擁有作者賦予的存在意義。

如果亞瑟死去，這個世界崩壞，最糟糕的情況就是自己也會隨著原稿一起消失。即便是最好的情況，也不過是回到那個除了學貸以外什麼都不剩的現實世界。

克萊奧不禁自問：

這第二次的人生結束了也無所謂嗎？在那個冬天寒冷、夏天炎熱，棉被鋪上後就直接碰到書櫃邊角的小房間裡，反覆在清晨醒來的孤單時光，自己真的還想回去嗎？不，我不想。

『即使這一切只是幻想……原來我希望這個世界能持續下去啊。』

他想要每天都聽到迪奧內清澈的笑聲、貝赫莫特早晨吵醒他的低沉咕嚕聲，並感受坎頓夫人溫柔的關懷。

他擁有兩個世界。

一個不需要他的真實世界，和一個熱切渴望自己存在的虛構世界。

而後者，為了延續下去，必須有克萊奧的協助。

『……其實，每次看《駭客任務》我都想不明白，為什麼非得吃紅藥丸？吃藍藥丸的話，也能在虛假中感受到真實的牛排滋味，不是嗎？』

✦因為作者死不了

被寫下來的故事與未被書寫的真實世界，是否存在無法顛覆的階級關係？

誕生的「人類」和被寫下的「角色」之間，是否有絕對的上下關係？

角色是比不上人類的存在嗎？

當這樣的疑問在「金正珍」與「克萊奧．阿塞爾」之間被提出時，要做出肯定的回答並不容易。假如必須在兩段人生中選擇保留一段，他完全找不到任何選擇前者的理由。

『這位作者還真是挑對人了，竟然選了回去後一無所有的我。如果在原來的世界還有點什麼牽掛的話，一定早就想辦法離開這裡了，怎麼可能一直賴在這裡不走？』

作者在這個世界為「正珍」安排了一個位置，即使是有條件的，這份款待仍然是甜美的。

〖編輯的權限〗雖然聽起來很厲害，但不是那種能輕易使用的異能，或許這也體現了這個由作者創造出的世界的局限性。

『本來作者就是只照自己的意思決定重要的事。他們嘴上叫人暢所欲言，等你當真提出意見時又會發火。也對啦，能寫出那麼幾十萬字的作者，本來就不太可能是那種隨便聽別人話的人。』

不管是在編輯枱上工作的第一年，還是邁入第五年，「正珍」只要是在編輯方向上與作者產生分歧時，幾乎從沒能按照自己的意思進行過。這樣的他，到了這裡之後如果還刻意疏遠亞瑟，倒像是一種毫無意義的固執了。

再說了，到目前為止，全世界唯一可以確信亞瑟會成為國王的，只有克萊奧自己，因為他知道這個未來已是既定的事實。

『別人是抱著賭博的心態選擇站在亞瑟那邊，但對我來說，這根本不是賭博，現在投靠那傢伙，就像是在一九九〇年代買了三星電子的股票一樣。』

這是不是淪於一種精神勝利法？

總之，比起抵死不從卻被劇情無情地捲入其中，順著情勢走並提前卡位，反而更為明智。

最重要的是：

『要是想確保亞瑟不會一頭栽進必死的險境，我就得待在那傢伙身邊。既然如此，乾脆趁機撈點好處好了。那麼，我該讓他幫我做什麼好呢？』

伊希爾、瑟爾、安傑利恩雙胞胎，還有以後會成為同伴的那些人，全都對亞瑟抱有自己的期望。亞瑟是唯一能協助他們達成願望的人，也因此得到他們強有力的支持。登上王位的亞瑟，必定會兌現對支持者的承諾。

『但我既不需要繼承家業，也不需要什麼權力，那些宏大的目標交給別人就好了，還是要他幫我安排一個可以領很多退休金又沒事做的宮廷魔法顧問的職位？』

這似乎是個不錯的主意。他雖然不想湊政治圈的渾水、對迎合別人與鞠躬哈腰都敬謝不敏，但如果能有一個國王賜予的頭銜似乎也不錯，也不會再聽到別人說他什麼刺耳、不中聽的話了。

『如果亞瑟能對未來略知一二、預先掌握事件的發展，這傢伙即位的時間也許會更早。運氣好的話，說不定再過幾年，他就會當上國王了呢。』

克萊奧讀到的原稿，只到第一部為止，但在亞瑟即位後，便再也沒有能威脅他的勢力存在了。

『按照劇情發展，第二部必然是亞瑟的讚歌……等偉大的國王陛下施行仁政，迎來太平盛世後，我就不用再為了保住他的命而緊張著急了吧。』

克萊奧不禁開始幻想自己年紀輕輕就能退休，成為一名宮廷魔法顧問兼地主，靠著領退休金和收租過日子的生活。

這樣的未來規畫，實在是很有吸引力。

克萊奧難得下樓，吃了點早餐，然後便換掉睡衣，穿上整齊的襯衫和長褲，坐到了書桌前。

『先整理一下目前手上的東西吧。』

首先是財產：

1.父親給的一二〇萬迪納爾：這筆錢遲早得還，暫時以現金的形式保管著，等時機一到，再當面往他臉上甩回去。

『不是說吉迪恩正在討好大王子和二王子、送些昂貴禮物嗎？這種情況下，如果兒子選擇站到沒有任何勢力基礎的三王子這邊，他肯定不會高興。』

2.賣掉里拉琴的金額五五〇萬迪納爾：迪奧內目前正忙著收購未來火車站周邊的土地，據說已經說服了超過三分之二的地主同意讓渡了。

『礦山的調查進度和原稿中寫的一樣，應該快完成了。等火車站的計畫一公布，歐雷爾斯那塊地的價格肯定會瞬間暴漲三倍以上，價值很快就會超過一五〇〇萬迪納爾。這筆錢就照這樣先保留著。』

接著是魔法：

1.當前的以太等級是三，能同時使用的術式欄位數量也是三個，記住的術式總共有一百個。

『必須盡快提升等級才行，這樣才能在第二學期開始保持在第三名，還有亞瑟那傢伙那邊也不能輸給他。《魔法全書》的第二卷和第三卷也得盡快背熟才行。』

最後是〖約定〗的功能：

『目前總共有四個功能吧。』

0. 基本功能：無限以太感知力。

1. 「記憶」：記住一生中所有曾讀過的文字。

2. 「理解」：可以檢視他人的「專屬異能」、以太等級，以及魔導具的詳細資訊。

3. 「覺察」：能讓五感更加敏銳，並輕易察覺危險。

克萊奧寫到這裡時，坎頓夫人以「早餐不夠營養」為由送來了奶油餅乾。他咬了一口，原本該是清爽的味道卻變成一種刺激舌頭的甜味，讓他皺起眉頭。

這種情況已經持續一星期了，他一直無法好好進食。一開始他還以為是食物出了問題，但……

『看來還是得先解決「覺察」的問題。』

他將餅乾塞進一旁虎視眈眈的貝赫莫特嘴裡。他大口大口地吃了起來。

「味道如何？」

「今天也很好吃耶，奶油、杏仁粉和糖的搭配堪稱完美。你家的甜點師應該加薪才對。」

雖然只是試探，但事實果然如他所想，食物本身的味道沒有問題。

「我會幫你轉達。」

『反正薪水是從父親的口袋掏出來的。』

「話說回來，英明的靈貓大人，我有件事想請教您……」

「不用拍馬屁，有事就問。」

貝赫莫特在放假期間每兩天就喝掉一瓶酒，此刻已經變成身心皆十分寬大慷慨的貓。他張開嘴，懶洋洋地發出低沉的咕嚕聲。他的動作，讓那鼓鼓的肚皮也跟著晃動，看起來格外誘人垂涎。

「那天我消耗了過量的以太，現在所有感官都變得比平時敏感了十倍。我真的受不了，人的聲音太吵，食物吃起來太甜或過鹹。」

「嗯哼。」

「本來貓咪就是比人類更敏銳的高等生物，對吧？所以貝赫莫特，你平常都是怎麼吃人類的食物、晚上又是怎麼睡著的？有什麼方法可以調整嗎？」

「有喔，本喵稱之為『啪嗒』是也。」

「請用愚昧的我也能理解的方式解釋一下吧。」

「修煉過程中，有人會突然發生五感變得異常敏銳的情況，這時可以透過調整以太脈流來緩和。你只要自己設定一個信號，就像關上水龍頭或門一樣。」

「信號？怎麼設？」

「連這都要問嗎！比如說手指輕輕敲幾下或是眨眨眼這種簡單的動作，然後想像自己把擴張的感官收回到心臟裡。」

克萊奧立刻按照貝赫莫特的指示，眨了眨眼，又用手指輕輕敲了幾下。

「什麼也沒發生，還是老樣子啊。」

「……喔對，這是以太等級四以上才能用的招數。我剛剛一時忘了你的等級。這等級有夠低。」

「呃……那現在真的就沒有辦法嗎？」

「等級達到四以後，就能精確地調節以太的流動。到時候，你施展魔法就不會像現在一樣粗暴，也可以從『排除施術者』、『排除指定對象』這一類限制型的術式畢業了。是說，這世上哪有什麼捷徑呢？修煉才是唯一的答案。」

「我每天都有練習以太的循環，但升級哪有那麼容易？」

「當然不容易，但我可以指導你啊，只不過……」

克萊奧沒等他說完便知道他接下來要講什麼。

「高貴的靈貓大人，您想要哪種酒呢？」

「現在是夏天，香檳應該不錯。來兩瓶用沙隆北部的黑葡萄釀造、一八八八年份的『金杯的夕陽』，再配上烤鵝肝和無花果果醬。」

「那當然，要不要也來一點用奶油煎過的布里歐麵包[31]？」

「這個徒弟學得很快，本喵甚感欣慰。」

克萊奧立刻叫來幫忙跑腿的小孩，派他去買酒。就這樣，貝赫莫特的地獄特訓正式開始。

✦ ✦ ✦

即使是盛夏，倫德因的氣候依然不算炎熱。八月中旬過後，從早到晚都開始吹起涼颼颼的風。

國王生日宴將在一週後舉行，等生日宴結束後，便是開學的日子了。

幾週來，忙於收購歐雷爾斯地區土地的迪奧內幾乎沒怎麼露面，因此他們將每週六下午訂為定期匯報的日子。每次見面，迪奧內都用實際成果證明其驚人的行動力。

因為已經約好事成後會給她總交易額八%的佣金，所以她自然幹勁十足。雖然她是商會的繼承人，但在尚未繼承財產的情況下並沒有屬於自己的私人財產。四十萬迪納爾的金額，對她來說是一

31 Brioche 是一種源自法國的奶油麵包，以高比例的奶油與雞蛋製成，質地細緻柔軟、香氣濃郁，常作為早餐、下午茶或甜點使用，有時也搭配果醬、奶油或鵝肝等鹹甜皆宜的配料。

筆足夠讓她全力以赴的可觀報酬。

「進展順利嗎？」

「非常順利！只要再說服兩個人，十二塊地皮就能全部到手了！多虧了歐雷爾斯發生那場大火，讓那些建築的價值直接跳水——可以這樣說嗎？」

「這麼快就完成當然很好，但妳沒有暴露我的身分吧？」

「當然啦！我說自己是歐雷爾斯出身的商人，賺了些錢回國投資。畢竟，如果不是本地人，誰會砸這麼多錢來買歐雷爾斯這種地方的土地呢？」

「買下這麼多土地，那裡也算我的家鄉了，從現在開始就當我是當地人囉。」

「也是啦，十二塊地呢……雖然有些是小型私人住宅，但也有些原本是大型公共住宅的土地，全部加起來的面積相當可觀。不過，建飯店真的需要這麼大的地方嗎？」

「不用。」

「那是打算用來做什麼？」

「暫時就先當作空地放著吧，如果市政府開始關切，就種些樹或建個噴泉裝飾一下。」

「為什麼？」

「等時機到了，我再向妳說明。」

「我的合作夥伴還真是個滿肚子祕密的男人呢。」

「所以妳不喜歡嗎？」

「哎呀，你這個調皮的小少爺！好啦，還有其他需要我做的事嗎？」

「正好有件事想說，請問你們格雷伊爾商會還有「魔礦石」青銅和鑄鐵嗎？」

「魔石」——無論在魔法陣的內部還是外部，都能承載以太的貴金屬——是極為稀有且昂貴的物品。魔石不同於天然寶石，是經過加工處理過的形態，只有在部分古代遺跡或文物中發現極少的數量。

相較之下，只能在魔法陣內承載以太的「魔礦石」價格較低，而且常常在舊下水道現場等地被大量發現。

另外，一般金屬只有在以太使用者直接接觸的情況下，才能承載以太。

「魔礦石的庫存倒是有不少，不過有些已經生鏽，又還沒精煉，可能得花一點時間處理。」

「大概有多少？」

「青銅大約十五公斤，鑄鐵大約八公斤。怎麼了？」

「把庫存全部賣給我吧，加工我自己來就好。我要用這些東西練習魔法。」

「啊！是因為要保持成績，才不用當兵對吧？看來你打算開始認真練魔法了。不過，青銅和鑄鐵應該只能作為攻擊魔法的媒介？這方面雖然有理論基礎，實際上很少有人嘗試過，應該很難吧？」

「反過來想，做別人不做的事，不是更容易拿高分嗎？」

「唉唷，你腦筋轉得還真快。好吧，既然你要練魔法，作為你的監護人我當然是贊成啦，『魔礦石』青銅和鑄鐵就按批發價賣給你吧！」

「謝謝妳，迪奧內小姐。」

「別客氣！要是成功了，改天讓我見識一下吧。」

「好，應該不會花太久時間。」

「看來你很有自信呢？」

克萊奧聽了只是笑而不語。

✦ ✦ ✦

「滋——」被掀起的泥土間，滾燙的黑色粉塵緩緩沉降。這次的操控十分成功。他不禁自問，

為了達到這個境界，自己究竟花了多少天。

✦就算是文科生，到異世界也不必感到抱歉

經過好幾星期、無數次的魔法練習，原本開滿盛夏花朵的後院早已變成坑坑疤疤的泥地。

克萊奧毫不在意庭園景觀如何，向貝赫莫特豎起大拇指。貓咪拍打著尾巴，一臉得意的樣子。

「總算掌握到一點感覺了。原來這就是四級魔法啊！」

「雖然差一點就能達到五級，但你終於開始施展真正的魔法了。以前那種像拿掃帚亂揮的方式，根本不是魔法，只是一團混亂粗糙的以太。」

「的確，我現在才明白，之前那根本不算魔法。這一切都多虧了你——我的知識寶庫，我永遠的嚮導，貝赫莫特大人。」

克萊奧的這番奉承沒有半點虛假。

『如果你出生在那個世界，貝赫莫特，肯定是大峙洞[32]的明星講師，憑這能力早就名下擁有三棟大樓了。』

「哼哼，此話不假。現在，試著調整你體內的以太脈流吧。到這個程度，應該差不多了！」

「遵命！」

「很好，態度可嘉。」

克萊奧閉上了眼睛。

他先感受體內流動的以太脈流，接著從四肢的末端開始，像關門一樣將以太聚攏、收束到心臟

32 韓國著名補習街，被譽為教育中心。

正中央。最後，他還記得眨兩下眼睛作結尾。

『這下應該可以了吧？』

這比施展魔法還讓他緊張。

克萊奧深吸一口氣，拿起放在庭園擺飾上的玻璃杯。杯裡裝著用蘭姆酒、紅茶和檸檬汁調製的潘趣酒[33]，液體在杯內輕輕晃動著。

他大口喝下，清爽、酸澀又帶著微苦的滋味在口中擴散。這正是冰塊融化後變淡的夏日雞尾酒特有的味道。

『成功了！』

比起幾分鐘前成功施展攻擊魔法，現在能控制「覺察」的能力更讓他欣喜。

過去一個月內，嗜酒如命的克萊奧簡直苦不堪言。食物的話，他還能少放調味料湊合著吃，但是對酒精氣味的過度敏感，令他完全無法飲用任何種類的酒。

「天啊，太享受了……」

克萊奧將杯中的酒一飲而盡，感動到快要流下眼淚。貝赫莫特舔著自己專屬小淺碟裡的潘趣酒，露出滿足的笑容。

「這種滋味，你是怎麼忍過來的？」

「就是啊，我都快瘋了。」

「好了，既然重要的問題已經解決，現在用剛才成功的組合再施展一次魔法吧，如果你能完全重現，這個魔法就是你的了。」

「沒問題！」

33 punch，名稱源自印地語的「panj」，意為「五」，象徵其傳統配方中的五種成分：烈酒、檸檬、甜味、水與茶或香料。常見於宴會與派對上，適合作為冷飲或熱飲享用，兼具風味與社交意義。

喝了久違的酒，滿臉喜悅的克萊奧自信地展開了魔法陣。直徑二十公尺的圓環瞬間鋪展開來，以太從顏色越來越深的魔法陣周圍湧出，使整個魔法陣看起來有如一頂巨大的王冠。

克萊奧從腰帶上拔出插著的魔杖，握在右手中。這根用被雷擊過的梣木[34]雕刻而成的魔杖，價值高達兩萬五千迪納爾，是他這個夏天最大的一筆消費。

魔杖長度大約與他的手肘等長，看似細長而樸素，但用於提升以太的操控準確度已經足夠。

『本來覺得這種像指揮棒的東西不值得花錢，但用了之後果然不一樣。』

他用另一隻手從口袋掏出一塊硬幣大小的「魔礦石」青銅碎片。

此時地面上開始浮現出一個術式，結合了**【屬性增幅】**、**【複製】**、**【投擲】**和**【加速】**四種元素，整個術式精巧得像是鐘錶或工藝品的設計圖一樣。

克萊奧將「魔礦石」青銅碎片拋向空中，揮動魔杖，同時眨了兩下眼睛重新啟動「覺察」。

隨後，他吟誦出咒語：

「**【對招致無數災難之人，我燃起怒火，拖曳長長陰影的青銅之槍啊，狠狠刺下吧！】**」[35]

克萊奧用笨拙的姿勢使勁拋出青銅碎片。它在以太的包覆下飛向高空，與咒語產生共鳴，化作一支巨大的長槍槍尖，透過**【屬性增幅】**展現威力，並在空中**【複製】**成四支槍刃，從高空**【投擲】**而下，並附加了**【加速】**效果。

即使克萊奧將「覺察」的能力提升到極限，眼睛依然無法完全追上魔法的速度，只能看到槍刃的模糊軌跡。

轟——轟隆——四支長槍從高空精準刺入地面，落在克萊奧計算好的位置。

34 在北歐神話中，世界樹是一棵巨大的梣木，支撐著九個世界；在希臘神話中，宙斯創造的青銅種族人類被認為源自象徵梣樹的女神（Meliai）。

35 改自荷馬（Homer）的《伊里亞德》第一卷第二十行（*The Iliad*, I, XX）。

以驚人氣勢插入地面的長槍投下深長的陰影，隨著術式的消散一同化為虛無，只留下它們在大地上挖掘出的深刻痕跡。

『雖然是我做出來的，卻還是覺得很了不起。唉，真是一段不堪回首的旅程。』

克萊奧感嘆著自己這一個月來減少睡眠，拚命進行以太循環的努力終於獲得了回報。體內的以太容器像滾雪球一樣，每擴張一次，隔天就能更快地擴充。

隨著體內以太總量的增加，那些像血管般遍布全身的以太脈流變得更加清晰，可以完全感知它們的存在。

『這感覺有點像武俠小說裡說的打通全身經脈……』

當然，以太容器的擴張並非無限制的。當達到天生的以太感知力極限時，容器的擴展也會停止，意味著等級無法再繼續提升。

『本來容器的大小只能隨著自己能引導的以太量擴張，但我擁有能讓以太感知力無限增長的作弊神器啊。』

克萊奧不禁滿意一笑，輕輕地摸了摸〔約定〕。

他只花了兩週就提升到了四級，但對於術式欄位變成四個的喜悅只維持了短短一會兒，因為他很快就得開始練習如何在填滿四個欄位的情況下同時發動術式。此外，他還需要重新學習調整坐標值的感覺，這又花了大量時間。

『那段時間，幾乎每天都得聽貝赫莫特罵我笨啊、蠢啊……』

與此同時，他也背下了《魔法全書》第二卷的全部內容，將現存的兩百個術式記得一清二楚，並掌握了第三卷中的應用範例。

然而，更大的挑戰隨之而來。

透過媒介進行的攻擊魔法雖然破壞力極大，但即便是在《魔法全書》第三卷中，也僅僅提到它的可能性，並未記載具體的術式組合。

『當初只是覺得魔法師就應該從空中向下發動攻擊才過癮，結果差點被整死。』

克萊奧為了尋找參考資料，對貝赫莫特死纏爛打，卻只得到令人絕望的答案：「能參考的攻擊魔法書，只有存放在國王專屬書庫中的幾本手抄本。」

「從根本上來說，魔法這門技術並不適合用於對人作戰。哪怕是初階劍士，都能輕易擊敗一名高階魔法師，畢竟只需要在對方念出咒語前砍下他的頭就好。」

「但如果再遇到上次那種情況，我可不想坐以待斃。快速學會劍術對我來說是不可能的事，還是練魔法比較實際。」

「那倒是。你別說學劍了，連拿著劍站好都做不到……你起碼每天在庭院裡跑一跑吧。」

別無選擇，克萊奧只能老老實實投入訓練。他一邊忍受貝赫莫特的碎念——「一定要用魔法進行攻擊嗎？」——一邊用酒和下酒菜哄著他，最終研究出了一套看似威力強大的術式組合。每當得出新的組合，他都會先進行簡單測試，然後淘汰那些威力不足的術式。

最終，他選定了【屬性增幅】、【複製】、【投擲】和【加速】的組合。而考慮到與咒語的相容性，他選擇了青銅作為媒介。

這還僅僅只是第一步。為了真正實現這個組合，還需要無數次枯燥的練習。他首先練習了如何從青銅生成槍刃。由於「魔礦石」青銅本身就帶有武器屬性，與【屬性增幅】魔法相輔相成，這倒省去了一些麻煩，但要讓變形速度達到理想水準，仍然耗費了相當的時間。

最初，他甚至連投擲一支槍到正確位置都做不到，光是將一支槍調整到完美狀態就花了三天。

在將【屬性增幅】的速度提升到極限後，他才能進一步嘗試【複製】。接下來，他開始測試如何增加槍的數量，最終發現四支槍是他的極限。再多的話，不僅攻擊力會下降，連槍的投擲位置也無法精準控制。

此外，他還需要找到媒介的最低用量，以節約珍貴的「魔礦石」青銅。經過多次測試，他確定一枚硬幣大小的分量便已足夠。

這些媒介還需要他親自精煉。所有的魔石和魔礦石都無法用普通工具加工，必須在魔法陣內利用以太改變型態。

有些人會用蘊含以太的鐵砧和鐵鎚進行加工，但克萊奧擔心手腕吃不消，只能完全依賴以太的力量。十五公斤覆滿銅鏽的青銅古器和一些破爛廢物，在透過【精製】和【冶煉】處理後，只剩下九公斤，鐵則減少到約五公斤。

『早知道就多花點錢請迪奧內幫忙加工。』

雖然價格便宜，製作魔法媒介卻極耗費精力。

克萊奧花了整整兩天，將這些青銅和鐵捏成塊狀，再切割成統一的大小。完成的媒介被分裝在亞空間口袋中，與魔杖一起成為日後隨身攜帶的重要武器。

在完成魔法的過程中，克萊奧的黑眼圈已經重到遮掩不住。坎頓夫人為他在假期中增長的一點肉又迅速消失而感到心焦。

無論坎頓夫人怎麼擔心，貝赫莫特和克萊奧仍然默契十足地每天在書房裡熬夜。禁止僕人進入的書房裡，堆滿了鐵和青銅的碎屑，一片狼藉。不論是人還是貓，看起來都已經疲憊不堪。垃圾堆裡散落著寫滿文字後又劃掉的紙張，這些都是製作咒語時的產物。

克萊奧用了好幾十張紙，才構思出一個威力強大的咒語。第一次的測試中，雖然無法精準命中目標，但其破壞力之大，甚至讓一向冷靜的貝赫莫特也驚訝得吐了舌頭。

「對古典文學一竅不通的傢伙，居然能編出這麼像樣的咒語？而且和青銅的契合度還這麼高。」

「只是做著做著，運氣好碰巧成功了吧。」

當然，這絕不只是運氣。克萊奧在創作咒語的過程中，不斷翻閱〖約定〗中儲存的「記憶」。

『果然還是得從那些描寫戰鬥、殺戮和死亡的古代史詩中找靈感。』

反正這個世界裡沒人知道那些句子的來源，只要看起來像樣，從哪裡借來並不重要。幸運的是，他腦中有著數不清的「頁面」可供選擇。畢竟，對於曾經的「金正珍」來說，書籍曾是他人生的全部。

『我這輩子看過那麼多沒用的書，沒想到居然能在這種地方派上用場，人生還真是無法預料。』

金正珍的母親為了生計，帶著他在漁村之間四處謀生，幾乎從未在同一個村莊住過太久。對於這樣一個沒有朋友的孩子來說，在那些連網咖都沒有、甚至電視頻道也屈指可數的地方，讀書成了唯一的消遣。

他的閱讀毫無章法，對書的來歷或背景也毫不在意，只是手邊有什麼就讀什麼。無論是行動圖書館借來的書、班級圖書架上的書，還是在鄉下租房時，房東家裡讀大學的孫子留下的書，他全都來者不拒。

在那個世界，這是不受歡迎或重視的行為，但在這個由文字構築的世界裡，閱讀者卻能感受到溫暖。不同於現實世界，這裡的語言與文字擁有無可比擬的力量。

『這大概是文科生怨念的終極昇華吧。』

或許正是因為如此，儘管置身陌生的世界，他卻感覺自己似乎能輕易對這裡產生感情。

孩提時代，克萊奧就曾希望能逃進書本中的世界，去到一個不是「此時此地」的地方。無論是哪裡，只要不是這裡就好。他無數次幻想自己成為另一個人——一個不必承受弟弟夭折、極度貧窮，以及父親缺席之痛的人。

那些願望曾經如此迫切，如今已經是過去的事。

『也許，這份願望最終還是實現了。』

克萊奧站在凌亂不堪的庭院中央，陷入沉思。這時，貝赫莫特用爪子輕輕拍了拍他。

「喂，小子，別再發呆了，快回過神！本喵看這魔法可是絕對獨創的傑作啊！你不打算給它取個名字嗎？」

「一定要嗎？」

「命名可是讓新創魔法在這個世界留下紀錄的最佳手段。名字不只要取，而且得好好取。」

「那……叫**【阿基里斯之槍】**怎麼樣？」

「哼……貝赫莫特也好，阿基里斯[36]也罷，你怎麼老是憑空亂想出這些沒頭沒腦的名字啊？」

『沒頭沒腦？他可是史上最古老的史詩裡的傳奇英雄耶。』

看著擁有魔鬼名字的貓一臉挑剔的模樣，克萊奧忍不住露出一抹淺笑。

．．．

經過一番波折，這個名為**【阿基里斯之槍】**的必殺技終於誕生。

36 Achilles，荷馬史詩《伊里亞德》中的希臘英雄，曾參與特洛伊戰爭，素有「希臘第一勇士」之稱，以其驚人的戰鬥力與悲劇命運而聞名。

✦可怕的傢伙、壞傢伙、亂來的傢伙

正當克萊奧準備進行最後一次測試時，灌木叢後探出了一顆腦袋——是迪奧內。其實他早已察覺到她的到來，但見她刻意隱藏氣息，索性裝作不知，靜靜觀察她的行動。

只見迪奧內穿著白色蕾絲裙和珠光高跟鞋，辛苦地穿過布滿坑洞、凌亂不堪的泥地，一點都不在意會被弄髒。

這位研究員魔法師不發一語，仔細檢視每個坑洞的形狀與深度，似乎正在評估魔法的威力。隨後，她直接伸手挖開泥土，找出疑似目標的庭園擺飾碎片。

接著，她坐了下來，展開一個魔法陣，啟動了【分析】、【追蹤】和【重現】的術式。

「【現形吧，顯露吧，力量與光的軌跡！】」

魔法施展後的幾分鐘內，空氣中殘留的以太會像壓底紙[37]一樣保存魔法的痕跡。透過同時使用【分析】、【追蹤】和【重現】，可以解析施展過的魔法。

『這是《魔法全書》第三卷裡記載的組合。迪奧內的魔法果然既標準又精確啊。』

克萊奧並未阻止迪奧內進行探索。

『合約裡已經加入了保密條款，而且未來的魔法媒介還得從迪奧內那裡購買，沒必要對她藏東藏西了。』

追蹤完以太的流動後，迪奧內終於站起身。即便穿著高跟鞋，她仍輕巧地穿過充滿泥濘的庭

37　韓文中的「押紙」，指寫字或作畫時，墊在下面以防弄髒，或為了防止筆跡滲透的紙張。日常生活中泛指因筆壓而留下痕跡的那張紙。

院，來到克萊奧面前。

「克萊奧！」

「嗯？」

「你能連續使用這個魔法幾次？」

考量以太的消耗量與自己的專注力，克萊奧認為最多可以連續施展三次，但為了以防萬一，他還是將數字壓低了一些。

「如妳所見，最多大概只能一到兩次。」

「喵嗚嗚——喵喵！」（居然睜眼說瞎話，嘖！）

腳邊的貝赫莫特不滿地叫了幾聲，克萊奧假裝沒聽見。

「也是，這個術式的以太消耗量肯定很大……這可不是鬧著玩的。」

克萊奧刻意縮減了施展次數，但似乎已經讓迪奧涅印象深刻。即使渾身沾滿泥土，迪奧內依然一派優雅地看著克萊奧，臉上掛著無法置信的苦笑。

一陣風突然吹過，將她的帽子吹向遠處。她那頭灰粉色長髮隨風飄揚，兩頰自然地泛起紅暈，興奮與敬畏使她的臉龐像少女般閃閃發亮。

「萊奧，你真的是天才，哦，不，這樣的形容還太過輕描淡寫。這種魔法簡直前所未見……居然能從天空發動斬擊。」

迪奧內如此一本正經的讚美讓克萊奧有些不好意思。他撓了撓臉，避開她的目光。

『現代人對從天而降的攻擊早就見怪不怪了說……』

雖然以這個世界的技術發展程度而言，飛行器的出現應該不足為奇，但他從報紙和書籍中推測，這項物品似乎尚未被發明，即便是熱氣球，也只被用作觀光用途。

也許，從空中進行轟炸對這個時代而言是個超前的概念，但未來，這應該會變成人人都能想到的普通構想。

「這種力量簡直像是來自古老傳說中的天使或惡魔。」

「妳不要太誇張了。」

「哪裡會呀？這魔法需要極高的操控能力和以太感知力才能實現，否則就連施術者本人都有可能受傷。」

克萊奧回想起在練習時，自己差點被射出的長槍刺中，慌忙展開【防禦】魔法的經歷。他沒把這件事說出來。當時由於術式欄位不足，無法加入【排除施術者】這項功能，而它只有在等級提升後才會自動生效。

「讓我看看……以這個魔法陣直徑二十公尺的範圍來看，應該是四級魔法？這竟然是四級魔法師能使出的威力，如果不是親眼所見，我絕不會相信。」

「二十公尺的範圍，不過是普通劍士助跑幾步就能跨越的距離，這不是實戰中能用的技術吧。」

「居然想用這種沒水準的辯解來打發另一個魔法師？難道你打算今後永遠當個四級魔法師嗎？」

迪奧內瞇起眼，雙手叉腰，語氣比平時更低沉，毫不猶豫地斥責克萊奧。

「升到五級後，魔法陣的直徑能達到八十公尺，六級則是兩百公尺。到那時候，就算是中級劍士，穿越這範圍也需要幾秒。當你的咒語比他們的腳步還快，勝負會怎麼樣，已經再明顯不過。」

「但就跟六級魔法師一樣，六級劍士在兩百公尺的範圍內，也幾乎是無敵的不是嗎。我可不認為自己能對抗那種高階劍士。」

作為以太等級基準的以太容量上限，在劍士與魔法師之間採用的是相同的判定標準。

就像魔法師的魔法陣範圍會隨著等級擴大，劍士的攻擊範圍也會隨等級提升而擴大。

四級魔法師的克萊奧可以展開直徑二十公尺的魔法陣。同樣的，四級劍士也只能在以自身為中心的二十公尺內發揮最佳實力。超出這個範圍，他們對敵人就難以造成有效的攻擊。

「你身為魔法師居然想和劍士比鬥，這種想法本身就很不尋常了。說到底，像你這種連劍都拿不起來的人，還有誰會想到應該用魔法來進攻？而且得承受消耗大量以太的風險……」

迪奧內的情緒在經過一陣起伏後，稍微冷靜下來，開始環顧後院，像是要將這裡的一切都印在腦海裡一樣。

「可是你竟然做到了。」

比起平時刻意裝出的溫柔體貼，當迪奧內那雙水藍色眼瞳變得冷若冰霜時，反而讓人覺得更加真實，也更動人。

「這座宅邸的僕人雖然忠誠，但你最好還是請坎頓夫人再三叮囑他們保密——如果你不想成為祕密情報部的重點關注對象的話。」

想到即將到來的國王生日宴，以及寄出邀請函的梅爾基奧，克萊奧點了點頭。

「謝謝妳的提醒，我也不希望落到那種地步。」

「在阿爾比恩，五級魔法師不到三十人，六級十一人，七級只有三人，八級更是只有一位。而且大多數高階魔法師都已經步入老年，就連那些被稱為人類最強戰力的劍士，如果不到六級，也無法進行遠程攻擊。如果每位魔法師都能像你這樣做到這些事，人們對於魔法師——」

「喵嗚嗚——嗚嗚嗚嗚——」（本喵現在只想回去躺平，這位小姐的演講到底幾時才要結束？）

貝赫莫特突然打斷迪奧內的話，一邊打著哈欠，一邊用後腳抓了抓身體，看來已經失去耐心。

「——這樣的存在，大概就很難接受了吧。」

迪奧內堅持把最後一句話說完，接著神情立刻緩和下來，像是什麼事都沒發生一樣。她彎下腰對著貝赫莫特說：

「哎呀，我們的莫特是不是覺得無聊了？」

「喵。」（幸好妳有自覺。）

　　關閉嚴肅模式的迪奧內彎下腰時，胖貓立刻一躍跳到她的懷裡。雖然貝赫莫特的體型讓瘦弱的她有些站不穩，但她依然緊緊抱著他。

「好久不見我們莫特了！最近太忙，都沒幫你準備零食呢！」

「喵嗚嗚！」（對啊，給我肉乾！）

「肚子餓了嗎？進屋裡就有點心哦！」

「喵嗚！」

克萊奧看著這一人一貓的奇妙互動，忍不住在心中嘀咕：

『他們倆真的沒在對話嗎？好神奇，怎麼看起來好像都聽懂了？』

夕陽漸漸西沉，兩人一貓自然地朝屋內走去。克萊奧感覺過去一個月累積的疲憊和睡意像是要向他討債一樣向他撲來。當克萊奧漸漸落後時，走在前面的迪奧內回頭看一眼，不耐地咂了咂嘴。

「你那已經不是黑眼圈，簡直都發青了。嘖嘖，看這後院的慘狀，我都能想像你弄亂它當時的情景，花草、樹木全都不見了，變得像鄉下那些播種前的田地。」

聽到這番話，克萊奧腦中靈光一閃，終於停止打哈欠。

『如果戰爭爆發，首都可能會被封鎖。雖然時間應該不會太長，但為了預防糧食不足，乾脆把這裡改成農田？』

「播種嗎……果然還是種能吃的作物比較實際，要不要試試馬鈴薯和豆子？甘藍也不錯。」

聽到這話，迪奧內微微抬起下巴，半瞇著眼看他，連貓也露出了和她一模一樣的表情。

「你剛剛是認真的嗎？你明明不是出身窮人家，為什麼說出這種窮酸的話？你可是全國首富的兒子耶！」

「父親的財產是父親的財產……」

「你是說那些財產和你無關？拜託，你自己在歐雷爾斯地區也擁有一片大到可以蓋馬術競技場的土地！」

拖著疲憊步伐的克萊奧猛地挺直腰，驚訝地看向她。

「什麼？地都買好了嗎？」

「啊，我差點忘了。你先進去洗個澡吧！你還有一堆文件要看！等你確認完文件，我們這週就能付清尾款、完成所有登記手續。」

「全部都處理好了？」

『這麼複雜的產權問題，她竟然這麼快就搞定？我還以為至少要再拖一陣子，太厲害了吧……』

克萊奧重新打量這個洋裝上沾滿泥土、懷裡抱著貓的嬌小女子，簡直像在看一個完全陌生的人。

「哈哈，當然啦！所有文件都準備好了，只差你簽名而已。我覺得，比起魔法，我還是更擅長談判。」

「妳真的太強了，『天才』這個詞應該用來形容妳才對，迪奧內小姐。」

這句讚美完全發自內心。選擇與她合作，果然是個明智的決定。

✦ ✦ ✦

週末期間，克萊奧按照迪奧內的指示簽署了文件，還翻閱了一些與土地購買、租賃相關的重要判例集。

到了週一，他順利完成了所有產權轉移登記。接下來幾天，他不是陪貝赫莫特玩耍，就是和他一起喝酒，隨手翻翻家裡的《魔石大全》。日子過得非常悠閒，像作夢一樣就過去了。

又一個睡到日上三竿的早晨。克萊奧滿意地望向床左側的壁櫥。看著裡面的某樣東西，他的心情格外愉快。

壁櫥裡放著他的土地契約書。

『下次去宿舍時一定得帶上這個才行。地契這種東西，光是擁有就讓人心情愉快啊。』

地契上寫著「克萊奧．阿塞爾」的名字，下方蓋著歐雷爾斯區公所的印章。這是前天才剛到手的熱騰騰文件。

『十七歲就擁有自己的地契，感覺真是太棒了。光看著這地契，就算沒吃飯，肚子也覺得飽。』

這時，房門外傳來一陣禮貌的敲門聲。

「少爺，您醒了嗎？」

「坎頓夫人，早安。」

坎頓夫人沒有交代下人，而是親自推著小推車進來。推車上層的托盤整齊地擺放著熱茶、牛奶、淋上糖漿的覆盆子、水波蛋、嫩煎火腿、烤吐司和橘子果醬。

這份餐點非常精緻，分量剛好適合挑食的克萊奧。坎頓夫人一心想趁著開學前，讓少爺稍微長胖一些，於是精心準備了這份早餐。

「今天您的氣色好多了，讓我總算放心了些。」

「多虧夫人的細心照顧。」

「勤於修煉當然是很好，但還是要把健康放在第一呀。」

克萊奧穿著睡衣，坐在床上接過托盤。坎頓夫人的動作優雅，流暢地將熨得平整的四份日報也放到床單上。這些從科爾福斯家族調來的僕人，像一支訓練有素的交響樂團，井然有序地演奏著。

「那麼，您用完餐後，請搖鈴通知我。」

「好的，謝謝。」

這樣的早晨，真是優雅極了。早餐依舊無比美味。

『以前總覺得學校生活已經算舒適了，沒想到這裡更是奢華得難以想像。一二〇萬迪納爾可以還給父親，但這座宅邸可不能輕易放手。有沒有什麼辦法可以讓他贈與我呢？』

想到自己之前離家出走、逛拍賣會、練魔法，忙得不可開交，竟然沒好好享受這座宅邸的硬體與軟體，克萊奧不禁感到可惜。

『要不要想辦法提高成績，拿到第一名，或者參加什麼比賽？先找到一個合適的理由，以後有機會見面時再試探他看看。』

克萊奧的父親自從上次到學校探望後，就再也沒有任何消息。當然，克萊奧自己也樂得如此，因此從未主動聯絡。

據說迪奧內平日寫信給吉迪恩‧阿塞爾時，總是用漂亮的措辭來包裝他。以她的手腕，應該能收到不錯的效果。

用完早餐後，克萊奧將托盤放回推車上，半躺在床上攤開報紙。讀四份日報，是他每天早晨的固定習慣，因為他一直在等待某個消息。

埋在柔軟枕頭裡翻報紙的克萊奧，忽然猛地坐起身。

〈杜布里斯市王室領地上發現蒂弗拉姆礦脈，推測為德尼耶大陸最大礦場：政府開始著手調查總儲量〉

〈什麼是蒂弗拉姆？——推動科技進步的尖端材料〉

〈東北的珍寶將如何改變產業與物流版圖？〉

從保皇派的報紙到偏向共和主義的報紙，所有媒體都開始熱烈討論蒂弗拉姆礦脈的話題。

『終於來了，新聞禁令解除啦！』

報紙中的資訊，僅僅是冰山一角。回想之前在原稿中看到的內容，當報導解禁時，通常代表礦脈的埋藏量調查與價值評估已經完成。

『到了這一步，火車站相關的消息應該也已經在檯面下流傳了。正好，時機剛剛好。』

克萊奧手中的報紙被他捏得皺巴巴，但他毫不在意，臉上浮現滿足的笑容。如果未來一切如預期發展，他很快就能獲得一大筆額外的財富。

『我不光是有土地所有權，應該也能賺到租金，得提醒坎頓夫人注意是否有來電或電報了。』

他篤定，不久後瑟爾的母親兼飯店業巨頭卡塔莉娜·坦菲特·德·內格就會聯絡他。

『希望到那時地價能夠大幅飆升，這樣就能狠狠抬高租金了。』

克萊奧仔細閱讀了關於蒂弗拉姆礦脈的新聞，接著又隨手翻閱其他報導。對於尚未完全熟悉這個世界的他來說，閱讀報紙的幫助很大。

當天的新聞刊載了一張巨大的照片，報導世子梅爾基奧造訪基西翁子爵軍營時的場景。新聞描述他向英勇守護邊境的士兵致以崇高的敬意，並頒發了特別的休假津貼等等。

『王族做的事和政客也沒什麼差別。』

照片中的世子站在士兵之間，面帶微笑，身高明顯高於其他人，頭髮的顏色也比較淺——能辨識的部分，大概也只有這些特徵，因為報紙印刷品質粗糙，無法清晰分辨他的五官細節。

克萊奧反而對人群背後那座井然有序的軍營印象更為深刻。

『為了拍出這樣的照片，士兵們不知道花了多少時間拔草、掃地，嘖嘖。』

就在這時候，走廊傳來一陣急促的腳步聲，然後迪奧內猛地闖進他的臥室裡。她身穿一件從腰間到膝蓋緊貼身形的合身禮服，肩膀上別著一個巨大的黑白條紋緞帶，今天的她依舊像盛開的花朵般美麗。隨著她的輕快步伐，裙擺在膝下搖曳生姿。

「克萊奧！克萊奧！克萊奧！」

克萊奧將報紙放到一旁，懶洋洋地回應：

「妳叫一次我也能聽見。」

「感覺你今天又會睡到很晚的樣子，我才想說要讓你徹底清醒嘛！」

「現在還是早上耶，哪有很晚？」

「別鬧了，大家都已經在吃午餐了！我們得抖掉你這一個月積累下來的邋遢俗味，再不處理就來不及了。快點起來，先去洗澡！」

「唔……又要搞那些花樣嗎？」

克萊奧縮起肩膀，像在防備什麼的樣子，腦中浮現出上次參加諾班特斯派對的記憶。迪奧內的聲音提高了一個音階，語氣變得更為尖銳。

「什麼叫那些？難道你打算用這副乞丐樣去參加國王陛下生日宴嗎？頂著那亂糟糟的頭髮？」

「這是因為我忙著研究魔法，沒時間剪頭髮……」

「別廢話了，現在就起來，十秒內給我進浴室！十、九、八、七……」

克萊奧意識到這場爭論毫無勝算，立刻下床衝進浴室，深怕迪奧內直接跟進來監督他洗澡。

「哈哈哈哈哈，迪奧內小姐真是不簡單！」

「夠了，到底哪裡好笑？」

「哈，應該再多讚美她一點！這簡直是個奇蹟！你的家庭教師簡直有一雙『神之手』。」

亞瑟坐在馬車對面座位上，一隻腳隨意翹在另一隻腳的膝蓋上，止不住地竊笑。

「什麼神之手，我都快喘不過氣了。」

「你就當作是穿著盔甲上戰場一樣吧。如果你隨便穿穿就去參加宴會，說不定往後三十年都會成為笑柄。你應該好好感謝迪奧內小姐才對。」

克萊奧連連嘆氣，滿臉寫著不情願。他只想把這令人窒息的手套和緊身背心脫掉。迪奧內似乎不滿足於上次的晚宴西裝，這次準備了他生平頭一次看到、更複雜又滿是鈕釦的服裝。

『男人的衣服居然能穿這麼多層。』

僵硬的袖口磨得他手腕發癢，襯衫的領口也過於硬挺，讓他覺得像被勒住脖子一樣。最糟糕的是，高禮帽下那將後腦勺頭髮緊緊綁成一束馬尾的緞帶。

實在是太丟臉了。

迪奧內這次比上一次還要嚴苛，最後拿出了這條與銀灰色絲質領結相搭配的緞帶。當克萊奧表現出極度抗拒的態度、試圖躲開時，她甚至大聲斥責了他。

『不喜歡弄成這樣的話，當初就該早點去修剪頭髮！』

『那我現在出去找理髮師……』

『今天可是國王陛下生日宴！技術好的理髮師早就被那些權貴請走了，你覺得今天還會有店家營業嗎？』

克萊奧想起剛才那段對話，將額頭靠在搖晃的車窗上，臉上的表情不由自主地扭曲。

「不要覺得丟臉了，現在這樣穿反而不會太引人注目。」

「你都穿得那麼隨便了，為什麼迪奧內要對我這麼吹毛求疵？」

雖然亞瑟搭乘的是印有王室徽章的六人馬車，但他的穿著不僅樸素，甚至顯得有些寒酸，依舊穿著皺巴巴的外套、皮革表皮磨損的靴子，以及老舊的佩劍和用來掛劍的腰帶。

「我又不會進中央大廳，是專程為了護送你才來首都的。居然能讓王子當你的護衛，你也算是出人頭地了。」

「明明是你自己硬要來，少在那裡胡亂牽拖。」

克萊奧冷冷地瞥一眼正在尷尬搔頭的亞瑟，心想：

『他肯定是怕待在基西翁子爵的領地會遇上梅爾基奧，才拿我當藉口逃到首都。』

基西翁子爵，也就是伊希爾．基西翁的父親施利曼．基西翁，是最早樂於支持亞瑟的勢力之一。他的領地內有阿爾比恩王室的夏宮，是亞瑟的根據地和成長的故鄉。

克萊奧回想起上午讀的報紙內容，心中一動：

『……梅爾基奧選在這個時候訪問領地，肯定不只是單純的慰勞吧？難道他是在探查基西翁子爵和亞瑟是否在密謀什麼？這個世子的直覺果然驚人。』

「你是怎麼知道的？」

「因為我太清楚你的模式了。」

「你還真了解我啊。」

「不要說這種噁心的話，是你太單純，很容易被看穿而已。話說，伊希爾也不參加舞會嗎？」

克萊奧稍微拉開馬車窗簾，看了一眼騎在馬上、背脊挺得筆直、警惕地注視前方的伊希爾。她今天依舊穿著學校的制服。

「基西翁子爵會出席，她當然也得去。」

「可以穿制服去舞會？」

伊希爾穿著皇家首都防衛隊學校的制服：男女都是白襯衫、深灰色領帶、淺灰色背心、黑色外套和長褲。雖然女學生可以選擇裙裝，但她始終選擇穿褲裝。

「伊希爾和你不一樣。她穿制服是為了表明立場，這樣反而更引人注目。」

「為什麼？」

「這是在宣告她是皇家首都防衛隊學校的學生，也是一名劍士。那群瘋子滿嘴狗屁，她乾脆從一開始就封住他們的嘴，讓他們沒得說。」

「滿嘴狗屁？」

亞瑟露出無奈的表情，用手指輕輕敲了敲自己的頭，一副覺得克萊奧很蠢的樣子：

「用你聰明的腦袋想一想吧，一個貴族千金想成為劍士已經夠困難了，更別說還和我這種人混在一起。你覺得他們會說什麼難聽話？」

「他們竟然敢拿你們來說嘴？」

克萊奧立刻啟動「記憶」，回想起原稿內容，發現某些貴族確實在散播難聽的傳聞，說有一個漂亮的女孩一直在為混帳王子收爛攤子。

『我都忘記這些事了，但反正那些傢伙最後都會被收拾掉。』

「不管政局如何，從身分上來看，子爵家確實是有和王室通婚的資格。」

「但就算這樣，看伊希爾的樣子就知道了，她和你應該……」

「沒錯，這就是我要說的。我們從小就跟隨同一個劍術老師學習，彼此流過多少眼淚、鼻涕，訓練時嘔吐跌倒的樣子全都看過。她對我來說就像親妹妹一樣。」

即使街道的喧囂和車輪的噪音很大，亞瑟還是壓低聲音繼續說：

「雖然現在還沒人知道，但伊希爾在十二歲時就向我立下騎士誓言。從那時起到現在，無論我去哪裡，她都陪著我，也因此承受了很多侮辱。光是要替她報那些仇，恐怕得花上幾十年時間。」

亞瑟這位曾經被幽禁在夏宮的王子，因為一個偶然的機會被子爵家的劍術老師注意到，從此和伊希爾一起學習劍術。在之前的原稿中，兩人童年的部分只是簡略描寫，並未描述這些細節，因此克萊奧對此毫不知情。

克萊奧開始認真聽，亞瑟的語氣也不再帶著玩笑的語氣。

「就如伊希爾宣示向我立下忠誠誓言一樣，我也向她立下了【誓盟】，約定一定會以騎士之禮對待她，也就是無論如何，都會將她視為高潔的騎士。此外，我也會讓伊希艾爾繼承她應得的一切。」

克萊奧驚訝地張大了嘴：

「你該不會是用承載以太的語言立下了【誓盟】吧？」

「當然是。」

【誓盟】是騎士在結束見習階段、正式受封時，對國王立下的誓言。沒想到主君也會反過來對騎士立下**【誓盟】**，這個細節甚至在前一版原稿中也未曾提及。

這件事讓人重新認識了亞瑟．里歐格蘭這傢伙。

「由於貴族院和我父親聯手制定的繼承法，使得羅莎．佩希特爵士的領地被沒收，導致伊希爾也無法繼承她的家族領地。我一定會將這一切改正過來。」

「羅莎．佩希特……學校那位劍術教授？她和騎士世家繼承法有什麼關係？」

「什麼？你居然不知道『玫瑰之亂』？距離現在才過了二十七年而已耶。」

「『玫瑰之亂』我當然知道，那不就是你父親……登基的關鍵事件嗎？」

克萊奧謹慎地選擇措辭，畢竟這涉及亞瑟親生父親弒兄篡位的黑暗歷史。

『就是菲利普刺殺兄長愛德華後，成為國王的事件吧？原稿裡好像也有簡單提到過。』

「你不知道這件事的內幕嗎？」

「當然不知道，我怎麼可能知道那麼多？」

「唉，也對啦，這可是里歐格蘭王室最不光彩的醜聞之一。那你接下來好好聽著吧，就是因為那次事件，我現在得替父親收拾爛攤子。」

亞瑟拉開窗簾，估量一下抵達王城的距離後，又迅速放下窗簾，迅速接著說下去。

現任國王菲利普並非長子，也無意爭奪王位。三十二年前，愛德華即位時，公認是一位明智且具有領袖魅力的君主，當時所有人都以為他會長久治國。

然而不久後，愛德華開始出現瘋癲症狀。菲利普得到貴族院全體成員支持，將他的兄長驅逐——名義上是「驅逐」，實際上是將他殺害。

當時，身為首都防衛隊騎士團團長的羅莎．佩希特，反對奪取國王性命的行為。她認為，即便愛德華精神失常，他作為國王的生命依然應該受到保護。當愛德華被幽禁於高塔上時，羅莎負責守衛入口，但她不得不與那些轉而效忠菲利普的部下對峙，也因為無法下手殺害自己一手栽培的部下而落敗，左眼因此在與副團長皮爾斯．克拉根的戰鬥中失明。這並非因為她能力不足，而是她的仁慈和人性讓她下不了殺手。

菲利普登基後，羅莎被迫以「主動退休」的名義卸下職務，實際上是被架空。

隨後，為了剝奪羅莎的領地，貴族院通過一條名為「騎士世家繼承修正條款」的新法令，明文規定女性不得繼承家族的軍隊和騎士團。羅莎的領地被轉移給遠房親戚，她則只能以學校教授的身分繼續生活。

「我們十二歲時，基西翁子爵在貴族院和國王的命令下，只得帶來一位與伊希爾有六等親關係的男性繼承人。子爵雖然努力想讓伊希爾成為繼承人，但無論他如何抵抗，最終還是無法承受來自這兩股勢力的壓力。」

這條法令確實糟糕透頂。克萊奧回想原稿中伊希爾的英勇事蹟——一位如此忠誠且能力出眾的騎士，卻因政治操弄而無法繼承軍隊和領地，實在太不合理了。

『但也正因為如此，伊希爾才成為亞瑟的忠臣。在之前的原稿中，女性本來就無法繼承騎士世家，我原以為這只是君主制奇幻背景中的常見設定，沒想到背後竟然隱藏這麼多內情。』

亞瑟渴望成為國王，伊希爾則希望繼承子爵家的領地與東北防衛軍。為了實現各自的目標，他們彼此立下了一生的誓言。

「這像話嗎？伊希爾可是我們這一代最強的劍士。在東部地區，同輩中根本沒有人能和她匹敵。如果我成為國王，一定會把那種該死的法令徹底改掉。」

亞瑟說完便不再開口，彷彿在說：我該講的講完了，至於你怎麼看，就隨你吧。

克萊奧不由得以全新的眼光看待亞瑟。他突然明白，亞瑟想成為國王，不僅是對兄長的反抗，更是為了利用王位來糾正這些不公。

相比之下，其他繼承者則顯得不堪。亞斯蘭是揚言要專制統治、甚至打算廢除議會的瘋子；世子梅爾基奧萬一在「那件事」之後仍能繼承王位，也絕不可能成為仁慈的君主。

『我還得在這個世界生活下去，如果讓暴君登基，那就麻煩了。問題是，如果只能在希特勒、史達林，還有主角之間做選擇，那還能怎麼選？想要讓國家正常運作，就必須讓亞瑟成為國王。』

克萊奧更加堅定了支持亞瑟的決心。他剛投入數百萬迪納爾，完成了土地登記手續，現在對這個世界的態度已無法再像過去那樣隨意看待。

事實上，伊希爾並非唯一一個希望亞瑟能帶來變革的人。亞瑟的同伴們全都是懷抱大義的人。在這樣的亞瑟與夥伴們面前，自己卻只是個指望靠著政局穩定穩穩收租的人。想到這一點，克萊奧雖然覺得有些不好意思，但……帥氣的角色還是交給亞瑟他們去扮演吧。

再怎麼說，自己也不是這個世界觀裡的勇士，充其量只是為了讓劇情順利推進，才被作者加進來的ＮＰＣ（非玩家角色）而已。

『即使在「最終版」裡，他的個性或語氣有所變化，但核心還是相同的——亞瑟是傳統意義上的主角，也是這個世界裡引導歷史走向正確方向的英雄。』

現實中的歷史並不存在所謂的「正確方向」。世界史並非英雄的專屬舞台，其結果也並非完全取決於某些人物的意志與行動。

當代的人無法知道什麼選擇才是正確的，因為當下的行動，其結果存在於遙遠的未來。

然而，在被寫下的故事裡，歷史的裁決早已註定——是作者希望達成的最終結局。

故事中的英雄，亞瑟，是注定要引領這個世界的存在；他的選擇，將永遠是正確的。

在亞瑟和克萊奧陷入各自的思緒時，馬車抵達了王宮。燈火輝煌的通道上，停滿了印有各式家族徽章的馬車。

伊希爾從馬匹上跨下來，將轡繩交給馬廄侍者，並為克萊奧打開馬車門。或許是因為剛才的話題，克萊奧總忍不住往伊希爾那裡看。而以伊希爾敏銳的觀察力來說，怎麼可能感覺不到？

「你和亞瑟大人聊了什麼，怎麼一直偷瞄我？」

「我們在聊羅莎・佩希特的事……」

伊希爾的神情一如既往的嚴肅，這時顯得更為慎重。她輪流看了一眼從馬車上下來的亞瑟與站在一旁的克萊奧，似乎只透過這句話就猜到他們對話的細節。

「請加上尊稱，那位大人可是我最尊敬的騎士。」

亞瑟看著伊希爾熟練地護送克萊奧，便默默退到一旁。

「你去盡情享受舞會吧！我得去見父親。等舞會差不多結束的時候，傳個口訊到馬廄，我會再來接你。」

考慮到三個王子之間複雜的關係，亞瑟不願踏進會場也可以理解，克萊奧只是微微點了點頭。

伊希爾為了與基西翁子爵會合，先行前往會客室。克萊奧則穿過守衛林立的入口，獨自踏上鋪有繁複花紋的華麗地毯，走過長廊。今晚的皇城，在所有吊燈的輝映下，顯得莊嚴而華麗。

終於來到中央大廳時，一名初階官員確認克萊奧的身分後，喊出了他的名字。果然如迪奧內和亞瑟所說的，沒有任何頭銜的名字絲毫未引起眾人的注意。

『原來穿正式一些反而更不容易被人注意是這個意思啊。』

諾班特斯的派對和這裡完全無法相提並論。與會者各個光鮮亮麗。從肩膀上掛滿勳章的軍裝將領，到戴著令人擔心頸椎會撐不住的華麗皇冠的異國公主，所有人都盛裝出席，空氣中瀰漫著濃郁的香水味。

窗邊的管弦樂隊正演奏著輕快的舞曲，與大廳連通的休息室內充滿了笑聲與喧鬧聲。幾對男女已經開始跳起舞來。

夜晚還很漫長。大廳最深處的座台上，為國王與王后準備的座位上空無一人，比它更下一階的世子座位也是如此。

克萊奧從侍者的托盤上取了一杯香檳，慢慢品嘗起來。這杯色澤淡雅的酒，散發著適合夏日尾聲的接骨木花與柑橘香氣，恰到好處的酸味帶來優雅而清新的感受。

『王室招待的酒確實不同凡響。』

他連最後一滴酒也不想浪費。喝完後，他眨了兩下眼睛。「覺察」開啟了，原本低語的聲音頓時如演講般洪亮，管弦樂的音樂聲與衣物的束縛感也成倍放大。

但現在可不是抱怨這些的時候。

『雖然不知道世子邀請我的真正用意，但既然來了就不能空手而歸。』

這麼大規模的舞會，原稿中的重要人物應該都會出現吧？既然已經和亞瑟搭上同一條船，那就把握機會記住一些未來可能會牽扯上的角色，就算只是有個印象，也不是壞事。

克萊奧為了掩蓋暈眩感而靠牆站立，靜靜地環顧著整個大廳。該說是幸還是不幸，沒有任何貴族小姐期待這位不起眼的少年來邀舞，他也因此省去移動的麻煩。

啟動「覺察」後，視野變得更加清晰，連對面牆邊那些賓客的表情也看得一清二楚。

他在腦中默默翻閱〖約定〗的「記憶」卷軸，觀察著大廳內的一切。

他最先找到的是喬瑟夫·克呂埃爾公爵。這名中年男子有一頭梳理整齊的半白頭髮、薄薄的嘴唇與堅實的下巴，給人一種冷酷的印象。

『在那邊不識相地舉杯致詞的禿頭，應該是蘭斯戴爾伯爵。至於那位胸前掛滿勳章、氣勢不凡的人，應該是舒爾茨大使吧？看來亞斯蘭的人都到齊了。』

就在這時——

『真是說人人到，說鬼鬼到。』

「亞斯蘭二王子殿下駕到——」

剛才還有氣無力喊著克萊奧名字的低階官員，此刻卻用幾倍大的音量宣布二王子的到來。

管弦樂隊的演奏聲減弱，人群的竊竊私語聲越來越大。從入口開始，眾人像骨牌一樣紛紛低頭致敬。克萊奧也假裝低了低頭，然後跟著眾人一起抬起頭來。

如同國王駕到一般，二王子從容地穿過大廳中央。他的步伐穩健，衣襟隨之飄動。

亞斯蘭．里歐格蘭。

這位二十五歲的二王子，高大英俊、氣度不凡。他的五官與亞瑟有幾分相似，但由於髮色和瞳色的差異，整體給人的印象截然不同。他身上遺傳自他母親的特徵——漆黑的頭髮與眼睛，令他在阿爾比恩王國的人群中顯得格外醒目。

他的母親茱蕾卡，是布倫南君主國卡斯蒂利安皇族的公主，也是現任布倫南皇帝的堂妹。

『三兄弟中只有他的外貌顯得特別不一樣，這也是亞斯蘭的心結所在，所以才如此執著於征服王傳說。啊，是說黑髮其實只是顯性基因罷了，這點連我這種文科生也知道，看來科學的發展在這裡真是刻不容緩啊。』

王子對克萊奧的存在一無所知，踏著自信滿滿的步伐朝前邁進。克萊奧將王子的側影牢牢記在腦海中。那張仍顯稚氣的臉龐依稀可以看出他潔癖傾向的性情，讓人很難相信未來他竟會做出那麼殘酷的事。

亞斯蘭目不斜視，徑直走向座台。座台下方是為二王子與三王子準備的座位。坐到屬於自己的位置後，亞斯蘭以一種滿是複雜情緒的目光抬頭望向一階之上的世子寶座，隨後又久久看著一旁今晚會一直空著的椅子上。

在使用「覺察」的克萊奧眼中，無論亞斯蘭的氣息還是動作，一切都是那麼清晰。

『只要表情一變，整個感覺就完全不同。』

那雙漆黑如墨的眼裡，蘊藏著陳年的怨恨。這位王子帶來一股與反派角色相符的氛圍。然而，大廳內的幾位淑女顯然與克萊奧的看法不同。有三、四位小姐偷偷看向亞斯蘭，低聲細語著，臉上泛起紅暈。

『也是，壞男人果然永遠都有市場。』

這情況荒謬得好笑，克萊奧忍不住輕聲笑起來。他突然回想起自己在拮据時期，透過人介紹後接手校對的言情小說內容。

『愛情小說裡，總會有一個冷酷的黑髮男主角。這傢伙走錯了類型路線，忙著嫉妒弟弟，把青春全浪費在無謂的較量上。』

克呂埃爾公爵率先走向亞斯蘭，微微彎腰行禮。他們顯然在私下談論一些重要的事。

『……雖然我可是全都聽得一清二楚啦。』

「王后殿下今天不會出席嗎？」

「母親說她今天心情不好。」

「果然……與其看殿下坐在這樣的位置上，或許獨自安靜度過這一晚會更好。」

『哼，意思就是不願來參加自己兒子屈居於梅爾基奧之下的宴會吧？還真敢說出口啊。』

不過，大廳內似乎沒有梅爾基奧派系的人。當然，某種意義上來說，亞斯蘭一派以外的所有人都算得上是梅爾基奧的支持者。

人們一邊等待尚未現身的世子，一邊懷著期待彼此交談。無數人在提到梅爾基奧時都充滿崇拜與景仰。

亞斯蘭有親布倫南派的貴族支持，母親出身平民的梅爾基奧則沒有明確的支持勢力，而是憑藉驚人的手腕贏得人心與名望。

『聽說他的母親早逝，但即便如此，他還是建立了驚人的商業界與社交界人脈，而且憑著收買人心的本領，再加上祕密情報部門的力量，讓他在未經正式冊封的情況下成為王儲。對了，他還有個沉默的親信——泰瑟頓爵士。』

不過，現場沒看到與原稿中描寫的泰瑟頓．特里斯泰因相符的人，梅爾基奧也遲遲未現身，儘管時間已不早了。

『世子遲到了，但這也不奇怪，主角總是壓軸登場嘛。』

克萊奧再也無法忍受場內的喧囂，決定出去透透氣，便走向大廳的側門。

亞瑟或許多慮了。看來梅爾基奧對克萊奧並不在意。

『有這麼多賓客，他怎麼可能注意到一個學生？看來我們的主角在這一版裡吃了太多苦頭，才變得這麼敏感。』

克萊奧在宮殿的走廊裡繞來繞去，想找個沒人打擾的地方，卻反而讓自己陷入困境。所有侍從似乎都集中在會場內，昏暗的走廊上不見半個人影，連守衛也找不到。他顯然是迷路了。

『進入會場時明明是在一樓，為什麼現在卻跑到二樓了?!』

在大廳裡站了一整晚，接著又在走廊裡兜圈子，克萊奧感覺雙腿和腰部開始痠痛。雖然中庭對面就是燈火通明的舞會會場，可是繞著走廊走著走著，反而越走越遠，讓他快要抓狂。

『那個轉角是剛才經過的地方嗎？走到那邊後如果再找不到路……乾脆找個能打開的窗戶跳下去算了。用「減速」術式的話，應該就不會有事。』

雖然早就被警告不要在王宮內使用魔法，但再拖下去，今晚恐怕回不了家。

正當他拖著疲憊的身體轉過走廊的轉角時，突然停住了腳步，呆愣在原地。長廊起點的壁龕中掛著一幅等身大的肖像畫，煤氣燈的光線將它照得一清二楚。

畫中是一名身穿白衣、微微側身回眸的女子，克萊奧立刻認出她的臉。

『……敏珊?!』

敏珊是歷史系的系花。

她膚色白皙，眼角微挑，五官帶著一抹冷豔的美感。因為長相帶有些許異國風情，曾有人猜測她是混血兒。她的臉不是親切甜美的類型，但那抹淡淡的笑，卻總能讓人心跳不已。

畫中那雙淡紫色的眼睛俯視著克萊奧。她的長髮一片純白，與敏珊截然不同，但無論是身高、臉型還是站姿，都與她如出一轍。

畫像下方的銘牌上寫著：

雷吉娜．伊斯托利亞[38]，倫德因大主教

金正珍想對自己的潛意識指鼻子臭罵一頓。

『我……原來這麼可悲嗎？』

長時間單戀人家還不夠，竟然還將她的臉投射到虛構的人物身上。

敏珊和他沒有任何特別的關係。在大學時期，敏珊對所有人都很親切，偶爾也會主動找「金正珍」說話，但他總是只做必要的回應。

她以第一名成績入學，也以第一名成績畢業。更何況，她是出身顯赫家族的千金，根本沒有理由會關注一個貧窮的半工半讀生。或許這只是無謂的自尊心作祟，但他就是不想因為沉溺在妄想而

38 Regina Istoria，「Regina」是拉丁語，意為「女王」，「Istoria」則是「歷史」或「故事」的意思。

做出愚蠢的行為。

『不，不對。自從我進入原稿世界以來，這還是頭一次有現實中的事物出現在這裡。敏珊的肖像畫，不可能是我造成的。』

克萊奧想到其他的可能性，目光自然而然落在左手食指的〔約定〕戒指上，腦海中突然浮現一個假設，可以解釋為什麼小說裡會出現和畢業戒指一模一樣的道具，以及為什麼「最終版」裡會有一個看似以敏珊為原型的人物。

『該不會……作者其實是我以前的同學？同學們應該都知道我在出版社工作……會寄原稿過來，難道是因為這個原因？』

這種可能性，他從未想過，因為作者的筆名和文風看起來都十分老派。而且他與同屆的同學幾乎毫無交情，根本不知道誰有志成為小說家。

克萊奧的額頭突然發燙，心跳也加快。當他認為作者是陌生人時，並不覺得有什麼；可一旦想到作者有可能是熟人，他的心情瞬間變得混亂不清。

這還不是唯一的問題。

「伊斯托利亞大主教是誰啊？」

她是之前版本中從未出現過的人物。當克萊奧思索這個問題時，答案卻從他的背後傳來。

「大主教是最後一位擁有神聖之力的祭司。」

克萊奧心想，如果神真的開口了，那聲音應該就是這樣的吧。

「伊斯托利亞大主教沉睡了三十二年，如今雖然已甦醒，卻無法言語，也無法聽見或看見。既然記憶女神謨涅摩敘涅的祝福已完全離開人間，如今宗教對我們來說，只剩下象徵性的遺物，沒有任何實際的力量了。」

那清澈的聲音，使話語聽來宛若頌歌。

「以你的年紀，認不出大主教也是有可能的，克萊奧．阿塞爾。」

僅憑存在感就能讓人窒息的存在，正站在他的身後。克萊奧的背驟然僵硬得無法動彈。他的身體抗拒大腦的指令，不肯動彈。

克萊奧費力地轉過身去，面向那未知的恐懼。

他就站在那裡——

梅爾基奧．里歐格蘭。

阿爾比恩王國的世子。

克萊奧震驚地瞪大了雙眼。報紙上的黑白照片根本無法如實傳達他的樣貌。也難怪如此。

他的存在絕不是光與影的感光技術能再現的。看著他的臉令人感覺自己似乎在冒犯什麼神聖的事物，連性別與年齡等基本特徵都無從判斷。他就像那些傳遞冷酷啟示的天使，或是以石頭雕琢而成、沒有溫度的神像。

這樣的存在能稱之為「美麗」嗎？人類不該以這種方式被塑造。任何與梅爾基奧對視的人，都會被他超越人類存在的異質感所壓倒。

那張臉過於完美，美得不像人類所有。那雙眼睛甚至不曾眨動一次，瞳孔邊緣的顏色宛如被鏽蝕的青銅，越接近中心，則泛著淡淡的朱紅光澤。那對金色睫毛下的眼瞳冷峻而璀璨，而那雙朱紅的瞳孔，在凝視克萊奧時也越發幽深。

克萊奧有如遭受重擊一般，踉蹌著後退一步。恐懼與違和感如同鋒利的爪子，在他內心深處瘋狂撕扯。

阿爾比恩王國的世子，彷彿是從螢幕上直直注視著鏡頭的幽魂一般的存在：原本畫面中的角色不可能察覺觀眾的存在，他卻像是意識到螢幕之外的世界，回以凝視的目光。

〖約定〗突然閃爍起耀眼的光芒。熟悉的字串浮現在克萊奧的腦海中：

【專屬異能：「結構觀點」[39]
—可洞悉目標對象的本質。
—使用者可掌握目標對象的內在真實想法，另有附加功能：查閱其實力、狀態、經歷……
—使用者可針對目標對象的□□直接施加◇理力量@#$◆……
使用者：梅爾基奧・里歐格蘭
□續時間：∞（無限）
追加功能可使□次數：TQ@T#h……】

『專屬異能?!』

他的思緒只走到這裡，下一秒便戛然而止。

【梅爾基奧・里歐格蘭為部分參與世界結構的存在。因梅爾基奧「專屬異能」與聖物〖約定〗之間發生特性衝突，無法查閱其異能資$#^ #@56□……】

突然，重力像是成倍增強一般壓了下來，克萊奧難以承受，只能跪倒在地。恐懼使他的身體開始劇烈顫抖，也像被掐住脖子般，他感到呼吸越來越困難，冷汗浸濕了他的背。

嗶——在不自然的寂靜中，只有拖著長尾的耳鳴在耳中迴響，彷彿尖銳的冰錐直接刺入腦幹中翻攪一般。

39 Structural perspective，一種關注深層結構、制度性規則與文化機制的觀點，強調個別現象的意義必須放在更大的整體結構中去理解。在文學上，強調敘事結構、文本內部規則、符號與對立元素的組合。韓文譯名「構造視」，偏重「可視結構」。中文譯名「結構觀點」，強調觀察與理解事物本質的視角。

就在這時，支撐著地板的左手突然傳來一股炙熱的力量。〖約定〗發出強烈的金光，耀眼得如同白晝，就像在保護克萊奧一樣。

【聖物：□□□的約定
─檢測到使用者的精神受到重大威脅，解鎖〖約定〗的第四階段功能「脫離」。
─「脫離」已將使用者從梅爾基奧．里歐格蘭的專屬異能〖結構觀點〗中隔絕。
─梅爾基奧．里歐格蘭無法洞悉使用者的實力、狀態與內在真實想法。】

「呼───」

終於，堵塞的呼吸得到釋放，克萊奧的胸口劇烈起伏。他急促地大口吸氣，努力緩解方才缺氧帶來的不適，內心的恐懼逐漸散去，取而代之的是一種異常的冷靜。

梅爾基奧依然低頭俯視著跪坐在地上的克萊奧，克萊奧的目光則不由自主停留在那雙戴著手套的手上。

『世子是因為聖痕的關係才經常戴著手套嗎?!』

克萊奧原以為那只是用來凸顯他特異的性格而穿戴的裝飾，畢竟原稿裡從未提到過他的聖痕。

『靠，這種能力至少也該讓我知道一下吧！就算只是在原稿裡貼個便條紙也好啊！難道……該不會連作者自己也不知道？會是這樣嗎？』

「他是怎麼擋下來的？他又沒有里歐格蘭王族的血統……」

雖然他只是低聲自語，但在「覺察」的加持下，克萊奧聽得清清楚楚。

『發現他的異能對我不起作用了是嗎？什麼嘛，所以這個異能對他的親兄弟無效囉？』

想到這點，克萊奧覺得或許不是沒有道理，畢竟連他的專屬異能也對亞瑟不起作用。

這部小說名為《阿爾比恩王子》，而阿爾比恩王國共有三位王子。一開始，他以為「王子」指的只是亞瑟，但或許並非如此──「深度參與世界結構」的亞瑟，以及「部分參與世界結構」的梅爾基奧，雖然分量不同，但……

『反派角色與主角同樣重要。如果我的專屬異對亞斯蘭也無效的話，事情就變得更複雜了。』

沉重的氣氛橫亙在兩人之間。

克萊奧長長地吐出一口氣。即便恐懼逐漸消散，他的胸口依然感到無比鬱悶。這男人身上，傳出一陣尚未流淌的血的氣味。就在這時，世子朝他伸出了手。像是本能驅使一般，克萊奧嚇得身體猛往後退，彷彿在避開某種可怕的東西。

『啊幹！』

等他反應過來時，已經來不及了。

他緊張地抬頭望向梅爾基奧，只見他露出溫和的笑容，彷彿先前那令人畏懼的氣勢不曾存在過。

「夜已深了，你想必是累了。起來吧。」

克萊奧滿心不情願地握住世子伸來的手。

「我聽說了很多關於你的事情。」

『這意思是，祕密情報部門無所不知吧？』

「很高興見到您，世子殿下。」

克萊奧站起身的同時，尷尬地行了個禮。依然緊握著他手不放的世子，像是在尋找犯罪線索般，仔細端詳著他的臉。世子的外貌過於不真實，以至於克萊奧直到此刻才意識到，他其實是一位身材高大、肩膀也很寬闊的青年。

『可惡，真讓人火大……我這副身體也該進入成長期了吧？』

世子稍遲才放開了他的手，接著帶著優雅的笑容說道：

「不用這麼拘謹，既然你是我弟弟的朋友，對我來說也和弟弟沒什麼兩樣。雖然今天是初次見面，但我可以直接叫你的名字嗎？」

「當然可以，這是我的榮幸。」

梅爾基奧隨即自然地開始聊起亞瑟的校園生活，以及克萊奧的魔法等級等話題。

如果讓不知情的人聽到這對話，恐怕會以為這是對感情深厚的兄弟。他的演技比迪奧內還高超。

『是因為這個嗓音實在是太好聽嗎？如果我不知道內情，恐怕真的會被他騙過去。』

梅爾基奧的聲音非常驚人。要是這裡是廣播的時代，他或許根本不必費盡心思來彌補正統性問題，也可以順利繼位。

『這人根本天生就是選舉的料啊。他與其當王族，不如去當政治人物還更適合。』

克萊奧隨意應答著，腦袋裡卻在拚命轉移注意力，否則他感覺自己可能會不小心吐露不該說的話。由於無法主動終止這場對話，他只能任由自己被捲入其中，毫無招架之力。

這場深夜突如其來的「家長會談」竟然持續了許久。

「不過，我弟弟身上的聖痕確實令人驚訝，看來應該是可以生成亞空間的異能吧？」

「什麼？」

「你不是也在東區的後巷遭到襲擊嗎？聽說你吃了不少苦，所以我才擔心你的身體是否安好。」

『……這傢伙到底知道多少？』

擁有「結構觀點」這種能力，應該可以輕易揭露任何祕密。儘管「脫離」功能能抵禦他的能力，但克萊奧依然不由自主提高了警惕。

「我為亞瑟遇襲的事感到遺憾，但有像你這樣前途無量的魔法師在他身旁，確實能讓人放心。」

他說話的語氣，就像一位真的關心弟弟的好兄長一樣，兩片長長的睫毛垂下所投下的陰影，使那份擔憂顯得更加深沉。

如果他的話是真心的，早就該派護衛來保護亞瑟了吧？然而，無論是在之前的原稿還是「最終版」，梅爾基奧從未對亞瑟展現過那樣的善意。

就在克萊奧像著了魔一般凝視著梅爾基奧的演技時，他的腦中突然刺痛了一下，彷彿有人在狠狠碾壓他的顱骨。

〖約定〗再次向他發出明確的警告：

【專屬異能：□□□的魅惑】

【──賦予使用者強大的魅惑力，使其獲得喜愛與讚嘆。

──使用者的聲音具有強大說服力。

使用者：梅爾基奧．里歐格蘭】

『哇靠，睜著眼都差點被削了鼻子！這個「□□□的魅惑」又是什麼鬼？』

這個附帶不明詞語的〖魅惑〗，顯然是像〖約定〗或「重寫本」一樣超越故事界線的要素。

克萊奧的敘事參與度不足，到現在連該能力的完整名字都無法得知。

『這種權限不是只有我和作者才擁有的嗎？結果連一個登場角色都擁有這種能力，是怎樣啦？』

〖約定〗晚了一拍才再次跳出訊息。或許，連它也難以完全抵擋梅爾基奧的異能。

【「脫離」已將使用者從梅爾基奧．里歐格蘭的專屬異能「□□□的魅惑」中隔絕。】

顯然，梅爾基奧已經察覺到自己的異能被屏蔽了。

他看向克萊奧。

那是一種穿透表面、直達本質的凝視。

在被重複書寫九次的重寫本上，這個角色正與頁面之外的存在對視。

他正望向——那個凝視著他的存在。

『如果角色能夠意識到這個世界的界限，那這故事作為『故事』本身不就已經失敗了？就算加個ＮＰＣ，也不見得能收拾吧？』

就克萊奧的推測來說，三位王子就像是那些記憶殘缺的回歸者[40]，而這一切都是因原稿被多次重寫所導致的錯誤。

『再加上「□□□的魅惑」這種能力……』

克萊奧雖然也擁有「□□□的約定」，但他原本是個連名字都沒有的角色，最終卻不知怎地混入了「最終版」。

可是，像梅爾基奧這樣「參與世界結構的存在」，會不會已不再是這個世界的「角色」，而是某種其他的存在？

在無法取得更多線索的情況下，本就複雜的局勢更加糾結難解了，讓人透不過氣。克萊奧因為持續的頭痛而眼眶泛淚。他轉過頭，用袖子隨意擦去眼角的淚痕。

「唉呀，你的狀況看起來確實不太好，要不要回去休息？」

「我沒事，謝謝您的關心，殿下。」

「那麼，我可以再問幾個問題嗎？」

「……請問吧。」

面對無法對他說「不」的人，克萊奧內心不禁一陣煩躁，但仍盡力控制住表情。現在可不是與這個不祥又詭異的世子對抗的時候。

40 회귀자，韓國小說中的常見用語，意為「回到過去的人」。通常指在經歷死亡或重大事件後，帶著前世或前輪迴的記憶重返過去時間點的角色。在小說中常作為具預知未來、改變命運的關鍵存在。

「你的父親應該是吉迪恩．阿塞爾準男爵吧？但我似乎從未聽說過你的母親。」

「我的母親叫特爾瑪．阿塞爾，她在十七年前生下我時很遺憾地去世了。」

「真遺憾……亞瑟也是在很小的年紀就失去母親，也許正因如此，他才把你當兄弟看待吧。」

「……殿下，您這話太抬舉我了。」

用手指輕托下巴、微微歪著頭的動作，很適合這名二十七歲的青年，他看起來正在回想過去。

「特爾瑪……聽到這個名字，我終於想起來了。她曾在首都的宅邸裡舉辦過好幾次令人難忘的盛大宴會。」

「這些事情我並不了解，聽您提起我母親那些美好的過去，讓我感到非常高興。」

「那些宴會甚至吸引了王族參加，她是一位品味卓越又美麗的夫人。」

他的話表面上像是在回憶，實際上並不單純。梅爾基奧正在用有如解剖一般的目光觀察著克萊奧的每一個反應。

此刻，克萊奧幾乎可以確定了。梅爾基奧之所以追問母親的事情，是因為他懷疑自己是否可能是王族的私生子。

『如果他的能力只對弟弟們不起作用，那這個推論倒是有些道理……』

「原來如此，我對母親的記憶非常有限，這一直讓我感到遺憾，不過今天真的很幸運，竟然能得到這些珍貴的訊息。」

「能讓你開心，我也感到欣慰。亞瑟是個不輕易打開心房的孩子，卻總是黏著你，彷彿你就是他的兄弟一樣。」

克萊奧回以微笑，試圖配合這位世子的對話，但沒有演技可言的他，那抹笑容肯定尷尬到了極點。被衣物緊緊束縛住的他，感覺汗水漸漸浸濕他的衣服。

仔細想想，菲利普國王真是個風流鬼。還是王子的時候，他就在沒正式舉行婚禮的情況下與一位平民女子結合，生下梅爾基奧。登基後，為了結束邊境的衝突，又與布倫南君主國的公主茱蕾卡進行政治聯姻，並立她為王后。但即便迎娶了一位皇族公主為王后，他依然改不了風流習性，甚至連神職人員也不放過，最終生下了亞瑟。

『這樣看來，他會懷疑也是情有可原。如果我有這樣的父親，我大概也會忍不住懷疑吧。』

特爾瑪．阿塞爾夫人，一位頂尖的宴會策畫者和絕世美女，竟然會讓自己的兒子（或者該說是借住她兒子體內的某人）在十幾年後陷入如此的困境。

『現在他們兄弟之間都快撕破臉互咬了，要是被當成同父異母的兄弟那可就慘了。』

克萊奧試圖思考如何脫身，眼下卻無計可施。

就在此時——

「你果然迷路了，萊奧！」

亞瑟那帶著吊兒郎當語氣的聲音傳來。他一邊說著，一邊隨意拍了拍克萊奧的肩膀。克萊奧從未想過，自己竟會對亞瑟的出現感到如此安心。亞瑟毫不遲疑地站在梅爾基奧和克萊奧之間，將克萊奧護在身後。

「哥，好久不見了！」

「是啊，亞瑟，要見到你可真不容易啊。」

「哈哈哈，我這張整天舞刀弄劍的臉，有什麼好見的，但您還是一如既往地容光煥發呢！」

儘管表面上裝出大剌剌的樣子，克萊奧還是看見亞瑟脖子後面的汗毛豎了起來。看樣子，即便是這個天不怕地不怕的主角，面對梅爾基奧也感到畏懼。

「哥，您如果再不進去，舞會大廳可能就要被賓客的眼淚給淹沒了。」

「亞瑟，你的嘴還是一樣那麼會說話，體格也更壯了。前陣子我造訪了基西翁子爵的軍營，因為沒見到你，覺得有些遺憾，今天見到你真是太高興了。」

「我當時趕著去見朋友，正好跟您錯過了。」

「是嗎？我也很高興今天能見到你的朋友，只是我們的談話還沒結束，你能先讓開一下嗎？」

克萊奧看見亞瑟脖子上的青筋突起，聽見他猛地吸了一口氣，好像快要爆發了，於是輕輕抓住他的手臂阻止他，然後再次面對梅爾基奧。

「您請說吧，雖然我只是一介學生，不知道能否回答得讓您滿意。」

梅爾基奧對眼前這名瘦弱又氣虛、卻能直視著自己的少年，心生一種難以名狀的特別感受。

「克萊奧，聽說你真的是個非常優秀的學生，而且據說你這樣的表現，一百年也難得一見。」

「過獎了，我會繼續努力，不辜負您的期望。」

「擁有這麼卓越的才能，竟然還如此勤奮認真，真是難得的人才。我只是擔心，這樣的人才和我這個調皮的弟弟來往，會不會對你的生活或是學業造成不好的影響。」

克萊奧整個傻眼。『你擔哪種心啊。』他心想，看來梅爾基奧對亞瑟身邊多了一個魔法師這件事頗為在意。

亞瑟終於忍不住插嘴了。

「哥您在說什麼呢，這傢伙壓根沒把我放在眼裡，也完全沒在聽我說話，哪來什麼影響呢？」

「哈哈，你們兩個還真是合得來，能建立起這樣的友情是好事，雖然是因為一起受罰才變得親近。亞瑟，我不會要求你考好成績，但至少你別蓄意損害王室的威嚴啊。」

「下學期我會努力的。」

這兩人都掛著像是微笑的表情，但是在這個空間裡，沒有任何人能把那當成真的笑。

克萊奧被夾在這對兄弟之間，只能無奈地望著〔約定〕彈出的文字訊息：

【——使用者的敘事參與度急遽上升。】

【──使用者的敘事參與度急遽上升。】

【──使用者的敘事參與度急遽上升。】

重複彈出的訊息幾乎讓走廊整個亮起來。

克萊奧一開始還以為是〔約定〕故障了，後來發現並非如此。不管是亞瑟開口說話時，還是梅爾基奧回答時，訊息都繼續不斷疊加。

他心想，阿爾比恩王國有兩位王子，結果「敘事參與度」也因此翻倍累積，這還真是世界上最不受歡迎的積分制度。

『果然，我這下是正式被捲進去了吧。』

原本還算平靜的日常生活，在這條陰暗的走廊上徹底宣告結束。

「──所以說，父王生日什麼的只是藉口吧？大家是為了見哥您一面，才不辭辛勞坐了那麼久的火車過來，結果你這樣子冷落他們？」

「嗯，你說得有道理，再讓遠道而來的賓客久等確實失禮。我先過去了，你送克萊奧回家吧。」

「當然，這還用說嗎！」

「謝謝殿下，能見到您是我的榮幸。」

克萊奧飛快補上一句最高級敬語的寒暄。梅爾基奧低頭看著他，感覺不是很高興卻又不得不放他們走。

「你的氣色不太好，回去之後好好休養，我們還會再見的。」

站在馬車前等待的伊希爾，看到克萊奧的糟糕狀態，明顯慌了手腳。克萊奧幾乎是被亞瑟拖著出現的，連站都站不穩。伊希爾將護衛責任交給基西翁子爵家的兩位騎士後，扶住克萊奧的另一邊手臂，跟著一起上了馬車。

克萊奧虛弱地癱倒在馬車的座位上。他為了抵禦梅爾基奧的「專屬異能」而耗盡精力，再加上還開啟了「覺察」，導致頭痛得幾乎無法忍受。

伊希爾輕托著他的脖子下方，好讓他能順暢地呼吸，接著又用她冰涼的手掌輕輕按壓他的額頭。這份體貼讓克萊奧感激不盡。

馬車行駛在離開市區的路上，車廂內一片靜默。當馬車接近阿塞爾家的宅邸時，亞瑟才終於打破沉默。

「親眼見到我們的世子殿下，感覺如何？」

克萊奧微微睜開眼，看向坐在對面的亞瑟，答道：

「很可怕。」

也許是沒料到會聽到這種回答，亞瑟顯得有些驚訝。

「哇你果然厲害，為什麼看人這麼準，真的很神奇。除了我和亞斯蘭那混蛋以外，到目前為止所有人都被他騙得團團轉。」

「誰能不被騙呢，那種相貌……」

克萊奧的思緒斷斷續續，似乎不知該用什麼詞語來形容那種聲音和形象，最後只語焉不詳地中斷自己的話。

即便如此，亞瑟還是明白了他的意思，接著克萊奧的話說：

「簡直接近一種神力了。」

「……對。」

「我知道你總有一天會和他碰面，但你知道當我看到你在沒人的地方被他逮住時有多震驚嗎？

到底你為什麼會跑到內宮去，結果正好被梅爾基奧撞見？」

「我不是故意去的，只是迷了路，然後看到了一幅肖像畫，剛站在那裡看，你哥就出現了……」

克萊奧的大腦一片混亂，回答得有些笨拙。

對了，說到肖像畫，敏珊的肖像畫在那裡。他不會認錯畫中的身影，畫上的名字對他來說卻非常陌生。

發生太多事，以至於他幾乎忘了這件事。

「肖像畫？啊，你是說大主教伊斯托利亞那幅？你什麼時候對宗教感興趣了？」

「我對宗教沒興趣。」

「那是對大主教有興趣嗎？還是對神聖之力這方面有什麼想法？」

「也不是，雖然我的確是想見見她。」

她究竟是敏珊，還是僅僅是仿照敏珊創造出來的人物？作者是否認識她？如果認識，他們之間又是什麼關係？克萊奧有太多的疑問，但現在實在無力繼續思考。

馬車一路顛簸著駛入兩側皆是宅邸的街區，並在來到街道尾端時，已可以隱約看到阿塞爾家的宅邸。亞瑟掀開窗簾確認位置後，迅速開口說道：

「我會找個機會安排你們見面。」

「你能做到？」

「喂！我好歹也是個王子吧。」

「好啊，那就看你的表現了，我拭目以待。」

「哇，竟然能聽到你對我有所期待，那我會真的努力看看。」

「……帶我去見大主教，是打算用這個換什麼好處？」

「啊，被你發現不是免費的了。」

「你平時不就一直嚷嚷著要我支持你嗎？現在還演什麼。」

「也是啦，不過你今天連梅爾基奧都見過了，想法上有什麼改變嗎？」

「改不改變，那些都不是重點。我本來就在往正面方向考慮你的提議了。」

克萊奧感覺到伊希爾的身體一震，原本試圖藉著撫摸他額頭、緩解頭痛的手也停了下來。

「哇！」

亞瑟慢了一拍，猛地站起身，結果笨拙地撞上馬車頂。他的動靜嚇得車伕以為出了什麼事，趕緊勒住韁繩，讓馬的速度慢下來。

「沒什麼事，繼續走吧！」

亞瑟打開車窗大聲喊道，隨後揉了揉自己的頭頂，露出燦爛的笑。這樣笑著的亞瑟——雖然和梅爾基奧有些差距，可兩人看起來確實有幾分相像。雖然髮色深淺完全不同，但兩人同樣是金髮碧眼，體格和身高也確實相仿。

當然，除了這些相似之處，他們的語氣、表情和舉止完全不同，幾乎就像不相干的外人。

「看來參加這去他媽的皇家舞會還是值得的，居然有這麼大的收穫。」

「還沒簽契約呢，別高興得太早。」

「你都說『往正面方向考慮』了，那不是差不多了嗎！我真是太高興了——」

亞瑟隨便坐到伊希爾和克萊奧座位前的地板上，臉上掛著滿滿的笑容，一派輕鬆地說：

「——因為我不需要殺你了。」

✦就連腳趾頭也不像

『天啊，這劇情也太跳了！』

克萊奧忍住頭暈，掙扎著坐起身來，向照顧他的伊希爾低頭致謝後，再一次啟動了「覺察」。

他以完全不同的心情仔細端詳起亞瑟。原本以為只需要提防大王子、二王子就夠了，沒想到連應該是正義化身的主角身上也藏著這麼狗血的反轉。

「你再說一次，亞瑟．里歐格蘭。」

「我說我很高興不用殺你了。如果繼澤貝迪．菲西斯之後，真的又出現一個能達到八級的魔法師，而他又跑去投靠那些做壞事的傢伙，那我就得趁著還能對付他的時候，親手把他扼殺在搖籃裡。不過說真的，我真不想對朋友下手。」

「我之前應該已經明確說過，我不會站在他們那邊吧？」

仍坐在地上的亞瑟抬頭看向克萊奧，臉上帶著少年般的純真笑容。

「我不是在說你在說謊，老實說，我也覺得你不太可能支持像亞斯蘭那種固執又死板的傢伙。問題是梅爾基奧，我很擔心你會被他牽著走，緊張到甚至腿都抽筋了。」

亞瑟的緊張和顧慮，克萊奧當然能理解。

『畢竟他擁有兩個那種「專屬異能」，大多數人根本無法抵抗吧。』

連受到〖約定〗庇護的自己都得費盡全力防禦，更別說其他人了。

『但難道這樣，就可以對一直待你不薄的同班同學起殺心嗎？』

克萊奧表情僵硬，亞瑟繼續熱切地說下去，彷彿因為找到難得的夥伴而顯得容光煥發。

「就算全世界都說我在說謊，你現在應該也知道真相了吧？你不知道我有多慶幸，梅爾基奧的那些花招對你完全不起作用。」

「覺察」傳來了亞瑟的心跳訊號──穩定而平靜。他說不想失去克萊奧是真心的，只是也坦率表明，自己可以為了大局而犧牲私人情誼。

『……這傢伙是不是因為成長環境太險惡，才會這麼缺乏社會化啊？』

克萊奧嘆了口氣，沒再繼續追問，而是懶懶地靠在椅背上。

「那些批評或討厭梅爾基奧的人，在見到他本人後都會忘記自己說過的話，連茱蕾卡王后在他面前也說不出一句壞話，你現在知道為什麼了？」

「對，他的確是個了不起的傢伙，但他已經有那種程度的能力了，沒理由對一個還是學生的魔法師這麼費心吧？」

「我很確定，只要不是和平主義者的魔法師，梅爾基奧一定會感興趣。」

「什麼興趣啊……」

「梅爾基奧什麼都有，就是戰力不足。皇家首都防衛隊的騎士團名義上屬於我父親，亞斯蘭則擁有克呂埃爾公爵的騎士團和東南防衛軍，但梅爾基奧沒有對等的勢力。」

「但他不是有心腹泰瑟頓．特里斯泰因嗎？他的騎士團不算嗎？」

「記憶」的卷軸自動展開，立刻標記出和亞瑟的話不一致的地方。

「看不出你對這些狀況竟然這麼了解？特里斯泰因的領地在最北邊，首都的人對那裡的情況通常不太清楚。」

「我父親是商人，還是鐵路公司的股東，這有什麼奇怪的？」

「你只知其一，不知其二啊。雖然泰奧．特里斯泰因公爵的日子所剩不多，但他可還沒死呢，泰瑟頓現在只不過是一位『公子』，還無法指揮特里斯泰因騎士團。」

『……！』

泰瑟頓在前一稿裡從一開始就是率領騎士團的公爵了，沒想到竟然改成了這種看似細微卻具決定性的設定。

「就算這樣，與其費心拉攏一個不知道何時才會升上八級的魔法師，拉攏皇家首都防衛隊騎士團的騎士們不是更快嗎？」

「普通的騎士對梅爾基奧是都有好感沒錯，但騎士團長皮爾斯・克拉根因為梅爾基奧的母親是平民的關係，所以總是對他不冷不熱的。雖然在梅爾基奧面前，他就像被迷住了一樣，甚至到了願意掏心掏肺的程度，但只要梅爾基奧一轉身，他就又在背後說三道四，根本不知道那傢伙到底有多可怕……」

克萊奧的腦海中突然閃過一個可能性：面對以太等級較高的高階騎士時，連〔結構觀點〕或〔魅惑〕這類異能的持續力也會減弱嗎？

在前一稿中，確實提到過有一位劍士在提升以太等級後，成功破解了對手的「專屬異能」。

『也就是這傢伙——亞瑟・里歐格蘭。』

「所以，普通騎士怎麼可能違背騎士團長的意願？」

「所以他才會想拉攏還沒加入任何勢力的學生？」

「不僅如此，梅爾基奧對奇怪的東西總是特別感興趣。你剛剛在他面前，簡直像在拚命搖晃誘餌一樣不是嗎？」

確實如此。先不論那傢伙真正的身分為何，克萊奧在無意間成功引起「世子」梅爾基奧的好奇心——現在正被懷疑是異母弟弟呢。

「世上怎麼會有這種人，竟然覺得不被他迷倒的人很奇怪。」

「哈哈哈，沒錯，駐阿爾比恩的外國大使，很快就都成了梅爾基奧的狂熱粉絲；平民院的多數人、商界人士，甚至連貴族院的青壯派也都支持他……」

克萊奧理解了亞瑟未說出口的話。

『——但誰知道他以後會做出什麼事來。』

雖然亞瑟口中說自己不清楚細節，但或許，他早已在潛意識中感受到即將到來的災難。

精力已耗盡的克萊奧抱著頭，縮在馬車座位的角落。

「……這種情況下，你哪來的勇氣，竟敢要我站在你那邊。」

「我也沒別的辦法，這條路我非走不可！」

✦ ✦ ✦

帽子不見了，綁馬尾的緞帶也不知跑哪裡去了，一身打理得體的衣服完全濕透——迪奧內看到這樣子回家的克萊奧簡直目瞪口呆。這位家庭教師連忙幫他準備好洗澡水，然後讓他好好休息。

克萊奧甚至連飯都沒吃，像生病的人一樣睡到天昏地暗。他剛得知一些和作者相關的意外真相、與梅爾基奧這種人物正面交鋒，最後還被亞瑟的訊息轟炸，精神疲憊不堪。

等好不容易從床上起來時，他才發現隔天就要開學了。

最後一天的晚餐非常豪華，高脂肪的菜色讓克萊奧光是看著就覺得受不了。他只動了點湯，還有塗上橙汁醬的烤鴨胸肉。

看到他吃得這麼少，坎頓夫人雖然感到可惜，但克萊奧有他自己「不吃也像吃飽了一樣」的好理由。

『我的土地契約——得帶去學校才行。』

事已至此，他對土地的執念更加堅定了。畢竟，不管王子們鬧出什麼大亂子，或是戰爭演變成什麼局勢，土地都不會消失。

與之前回家時不同，這次回學校他需要一個偌大的行李箱，裡面裝滿了從地窖拿來的葡萄酒。

『除了我要喝的酒以外，還要分一些給貝赫莫特。』

迪奧內放著克萊奧自己整理行李，只顧黏著貝赫莫特，一邊說捨不得他，一邊揉他、摸他，場面頗為熱鬧。

「我們的莫特，你不想跟姐姐回家嗎？」

「喵嗚，喵喵喵，喵嗷嗷。」（本喵得回去守護自己的領地了。）

「那我該怎麼辦？這樣我會很想你耶！」

迪奧內幫貝赫莫特繫上新的領結後，才依依不捨地放開他，然後看了看坎頓夫人準備好的制服，又望向克萊奧，微微歪了下頭。

「哎呀，少爺，試穿一下制服吧，感覺好像不太合身了。」

「我才穿半年而已耶。」

「你還在成長期嘛，別囉嗦，快點穿上。」

在迪奧內板起臉之前，他乖乖照做了。果然，她的眼光精準得可怕，制服的袖子和褲管都變得有些短了。

克萊奧心想，他終於明白為什麼每次練習魔法後累到睡著時，膝蓋總會隱隱作痛——看來是因為自己正在長高。

『我真的沒想到會是生長痛……畢竟這種事對我來說已經太遙遠。』

身邊不是王子就是劍士，全是體格健壯又帥氣的角色，因此他曾埋怨，覺得作者是不是把自己這個NPC的外貌設定得太隨便了。不過，當他想到吉迪恩．阿塞爾，雖然不指望自己的體格能變多好，但身高應該還能繼續長吧。

『上輩子雖然長相普通，可好歹身高不算矮。今後得一直活在這具身體裡，要是連身高都矮，那也太過分了。』

迪奧內叫來女僕，趕緊將制服預留的縫份放下，好讓克萊奧能勉強穿著，心想過陣子得趕快重新訂製新的制服。

「放完假後，家庭教師的工作不是就結束了嗎？」

「我和您父親續約了。契恩特倫商團還是沒有要回來的跡象，況且我們以後應該還會繼續見面，有個名正言順的理由不是更好嗎？」

「當然也會繼續領我父親支付的薪水吧？」

「既然可以拿，為什麼要拒絕？拒絕才蠢吧？」

迪奧內掩嘴笑了起來。這位小姐始終如一的姿態，讓人十分欣賞。

「話說回來，你準備把世子殿下送來的禮物都留在這裡嗎？」

彷彿清淡的晚餐堵在他的胃裡一樣，克萊奧露出一副胃脹氣似的表情，伸出的手當場僵在剩下的酒瓶前。

在他爆睡的時候，為了感謝他參加國王生日宴而贈送的禮物被送到家中。世子親自派人送來的禮物，可不是蛋糕或文具這類常見的答謝禮。紅色的大箱子此刻依然被放在克萊奧臥室的一角，宣示著自己的存在。

「我怎麼可能把那個東西帶走？」

「說的也是，你到底是在宴會上做了什麼，才會收到這種很難拿出去見人的東西？」

箱子上蓋有華麗的戳記，還附有世子親筆書寫的卡片，裡面裝著華美的禮服與配套的佩劍。紅金相間的禮服光彩奪目，袖口繡著王室姓氏的標誌，所有扣子都以純金打造，一百公尺之外都能看得一清二楚。

檢查完衣服的尺寸與狀況後，迪奧內表示，這套禮服看起來像是世子十多歲時穿過的。

「在里歐格蘭王室中，繼承兄長或長輩穿過的禮服，通常是為了強調兄弟情與正統性……」

「我還以為是王室經費不足，才把穿過的衣服當成禮物呢。」

「怎麼可能？這種禮服本來就只有王族才有資格穿，否則就犯了冒犯王室的大不敬罪。」

「那使用這把佩劍也會出問題吧？」

「當然，雖然外表上看不出什麼標誌，可是──」

迪奧內隨手拿起那把帶有繩結的佩劍，動作俐落地拔出劍來，然後將裸露的劍刃舉到煤氣燈下檢視。她小巧的嘴唇輕聲念出了刻在劍身上的短句：

「──『知頌歌之力者，享永世之權勢』這句話就刻在劍刃上了嘛。這是里歐格蘭王室的家訓，這麼明顯地刻在上面，根本不可能轉賣，因為這可是王子在正式場合中使用的禮裝佩劍。」

「呃啊……」

抱著空葡萄酒箱不放的克萊奧，不由自主地發出了呻吟聲。

「現在也差不多該解釋一下了吧？你和世子殿下之間到底發生了什麼事？」

迪奧內將劍插回劍鞘，重新放回箱子裡，然後在克萊奧面前坐下來。她的眼睛閃閃發亮，顯然是對新的八卦充滿了興趣。

「這件事有點複雜，簡單來說……梅爾基奧世子懷疑我是菲利普殿下的私生子。這份回禮就是為了試探我和父親的反應才送來的。」

「啊哈哈哈哈，什麼啦?!怎麼會有這種事？光看臉就知道了吧，你和吉迪恩準男爵簡直像同一個模子刻出來的！」

「因為問題不在長相上嘛……」

「所以說，世子殿下居然認為你是他的兄弟？這到底是怎麼回事？天啊，我真的好想知道！」

克萊奧無言以對。他總不能突然冒出一句「那位世子不僅能讀心，甚至將來還會……」這種聽起來像是邪教徒才會說的話吧。

「……等時機到了，我會把一切都告訴妳，可以再等一下嗎？」

「又來了，你說的時機到底是什麼時候！」

迪奧內怒氣沖沖地揪住克萊奧的衣領，將臉湊到他面前。

「不好意思喔，克萊奧・阿塞爾先生，這件事我們現在必須說清楚。」

「呃……說話就說話，可以不要靠這麼近嗎……」

「請閉嘴，外面走廊上還有僕人呢。」

迪奧內的睫毛在克萊奧眼前微微顫動，這距離實在有害精神健康。

克萊奧掙扎了一下，結果整個人往後栽倒，但迪奧內眼明手快，用盡全力將他抓住，隨後直接展開了魔法陣。

✦十七歲就登記土地產權的克萊奧·阿塞爾

「拜託，不用魔法我也不會跑……」

「啊，別動，術式會亂掉啦。【願我們的話語成為永久的祕密！】」

【隔音】和【隱蔽】的術式包圍了克萊奧與迪奧內，整個房間瞬間明亮起來。貝赫莫特懶洋洋地用後腳抓著肚子，看著魔法陣，一副覺得不值一哂的樣子。

「喵嗚嗚嗚～喵喵。」（幹嘛這麼小題大作，好像要討論什麼國家大事一樣。）

在魔法屏障內，迪奧內用響亮的聲音喊道：

「所以，你現在是決定要站在亞瑟王子那邊了嗎？真的下定決心了嗎？」

「妳怎麼知道……」

「三王子最近出入這麼頻繁，我怎麼可能不知道？之前我只是看你好像沒什麼意願，才一直沒說什麼。」

克萊奧一時語塞，只眨了眨眼，於是迪奧內頑皮地用頭撞他的額頭一下。

「幹嘛一副天塌下來似的表情？我又沒說我反對。」

她的動作雖然可愛，但撞得克萊奧的頭很痛。他揉著發麻的額頭，勉強開口說起這個他不太情願的話題。既然已經決定支持亞瑟，他就不能再對自己的搭檔隱瞞下去。

「這條路的確很危險，這點妳應該比我更清楚。三王子現在缺乏勢力和財力，甚至還沒有正當的名分。」

「你不是討厭政治嗎？結果直接淌了最大的渾水，你也知道自己很矛盾吧？」

「有時候……就是會事與願違嘛，我也不樂意這樣做，畢竟說不定會給一個好端端的國家惹出風波。」

「不過呢，二十七年前又有誰想得到菲利普能當上國王？就像賽馬場上一匹墊底的馬突然反超，這樣賠率才會高。」

「……我一直都覺得，迪奧內小姐，妳真的很有膽識。」

「賭就要賭大的，才能賺大的嘛，而且我可是有靠山的。」

「靠山？」

迪奧內沒回答，只是突然放開雙手，害克萊奧的後腦勺直接撞上地板。他還沒來得及從暈眩中恢復，迪奧內迅速抓住了他的右手。

克萊奧掙扎了一下，卻根本無濟於事。迪奧內緊緊握住他的右手，之後在他的手上注入以太，確認了浮現出來的聖痕形態：一個青藍色的長方形印記，清晰地浮現在他血管凸起的手背上。

「果然有聖痕，這應該是和『預測』有關吧？剛才你不是說『還沒有』名分嗎？意思是這個『名分』以後會出現，不是嗎？」

『為什麼大家的腦筋都轉得這麼快，光是一句話就能推敲出十句話的意思，真要命……』

雖然實情完全不是這樣，但克萊奧只能點頭附和，因為這是目前唯一說得通的解釋。

「哇，我的事業夥伴竟然是預言家，還有比這更可靠的事嗎！」

「其實我也無法確定未來會如何，很多時候細節會出錯，甚至和我預期的結果完全不同。」

「什麼都知道的話，人生還有什麼樂趣！這點刺激還是可以承受的啦。」

術式緩緩地消失了。

迪奧內像什麼事都沒發生過一樣，從容退開，優雅地整理著自己的衣服，隨後問道：

「那麼，對於這份回禮，你打算怎麼回應？」

「……寫封感謝信吧，盡可能制式一點。」

「你父親那邊呢？」

「妳要告訴他嗎？」

「就算我不寫信給他，宅邸裡還有很多識字的人呢。電報傳得可快了。」

「那我直接說『我不知道這是什麼就收下了』啦。」

「哇，所以就是你根本沒有對策嘛！」

「這叫『靈活應對』好嗎？」

✦ ✦ ✦

矗立於鐘塔與茂密森林間的教學樓，以及依河而建的宿舍映入眼簾。

克萊奧在兩個月後回到學校，重返這裡讓他感慨萬千。叮——叮——熟悉的鐘聲準時響起，就像他初次來到這個世界時一樣。

他現在明白了，那座鐘是倫德因的地標。這座用魔礦石打造的鐘塔，其清澈悠遠的鐘聲，即使在遠處也依然清晰可聞。

『我居然會這麼想念這一切……』

過去兩個月發生了太多事，讓他感覺像是過了兩年。

馬車停在宿舍前，車門一打開，貝赫莫特便跳下車，直接消失在校園的森林中，開始巡視他疏於管理已久的領地。

克萊奧回到房間，把葡萄酒原封不動地留在行李箱裡，隨後他請求與澤貝迪校長會面，婉拒了對方提出的跳級建議，畢竟他必須與亞瑟保持在同一年級。

校長雖然感到些許遺憾，但能夠繼續教導這位在十七歲暑假便達到三級的學生，似乎也讓他覺得開心。

當克萊奧從校長辦公室出來時，天色已近傍晚。由於大多數學生尚未返校，宿舍餐廳顯得格外冷清。他隨意找了個偏僻的座位，舀了一口溫熱的燉牛肉。

『好久沒吃這裡的飯了。』

宅邸裡的華麗菜餚雖然美味，但學校餐廳那個大鍋燉出的燉肉，卻有一種質樸而獨特的風味。

就在他吃到一半時，宿舍的侍從送來他事先交代好要看的晚報。克萊奧習慣性地攤開報紙，接著突然僵在那裡，湯匙從指間滑落，掉落在桌上。

『……！』

〈杜布里斯市至首都的鐵道延伸工程計畫正式公布〉

〈倫德因東部歐雷爾斯地區將興建新的終點站〉

〈梅爾基奧世子果斷撥出王室土地作為火車站用地〉

〈商界熱烈表示歡迎〉

克萊奧的目光彷彿要穿透報紙，死死盯著上面的文字，但他沒能專注太久，因為幾隻小手開始拉扯他的頭髮。

「克萊奧，你好像個大叔。」

「他就是個大叔啊。」

「吃個飯為什麼還要看報紙啊？」

「我們家爸爸也是這樣，可是萊奧你才十七歲耶。」

是莉比和蕾蒂莎這對雙胞胎。她們將各自的餐盤放在克萊奧兩側，坐下後就開始戳他的肩膀。

『對妳們倆來說，我確實是大叔啦……』

「這樣說也太過分了吧……」

「哪裡過分？」

莉比嘟囔著，一邊調整頭上那枚常春藤葉片形狀的髮飾。兩姐妹的皮膚曬得健康黝黑，手臂上似乎還多了些肌肉。

『這兩個孩子……感覺變壯了？』

「放假期間，妳們怎麼樣？」

兩人同時撇起嘴，一臉不滿。

「什麼怎麼樣，爛透了。」

「每天都在練劍。」

「我就說，學校比家裡好多了。」

根據原稿，安傑利恩子爵家是西南部歷史悠久的騎士世家。這對雙胞胎似乎在家裡度過了一個嚴酷的假期，她們皺著臉，毫不掩飾地說出自己的真實感受。

「只有在諾班特斯玩的時候最開心，那裡有好多好吃的，也不用練劍。」

「但你怎麼沒找我們就直接回去了？」

克萊奧知道自己無法再繼續看報紙了。坐在他兩側的雙胞胎嘰嘰喳喳，讓他無法集中精神。

「因為有急事……好了，妳們先把飯吃完再說吧。」

「哼。」

「好啦，知道了。」

「不過現在開學了，你可別想再逃喔！」

終於，兩姐妹開始動手吃飯，像小鳥啄食一般舀著燉肉。她們坐姿端正，動作一絲不苟，顯然受過極為嚴格的教養。

「不過妳們為什麼對我這麼熱情啊？我又沒為妳們做過什麼……」

「因為萊奧你魔法很強。」

「那次的【風】術式，是我這輩子見過最強的二級魔法。」

「強就是帥。」

「真的很了不起。」

「就因為這樣？」

克萊奧無奈地垂下肩膀，不知該說什麼。雙胞胎毫不在意他的反應，津津有味地吃著燉肉。

「什麼『就因為這樣』？安傑利恩子爵家堅持只有最強的孩子才能成為繼承人，所以一直不考慮收養男孩，免得繼承權直接落到他頭上。對這兩個孩子來說，『強大』就是最重要的價值。」

此時，瑟爾一邊笑著解釋，一邊端著餐盤坐到克萊奧對面。她那張帥氣的臉，依舊帶著過度自信的神色。

「萊奧，你怎麼氣色看起來更差了？」

「大概是因為假太長……了吧？」

「也是啦，忙著到處買地，哪有時間讓臉上多長點肉啊。」

「妳的消息倒是滿靈通的嘛。」

瑟爾伸手指著疊在托盤上的報紙，示意標題的內容。

「現在還有誰不知道東部要建新火車站？這件事鬧得沸沸揚揚，連我都不得不當起信使了。」

「信使？」

「對啊，負責轉達消息的信使——我母親說她想見你。」

「真的嗎？」

「我沒必要騙你吧？你在笑什麼？」

「因為我太開心了。」

克萊奧臉上浮現出前所未見的笑容。他甚至覺得，坐在對面雙手抱胸、樣子高高在上的瑟爾，簡直就是來傳達祝福的天使。

「難不成你已經知道是什麼事了？」

「妳母親會特地找我，應該只有一個理由吧。」

瑟爾微微瞇起眼睛，似乎想打探克萊奧真正的意圖，但即使在這麼明顯的打量下，克萊奧依舊鎮定自若、神情從容，讓她不禁苦笑。

「哈，當我媽媽說她找到歐雷爾斯那片土地的真正持有人時，我簡直不敢相信……沒想到你看起來呆呆的，卻藏著這麼高明的手腕，這反差實在太讓人意外了，小子，你果然是阿塞爾家的人。」

克萊奧雖然請迪奧內幫忙盡可能隱藏自己的土地持有人身分，以免招來不必要的麻煩，但還是瞞不過卡塔莉娜的眼睛。

『雖然我本來就沒打算瞞她。』

「哈哈，隨妳怎麼說吧，那妳母親什麼時候有空？」

「越快越好，就看你什麼時候準備好。」

「地點呢？」

「我就說你答應了，她之後應該會再聯絡你。」

「好，我等她的消息。」

管他什麼燉肉呢，克萊奧端起面前摻了水的紅酒，一口氣飲盡，感覺心情好得像要飛起來。

用完餐的安傑利恩雙胞胎又湊了過來，纏著克萊奧，要他再示範一次術式，甚至要求他展開魔法陣。

「能不能再施展一次你在期末考時啟動的【風】啊？」

「本來在諾班特斯的時候就想拜託你做了！」

兩姐妹的橄欖色眼睛閃閃發亮，滿懷期待。看來，她們從放假前就一直在等這個機會。

『這兩個小鬼……真是的。』

對現在已經是四級魔法師的克萊奧來說，只用【風】與【漂浮】填滿一半術式欄位來運作魔法，對他來說完全不是難事。

「嗯，這種小事。吃完的話，去練兵場吧？」

「哇啊！」

「太棒了！」

「萊奧最棒了！」

『今天心情不錯，就順著她們吧！』

因為卡塔莉娜表態了，今晚的克萊奧心胸格外寬大。

雙胞胎開心地圍著克萊奧打轉，雙馬尾髮辮隨著她們雀躍的動作輕輕晃動。

孩子們往前飛奔，克萊奧慢悠悠地跟在後面，心裡泛起一陣異樣的心情。

「這麼開心？」

「當然啦！」

「我們領地裡連一個魔法師都沒有，所以你讓我們真的覺得好神奇。」

「謝謝你，萊奧！」

「謝謝你！」

雙胞胎道謝的模樣太可愛，讓克萊奧心裡的防線瞬間瓦解。

『嗯……如果我高三當年不小心闖禍，孩子現在應該也是差不多這個年紀吧？沒結婚，卻先讓孩子「飛高高」了，這還真有點好笑。』

克萊奧展開魔法陣，讓雙胞胎輕盈的身體浮了起來。

那天晚上，練兵場的魔法陣光芒持續閃爍，雙胞胎的笑聲也在夜空中久久不散。

✦ ✦ ✦

第二學期的第一堂課是《魔法基礎II》。

「大家放假過得好嗎？」

坐在前排的安傑利恩雙胞胎和伊希爾等模範生，迅速且響亮地回答了教授。相比之下，後排的學生則顯得懶洋洋，比如亞瑟、克萊奧和內博。

昨晚克萊奧被雙胞胎折騰到快熄燈才得以休息，現在連敷衍回應的力氣都沒有，只能無力地點著頭打瞌睡。坐在他旁邊的亞瑟則是乾脆趴在桌上，睡得正香，呼吸聲規律而平穩。

澤貝迪教授不滿地咂嘴。

「嘖，後面的同學也太懶散了吧？放假這麼久，該不會連術式都沒碰過吧？」

他的語氣裡滿是不悅，這顯然是大量作業即將襲來的預兆。

「教授，不是這樣的！請千萬不要突然出作業！」

每次上魔法課總是半闔著眼的內博，現在用響亮的聲音懇求道。

「你們越這樣，我就越想出作業，這道理怎麼還不懂呢？」

「呃嗚——」

「開始上課之前，我先介紹一位從這學期開始會跟你們一起上課的留級生，記住，如果不好好學習，明年你們可能也會步上他的後塵。站起來，弗朗西斯・加布里埃爾・海德－懷特。」

『什麼？弗朗西斯？』

面前攤著攤開的教科書、昏昏欲睡的克萊奧，在突然聽到這個熟悉的名字後，猛地睜開雙眼。

「還不快站起來，弗朗西斯？」

「又不是什麼值得驕傲的事，居然還要人站起來自我介紹，真的有必要嗎？」

光是聽著就讓人火大的聲音。那少年的每一句話，都像是用嘲諷編出來的。

克萊奧坐在後排靠窗的座位，伸長脖子尋找聲音的主人。只見一名灰霧髮色的少年懶懶地靠在椅背上，身體微微晃著，一副毫不在意的模樣。

那少年的模樣實在不怎麼體面：制服外套不知所蹤，背心少了幾顆鈕釦，袖子胡亂挽起，布面上還沾滿墨漬。他戴著一副金屬框眼鏡，但鏡片模糊不堪，髒得不像話。

「我再說一次，站起來自我介紹。你應該很清楚，如果再留級一次，就會被退學吧？」

「我當然知道啊，反正這種學校不來也罷。」

「快起來！」

直到澤貝迪教授「砰！」一聲用力拍了一下講台，少年才不情不願站起來，動作拖拖拉拉，一副完全提不起勁的樣子。

「叫我弗朗・懷特就行了，如你們所見，我是二年級魔法班的留級生，目前以太等級是二級，對魔法沒什麼天分，就這樣。」

少年像是對魔法毫無興趣似的，話才剛說完就打了個大大的哈欠，接著摘下眼鏡，慢吞吞地擦了起來。

『那傢伙怎麼會在這裡?!』

克萊奧望向身旁正發出安穩呼吸聲、睡得正熟的亞瑟，又看看一派吊兒郎當的弗朗西斯，心中頓時陷入了混亂。

亞瑟還在呼呼大睡，一點都不知道克萊奧的未來遭遇了什麼大問題。他那副無憂無慮的悠哉模樣，讓克萊奧不禁心生想往他後腦勺巴下去的衝動。

他已經回顧〔約定〕的「記憶」兩次。

按理說，十八歲的弗朗西斯．加布里埃爾．海德－懷特應該是以皇家科學學院第一名的成績畢業，並成為阿爾比恩礦業局的新進官員才對。

『雖然在「最終版」中，大多數角色的設定都有些更動，像瑟爾和安傑利恩雙胞胎的改變沒什麼關係，畢竟她們是劍士，跑來學校一起上學也不會影響劇情進展……但弗朗西斯就不一樣了！』

克萊奧被這場突如其來的「更動」弄得滿腦子混亂，以至於連教授叫他都沒聽見。

「克萊奧！克萊奧．阿塞爾！」

「啊、啊？是！」

「有在聽嗎？過來做個示範吧，我已經教了這麼多次他們還是不會，也許讓同學來示範更能刺激他們一下。」

『糟了，我根本不知道他要我示範什麼。』

克萊奧遲疑地站起身，走向教授。

「大家注意！如果放假過後，連最基本的魔法陣展開方法都搞不清楚，那就該重新檢視自己的以太循環方式了。來，看好了，克萊奧．阿塞爾會做個示範。」

「您是說以太循環的示範……嗎？」

「沒錯，上次期末考試時，我觀察到你的循環方式非常完美，無論是劍士還是魔法師，以太循環的基本原理都一樣，所以你的示範，應該會對所有人都有幫助。」

不習慣成為眾人目光焦點的克萊奧僵硬地轉向同學們。其實他沒什麼好解釋的，只是把貝赫莫特說過的話照搬過來。

「正如大家學過的一樣，以太不只是單純的釋放……而是得先繞過心臟一圈之後再放出去，也就是從進來的方向離開。當以太從心臟流出時，要慢慢導引它，一邊想像魔法陣的外圍邊界，一邊將它勾勒成圓形……」

克萊奧的聲音不大，同學們沒有認真聽，甚至還有人壓低聲音竊笑，拋出幾句玩笑話：

「喂，你以為照課本唸一遍就能辦到嗎？」

「哈哈，好了啦，可以了。」

雖然克萊奧在上次魔法考試中拿下第一，洗刷了「作弊入學」的污名，但對許多學生來說，他沒施展魔法時，依舊只是個總是軟趴趴、精神很差的同班同學而已。

只有伊希爾和雙胞胎認真聆聽，專注地看著他。但克萊奧不在意其他人的反應，繼續按照自己的步調講解下去。

「以太就會形成魔法陣，這個魔法陣同時也會擴展身體內的以太脈流……」

隨著克萊奧的講解，以太自他身邊浮現，逐漸形成圓形的形態。當以太的光輝遍布整間教室時，學生們驚訝地交頭接耳起來。

「……進而擴展以太的容器。」

霎時間，整間教室被克萊奧的魔法陣完全包覆。如同黃昏時分的餘暉，濃烈的金色以太沿著魔法陣的邊界綻放，流光溢彩，甚至彷彿要衝破天花板，燦爛的光輝灑落在學生之間。

這是完全由純粹的以太構成的魔法陣，沒有施加任何術式。僅憑以太的力量，克萊奧便釋放出如此耀眼奪目的光輝。

整間教室瞬間陷入死寂，所有人都屏住呼吸，彷彿被某種無形的壓倒性力量震懾住了。短短幾秒的光芒，竟有如永恆般漫長。即使魔法陣的光輝逐漸消散，依舊沒有人開口說話。

就連澤貝迪教授也沉默不語，讓克萊奧不禁有些慌張。數十道視線頓時匯聚在他身上，讓他渾身不自在。

『原本沒打算展開魔法陣的，但因為已經習慣了，結果不知不覺就……』

最後，打破沉默的是澤貝迪教授。

「你放假期間到底發生了什麼事？看來得立刻重新登記你的以太等級了。」

「啊……好的。」

「我在此正式宣布，你已經是四級魔法師了。」

『我居然忘了去登記以太等級，還在這種場合被抓到……』

克萊奧觀察教授的臉色，所幸對方似乎沒有要責備他的意思，只是以平靜的語氣補充道：

「在過去千年的魔法史上，十七歲就達到四級的魔法師，加上你總共只有三人。這實在是令人驚訝的成就。」

這句話只是單純在描述事實，卻引起極大的回響，原本鴉雀無聲的教室瞬間被喧囂的議論聲覆蓋。安傑利恩雙胞胎雖然昨晚也看過克萊奧的魔法，但這還是她們第一次親眼見到大規模的魔法陣，因此激動地討論著。亞瑟一邊打著哈欠、一邊慢吞吞起身，裝模作樣地鼓起掌，當事人克萊奧則像是完全不明白這一切的意義似的，呆呆站在原地。

澤貝迪露出欣慰的神情，但眼中帶著些許擔憂，凝視著眼前的少年。他這名已邁入晚年的魔法師，不禁回想起年輕時曾被逼著面對的那些極其危險的選擇。

菲利普與愛德華的內鬥、與布倫南之間的區域性戰爭……他曾踏上那條狹窄而艱險的道路，從死去的騎士與魔法師之間走過。澤貝迪選擇的「和平主義」，並非源於信念，而只是為了生存。

『某些力量，有時會帶著擁有它的人走向太遙遠的地方……』

他隱隱感覺到，這個脆弱的少年所背負的命運，也不會是條平坦的道路。

『資質覺醒得較晚、不願輕易展現力量，也許是這孩子自我保護的手段吧……』

如果克萊奧知道澤貝迪這個天大的誤解，肯定會覺得哭笑不得，但不知是幸還是不幸，他並沒有讀懂他人心思的能力。

澤貝迪抬起滿是皺紋的手，輕輕拍了拍克萊奧的肩膀，隨後掀起他的長袍，轉身面向學生。

「我們先來回顧一個最基本的概念：什麼是魔法陣？」

「不是魔法的場域嗎？」

「因為它是圓形的，所以才稱為魔法陣[41]。」

「沒錯，這是一般對魔法陣的定義，但其中還包含更深的意義，古人曾將這個世界與宇宙稱為『寰宇』[42]，意思是『圓形的大地』，也就是說，魔法陣是以魔法師自身為中心創造出的一個世界，在魔法陣內，一般的科學法則完全失效，因為在那裡將適用另一套規則。」

澤貝迪逐一望向每位學生，徐緩而清晰地繼續說道：

「今天，你們獲得了一次寶貴的經驗，能親眼見到這麼強大的魔法陣在眼前展開，這可是一生難得的機會，所以，按照這傢伙的方法好好修煉吧，還有，克萊奧，你明明可以做得這麼好，剛剛為什麼一副恍神的樣子？」

「昨晚睡不太夠……」

「倒是滿會找藉口的，是不是玩太晚了？作為你在課堂上分心的懲罰，就由你來負責帶弗朗西斯吧。」

「咦？我嗎？」

「這小子雖然資質優異，卻不好好努力，才會被留級，我想你們兩個應該能互相激勵。從現在

41 魔法陣原文為 circle，意指以圓形為基礎構築的術式結構。

42 拉丁語 Orbis Terrarum，意指「大地的圓環」或「世界的圓形總體」，常譯為「世界」或「全球」。在古羅馬時期，此詞用以指稱當時所知的全世界，並被用作某些地圖或地理文獻的標題，反映了羅馬人對疆域的理解與宇宙秩序的想像。

起，你們每週選一天下午的自由時間一起研究與切磋。」

在嘈雜的教室裡，唯一始終冷眼旁觀的弗朗西斯皺起了眉頭。

「我不要。」

「你不要？弗朗西斯，你沒有拒絕的權利，我每個月都會檢查一次成果。好了，今天的課就上到這裡。克萊奧，你跟我來一趟。」

克萊奧被澤貝迪帶到了校內的郵局。他們向皇家首都防衛隊發送了電報，登記了以太等級與住所，緊接著又進行了兩個小時的面談。

『這老頭子平時動不動就發火，該不會是快死了，否則怎麼突然對我這麼溫柔？還像哄孫子一樣哄我。』

當澤貝迪勸他應該跳級時，克萊奧表現出抗拒，表示除了魔法以外，其他學科的課程對他來說太難，無法跟上進度。

但這種說法顯然無法說服對方，於是他索性硬拗說：「如果不能和朋友們一起上課，我就不想繼續上學了。」這話倒是一點都不假，百分之百屬實。

『我非得待在亞瑟身邊不可，否則要是一不小心導致世界毀滅了怎麼辦。』

所有理性的說辭都被澤貝迪否決，沒想到這種孩子氣的耍賴卻意外地奏效。

「嗯……你現在確實是最喜歡和朋友在一起的年紀。」

澤貝迪摸著花白的鬍鬚，像是在說服自己一樣，最終總算允許了克萊奧繼續留在一年級。

「不過我還有個條件，雖然一年級的課程對你來說意義不大，但至少不要在課堂上睡覺，還有，記得要好好地帶弗朗西斯。」

雖然很不情願，但他身為一介學生，實在無法違抗校長的命令。

「……好的，我知道了。」

「魔法的部分，如果有不懂的地方，就隨時來找我。校長室的大門永遠為你敞開。」

「謝謝您。」

克萊奧留下一句一點也不感激的道謝後，離開了行政大樓。他感覺彷彿全身力氣都被抽乾，拖著疲憊的身軀往宿舍晃去，搖搖擺擺的樣子有如一個風中的稻草人。

轟隆——

就在這時，練兵場的方向傳來一陣巨響，聲音宛如連續爆炸一般。

他好奇地扶著欄杆，探頭穿過藤架望去。下一秒，他不由自主張大了嘴。

鏘唧——吱嘎——

轟隆隆——

『……這是劍擊時發出的聲音?!』

亞瑟與羅莎教授正在激烈交鋒。

這是一場令人嘆為觀止的劍術對決。以克萊奧的動態視力，只能勉強捕捉到兩人的殘影，以及閃爍的劍光。雖然完全看不清戰鬥過程，但〖約定〗的「理解」仍努力發揮作用。

【八級劍士
稱號：玫瑰騎士】

【五級劍士】

『玫瑰騎士……還真適合羅莎老師啊。』

如同先前的設定，高階劍士皆擁有專屬稱號。而另一名五級劍士，應該就是亞瑟了。

『等等……這傢伙在一個月內又升級了？』

明明上次遭受襲擊時，他的以太等級不是才四級嗎？

被眼前的戰鬥吸引，克萊奧將整個身體都靠到欄杆上了，最後不得已啟動了「覺察」。熟悉的眩暈感向他襲來。他心想，只要撐過一開始就好了。越過揚起的塵土後，他的視野變得清晰無比。

兩人的劍影，迅捷如光。

鏘鏘鏘！

每當刀鋒交擊，武器都會因為承受不住衝擊而微微顫抖。即便是上等的練習用劍，也無法承受這種過於強大的力量，彷彿隨時都會碎裂。

咻！

羅莎發動攻勢，亞瑟則以驚人的速度閃避。即使沒能完全躲開，他也絲毫不在意。儘管肩膀與大腿早已染上鮮血，他也依然毫不退縮，執拗地朝著羅莎突進。

『唉呀……這小鬼完全不藏了，整個豁出去了耶。』

與一個多月前夜晚來襲的刺客所釋放的暗紅色劍氣相比，羅莎的鮮紅劍氣完全是另一個層次，清澈而鮮明，就如同她的個性一般。

亞瑟則是散發出與他髮色相同的濃烈金色劍氣，毫不猶豫地揮出凌厲的一擊。

鏘——鏘鏘鏘！

亞瑟的攻勢既勇猛又魯莽。他的劍氣甚至削去了羅莎的一縷銀白長髮。

但，亞瑟的活躍表現也就到此為止。羅莎輕鬆化解了他沉重的攻擊，偏斜的劍鋒狠狠刺入地面，硬生生掀起了大片泥土，他也被自己的力量牽動而重心不穩，在地上狼狽地翻滾了一圈。而在悄無聲息之間，羅莎的劍刃已經抵在亞瑟的後頸。

「哇——！」

「哇嗚!!」

「哦哦哦！」

遠處圍觀的學生和助教紛紛歡呼起來。羅莎豪爽地大笑，伸手將亞瑟拉起來。

「不錯嘛。」

「能與老師對打是我的榮幸。有朝一日，與使出真正實力的您正面較量，是我的夢想。」

亞瑟的傷勢不嚴重，血也很快就止住了。畢竟是和學生對打，羅莎當然沒有用盡全力。

「雖然你現在還無法使用〖突擊之環〗，但劍氣的力量已經接近以太等級六了。再努力一點，應該就能跨過下一個門檻。」

「謝謝老師！」

「不過，有一點要注意，你在進攻前會習慣性太早踏出一步，這個習慣一定要改掉。」

羅莎一邊幫亞瑟拍掉身上的塵土，一邊語重心長地叮囑。

「不畏戰確實是好事，但實戰與練習不同。在真正的戰場上，失去冷靜的人會最先倒下。」

「是，我會銘記在心！」

克萊奧看著兩人有如拍攝熱血運動劇一般的身影，不禁陷入沉思。

通用異能〖突擊之環〗是六級以上高階劍士才具備的能力，能夠遠距離釋放劍氣。

『……沒有範圍技[43]就已經這麼強，這種怪物般的能力居然還不到六級？在阿爾比恩，光是六級劍士就有超過三十名，低於六級的還有好幾百人。』

這個世界的科學發展程度有高有低，克萊奧漸漸明白了原因何在：那些科學發展上的缺口，是

43 又稱廣域技，一種攻擊範圍廣泛、可同時對多個敵人或大面積區域造成傷害或影響的技能，強調「一次性處理多數目標」，常見於魔法、劍氣、爆炸等形式。

由以太的力量填補了。

例如鐵道沿線的城市，不是靠電子訊號而是依賴以太傳導來校準時鐘的時間；在戰場上，比起改良槍械與炸彈，他們更傾向依賴劍士的遠程攻擊。

『他們會發展出這樣的戰鬥模式確實很合理，八級劍士光是存在本身，簡直等同於戰術核武[44]了啊。』

想到原稿後半部那震撼人心的戰鬥場面，克萊奧默默點了點頭。

『小型戰術核武的爆炸核心範圍約五百公尺，衝擊波能夷平一公里以內的一切……八級劍術大師的劍氣攻擊範圍直徑剛好也是一公里，根本不相上下。在這個還在用馬車代步的世界，能有這樣的威力，真的很恐怖……』

克萊奧關閉了「覺察」、沉浸在思緒中，直到視野中出現一雙滿是泥土的靴子，這才意識到亞瑟已經走到他面前。

「克萊奧！你在這裡幹嘛？剛剛你有看到我跟教授對打嗎？」

「……嗯，算有吧。」

「怎麼樣？放假時我可是努力練了一下喔！」

「再努力兩下，搞不好你還沒畢業就能變成劍術大師了。」

「這是在誇獎我吧？」

「那個……好吧，隨便你怎麼想，我回宿舍了。」

「等一下！」

44 Tactical Nuclear Weapon, TNW，一種用於戰場的核武器，與戰略核武（Strategic Nuclear Weapons）不同，戰術核武的爆炸範圍較小，主要用來摧毀敵軍或特定設施。冷戰時期，美軍研發出可由單兵發射的小型核武，一發足以讓爆炸範圍內的敵軍瞬間喪命。

克萊奧沒理會亞瑟的挽留，繼續拖著疲憊的步伐，慢吞吞地往宿舍走去。亞瑟立刻追了上來，擋住去路。

「……幹嘛。」

「你現在跟我去一個地方。」

「我現在很累，改天再說。」

「不行，等一下冰塊都融化了，酒的溫度就不對了，這樣你也沒關係嗎？」

「……什麼酒？」

原本興致缺缺的克萊奧幾乎反射性地猛抬頭，亞瑟露出一抹「我就知道」的笑。等看到亞瑟那副計謀得逞的表情，他才意識到自己被他釣到了，不禁覺得有點羞愧。

『我又不是貝赫莫特！』

「果然一提到酒，你就有反應了啊。這款香檳可是用穆卡特爾葡萄和格里西納葡萄混釀的，還帶有接骨木花的香氣，非常好喝。」

「難道是國王生日宴上的那款酒？」

「對，生日宴上應該有！『里奧格內斯』這款酒全都供應給王室。因為這是王室活動專用的，所以如果不是有王子當你的朋友，平常根本喝不到。怎麼樣？」

在國王生日宴上，克萊奧因為忙著觀察那些賓客，所以只喝了一點。聽完亞瑟的話，克萊奧立刻想起那味道。

想到那柔和的酸味和輕微飄過鼻尖的優雅香氣，克萊奧立刻轉變了態度。

「走吧，去哪裡？」

管他累不累的，一點都不重要。

在晚夏與初秋交替的九月傍晚，森林中的空氣帶著白天殘留的餘熱，柔和而舒適。「謨涅摩敘涅之門」周圍依舊靜謐，環繞廢墟的結界石也未曾改變。

『之前都不知道這塊石碑是什麼，原來是用來封印『謨涅摩敘涅之門』的結界石。』

即使知道了它的真實身分，克萊奧依然把它當作靠背的工具。他靠在石碑上，找到舒適的位置，目光投向酒杯中的液體，露出陶醉的神色。

看著多條氣泡交錯舞動的模樣，克萊奧覺得自己無論看多少次都不會厭倦，加上穿著舒適的衣服，坐在放鬆的地方品嘗，這酒更顯得格外美味。

『梅爾基奧那小子如果真的想拉攏我，就該送我一箱這個吧……而不是送我根本沒辦法穿的衣服，根本是在試探我。』

亞瑟將自己的酒杯也倒滿，隨後將酒瓶放回裝滿冰水的桶子裡。他說是為了比劍後能喝到冰涼的酒而先冷藏，看來他真是個準備周到的酒鬼。

「很久沒來這裡了吧？之前來的時候還滿好玩的，酒也好喝。」

「但結局可不太好。這次附近應該沒有人了？」

「我已經繞過一圈，應該沒問題。其實當時我也知道有人在場……但對方是同校學生，又沒有惡意，我就沒多想了，算是我的疏忽。」

「那人到底是誰，真是吃飽了沒事做。」

「咦？你不知道嗎？寫那篇學生報導的是弗朗．懷特，那個灰色頭髮、戴眼鏡、態度很跩的留級生。」

「什麼?!」

「伊希爾其實早就知道了，但我要她什麼都別說，畢竟那傢伙不是抱著開玩笑的態度在寫那些東西。」

「不是開玩笑的話，那難道是對怨恨你什麼嗎？」

「你怎麼確定一定是針對『我』呢？」

克萊奧將酒杯裡的酒一口喝乾，晃了晃空酒杯，示意亞瑟再倒滿，並回答他：

「因為我行得正、坐得直啊，我可沒有會派刺客的兄弟，也不會想殺掉那些被我稱作朋友的人。」

「嘖，還真是愛記仇。算了，總之，王朝的桂冠詩人[45]——貝爾納·尼爾斯·海德－懷特伯爵的長子，現在正忙著揭發他自己所屬的貴族階級的虛偽呢。」

克萊奧原本只是盯著亞瑟替他倒酒，這時才終於轉開視線、看向對方。

「弗朗那小子……該不會是共和主義者吧？」

「有很高的可能性是吧，聽說他還參與了地下組織的活動。梅爾基奧的抽屜裡應該有更多確切的證據。」

克萊奧一不小心沒拿好手上的酒杯，在心裡爆發嘶吼。

『幹！那傢伙應該正在礦業局的實驗室裡忙得不可開交才對啊！怎麼突然莫名其妙跑出這條劇情線？這本小說根本不是這種類型吧！』

歷史的發展和進步當然是很崇高的價值，但是出現在這樣一個有劍士和魔法師的奇幻故事裡，到底是想幹嘛？

如果亞瑟沒有以驚人的反射神經及時抓住了酒杯、導致浪費了這杯珍貴的酒，克萊奧的心情肯定會抓狂。

酒有什麼罪呢？克萊奧索性將剩下的酒咕嚕咕嚕、一口接一口喝下，連亞瑟都看不下去了。

45 Poet Laureate，指由政府或皇室正式任命的詩人，負責為國家或重大場合創作詩作。此稱號源自古希臘與羅馬，以桂冠象徵詩藝成就與榮譽。英國自十七世紀起設立此職，沿用至今，為文化上的最高詩人榮譽之一。

「喂，喝慢點，我這杯喝完就不喝了。」

「我現在心裡煩得要命，根本沒辦法慢慢喝。」

他開始懷疑，曾經和自己以及敏珊是同班同學的那位作者，是不是把他上過的「市民社會與革命」這門課內容，隨便往「最終版」裡加進去，變成這麼奇怪的設定。當然，就連這件事本身也可能是原稿崩壞的證據，而他因為無從得知真相為何，心裡非常鬱悶。

看到克萊奧這副樣子，亞瑟再次發出了感嘆。

「……你有時候說話還真像個老頭子。」

『我都可以當你叔叔了，難道還會年輕嗎？』

克萊奧心裡雖然這麼想，卻無法說出口，只能擺出一副「是怎樣，你不爽嗎？」的表情。對亞瑟來說，這就是標準的克萊奧表情。

克萊奧一喝光杯裡的酒，亞瑟就不動聲色地再為他倒滿。時間悄然流逝，夕陽漸漸將天空染紅。兩人靜靜地喝著酒，直到酒瓶快見底，亞瑟才終於低聲說：

「之前那件事，你『考慮』得怎麼樣了？」

「……」

『就知道他早晚會問這個。』

雖然還想再喝，但酒瓶已經空了。克萊奧慢吞吞地把空酒杯放在結界石上。

『好吧，看來現在還無從得知作者的真實身分，更別說還有弗朗的問題。總之，先和亞瑟合作，再一一解決吧。』

亞瑟微微傾身，凝視克萊奧。他腰間的佩劍因多年來的嚴苛訓練而磨損，而他自己，也早已從少年蛻變為堂堂的青年。夕陽的餘暉映照在他真摯而熱切的眼神裡，閃耀著耀眼的光芒。

克萊奧「記得」原稿裡那些用來描寫「主角」眼神的所有句子。

『彷彿燃燒的藍色火焰、永不凍結的海洋，以及我們這個時代的意志。』現在他終於明白，當初以為過於誇張的描述，其實大多都是真的。這孩子的眼神，的確就是那樣。亞瑟比任何文字都更加鮮活、生動。

涼風從兩人之間吹過，夜色投下了決定性的先兆。歷史，正是從這裡開始的。

那一刻，王子與克萊奧的上方浮現出一道閃爍的訊息——

【—使用者的敘事參與度上升。】

「啊。」

管他亞瑟和克萊奧這時有多麼嚴肅認真，〖約定〗從來不看時間與場合。

剛剛還瀰漫在空氣中的那股奇異莊嚴感，頃刻間煙消雲散。好端端的氣氛被破壞，非常掃興。對於只能按照指示行動、完成任務的NPC來說，「桃園結義」這種感人的兄弟情誼是不被允許的。

『感覺好像在用推播提醒我：原稿就是原稿，不要陷進去，趕快幹正事。』

總之，為了讓劇情順利推進，得先確認主角到底已經知道了多少內容。克萊奧語氣平淡地繼續問道：

「你之前說過，雖然不知道其他王子會做什麼，但你知道他們的行動會造成什麼結果。那些不祥的事都如你所知的發生了，未來其他的王子也會讓無辜的人流血，對吧？」

「你竟然能把這話背出來……你的記憶力真的很好。」

「少說廢話，快回答我的問題。你對未來到底知道多少？你說『讓無辜的人流血』，到底確切是什麼意思？」

亞瑟閉上眼，像是在心裡下了某種決心，隨後緩緩睜開眼，終於開始回答：

「我所擁有的，只是幾個片段而已。第一個、也是最早出現的畫面，是我跪在王座廳裡抬起頭的那一瞬間。那段『記憶』最早浮現出來的時候，我才四歲。」

王座廳——那是阿爾比恩王室歷代君主接受加冕的場所。按照原稿的劇情，亞瑟也會在故事的最後，跪在那個地方。

為了戴上王冠。

『是關於加冕的幻視嗎……？』

克萊奧開始將亞瑟的話與原稿內容對照。那個場景正是原稿第一部的結尾，也就是說，那是必定會發生的事。

「當時，父王的身體還不像現在這麼差，偶爾還能公開露面。在一次冊封低階貴族的儀式上，我無意間看到了他頭上戴著的王冠。看到那東西，我高興得脫口而出——『那是我的！』那時候的我，連『加冕典禮』這個詞是什麼意思都還不知道。」

「所以你就是因為這件事，才被送出王宮？」

「對，那是因無知而犯下的罪。那孩子在付出沉重的代價後，才終於明白：幻視中的自己，其實是正在等待王冠被戴到頭上的那一刻。身為私生子，又是排行第三的王子，竟然說出那種話，根本是大逆不道。」

不等克萊奧開口，亞瑟平靜地繼續說道：

「小時候，我一直以為這一切只是因為我是個不祥的孩子，加上精神有問題才會看到那些幻覺，直到基西翁子爵的領地發生山崩，我才明白事實並非如此，

「被幽禁在子爵領地的別墅後，我對夏季行宮的主宮產生莫名的恐懼，夜裡經常從睡夢中驚醒，哭喊著跑出去，緊抱住門框不肯回房，最後母親實在受不了，只好搬進狹小的偏房。

「結果，在八一年的那場山崩中，主宮有一半倒塌了，我們母子倆原本住的舊寢室也被埋進泥土與碎石之中。如果當時還住在那裡，我們肯定會死。

「那年我才八歲，卻已經能清楚理解發生了什麼事，也因此開始意識到，自己在夢中見到的那些不祥畫面，全都會在未來發生，而且這樣的事情已經發生過不只一次了，比如十二歲那年，在伊希爾使用的繼承人房間裡，有個從未見過的男孩為我打開房門時。

「我明明是第一次見到這個孩子，卻覺得他的臉很眼熟，因為我曾經看過從伊希爾房間裡走出來的幽靈，和他長得一模一樣。但現實中的這個孩子不是什麼幽靈，而是伊希爾的遠房親戚——一個所有人都不願接受的『男性』繼承人，換句話說，我見到的不是鬼魂，而是未來。」

亞瑟開始詳細描述自己所見的「幻視」。克萊奧聽著他的話，臉上不帶任何表情，腦內卻在快速運轉。

『難道是，刪掉的舊稿和新寫的內容混在一起，剛好產生了某種詭異的內在一致性，結果因為知道未來的走向、加速了他的成長，反而讓「亞瑟·里歐格蘭」這個角色的人格更早成型？是這樣子嗎？』

「……原來如此，如果那些事都發生了，那麼其他你看到的畫面也一定會在未來某一天成真。」

「沒錯。」

亞瑟的回答帶著幾分無奈，也透著一種肯定。

「那麼，對於其他王子，你還有更多關於未來的記憶嗎？」

「啊哈，未來的記憶！這個說法還真是貼切，沒錯，我第二個看到的『未來的記憶』，是關於梅爾基奧的畫面。他站在血泊之中，舉起手指著我，然後斬釘截鐵地說——『命運終將實現，你……』但是，每一次，幻視都會在這裡突然中斷。」

克萊奧極力讓自己保持面無表情。他向來不擅長掩飾情緒，此刻更是費了很大力氣才沒讓自己的神色露出端倪，畢竟那個畫面正是原稿後半部出現的場景。

『這簡直就是劇透地雷區啊。』

「每次夢到這個畫面，我都會害怕得跑去敲母親的房門，但也因為這樣，後來的夢就不覺得那麼可怕了。在最早出現的第三個畫面裡，我的眼前滿是鮮紅的血，亞斯蘭正使盡全力掐住我的脖子，一邊說著『你根本不該出生。』不過這種話他在現實中也說過好幾次，已經沒什麼殺傷力啦。」

說完，亞瑟輕輕一笑，像是對自己這個關於亞斯蘭的玩笑覺得有趣。這個王子，似乎真的只說實話。當然，這完全不是一般十七歲少年能以如此平靜冷淡的語氣訴說的事情。

僅僅是因為記憶的順序被打亂，就讓「最終版」的主角經歷了比之前的版本更嚴苛的人生。「重寫本」的劣化，看來真的影響了劇情走向。

克萊奧嘆了口氣。

『不對啊，他都已經成長到這個地步了，我是要怎麼修正？現在我能做的，大概只有在未來那些事情發生時，讓它們不要一次炸開，多少給他一點緩衝時間……』

「萊奧，我已經回答所有問題，現在該你了，只要回答我一個問題就好。你的聖痕，和『預言』有關嗎？」

「你要這麼理解也是可以。」

克萊奧對亞瑟說了和迪奧內一樣的話，因為如果謊話說得太多，最後連他自己都會忘記。

『如果這傢伙發現我擁有〔編輯的權限〕這類東西……感覺不會有什麼好事發生。萬一他哪天動了歪腦筋，要我用這權力做什麼會毀滅世界的事，那我不就成了白癡嗎？總之，能敷衍多久就先敷衍下去吧。』

「反正就是死都不給個明確的答案。」

「亞瑟，你應該比任何人都清楚，預言向來都是不完整的，我能讀到的未來，同樣是斷斷續續、缺乏前後脈絡的內容。在事情真正發生之前，我甚至連它想傳達什麼都無從得知。」

「『讀到』嗎？看來你的專屬異能，是以閱讀的形式顯現的。」

「……對。」

迪奧內和亞瑟都是擅長從話中挖掘深意的高手，這讓克萊奧再次有種被戳中要害的感覺。

「你讀到了什麼？能告訴我嗎？」

這次，他不需要再編造謊言，而是直接朗讀出「記憶」喚醒的原稿內容——

「預言顯示，兩位王子與兩條河之間將爆發爭端，戰亂的時代即將來臨。」

「……」

『而這是屬於你的時代。你的苦難，正是你被選為「命定之人」的證明。』

即將成為暴風核心的「主角」身體微微一震，似乎受到什麼衝擊。他反覆咀嚼克萊奧的話，伸出拇指摩挲著下顎。

這是他深思時的習慣，從過去的原稿到現在從未改變。

夕陽最後的餘光在森林間投下長長的影子，蟲鳴聲此起彼落，像是在為這個和平的時代送行。

克萊奧喚起以太，附加到下面的話裡：

「『以信義之名宣誓。』我，克萊奧・阿塞爾，在你需要的時刻，必定站在你身邊。」

「以信義之名宣誓」這句古老慣用語，是連劍術基礎教科書裡都有記載的一種簡單的以太運用方式。

它只是單純的誠信承諾，不涉及任何術式，因此違背時也不會受到懲罰。它不是【誓盟】，不具強制性，沒有忠誠的義務，只是建立在純粹信任上的宣言。

「我理解你的目標與意志，為了讓你達成心願，我將竭盡全力輔佐你。」

「這個承諾會持續到什麼時候？」

「直到亞瑟・里歐格蘭成為阿爾比恩王國唯一的君主為止。」

這句話毫不拐彎抹角，沒有任何比喻或隱晦的修飾。克萊奧語氣低沉，卻異常堅定，讓亞瑟不禁瞪大了眼。這種話光是說出口，就已經是叛亂與大不敬的證明，他卻毫不遲疑地道出。

這個沒有幹勁、存在感薄弱的朋友總是這樣，在明明不可能突破的地方，不知不覺間一下子就通過，超前一步而去。

亞瑟還沉浸在震驚之中，克萊奧靜靜等候〔約定〕的通知。比起平時，這次的文字慢了一拍才浮現。

【──使用者的敘事參與度急遽上升。】

『看來這正是作者希望的發展，這次連亞瑟也一起。』

「你不打算締結【誓盟】嗎？」

【誓盟】是騎士在正式受封時，向君王發誓效忠的契約。

伊希爾．基西翁在十二歲時，便向亞瑟．里歐格蘭立下【誓盟】，而同樣年紀的亞瑟，也對伊希爾做出同樣的承諾。

亞瑟希望克萊奧也能和自己締結那樣一生一世的盟約。

即使亞瑟願意以相同的【誓盟】回報克萊奧，他依然不打算答應對方的請求。

「嗯，不要。」

「……！」

用以太締結的【誓盟】會成為無法違背的誓言。一旦背棄，作為懲罰，締約者會失去自己人生中最重要的記憶。

在過去的原稿版本中，出現過違背誓言的騎士。

『當時讀原稿時，還不清楚那些人為何變成那副模樣，但在聽過「玫瑰之亂」的故事後，一切都說得通了，那些失去記憶的騎士，應該都是因為當初違背對先王愛德華的【誓盟】，轉而擁立菲利普，才會受到懲罰吧。』

遺失的記憶種類因人而異。輕微的話，可能只是忘了自己曾飼養的馬或收藏的兵器；但也有人忘了關於家人或戀人的記憶，但最可怕的是：沒人知道自己會遺忘的是什麼，直到它發生的那一刻。

這是「金正珍」絕對無法接受的代價。儘管他已經決定以「克萊奧」的身分活下去，但喪失記憶是另外一回事。

『既然我無法違抗作者的意志，何必再給自己加上一道枷鎖？不締結【誓盟】的話，焦慮的會是亞瑟這傢伙，我自己又沒有差。』

如果在接下來的旅程中，亞瑟死了，這個世界的一切也將隨之崩解。既然如此，他至少想在迎來終局時，還能完整保有自己的記憶。

『我當然知道這一切都是徒勞。從睜開眼的那一刻起，對我這個NPC來說，這場遊戲就已經處於劣勢。但那又怎樣？我才不要立下什麼【誓盟】。』

這個世界的作者有如神明，而這個世界的主角，是神所揀選之人，同時也是對抗神的存在；一邊是希望角色順從劇情安排的作者意志，一邊是擁有生命力、想要自主選擇的角色意志。

當這兩者對立，世界便會分裂；當它們合而為一，劇情的推進力會變得更為強大。

克萊奧十分清楚，自己只是這個故事中的一枚棋子。名為「克萊奧」的存在，絕不可能與亞瑟・里歐格蘭相提並論。

但作為曾經的「金正珍」，即便他已經決定以克萊奧的身分活下去，仍然有無法捨棄的事物。

母親那雙粗糙卻溫暖的手、熟睡中弟弟平穩的呼吸聲——那些如果他忘記、就再也沒有人會記得的存在。

只是這樣而已。

「金正珍」的一生貧乏坎坷。這三十二年間，他經歷的苦難既沒有意義，也沒有目的，這與身為「這個世界」中心的亞瑟．里歐格蘭的人生截然不同。

「亞瑟，總有一天你會明白——這個世界是圍繞著你運轉的。這是一件極不公平的事，同時，也是一件理所當然的事。」

『因為你是這個故事的主角。』

在這個奉行君權神授的世界裡，克萊奧的話聽起來或許只是尋常的比喻。對於渴望王座的亞瑟而言，更是如此。

但他站在這部被書寫的故事的邊界上，仍選擇說出這番話——以一個有血有肉的「人」的身分。

「可是我絕不會成為你的臣子，只會從一旁輔佐你。」

克萊奧伸出手，主動邀請對方握手。這是平等之人之間的禮儀。

他有他自己的打算。

『這不只是心情爽不爽的問題。人是現實的，在有需求時和需求被滿足後，態度就不一樣了。反正這傢伙以後會有越來越多人跟隨他，我要是想拿到我想要的東西，不能現在就說死，才能給自己更多籌碼。』

王子毫不猶豫，緊握住克萊奧的手。

「『以信義之名宣誓。』我，亞瑟．里歐格蘭，欣然接受克萊奧．阿塞爾的承諾。」

亞瑟的回答也使用了信義的慣用語。這種承諾既無契約效力，也沒有任何強制性，雙方都必須不斷自我提醒，才能維持這份信任。

「以後別指望我會把你當王子對待。」

「講得好像你以前有一樣。」

「打從認識開始就是這種方式了，現在該不會還想我用什麼敬語來和你說話吧？」

「呃，光是想像就覺得不自在……算了。話說，你對我沒有什麼要求嗎？」

「我還在想你什麼時候會問呢，當然有啊，等到一切塵埃落定，澤貝迪該退休的時候，你就把王室魔法監察官的職位給我吧。」

「什麼？那只是個毫無實權的榮譽職位吧？」

「但是有退休俸啊，而且聽說是教授薪水的三倍耶。」

「你這傢伙……我真搞不懂你到底是知足還是貪心。」

「絕對不是知足。魔石、魔導具還有現金，這三樣東西我永遠都歡迎。只要有機會，我肯定會狠狠敲你一筆。」

「我要侍奉未來的大魔法師耶，這種東西怎麼會捨不得。不過，你該不會不知道我現在窮得要命吧？我手上連一把像樣的劍都沒有，更別說魔導具了。」

克萊奧心裡很清楚，只要地下城開啟，情勢就會完全改觀，因此聽了亞瑟的訴苦也毫不動搖。

「那我拭目以待，到時候你可別反悔。」

「知道了。不過，萊奧，這也是你的預言之一嗎？」

「問一個問題，一萬迪納爾。不付錢我不回答。」

「哈哈哈哈！這玩笑真的笑死我了！」

亞瑟的笑聲清澈爽朗，響徹夜晚的每個角落，讓克萊奧錯失了解釋「這不是玩笑」的時機。但笑容是會傳染的，原本還板著臉的克萊奧，最後還是忍不住勾起嘴角，跟著亞瑟一起笑了。

就在這時，『約定』的字串再次浮現，這次顯示的訊息是前所未見的——

【——使用者的敘事參與度急遽上升。

——正在計算敘事參與度累積比例（□□%）】

『什麼呀，原來敘事參與度還能用百分比來顯示？』

克萊奧的目光被「累積比例」這個陌生的字眼吸引，完全沒注意到身後的「謨涅摩敘涅之門」正閃爍著異樣的光芒。

微弱的光芒無聲無息在空蕩蕩的門框中央升起，隨即迅速熄滅。殘破的牆邊也微微顫動了一下。

比人類更快察覺異變的鳥群，早已振翅飛離。毫不知情的少年，如往常一般走出森林。轟隆——來自異世界之門彼端的震動，撼動了沉睡的大地。

✦ ✦ ✦

翌日下午，剛上完古典文學課的克萊奧，回到房間打算補眠，卻被不速之客吵醒。來者是瑟爾的母親——飯店經營者卡塔莉娜——派來的專屬信使。

信使遞上一封封蠟完好的信件，厚重的紙張上有著精緻的裝飾。這位信使的形象也同樣體面，身材修長，穿著筆挺的德．內格飯店的制服，一絲不苟。

『她真是個執著形式的人啊。』

剛睡醒的克萊奧接過信並簽收，忍不住打著哈欠。

信使的身影拐過宿舍轉角，他立刻撕開信封。與它過於講究的形式相比，裡頭的內容簡單到可笑。信封裡只放了一張寫有時間與地點的卡片。

星期六下午三點，山茶花館

卡塔莉娜．坦菲特．德．內格

『今天是星期一……所以是五天後囉？雖然對我來說能快點是好事……』

克萊奧揉了揉眼睛，驅散殘存的睡意，隨後直接前往舍監辦公室，打電話給迪奧內。電話先是由和善的接線員接起，接著再由迪奧內的親信列維接聽，將電話轉接到會客室。

〔「居然特地打電話來，應該是好消息吧？」〕

「說到擁有『預測』能力的人，迪奧內小姐比我更像吧？」

〔「哈哈哈哈，少來了，趕快說正事。」〕

「我有件事想請妳幫忙，不是要妳以監護人的身分，而是以代理人的身分陪同參加——我們一直在等待的機會終於來了。」

〔「對方怎麼聯絡你的？」〕

「她給了我一張卡片，上面只寫了時間和地點。」

話筒另一端突然傳來什麼東西哐啷一聲摔碎的聲音，接著迪奧內迅速說：

〔「我明白了，你先派人把那張卡片送來給我。條件還是和之前說的一樣？」〕

「對，無出售意願，只簽租賃合約。」

〔「合約的部分我會先準備好，星期六早上我會派馬車去接你來我家。」〕

聽起來相當可靠的回答。

✦　✦　✦

時間飛逝，五天很快就過去了。

格雷伊爾家的宅邸位於皇家圓環附近，坐落在可以俯瞰聖伊莉莎白廣場的市中心地帶。從馬路這一面看去，它似乎只是棟狹小的建築，其實內部空間深得出奇，後方的土地延伸得很長，占地其實相當寬廣。

一樓是商會的店鋪，二樓則作為格雷伊爾家的會客室，擺滿了琳瑯滿目的進口商品，陳設顯得格外華麗精緻。

迪奧內半躺在一堆充滿異國風情的抱枕中，悠閒地迎接克萊奧到來。

「來啦？隨便找個舒服的地方坐吧。」

迪奧內身穿居家浴袍，隨意地束起頭髮，模樣讓人有些陌生。當然，她依舊美得令人屏息，而且比起任何昂貴的化妝品，金錢話題顯然更能讓她容光煥發，雙頰像成熟的果實般微微透紅。

「花了五天時間準備文件，很辛苦吧？」

「能賺錢哪會覺得辛苦呢？」

她隨手撿起被丟在一旁的卡塔莉娜夫人給的卡片，輕輕搖晃著。

「一般來說，這種重大合約不可能一次就談妥……這次卻有可能一口氣解決。」

「為什麼這麼認為？」

「因為卡塔莉娜下週要參加德尼耶大陸的『觀光接待產業大會』。這次的舉辦地點在費德爾王國，就算搭急行列車再轉搭客輪，單程至少也要花上一天半，等她從大會回來，恐怕一週的時間就這麼過去了。」

「抱歉打斷妳一下，那個『觀光接待產業大會』是什麼？」

「是讓整個大陸，甚至跨海的旅宿業相關人士齊聚一堂的會議。與會者會在那裡交換資訊、發掘新的流行趨勢，大家在競爭與合作之間尋求平衡。十多年前，德尼耶大陸統一了鐵路標準軌道，客運量因此暴增，旅宿業也跟著發展成一門龐大的生意。」

果然是迪奧內，無論問她什麼，只要與金錢有關，她總是博學多聞。

『如果旅宿業這麼賺錢，那就可以狠敲卡塔莉娜一筆了。』

「總之，如今歐雷爾斯地區的地價正在狂飆，說不定她出差一週，價格就會翻倍。這點，卡塔莉娜夫人當然心知肚明。」

迪奧內說完，喝了一口冰茶潤了潤嗓子，隨即繼續解釋道：

「依我推測，她是想在土地被別人搶走之前，先和你談好條件再動身，因此才會強行送來這張卡片，給你一個下馬威。既然對方先用失禮的邀請來試圖壓制我們，那我們也必須做好萬全準備，不能讓她占上風。」

「啊，這樣就算失禮嗎？」

「她沒與你協調日期就直接單方面通知，代表她把你看低了一等。哎呀，你怎麼這麼單純？拜託，去讀點社交禮儀手冊吧。」

克萊奧這才知道，世上竟然還有「社交禮儀手冊」這種東西。

『這種事光是看書也沒辦法理解吧？就一張卡片，居然像龜殼占卜那樣，什麼都能看出來。』

「既然這裡有一本活生生的最新版禮儀手冊，我還需要特地去讀嗎？」

他的話裡隱隱藏著一種訊息：我就是不想做這種事才花錢請妳幫忙的。

迪奧內敏銳地察覺到了他的心思。

「好吧，你說的也沒錯。那麼，我們最後再確認一次吧。年租金至少二五〇萬迪納爾，最長五年，之後可依條件續約，對吧？」

「沒錯。」

「卡塔莉娜應該會想盡辦法要直接買下這塊地……不過，我會盡力周旋。畢竟，整個歐雷爾斯地區能有這麼大一塊地的，只有你克萊奧，強勢一點也沒什麼不可以！」

「這話聽起來真是讓人愉快。不過，我們這位禮儀導師的酬勞……似乎還沒談妥吧？」

迪奧內原本半闔著的雙眼瞬間睜開，澄澈的水藍色瞳孔宛如寶石般熠熠生輝。

克萊奧從包包裡取出早已準備好的「以太刻印契約」——是時候再添上一條新條款了。

他提出，只要順利與卡塔莉娜達成土地租賃協議，並且處理好所有法律與行政問題，將會支付她年租金總額的八%作為佣金。

『考慮到今後還得與格雷伊爾商會保持友好關係，加上必須購買魔法相關物資……給多一點也值得。』

此外，第一年會在合約簽訂後一次性支付全部佣金，外加二%的成交獎金。聽到這個條件，迪奧內那雙美麗的眼睛閃過一絲危險的光芒。

「你願意支付這樣的金額，意思是你希望我提供相應的成果，對吧？那我可得讓這筆佣金花得值得呢。」

整理完最後的文件，換上正裝的迪奧內回到接待室。她平時總是穿著飄逸的洋裝，如今卻套上剪裁俐落的深藍色外套，搭配窄裙，看起來煥然一新。

她看了看鏡子裡那挽得一絲不苟的髮髻，然後攔住了正準備起身的克萊奧，要他坐下。

「坐好，我們等一下再出發。」

「已經兩點半了，現在不出發怎麼趕得上？」

「哎呀，沒有我，你到底要怎麼在這險惡的世界生存啊？我們就是要故意遲到啊，收到這種卡片後，還準時抵達的話，豈不是讓對方更輕視我們？先坐著吃點巧克力吧。」

說著，她拿出一顆裝在金色紙盒裡的巧克力球，順手塞進克萊奧的嘴裡。這一連串動作自然得讓他根本來不及抗議。白蘭地巧克力在口中融化，醇厚的酒香瀰漫開來，讓克萊奧無法思考，一時只顧著吃點心。

依照迪奧內的計畫，他們比預定時間晚了二十分鐘出發，約莫在三點二十分抵達山茶花館。這座隸屬坦菲特·德·內格家族位於首都的宅邸，與阿塞爾宅邸相距不遠。

然而，兩者的規模有著天壤之別：華麗非凡的正門，宏偉的本館還連著兩棟附設客房的別館，無不展現這座宅邸的壯麗。前來迎接馬車的侍從們，身上的服飾也極為華麗，與其他地方截然不同。畢竟，這裡一年到頭都在舉辦盛大的宴會。

迪奧內完全沒有被這場面震懾，反倒如入無人之境般大步穿過迴廊。她甚至走在侍從前頭，而不是被引導的那一方。克萊奧默默地跟在她身後。

喀噠——

迪奧內踏著自信的步伐進入會客室，燦爛地微笑，率先開口問候，聲音清脆響亮。

「好久不見，卡塔莉娜小姐。上次見面還是在春天的宴會上，算起來也有一段時間了。雖然先前已請人轉達過問候之意，但今天能當面相見，還是想親自問問您最近過得如何？」

站在壁爐前，原本神情傲慢的卡塔莉娜眉頭一挑，目光瞬間銳利起來——

迪奧內是天生的戰士。

面對老謀深算的卡塔莉娜，她毫不退讓，成功在這場談判中取得勝利。

『果然如此——藥交給藥劑師，錢交給迪奧內。』

最終談定的土地年租金為三〇〇萬迪納爾，合約為期五年，之後可以根據條件隨時續約或調整價格。

之所以能夠達成這樣的結果，是因為這塊當初以五五〇萬迪納爾購入的土地，如今市價已經飆升到十倍以上，而迪奧內準備的地價、未來發展潛力、建設計畫等資料，無疑也發揮了關鍵作用。

『真誇張，在之前的原稿中，商務大臣貝爾梅出租這塊地，每年租金才二五〇萬迪納爾。』

克萊奧望向坐在對面、正悠然喝著熱可可的迪奧內，眼神中滿是敬佩。

這名喝著熱可可的小姐，看上去依然精緻又優雅，嗓音因為連續兩個小時的談判而微微沙啞，手套下的指尖甚至還沾染著文件上的墨漬。

對克萊奧來說，在短時間內扮演一個青年企業家的角色，已經讓他筋疲力竭。他很清楚，自己根本不可能在談判桌上談出這麼優渥的條件。

『克萊奧先生雖然希望將這裡打造成名聲顯赫的德・內格飯店，但我作為他的事業顧問，不認為它非得是德・內格飯店不可。』

迪奧內這樣微笑著說話時，就連與她同一陣線的克萊奧，也不禁感到一陣膽寒。至於卡塔莉娜──她的心情，恐怕已經氣到快抓狂了。無論如何，主導權是牢牢掌握在我們手中，這一點無庸置疑。

垂涎歐雷爾斯地區土地，並釋出意向的對手不在少數。其中之一，正是卡塔莉娜的商業競爭對手──雷頓子爵。當這個事實被揭露的瞬間，勝負已定，甚至無需再多言，因為卡塔莉娜早已掌握一切。

必須立即趕往費德爾的卡塔莉娜，當機立斷召來公證人與律師，當天下午便簽訂了合約。二十二年前，她從爆發革命的卡洛林格王國流亡至此，因此比旁人更為果斷迅速。她深知，拖延只會讓自己陷入劣勢。

「我的臉上有什麼東西嗎？為什麼這樣看我？」

「因為我佩服啊，只是感嘆，妳怎麼能把一切處理得這麼完美。」

「這也沒什麼吧？」

「怎麼會沒什麼？你不只調高了租金，還成功爭取到德・內格飯店集團的長期住宿權利。」

「那個我也有份使用喔，你知道吧？」

「當然啊。」

迪奧內優雅地啜飲熱可可，一口都沒有弄髒嘴角，然後輕輕地將杯子放回桌上，嘴角揚起一抹微笑。

「少爺你是零用錢就能輕鬆拿到好幾十萬迪納爾，當然很難體會。不過，我們格雷伊爾商會的淨收益，有些年還不到一百萬迪納爾。雖然收入最高時能達到這個數字的十倍以上，但波動幅度非常大。」

克萊奧當然知道，即便格雷伊爾商會掌握著魔導具這類高價產品，營收依然不穩，而這全都是因為巴斯科反覆無常、情緒多變的個性所致。

「原來如此……」

「不論是穩定性還是規模，我們都無法和阿塞爾準男爵的事業相比。你看看，只要成為皇家首都防衛隊的見習騎士，每個月就能拿到一千迪納爾，這樣的收入對於低階貴族或平民來說，已經足以讓他們成為炙手可熱的結婚對象。在這樣的情況下，我竟然接到一個價值三十萬迪納爾的案子，怎麼可能不全力以赴呢？」

「即便如此，妳能事先安排好拆除業者，還能談成以第一年租金的一半當作第一期簽約金，實在令人佩服。我甚至連想都沒想過有這種做法。」

「哈哈哈，正因為你沒想到，我才有機會大展身手啊！以後有好案子，記得第一個來找我。我，迪奧內．格雷伊爾，絕對讓你的利益最大化！」

「這還用說嗎？」

對於坐在僻靜咖啡館裡的男女來說，這段對話未免過於乏味，但他們對視時的眼神，帶著有如戀人般的溫柔。資訊的掌握者與能將資訊轉化為金錢的人，在這裡結成了一個幸福聯盟。

克萊奧端起杯子，飲下一口酒，強烈的茴香氣息瞬間刺激著鼻腔，讓人精神一振。在歐雷爾斯地區這家破舊酒館兼咖啡館喝到的這杯綠色烈酒，帶著與苦艾酒相似的風味與香氣。

在酒精的刺激下，他望向街道另一頭：那塊被鐵柵網圍住、即將被拆除的土地。那是屬於他的財產，怎麼看怎麼滿意。

『果然還是土地最保值，如果未來發生戰爭，這片土地的市價至少會翻十倍……而在此之前，我還能收租，這根本是穩賺不賠的買賣。』

無論在哪個世界，想賺錢都離不開資訊、資金與人脈。

唯一不同的，就是自己如今的身分與處境。

『既然得跟著主角四處奔波，幫忙收拾各種爛攤子了，這種程度的報酬總該有吧？』

確認收到第一期簽約金後，他順道去了銀行，當場支付了迪奧內應得的全額佣金。

心情大好的兩人乾脆改變行程，直接前往現場視察土地。雖然他已經來過歐雷爾斯地區多次，但今天在他的眼裡，就連那些骯髒的巷弄與坑坑洼洼的泥地都顯得格外可愛。

『多虧如此，以後就不需要再依靠吉迪恩．阿塞爾的資金了。』

雖然現在帳戶裡的零用錢也還在一筆筆地累積當中，但他完全沒有動用，因為他早就有自己的規畫。

克萊奧思考著如何拓展自己在不動產上的布局，腦中飛速運轉。但就在此時，一股陌生且刺鼻的氣味竄入鼻腔，讓他不由自主皺起眉頭。

『這什麼？像是腐爛的草和泥土混雜的臭味……但這裡是城市正中心，怎麼會有那種味道？』

迪奧內顯然也察覺到異樣，臉色頓時沉下來，她的推理能力比克萊奧更勝一籌。

「少爺，只有一種東西會散發出這樣的味道，學校也這麼教過……但，那種東西真的有可能出現嗎……」

迪奧內難得一副遲疑的態度，話說到最後變得含糊不清。

克萊奧這時才意識到迪奧內的疑慮究竟是什麼。「記憶」倏地竄上，搜尋起對應的描述。

【──魔獸的血會散發出像腐爛植物一般的惡臭，氣味會擴散至四面八方。】

『不會吧！』

「……是魔獸的血腥味嗎？」

「沒錯，萊奧，理論上來說應該是這樣，但問題是，我們根本沒親眼見過魔獸，最後一次出現魔獸的紀錄，已經是將近一千年前的事了。」

「迪奧內小姐，妳竟然能把在學校裡學過的內容記得這麼清楚，真是佩服。」

「關於『謨涅摩敘涅之門』的傳承和歷史，我已經聽到耳朵長繭了，怎麼可能忘記？」

過去的時代，布倫南君主國、卡洛林格王國，以及梅里迪艾斯大陸都曾擁有『謨涅摩敘涅之門』。據說，在文明滅絕的契恩特倫大陸上，河流尚未乾涸之前，那裡也曾存在這扇門。所有的門都坐落在河流蜿蜒穿過城市的河岸之上。

然而，隨著漫長歲月的流逝，這些連接異世界的門全都關閉了。如今，位於坦普斯河畔的「謨涅摩敘涅之門」，是這世界上唯一僅存的異世界之門。

皇家首都防衛隊與首都防衛隊學校，當初便是為了監視並守護這道門而設立的。

『在《阿爾比恩王子》這部小說過去的原稿中，曾提到位於倫德因的異世界之門在千年之後重新開啟，正是在亞瑟所處的時代……』

克萊奧連忙啟動「覺察」，聽覺與嗅覺的敏銳度瞬間飆升。他清晰地捕捉到，在六條街區之外，一頭龐大的四足怪獸奔騰的腳步聲，還有牠同時迸發出的兩種咆哮聲，以及野獸的血液濺灑時瀰漫在空氣中的腥臭氣息。

『果然是雙頭狼瓦爾格嗎？可是那隻魔獸應該是在亞瑟十九歲時才會獵殺的魔獸，怎麼提前了整整兩年！嗚啊。』

瓦爾格——千年來首隻自「謨涅摩敘涅之門」現身的魔獸。克萊奧的動作頓時一滯，腦中一片空白。但他很快就回過神，凝神傾聽，隱約捕捉到幾名劍士迅速逼近的腳步聲。空氣中瀰漫著以太的氣息，在光天化日之下能夠釋放劍氣的，毫無疑問是騎士團的人。

『太好了……！既然有騎士趕來，應該會有人把牠解決掉吧。』

克萊奧環顧四周，發現街道上人煙稀少，咖啡廳內只有十來名顧客，大家似乎尚未察覺到異狀，依舊悠閒地談天說笑。

『既然不清楚魔獸的行動軌跡，貿然走到街上反而更危險。』

他試圖平復急促的心跳，一口氣將杯中的殘酒灌入口中。烈酒順著喉嚨滑下，彷彿能清楚描繪出食道的形狀般那樣灼熱滑順。

「迪奧內小姐，我只是確認一下，妳會哪些能用於戰鬥的術式嗎？」

「我是專門加工魔石的魔法師，【燃燒】我早就忘了，【雷擊】之類的更是從來沒背過。」

「真可惜。」

「光是記住自己專業領域的術式就夠累了，根本沒空學用不到的東西。話說回來，你突然說到戰鬥，是發生什麼危險的事了，對吧？」

「有一隻魔獸，還有四名追捕牠的騎士，正往這邊過來。」

迪奧內的表情瞬間一僵。

「魔、魔獸?!可是我什麼都沒看到、也沒聽到……這也是你的『預測』嗎？」

「差不多吧，只不過和我原本想的有點不太一樣。」

「不是啊，既然你能預測未來，那在決定要來這裡時就應該避開這種日子吧！」

「我真的不知道會是今天，不過，首都防衛隊的騎士團正緊追在後，應該能夠順利解決……」

克萊奧話還沒說完，他的聲音就被一聲突如其來的巨響淹沒。

轟！一頭龐然大物突然竄出，輕輕鬆鬆越過屋頂，然後轟然落地，站在咖啡廳玻璃窗的另一側。一頭比三、四匹戰馬加起來還大、擁有兩顆腦袋的灰色巨狼，正在低吼。

「嗷——」

鮮血從牠的背部與後腿汩汩流出，牠的雙眼閃爍著瘋狂與憤怒的光芒。〖約定〗開始閃爍，接著發動了「理解」。

【瓦爾格
—分類：魔獸
—等級：五】

克萊奧與迪奧內兩人當場僵住。當驚恐到極點時，人往往連尖叫都發不出來。

隔著薄薄的一層玻璃窗，魔獸的目光掃視著咖啡廳內的眾人，眼神霎時變得異常興奮。

噹啷，鏘啷——哐啷啷——！

震耳欲聾的震動聲響起，下一瞬間，玻璃窗轟然破碎！克萊奧來不及細想，立刻展開防護結界。來不及想出完整的咒語，他只能蠻幹，用四個簡單啟動詞填滿術式的四個欄位。魔獸的氣勢，實在太駭人了。

「**【防禦】**、**【防禦】**、**【防禦】**、**【防禦】**！」

一道擴展至整間店內的魔法陣展開，將咖啡廳老闆、客人，以及迪奧內和克萊奧全數包圍。

砰！砰！巨狼一次次猛烈地撞擊結界。每當牠的身體撞擊時，以太的金色火花便四處飛散，但魔獸仍舊無法踏入魔法陣內一步。

迪奧內已經嚇呆了，不知不覺間緊緊靠在克萊奧身邊，但即便如此，她仍選擇站在他的前方，像是要護住他一般。

「謝謝你，但接下來該怎麼辦？對手如果是人類的話，我也能想點辦法，但這可是魔獸啊！」

「和剛才一樣，我們只需要等待，首都防衛隊的騎士團正往這邊趕來。」

克萊奧內心雖然緊張至極，但在看到迪奧內明顯在顫抖，不由自主地強作鎮定。

『振作點，既然我有『覺察』，就能看清牠的動向。現在以太還很充足，騎士團也聽到聲音正往這邊趕來，只要撐住就好。』

最後一次撞擊後，魔獸的龐大身軀飛了出去，撞上咖啡廳對面克萊奧名下土地的那片圍網。

那股反彈力道過於猛烈，導致鐵柵網被撞得七零八落，連同那片正在拆遷中的土地都被攪得一片狼藉。

雙頭狼倒在地上，其中一顆狼首的嘴角溢出了泡沫，全身顫抖，看起來隨時會吐出鮮血。

『看來牠差不多了，太好……等一下！』

克萊奧本該鬆口氣，但他的表情在瞬間僵住了——

魔獸死了沒關係，但不能死在自己名下的土地上啊！

「記憶」以驚人的速度倒轉。在過去的原稿中，從門內逃出的魔獸最終仍會被亞瑟追到城外的拆遷地帶，並且在那裡遭到擊殺。牠紫紅色的血液帶著從未有人嗅過的惡臭，濺滿了整片土地，場景宛如人間煉獄。

皇家首都防衛隊當時以「沒人能確定魔獸的血液或衍生物會否造成任何副作用」為由，封鎖了該區域，並派遣研究員魔法師前往實地調查。

『明明對人沒有任何害處！那些研究員魔法師只是一聽到「魔獸的血」這幾個字就興奮得不得

了，立刻黏了上來！』

當時，魔法師們對這頭千年來首度現身的魔獸充滿興趣，用了各種手段進行研究，整個調查過程竟然長達十八個月。期間，拆除作業與所有工程也只能被迫暫停。

如果這隻魔獸真的在這裡死去，克萊奧即將面臨同樣的情況。他可不能因為這場調查，讓飯店的施工計畫延後一年半那麼久。

『不行！不准死在我的地盤上！』

這時候哪裡還顧得上有沒有魔杖。根本來不及細想，克萊奧的身體已經搶在思考之前行動。他一把抓起迪奧內的陽傘充當魔杖，踩著破碎的玻璃窗，直接衝上街道。

「【躍起吧，如傳令使者之足！】」

克萊奧啟動了兩個術式欄位，施展【跳躍】與【滯空】，讓自己騰空而起。這是他在放假期間斷斷續續練習過的術式組合之一。

此時，那頭倒在地上的巨狼似乎受到克萊奧迸發出的以太能量所刺激，猛然間挺起身來，即使已滿身傷痕，仍凶殘地晃動著身軀。

「嗷──！」

那一瞬間，瓦爾格閃爍著血紅色光芒的雙眼與克萊奧的目光正面交會。

『成了！』

下一刻，克萊奧迅速展開四級魔法陣所能達到的最大範圍，並在空中大幅度跳躍，開始引誘魔獸。

『很好，快追上來吧！』

彷彿不曾倒地似的，這頭雙頭狼怒吼一聲，緊追在克萊奧身後。克萊奧則一路跨越荒廢的街巷，直奔城市外圍。

『無論如何，得讓牠離開這裡！』

怪獸的咆哮聲與沉重的腳步聲越來越近，震得地面微微顫動。克萊奧透過「覺察」，清晰捕捉到牠洶湧而來的氣息。他害怕得連回頭都不敢，只能咬緊牙關，拚命向前狂奔。

他拚盡全力一再重新啟動術式，竭力引導魔獸。此刻，他的心跳快得彷彿要衝出胸膛，呼吸紊亂，胸口有些發悶。

他用空著的那隻手在外套口袋裡翻找，想拿出自己的亞空間口袋，卻因為手指顫抖不已，翻了好一會兒才終於摸到。

就在這時，魔獸猛地從仍滯留在半空的克萊奧下方掠過，直衝他的預計落點，狠狠攔住去路。

「嗷嗚——！」

巨狼張開血盆大口，露出沾滿鮮血的獠牙，狠狠朝著他吼叫。

「哇啊啊啊！」

克萊奧忍不住驚叫。唯一值得慶幸的是，靠著「覺察」，他能夠清楚感知魔獸的動作。

『看得見又怎樣，根本躲不掉啊！』

眼見巨狼迎面撲來，克萊奧立刻解除【滯空】魔法，整個人直接摔進拆遷地的磚瓦堆中。雖然狼狽不堪，但這時已經顧不上形象。他與亞空間口袋展開了一場拉鋸戰。

『靠！這什麼鬼東西，為什麼打不開啊！』

✦意外拯救首都的克萊奧・阿塞爾

由於他把亞空間口袋的開口綁得太緊，所以遲遲無法拿出魔礦石。與此同時，錯失攻擊機會的魔獸在落地後轉過身，再次將目標鎖定在克萊奧的身上。

「嗚嚕嚕！」

緊抓著亞空間口袋的克萊奧冷汗直流。

『怎麼辦？啊啊啊啊啊啊──』

魔獸伏下身體，準備再次發動突襲。就在那一瞬間，克萊奧的腦袋一片空白──唯一浮現的，只有一個術式組合：【分解】與【解體】，但不知道這對活著的生物能有多少效果。

『應該不會搞得血肉橫飛吧……呃啊啊。』

但現在根本沒時間猶豫了。克萊奧咬緊牙關，高聲喊出咒語：

「【灰……歸於灰，塵歸於塵！】」

熟悉的【分解】與【解體】術式瞬間組合而成，巨大的魔法陣浮現在半空，隨即將魔獸的身軀吞噬。

「吼啊啊啊──！」

璀璨的光芒令人無法直視，魔獸在烈焰中痛苦掙扎。克萊奧趁著這個空檔，迅速將剩餘的兩個術式欄位填入【跳躍】與【滯空】。

他向後退了約十公尺，終於打開亞空間口袋，顫抖著手在裡頭摸索了幾次，才總算抓住幾枚叮噹作響的青銅碎片。

『可以的，我一定可以……不，我必須做到！』

就在此刻，【解體】與【分解】術式解除了。克萊奧瞇起因為強光而感到刺痛的雙眼，看見那頭巨狼再次現形，只不過牠的銀灰色毛皮已經被燒得焦黑脫落。失去毛髮的巨狼，看起來就像一隻光禿禿的薩摩耶。克萊奧下意識往後退，卻被腳下的碎石絆了一下，重心不穩地跌坐在地。

『變成禿頭魔獸了。』

可怕歸可怕，畫面卻詭異得讓人忍不住想笑。

儘管魔獸依舊用紫色的雙眼怒視著他，還發出震耳欲聾的咆哮，但剛才那股駭人氣勢已經消失。克萊奧忍不住噗嗤苦笑出來。

「哈、哈哈……」

這場景任誰看來，都只會覺得是一名手持陽傘的少年，正與一隻光禿禿的大狗對峙，毫無任何帥氣可言。

『明明在原稿裡，亞瑟用劍將這隻魔獸的腦袋一刀削下時，是多麼震撼人心的場面……結果現在劇情亂了套，變成我這副德性。』

彷彿察覺到他的嘲弄，魔獸閃爍著凶光的四隻眼睛死死盯著他。儘管毛髮燒光了，但牠的獠牙與利爪絲毫無損。

就在下一瞬間，魔獸朝克萊奧撲過來。「覺察」能力被放到最大。在克萊奧眼裡看來，巨狼的所有動作都像是慢速播放一般。

他清楚地看到，在魔獸的左首左眼，以及右首右眼的位置，隱約有以太微微閃爍著。

『原來……魔石就在那裡！』

魔獸是以魔石為核心構成的存在，因此那些地方就是牠的弱點——必須攻擊那些部位，才能將牠徹底消滅！

克萊奧深吸一口氣，將手中因汗水而略顯濕滑的青銅碎片拋向空中。咒語從他的嘴裡響起，聲音也像影片慢速播放時那樣，嗡嗡地模糊傳來。

「【對招致無數災難之人，我燃起怒火，拖曳長長陰影的青銅之槍啊，狠狠刺下吧！】」

為了調整以太座標，克萊奧將尚未撐開的蕾絲陽傘當作魔杖猛然一揮。那些青銅碎片化作鋒利的長槍，以驚人的速度朝地面射去。問題在於操控。克萊奧試圖用陽傘來控制軌跡，但精準度顯然不夠——好不容易【複製】出的其中兩支槍超出了魔法陣範圍，在空中化作青銅碎屑，迅速消散。

『啊靠！』

若沒有使用昂貴的魔石作為媒介，只要超出魔法陣，任何魔法都無法維持其效果。畢竟，魔法不遵循物理法則，而是依照自身的規則，只能在術式範圍內發動。

不過，剩下的兩支長槍準確地貫穿了目標。「唰——轟！轟！」鮮血四濺，骨骼碎裂。其中一槍刺入魔獸的背部，另一槍則貫穿牠的一顆頭顱，將其狠狠釘在地面。原本準備躍起的巨狼，被這突如其來的衝擊鎖死在原地，發出慘烈的哀嚎。

「嗷嗷——嘎啊啊！」

牠的體內噴湧而出的紫紅色鮮血，有如瀑布般灑落，將克萊奧渾身浸透。這股溫熱且黏稠的液體，比人類的血液更加濃稠。由於嗅覺已經麻痺，他甚至無法再感受到惡臭。

魔獸最後僅存的一顆狼首，不斷滲出血沫與唾液。牠的上下顎劇烈碰撞，發出「喀啦、喀啦」的巨響，痛苦中滿是殺意。牠瘋狂掙扎，鋒利的獠牙閃爍著寒光，幾乎要咬上克萊奧的腳尖。與此同時，貫穿魔獸的兩柄長槍正在逐漸崩解，以太光芒一點點消散，化作微光隨風飄散。

『還剩下另一顆頭！』

克萊奧抬起撐著地面的手，將陽傘向前舉起。就在這時，傘柄與傘面分離，一道細長的刀刃從中現形，在微暗的夜色中閃爍著寒光。有了這個工具，他調整以太座標的準確度將大幅提升。

無法起身的克萊奧強行聚集所有僅餘的以太，再次發動【阿基里斯之槍】。

叮──青銅碎片再次飛向空中。

嘩──璀璨的術式光芒照亮了黑暗的街道。

這次，他使出全力施展術式，使得整條破敗的街區宛如白晝般明亮。他捨棄了【複製】術式，讓魔法陣形態更加簡潔。

由於術式變簡潔，魔法發動後仍未被完全消耗的以太如火焰般沿著地面蔓延，耀眼的光芒讓人無法直視。

轟──！巨大的長槍如同天罰一般自空中墜落，不僅貫穿了魔獸僅存的頭顱，甚至在地面炸開一個巨大的深坑！

強烈的衝擊波將克萊奧一併捲入。他的身體滑落進坑內，意識雖然還在，但全身已完全癱軟，無法動彈，毫無反抗之力。

緊繃的神經逐漸鬆懈後，他才發現自己渾身被魔獸的血浸透，衣物緊貼著皮膚，濕黏難耐，因為方才過度使用身體的關係，肌肉傳來強烈的痠痛感。

倒在地上的克萊奧，恍惚地望著魔獸的身軀逐漸崩解消散。那已不再像是生物的屍體，反倒更像某種礦物碎裂後的殘骸。巨狼的血肉化為細小的顆粒，在夜風中飄散無蹤。

不久，原本龐大的屍體已完全消失，只在地面上留下幾道深色血跡，以及兩塊閃爍著虹光的金屬碎片。

【──瓦爾格雲母：

──反射的魔石，

──可完整映現出被施加的魔法。】

在雲母碎片上方，〖約定〗的字樣閃爍著。克萊奧的頭隱隱作痛，不由自主地伸手握住魔石，以遮蓋那刺眼的光芒。

遠處，騎士的腳步聲正迅速逼近——

「跟著斯韋因！」

「在那邊嗎？」

「魔獸被解決了?!」

『啊……後面的事，就交給他們吧……』

他的意識逐漸墜入黑暗。〖約定〗的最後一條訊息，也清晰映入他的視野——

【——作者承認該段劇情為正式情節。】

【——《阿爾比恩王子》第一章完成，即將進入第二章。】

【——「專屬異能」〖編輯的權限〗可使用次數已重置。3／3】

今年即將滿二十二歲的斯韋因・坦普爾，是皇家首都防衛隊騎士團的一年級正式騎士。他為自己能被稱作「斯韋因爵士」而感到自豪。擁有以太等級的劍士雖然不少，但真正向君主宣誓忠誠、獲得「騎士位階」的，屈指可數。剛入團時，他甚至被寄予厚望，認為會是同期中最快晉升高階騎士的人才。

然而，風光的時期轉瞬即逝。自從那場夏季的「芬托斯山脈出動事件」後，斯韋因不僅沒能成為王牌，反而成了整個騎士團的笑柄。當時，他與前輩接到出動命令時，心態輕鬆，甚至把這次行動當成一場輕鬆愉快的郊遊。他們還曾對貴族動用騎士團去抓回離家出走的孩子感到不滿，覺得這根本是場鬧劇。

然而，在山莊發生的事，徹底讓他們的抱怨煙消雲散，因為他竟然連一個瘦弱的十七歲少年都無法制服，最後還被對方打斷了左腿。從那天起，斯韋因就在騎士團裡成了眾人調侃的對象——

「喂，你居然連那個弱不禁風的小孩都打不過？」

「聽說你還『嗚哇啊啊啊』地被打飛出去，摔進草叢裡？練這麼多年的肌肉到底有什麼用啊？哈哈哈！」

自那次事件後，斯韋因憑著一口氣，全身心都投入訓練。也因此，到了初秋，他成功晉升為五級劍士。在資歷僅僅一年的騎士當中，這可是非凡的成就。

如今，對於一直期待著雪恥的斯韋因來說，此次追捕從首都防衛隊學校的結界中逃出的魔獸，正是一個千載難逢的機會。

他的身形比一般人高出一個頭，雙腿則有如磐石般結實，透過以太【強化】後，他的奔跑速度遠超常人。

斯韋因甩開身後的三名同伴，迅速穿越市區，揮劍釋放劍氣，朝魔獸發動攻擊。但魔獸只是留下了一道淺淺的傷痕，便靈活地從他手中掙脫，毫不停歇地逃竄。牠甚至有如長出翅膀一般，直接翻過建築物，迅速逃逸。

當斯韋因終於追上魔獸時，卻只能停止動作，因為他根本無法介入眼前的這一幕：在連眼睛都睜不開的強光中，一名魔法師正與魔獸展開激戰。

一道光之長槍自天而降。

洶湧的以太光輝席捲天地。

環繞著廢墟的魔法陣，釋放出廣闊、具壓倒性的魔力。這股力量與他熟知的魔法完全不同，彷彿來自另一個次元。

斯韋因對魔法並非一無所知。他早已見過防衛隊的魔法師施展結界、進行治療，甚至加工魔石的過程。

然而，此刻的景象顛覆了他對魔法的認知。

『這種東西……能被稱作魔法嗎？』

這股力量，已超越凡人的極限，宛如神祇的旨意降臨世間。

等到所有光芒熄滅後，他才縱身一躍，跳入魔獸墜落的深坑。然而，魔獸早已消失，取而代之的是一名魔法師。他靜靜倒在坑底，氣息微弱，顯然因施展過於強大的魔法而失去意識。

斯韋因跪在染滿血跡的地面，試圖扶起這名魔法師——

『還是個孩子?!』

對方那過於年輕的臉龐，被魔獸的鮮血與灰塵弄得髒亂不堪，但即便如此，他依然一眼就認出對方的身分，因為這傢伙正是那個在夏天把他腿骨打斷的罪魁禍首——

「阿塞爾公子?!」

少年沒有任何反應，斯韋因則因為過度震驚，一時間像座雕像似的僵在原地。當面對奇蹟時，人的臉上往往會浮現出敬畏與恐懼交織的神情。

✦　✦　✦

克萊奧的臉頰被輕輕舔了一下，微刺的感覺讓他從沉睡中緩緩醒來。

「莫特，別鬧……」

「至少起來吃個飯吧！」

貝赫莫特緊緊黏在他身邊。克萊奧伸手輕撫牠的背脊。這溫暖、柔軟的觸感真是令人安心。

「呵啊——我不餓……」

「不行！」

貝赫莫特乾脆站了起來，伸出前爪輕拍一下剛才舔過的臉頰。牠沒伸出爪子，也沒怎麼出力，只是輕輕來了一記「肉球巴掌」，感覺癢癢的而已。

「好吧好吧……」

克萊奧頂著痠痛的身體起身，不斷打著哈欠，嘴巴乾得厲害。從窗外傳來的人聲，以及露台透進來的光線來看，現在應該是上午時分。

「……我到底睡了多久？」

「整整昏睡了四天，你這懶蟲！」

✦一覺醒來，成了國民英雄

貝赫莫特一邊喵喵叫著，一邊跳上他的膝蓋。天氣已逐漸步入秋天，空氣中帶著些微涼意，而貓咪暖暖的體溫就像個天然暖爐。

克萊奧動作遲緩地撐起身子，倚著床頭，眨著還帶著睡意的雙眼，終於看清周遭的景象。這裡是阿塞爾宅邸二樓最左側的寢室，他的房間。但眼前的畫面讓他愣住了，因為房內竟然堆滿了花籃，大大小小，擠滿視線所及的空間。

『……這花是怎麼回事？』

還來不及思考，他的房門「砰！」地猛地被推開，一名身高近兩百公分的壯碩青年闖了進來。

「您終於醒了！」

來人的嗓音低沉渾厚，震耳欲聾，在克萊奧腦袋裡嗡嗡作響。

「……你是哪位？在這裡做什麼？」

「失禮了！忘記先向您自我介紹。在下是斯韋因．坦普爾，是皇家首都防衛隊騎士團的騎士，奉命前來保護克萊奧．阿塞爾大人。看到您醒過來，真是太好了！」

「那個……請小聲點，我的頭有點痛。」

「對不起！一感覺到您醒來的動靜讓我太高興了，不小心就……我這就叫人過來，請稍候！」

克萊奧茫然盯著半開的房門。房裡的騷動很快就引起坎頓夫人和迪奧內的注意。兩人臉色蒼白、一臉憔悴，顯然這幾天沒怎麼闔眼，讓他心裡有點過意不去。

坎頓夫人請來醫生為克萊奧檢查身體，所幸並無大礙，他只覺得像是剛睡醒般，帶著一股慵懶的疲倦感。

『畢竟我本來就沒受什麼外傷，只是肌肉痠痛加上以太耗盡罷了。』

確認克萊奧安然無恙後，坎頓夫人急忙去準備餐點，斯韋因則返回王宮匯報。趁此機會，迪奧內湊到床邊，壓低聲音說道：

「你倒下的那天，首都防衛隊的魔法團長來過，明明只是因為以太耗盡而昏迷，他卻說什麼要觀察你的恢復狀況，一副要直接把你帶回宮裡的架勢。甚至連機動調查小組的人也想插手。那票人一聽說魔獸現身，眼神都變了……！」

「結果你們居然還能把我帶回家？」

「是啊，還好當時最先趕到現場的是王室魔法監察官澤貝迪。他瀟灑地甩了一下長袍，堅持讓你回家休養，幫你施了【洗淨】和【淨化】的魔法後，就沒再做什麼其他處置。不過，首都防衛隊那邊還是不肯放手，所以那位騎士才會一直守在你的房門口。」

「大家這幾天辛苦了。」

「慰勞的話，等聽完我現在要說的再說吧。首先，我已經把從魔獸身上取得的魔石放在床頭櫃的抽屜裡了，因為魔石太小，加上你又緊緊握著，所以那位騎士好像沒發現，要是讓研究員魔法師們知道，肯定會以『調查』為理由拿走，到時候可不知道什麼時候才會還回來……」

「做得非常好，迪奧內小姐。」

那顆魔石可是能夠在魔法陣外運作的貴重物品，要是真的被奪走，他肯定會整夜失眠。

「應該是我向你道謝才對，畢竟你擊退了魔獸，我才能安然無恙！但我有個疑問——你擊殺魔獸的地點，是在倫德因市與賽瓦州的交界處，為什麼你要在那麼短的時間內把那傢伙引到這麼遠的地方去？」

「如果說是為了減少人員傷亡……妳應該不會相信吧？」

「你不是那種人吧。」

「妳看人還真準。」

「總之，那個地方已經被封鎖，首都防衛隊裡的魔法師個個摩拳擦掌，興高采烈地跑去做研究。這場調查短時間內恐怕不會結束。」

『這些研究員魔法師的行為，跟原稿裡寫的一模一樣……果然，把魔獸引走是正確的決定。』

克萊奧滿意地笑了，覺得這次吃的苦果然沒白費，土地總算保住了。迪奧內則像是察覺到什麼，露出一抹像共犯般的笑容。

「你一開始就料到會變成這樣吧？防禦結界明明撐得住，你卻突然改變策略，把魔獸引走……」

「我雖然無法明確回答妳，但妳猜的大致上沒錯。」

「哈，不愧是我選擇的夥伴，那就讓我來告訴你，在你昏睡的這幾天裡發生了什麼事吧。首先，這些花是世子殿下、幾位貴族、平民院與貴族院的幾名議員，還有附近居民送來的。」

「才不過四天，怎麼事情就變得這麼誇張？」

「哎呀，你別急，我還沒講到最精彩的部分呢！」

迪奧內迅速轉身，從書桌上拿來一大疊報紙與週刊，全數攤開在床上。這些刊物種類繁多，從迎合大眾口味的八卦小報，到一本正經的王黨派報紙，連左翼媒體也刊載了相關報導。但不論立場如何，所有報刊的頭版頭條幾乎如出一轍——

〈魔法！傳說！英雄！〉

〈新時代的魔法，新世代的希望！——十七歲少年擊敗魔獸〉

〈挺身斬殺魔獸的少年是誰？〉

像在碰什麼不吉利的髒東西一樣，克萊奧用指尖捏起最上面一份報紙來看，讀完之後卻只希望自己沒有讀過。

〈皇家首都防衛隊騎士斯韋因爵士表示：「他的魔法簡直是奇蹟。那柄英勇的長槍從天而降，如同對凶惡魔獸的天懲，一舉貫穿了牠。這麼強大的力量，已經無法用言語形容……」〉

貝赫莫特窩在克萊奧懷裡，和他一起盯著報紙，結果比他先忍不住笑出聲來，甚至笑到整個身體微微顫抖。

「喵嗷嗚——噗嗤！」（這也太丟人了！以後要怎麼見人啊?!噗哈哈哈！）

克萊奧滿臉羞愧，急忙要將報紙捲起，卻被一隻堅定的小爪子牢牢按住，讓他無法收起來。

「哎呀，貝赫莫特居然也在看報紙啊？你應該覺得你的主人很威風吧？」

被貓咪與大小姐夾擊，克萊奧只能硬著頭皮繼續讀下去。

〈「當所有人都因為恐懼而僵住、在店裡瑟瑟發抖時，那位少年竟然毫不猶豫衝向魔獸！那隻怪物瘋狂撞擊著咖啡廳，他卻毅然決然地站在前方，眼神中充滿了決心！這種英勇的行為讓我忍不住流下眼淚……」（馬克．吉利爾，四十六歲，自營商）〉

內容全是這種令人尷尬的誇大報導，克萊奧羞得耳根發燙。

咖啡廳老闆當時分明是躲在櫃檯後面，是要怎樣看到克萊奧的眼神啊？

『這種誇張的證詞，難道不會被新聞仲裁委員會處罰嗎？還是說這個世界根本沒這種東西？』

因為天下太平太久了，大眾對突如其來的魔獸襲擊事件感到異常興奮，熱烈討論著那名擊退魔獸的少年魔法師。

「你是因為害羞才臉紅嗎？我都還沒說到最有趣的部分呢！快看看這本《號角》的報導！這可

是極左派共和主義刊物，居然和《倫德因標準報》立場一致，這可不常見啊！」

迪奧內咯咯笑著，直接攤開一份對開的大型週刊，遞到克萊奧面前——

〈凡人之善：貧者的生命同樣珍貴。為了那些被放逐之人，為了那些棲身廢墟之人，一名少年站了出來。〉——吉布里爾．法蘭奇

『真的要瘋了。我明明只是想守住我的地而已啊！』

克萊奧的表情糾結成一團，這根本是他始料未及的發展。

「一覺醒來變成名人的感覺如何啊？」

「名聲能當飯吃嗎？被人議論只會惹禍上身而已，真讓人不舒服。」

「名聲和榮耀，往往是越想避開的人，越會被它纏上呢……傷腦筋。」

「……幸好就這張插圖來看，應該不會有人在路上認出我。」

報紙頭版上登載了一幅幾乎占了整個頭版寬度的精美鋼筆畫，內容描繪一場壯烈的對峙：一名青年與凶猛的魔獸正面交鋒，氣氛極為戲劇化。那名青年高大又英俊，身上的長袍隨風飄起，手持魔杖直指敵人。

『想像力很豐富嘛，當時我穿的是白天外出的禮服，手上拿的也不是魔杖，而是迪奧內的陽傘，還有，瓦爾格也沒長得這麼噁心……』

克萊奧好不容易才擺脫固執的貓咪，成功將報紙揉成一團，丟到地上。

看到克萊奧滿臉的嫌惡，迪奧內終於收起嘴角的笑意。

「你再怎麼撇清也沒用。現在的你，已經是為首都獻身的英雄了。以後你出門時，言行可得符合這個身分了。」

「……妳說什麼啊？」

「等你身體恢復後，至少要向那些送花送禮的人表達感謝才行。」

「我才不做那種事。」

「這樣會被說沒禮貌喔？」

「我就是沒禮貌，以後也不會有。」

「但阿塞爾準男爵應該不會這樣想吧？」

「……我父親怎麼了？」

「這次的事鬧得這麼大，當然要通知他！不過現在商團才剛從契恩特倫回來，他暫時還無法動不身，但這週內他就會來首都囉。」

「他來幹嘛，有什麼好說的？」

「說不定是想來誇獎你呢，畢竟你立下這麼大的功勞。」

「誇獎個鬼，除非他願意把這座宅邸過戶給我，不然我們沒什麼好說的。」

坎頓夫人準備了一碗淋上糖漿、搭配無花果的粥，還有一杯溫熱的草本茶，正好能暖一暖他空空的胃。

雖然澤貝迪教授已經幫他施過【洗淨】的魔法，但克萊奧想到自己曾在魔獸的血泊中打滾過，還是覺得渾身不舒服，因此花一些時間泡了個澡。

趁著他沐浴的時間，房間裡堆積如山的花束和雜物，也依他的要求清理得一乾二淨了。

克萊奧心情愉快地躺在新鋪好的床單上，手裡把玩著那塊從魔獸身上取得的魔石雲母碎片。按照原本的劇情，這應該是亞瑟的戰利品……當然，他完全沒打算交出去。

『反正之後還是會跟那傢伙一起行動，一半拿來做原本的用途，另一半給我自己用，應該沒關係吧？反正那件事根本不需要把它全部用掉也可以解決。』

他用手帕小心翼翼地將魔石雲母包好，放進掛在衣櫃裡的校服外套內袋中。看來，是時候該買一個亞空間錢包來代替亞空間口袋了。

『還有，這個「專屬異能」……』

他抬起右手並凝視著手背，緩緩注入以太，手背上隨即浮現出帶著青藍色光芒的方形紋路，〖約定〗再次顯現出熟悉的文字——

【專屬異能：「編輯的權限」（3/3）】

不多久，以太散去，聖痕也隨之淡去，金色的字句也悄然消失。

這項能力看似能改變一切，卻也可能什麼都無法改變。這份不完整的神力，只能用來實現「作者的意志」。

〖編輯的權限〗。

這正是克萊奧．阿塞爾——又或者說「金正珍」——存在的理由。

現在他不只是擁有財富與魔法，甚至還意外獲得了名聲。很難相信這當中完全沒有作者的意志介入。

而他從這個世界獲得的越多，心情就越沉重，因為這一切就像在命令他要更加努力去做事。

『這該死的作者……有什麼想要的，倒不如直接在稿子上貼張便利貼告訴我算了：亞瑟即位的結局應該是已經確定的沒錯，但除此之外，一切都只能在黑暗中摸索。作者到底是對前一稿的哪裡不滿意，才決定重寫這個故事的？』

克萊奧被交付的任務，實在非常困難。

目前，他還無法確定「最終版」中哪些內容是作者修改過的，哪些則是因為文本不穩定而導致的邏輯崩壞。這份稿子上既沒有注解，也沒有任何補充說明。

換言之，他是這部原稿的第一位解讀者，「推測作者意圖並加以註解」的重任，也落在他身上。倘若他理解錯誤，這個世界就真的會被推向「按照文字實現」的毀滅。

『什麼狗屎爛差事……呼……』

比起這分沉重的責任，「首都英雄」這種事根本不值一提。畢竟，人們很快就會遺忘那個擊倒一隻魔獸的少年。

而瓦爾格的出現，不過是接下來一連串事件的開端而已。

『美好的時光結束得太快了啊。』

✦ ✦ ✦

不管攸關國運的大戰是否即將到來，坎頓夫人精心準備的下午茶還是很好吃。

內含橙香卡士達醬的泡芙、抹上覆盆子果醬與鮮奶油的維多利亞蛋糕，還有小巧的黃瓜三明治，每一道都讓人驚嘆。

它們乍看之下雖然有些樸素，但每一樣都蘊藏濃郁的風味，食材也極為上乘，搭配帶有佛手柑香氣的茶品，簡直如臨天堂。

不想輸人的貝赫莫特也將鼻子湊到盤裡，毫不客氣地叼起一大塊蛋糕。

「嗯……很好吃。」

「記得要配茶。」

克萊奧擔心貝赫莫特噎到，將一些茶水倒入碟子裡。貓咪坐在桌上，悠閒地一口蛋糕、一口茶，吃得津津有味，尾巴愉悅地輕輕搖晃。

與貓咪開心共享點心後，克萊奧原本打算回寢室再睡一覺，卻被突如其來的訪客打亂了計畫。

「萊奧！」

「聽說你昏倒了！」

僕人一打開會客室的門，莉比與蕾蒂莎便有如疾風般衝了進來。短短四天不見，雙胞胎卻像幾個月來第一次看到克萊奧一樣，大驚小怪圍著他。

「沒什麼大不了的，醫生來看過了，只是以太耗盡了而已。」

「真的嗎？」

「大家都很擔心你耶。」

「所以我們就和老師一起來探病。」

「伊希爾和瑟爾本來也想來，但她們要負責學校的治安自衛隊巡邏，所以沒辦法過來。」

「畢竟門開了啊！所以招募了想參加巡邏的學生！」

雙胞胎很自然地一左一右坐到克萊奧身旁，七嘴八舌說個不停。

「我們看到報導了，你這次真的大顯身手了！」

「沒有啦，新聞寫得太誇張了。」

「哪會啊，你別假謙虛了。」

「萊奧，現在首都的人都知道你的魔法有多厲害了！」

孩子們的喧鬧讓克萊奧開始覺得頭疼，不禁揉了揉眉心。

這時候，騎士斯韋因．坦普爾與由他護送的澤貝迪一同現身。原來斯韋因之前不見人影，是為了去找澤貝迪。

平時總是穿著教授長袍的澤貝迪，這次換上了王室魔法監察官的正式服裝，渾身散發出一種莊嚴的氣場。他大步走進會客室，見到克萊奧後，直接發出一聲不滿的咂嘴聲。

「一聽到你醒來，我就立刻過來了，怎麼昏睡了四天，氣色還這麼差？你的臉色可真慘白。」

「雖然看起來不太好，但我其實沒什麼大礙，聽說在我昏迷這段期間，您幫了不少忙，真是謝謝您。」

「發生了那種事，我怎麼可能袖手旁觀？作為學校校長和魔法監察官，確認參與討伐魔獸的學生魔法師是否安然無恙，是我的職責。」

克萊奧原本想站起來正式行禮，卻被澤貝迪制止了。

「坐著就好。剛才我聽坎頓夫人說，你的以太還沒完全恢復，不用勉強自己。」

克萊奧本來就不想起來，聽澤貝迪這麼一說，索性直接大刺刺地往沙發一躺。

「斯韋因爵士，你也不用太拘謹，放鬆一些吧。」

「不行！我是魔法監察官的護衛，必須履行我的職責！」

他響亮的嗓音在會客室內迴盪，彷彿充斥了整個空間。語氣鏗鏘有力的騎士，筆直地走到會客室門口立正站好。

雖然他穿著首都防衛隊騎士團的正式服裝，配上擦得發亮的輕甲與長劍，理應威風凜凜，但會客室裡的人顯然完全不以為意。

「這裡有兩個魔法師，還擔心什麼啊？隨你高興吧。」

不再理會斯韋因的澤貝迪，揚手撩開長袍，在克萊奧對面的沙發坐下。

當他正準備開口時，坎頓夫人推著茶點推車進來了。推車上擺滿了新鮮現做的點心與盛著熱茶的茶壺，還有數量剛好的鑲金茶杯。

雙胞胎的眼睛立刻亮了起來。坎頓夫人動作優雅地將點心與茶水端上桌，原本寬敞的會客室頓時熱鬧起來。她先為澤貝迪倒了一杯茶，再將點心放到雙胞胎面前。

「哇！夫人，這個橙香泡芙好好吃喔！」

「維多利亞蛋糕怎麼可以這麼香濃可口呀？」

「這是我們阿塞爾家的特製配方。感謝各位特地來探望少爺，點心的數量很足，儘管享用吧。」

肚子吃得圓滾滾的貝赫莫特，瞇起眼睛，跳上克萊奧的膝蓋。

「喵嗚嗚嗚。」（這會客室簡直像市場一樣吵。）

貝赫莫特的抱怨確實有些道理，克萊奧也覺得這混亂的場面讓他頭昏眼花。澤貝迪無視一切嘈雜，端起茶杯輕啜一口，依然冷靜地開口道：

「克萊奧，看你狀態不太好，我就長話短說，首先是關於授勳的事……」

「授勳？這麼突然嗎？」

「哪裡突然了。歐雷爾斯區的建築已經非常老舊，就算只是受到少許的衝擊，都有可能造成嚴重災情。要是你沒有把魔獸引開，那些還沒遷出的老人和貧民，恐怕早就凶多吉少了。」

「我當時其實沒有想那麼多……」

克萊奧的態度保留，似乎被澤貝迪解讀為謙遜。

「你真的做了一件很了不起的事，你的英勇行為已經傳遍整個倫德因，世子殿下也迅速做出決定，要授予你『首都防衛勳章』。」

克萊奧的眉頭微微皺起。

『是想塑造一個英雄來轉移國安危機的焦點嗎？世子殿下還真是擅長政治操作。』

畢竟，在首都正中心竟然有扇不知道會冒出什麼東西的門，這件事對市民來說，絕對不是什麼好消息。

而現在，自己被當成掩蓋這明顯危機的煙霧彈，而且未來肯定還會被市民議論好一陣子，對於這點他根本一點也不高興。克萊奧明顯語氣不悅地問：

「這對我有什麼好處嗎？」

「嘖，你這放肆的小子。」

不管澤貝迪怎麼咂嘴，克萊奧都無所謂。他最討厭的就是被捲進這種麻煩事，什麼首都防衛章，他根本沒興趣。

克萊奧不情願的反應，讓雙胞胎大吃一驚。

「萊奧，你連這個都不知道嗎？」

「首都防衛章是授予守護首都的功勳者的勳章，是阿爾比恩第三等級的榮譽勳章耶！」

「這可是百年來第一次有人獲得這枚勳章！我們的曾祖父也拿過這個勳章喔！」

「你現在要變成『阿塞爾爵士』了耶?!」

不愧是騎士世家的子弟，雙胞胎對勳章制度非常熟悉。

「妳們先安靜點。」

「是，老師！」

「對不起！因為萊奧說了蠢話，我們才……」

雙胞胎噘了噘嘴，很快又把注意力轉回點心與紅茶上。

「克萊奧，看來你對這方面一無所知，我就簡單說明一下吧。這些孩子說得沒錯，獲頒首都防衛章的人，首先將獲得與騎士相當的地位，還可以使用『爵士』的稱號。」

「這樣啊……」

克萊奧依然一臉無所謂的樣子。

『有什麼了不起……又不是會給錢。』

澤貝迪開始進入與實際利益相關的部分，顯然已經從克萊奧的態度中察覺到，這傢伙對「名譽」這種東西毫無興趣。

『嘖嘖，這孩子到底是不懂世事，還是根本就不懂事呢？』

「第二點，這枚勳章還附帶一份終身年金，每年十二萬迪納爾。」

這次克萊奧終於有了反應，原本還強忍著哈欠的他，雙眼頓時睜得老大。

『年薪一億兩千萬韓元……光是坐著什麼都不幹就能領這筆錢，還真是挺划算的，難怪不輕易頒發這枚勳章。』

「第三點，雖然沒什麼實質意義，但也讓你知道一下——如果你受邀參加王室的慶典或晚宴，可以帶動物一起入宮。這是源自列奧尼德一世當時的傳統，據說當時他養了一頭獅子。」

克萊奧剛剛亮起來的眼神，瞬間又黯淡下去。不知道是不是因為這國家歷史悠久，竟然連這種奇怪的條文都有。

雙胞胎聽到這裡便將茶杯放下，彼此對視一眼，然後竊竊私語起來。

「這樣的話，冬季晚宴就能帶他去了吧？」

莉比伸出手指，指向貝赫莫特。突然成為眾人目光焦點的那隻貓，耳朵瞬間豎起來。

「說到宮廷的活動，一般來說夏季有國王生日宴，冬季則是晚宴。」

「去年晚宴的料理真的很精緻。」

「夏布利白酒煮牡蠣，還有甜蝦。」

「帕馬森起司舒芙蕾，還有烤山鷸。」

「好好吃。」

「真想再吃一次。」

聽到雙胞胎的對話，貝赫莫特開始用前爪不停按壓克萊奧的大腿。當他低頭看去，便見到那隻貓的尾巴微微彎曲，那雙眼睛像星星一樣閃閃發亮。

「喵嗚嗚嗚——嗷嗚！」（你聽見了吧？那個晚宴，務必帶本喵去！）

被雙胞胎與貓咪夾擊，動彈不得的克萊奧只能無奈地嘆口氣。

「最後還有一件事。這不是以王室魔法監察官的身分，而是我作為一名老師的提議——你要不要成為我的弟子？」

「我不是已經是您的學生了嗎？」

「我指的不是普通的學生，而是成為我的弟子，繼承我的咒語和術式。」

克萊奧腦中瞬間警鈴大作。多年來，他在專門出版學術書籍的出版社當編輯，跟教授們打交道的經驗讓他的警覺心瞬間提高。

『等等，這不就是叫我去讀研究所的意思嗎！』

「我恐怕沒有資格接受這種……殊榮。」

「臭小子，別急著拒絕，至少先好好考慮過再回答吧。」

克萊奧迅速啟動〖約定〗的「記憶」功能，搜尋有關澤貝迪是否收過弟子的紀錄，但什麼都沒找到。

不知是不是誤解了克萊奧的沉默，澤貝迪的語氣變得更加懇切了。

「我從來沒收過弟子，現在這麼說，的確有些突然，但是克萊奧，你擁有能夠完全記住術式的能力對吧？我也是，這種資質不是努力就能獲得的，而是與生俱來的。」

克萊奧不自覺地握緊戴著〖約定〗的左手，脖子後方滲出冷汗。不知怎地，他感覺自己像個詐欺犯。

『不是的，您是真正的天才，我這種只是裝備加持而已……』

「要成為我的弟子，繼承我的知識，就必須具備完美記憶術式的能力。我一直沒能遇見符合條件的學生，之前也曾想過或許這就是我的命運吧。」

『照你那種標準當然找不到弟子啊。你過去沒遇到，以後也不會有的，別再找了！』

克萊奧雖然在心裡瘋狂吐槽，其實完全不知該怎麼應對，於是陷入沉默，澤貝迪則站起身來。

「我不是要你現在立刻做決定，離畢業還有幾年，你可以慢慢考慮。我已經幫你請了兩週的病假，趁這段時間好好休養，恢復一下體力吧。」

「承蒙您提出這樣不敢當的提議，非常感謝，兩週後再見。」

澤貝迪起身離去，雙胞胎也跟著站起來道別。

「萊奧，記得養好身體再回來！」

「你呀，耗盡以太沒什麼，體力才是你最大的問題吧。」

「那我們先走囉，下下星期見！」

等所有人都離開後，天色已經暗下來。精疲力盡的克萊奧，乾脆把送客這件事丟給坎頓夫人，自己直接撲倒在床上，完全不想動彈。

克萊奧原本打算一覺睡到天亮，卻在半夜裡醒來，因為他感受到一股陌生的氣息。

窗外是一片漆黑的夜色，勉強從睡意中掙脫的克萊奧，很快便認出坐在床邊椅子上的那個人。即使房間裡沒有一絲光亮，那股壓倒性的存在感也不可能讓人弄錯。

亞瑟。

如果亞瑟是從正門進來，坎頓夫人一定會先來叫醒他才對。

『這傢伙又從門以外的地方爬進來嗎？這算哪門子的王子呀，嘖。』

「這個時間從窗戶進來，怎麼看都像賊吧？要是被砍了一刀可別喊冤。」

剛睡醒的克萊奧用低啞的聲音嘲諷地說著，連頭都沒從枕頭上抬起來。

「你要砍我嗎？」

「你要是再這樣做，我說不定真的會考慮。這麼晚來找我到底有什麼事？」

「我忙到現在才有空，白天被傳喚進宮，事情一大堆。」

等到眼睛適應黑暗後，克萊奧才看清亞瑟身上的裝束：與平時不同，他穿著一身華麗的禮服，肩章與佩帶在微弱的光線下隱隱閃爍。

那是王室的紅色禮服，和被克萊奧塞在衣櫃裡的某件衣服一模一樣。

「你要是這麼忙，就去處理你的事，跑來這裡幹嘛？」

「你一直沒回學校，我總得來看看你是死是活吧。」

「要是我死了，應該早就在報紙的訃聞欄登出來了吧。」

「我看到新聞了，用來擊殺魔獸的長槍……就是你當初把後院搞得一團糟的魔法吧。」

「……喔。」

「我聽人家說你到今天才醒過來，現在還會不舒服嗎？」

「我本來就沒事，就只是累而已，如果你沒來吵我就更好了。」

「喂，別這麼冷淡嘛。來喝一杯這個。你的家庭教師和管家肯定不讓你喝酒吧？」

亞瑟不知從哪裡摸出一個扁酒瓶，直接遞了過來。克萊奧懶懶地接過酒瓶，一打開瓶蓋，廉價琴酒刺鼻的味道立刻嗆得他皺起了眉頭。

他本來想直接潑回去，讓亞瑟自己喝掉這瓶劣酒，但看到對方明顯情緒低落的樣子，最終還是勉強抿了一口。看他那樣子，感覺他非得先灌點酒，才會說出正題。

『嘖，也太嗆了，我的頭都麻了。這種鬼東西怎麼有人喝得下去？浪費寶貴的肝臟。』

克萊奧皺著臉，將酒瓶還給亞瑟，亞瑟則是毫不猶豫地仰頭猛灌。

『到底發生什麼事了？這小子怎麼變這樣？』

克萊奧一邊等亞瑟開口，一邊忍不住打了幾個哈欠。在酒瓶見底後，亞瑟才終於低聲問道：

「……你為什麼老是什麼事都想一個人扛？」

「扛？扛什麼？」

「萊奧，你早就知道魔獸會出現了吧？不然的話，根本沒理由出現在歐雷爾斯區這種地方。」

克萊奧的哈欠打到一半，硬生生卡住，差一點下巴脫臼。他真的快瘋了，想當場跳起來大喊：

『並不是！我只是去看自己的地好嗎！』

然而，現在就向亞瑟坦白自己有多少錢，他總覺得有點不妥。亞瑟本來就手頭拮据，在人前炫耀財產，只會惹來旁人心生貪念或是刺痛自尊。這種事，就算是出身貧困的「金正珍」也懂。

「只是碰巧而已。」

「碰巧嗎……為什麼你老是想隱藏自己的才能和崇高的犧牲精神？是害怕會讓自己陷入危險嗎？」

亞瑟說出和自己所做之事完全背道而馳的解釋，克萊奧在心裡崩潰大叫：

『呃啊啊啊啊啊！雖然說心中有佛，萬物都是佛；心中有豬，遍地都是豬……但這傢伙的腦袋也太浪漫太夢幻了，這樣不行啊！』

「崇高……喂，你要是想再講這種狗屁話就給我滾，我要回去睡了。」

「你這人還真無情呀。」

亞瑟將酒瓶放到一旁，換個姿勢坐，腰間佩戴的劍輕微晃動，發出嘎啦嘎啦的惱人聲響。

克萊奧瞬間有種不對勁的感覺，本能地坐起身，皺著眉啟動了「覺察」能力。隨著熟悉的暈眩感襲來，濃烈的血腥味也撲鼻而來，像是鐵鏽與鮮血交織的氣息。

✦阿塞爾家的晚餐

克萊奧很快就發掘了惱人聲響的真相：劍刃在劍鞘裡斷裂了。那把練習用劍無法承受以太的負荷，在戰鬥中徹底毀壞。

不光是這樣，劍鞘與握柄、禮服的衣袖與領口，全都沾滿乾涸的血跡。那些斑駁的血漬之深，甚至讓克萊奧不禁懷疑，自己怎麼沒在在第一時間察覺。

透過「覺察」，克萊奧讀出了亞瑟的狀態：疲憊，極度的疲憊。他的呼吸紊亂，身體無力地靠在椅背上。

「喂，你又被刺客襲擊了？」

「哈哈，猜得真準。」

「有哪裡受傷嗎？」

「……沒有，我沒事。」

克萊奧不信，目光仔細掃視亞瑟身上是否有傷。

『如果真的受了重傷，這個世界應該早就出現異變了……那這些血都是別人的嗎？可是血腥味未免太濃了。』

亞斯蘭之前策畫的刺殺行動徹底失敗了，沒想到他還是不肯死心。

如今，亞瑟已經是五級劍士。即使在強者雲集的首都防衛隊騎士團裡，五級劍士也是屈指可數的高手。一般的刺客，根本不可能對他構成威脅。

「去年夏天襲擊你的那批刺客，實力接近五級劍士，但還是沒能殺掉你。既然如此，亞斯蘭應該也知道派幾個普通刺客根本沒意義吧？」

克萊奧略微試探，沒想到亞瑟丟出來的答案宛如一顆炸彈。

「亞斯蘭很清楚，那些刺客根本殺不了我。」

「……那他為什麼還要繼續派人？」

「他只是想讓我不斷殺掉比我弱的人……讓我一次又一次染上毫無意義的鮮血，讓這一切變成我的痛苦。他知道，這些戰鬥既沒有榮譽，也毫無價值。」

克萊奧大吃一驚。事情比他想的還要嚴重。

『亞斯蘭這傢伙……未免太狠了？既然殺不死自己的弟弟，就打算把他的精神徹底摧毀嗎？』

要是亞斯蘭只是想取亞瑟的性命，倒還乾脆些，但他現在的做法，充滿更加扭曲的惡意。

亞瑟曾提到自己所背負的「詛咒」，當時克萊奧就有些懷疑了，如今正逐漸轉變為確信。

『亞斯蘭那傢伙……果然也記得之前的原稿，否則怎麼可能對一個才十七歲的孩子懷抱這麼瘋狂的怨恨？』

「你從哪裡聽來的？」

「是王室的侍女長希蕾達告訴我的。」

賽伊德爾子爵家的次女希蕾達，在前一版的原稿中登場過。她見證了三位王子的誕生，並親自養育了其中兩人，是熟知里歐格蘭王室所有祕密與悲劇的女人。

「那個人的話……可信嗎？」

「就我所知，希蕾達從未對我撒過謊，對於不能回答的事情，她寧可選擇沉默。」

本以為她只是個不偏不倚、只效忠王室的侍女長，但在「最終版」的劇情中，似乎對亞瑟展現出了幾分溫情。

「今晚的襲擊發生在王宮的外城，希蕾達目睹了整個過程，才決定開口。考慮到當前的情況，她的解釋似乎最有說服力。」

發生了這種事，亞瑟大概也只有來找克萊奧傾訴的這個選項。

『這種讓人心煩又充滿無力感的事，他總不能對那些信任並追隨他的部下說。』

「亞斯蘭應該也察覺到我等級提升的事了，所以我還以為他會停止派刺客來，結果夜襲反倒變得更加頻繁……他到底是從哪裡找來這些刺客？就算我想教訓一下他們就好，但他們全都像打定主意要送死一樣，完全不防禦自己。這些人每一個都有鮮紅的眼睛，甚至出現在我的夢裡……這種情況以前從來沒有過。」

雖然亞瑟尚未正式授勳成為騎士，但他的本質無疑就是個騎士。

這也是為什麼伊希爾會選擇與亞瑟並肩作戰——公正與正義感，是亞瑟最珍視的價值。若是與強敵全力一戰倒也罷了，但要他去屠殺比自己弱小的對手，反倒讓他難以接受。

『亞斯蘭這混蛋……吃飽就只想著怎麼折磨他弟弟嗎？這一手真的很高明。』

主角的精神若是動搖，對這個世界來說絕對不是好兆頭。克萊奧從床上翻身而起，快步走向亞瑟。他的長髮凌亂地披散在頸後，睡袍的下襬皺巴巴的，但現在可不是在意這些事的時候。

他俯下身，黑暗中也可以看清亞瑟的神情——冷靜中帶著懊悔。克萊奧刻意提高聲音，語氣中帶著幾分強硬。

「清醒點！管他有什麼目的，錯的根本不是你，是亞斯蘭！那些刺客為了錢，追殺一個十幾歲的孩子，難道會是什麼光明磊落的人物嗎？要是你比他們還弱，死的人就是你，所以不需要抱著什麼奇怪的罪惡感。」

「罪惡感……應該說，我對自己安逸的態度感到有些失望吧。我還以為在母親去世後，自己已經徹底醒悟了……沒想到還是太天真了。」

「安逸？省省吧，你再這樣逼自己只會短命而已。這件事又不是你自找的，有什麼好後悔？」

或許是克萊奧果斷有力的話觸動了他什麼地方，亞瑟原本陰鬱的表情稍微明亮了一些。

克萊奧也不等亞瑟完全恢復便直接展開魔法陣，讓整個房間瞬間明亮如白晝。

「別動。」

靠近後，他更加確信自己的判斷：血腥味最濃的部位，是左手臂。

為了防止亞瑟閃躲，克萊奧緊緊抓住他的肩膀。下一秒，亞瑟的左肩微微抽動了一下。

『果然是手臂中招了。』

克萊奧只稍微改了澤貝迪那句咒語的一個詞就低聲唸出來，一點都不覺得丟臉：

『不是說咒語就算只改一個字也算不一樣嗎？……管他的，只要能成功就好。』

「【停止生命的流逝吧。】」

因為壓縮在極小的範圍內，以太宛如熔金般閃耀，瞬間纏繞住亞瑟的左臂。

被克萊奧的以太圍繞的亞瑟，看起來宛如被烈焰吞噬的神祇，彷彿掌握了他本該擁有的神力。

由於克萊奧無法像澤貝迪那樣精細地調控以太，結果把場面搞太大，效果卻也因此非常直接。

開啟的「覺察」立即讓他感覺到空氣中的血腥味在逐漸淡去，傷口癒合了。

即使是對魔法習以為常的亞瑟，也不禁愣了一下，然後下意識地摸了摸自己的左臂。克萊奧看見了，補上關鍵的一句話：

「不管是死十個還是一百個刺客，都跟你無關，你得先活下來才行。弱者不代表就不是壞人。」

『你這傢伙要是因為沒必要的罪惡感，瞻前顧後地幹出什麼蠢事，這個世界真的會滅亡啊！』

人只要擁有價值五百億的土地，就會迫切希望這個世界千萬別毀滅。

亞瑟並不清楚克萊奧的真實想法，但心中的鬱結似乎稍微舒解了一些，露出輕鬆的神情，感激地開口道：

「……我知道了，謝謝你。」

他應該不只是為了治療傷口而道謝，不過克萊奧沒有繼續深究。

「好了，現在回去睡覺吧。還有，以後別再在這種時間來找我。」

由於凌晨的折騰，克萊奧即便睡到中午，仍然感到疲憊不堪。但就在他把頭埋進枕頭裡、準備繼續補眠時，電話鈴聲便不斷響起，吵得他根本無法入睡。克萊奧眼神渙散地睜開雙眼，疲憊地請求坎頓夫人幫他把電話線拔掉。

「沒想到鈴聲會響得連二樓都聽得到。昨天因為顧及您的情況，所以大家都很克制、不敢打擾，但今天一聽說您已經醒了，個個都急得不得了，爭先恐後想要聯繫您。」

「……等等，我又沒有認識多少人，怎麼會有這麼多電話？」

坎頓夫人露出為難的神情，向他解釋。原來，無論是記者、政客、貴族，還是一些單純愛湊熱鬧的人，全都打電話來請求探病，連門口都擠滿了帶著訊息來訪的侍從。

這對克萊奧來說，簡直是一場災難。

『光是昨天一整天就夠我累了，今天還來？我家是什麼集會廣場嗎？有必要全都湊過來嗎？』

了解事情的來龍去脈後，克萊奧果斷下令：

「從現在起，任何人都不准來探病，無論是誰都不許讓他們進來。」

「明白了，少爺。」

然而，這份寧靜沒有維持太久。三天後的午後，一位連坎頓夫人都無法阻擋的訪客，直接推開了宅邸的大門——那人正是雇用她的人，也就是克萊奧的父親：吉迪恩・阿塞爾準男爵。

吉迪恩．阿塞爾和他的長子連句招呼都沒打，就這麼突然登門。據說，他們曾試圖透過電話聯繫，但一直無法接通，後來改成發電報，沒想到他們比電報還要快一步抵達。

該怪誰呢？睡到下午的克萊奧，被這場突襲搞得手忙腳亂，只得匆匆換上正裝，下樓前往會客室。他一心只顧著確認領帶有沒有打好，結果沒能躲開一雙突然把他整個人舉起來的大手。

「克萊奧！我的弟弟！好久不見了！」

這突如其來的舉動讓克萊奧連話都說不出口。他雖然身形瘦削，但畢竟已經十七歲了，卻仍被人像個孩子一樣舉了起來。眼前這名身材魁梧的青年，比吉迪恩和克萊奧更為壯碩，膚色紅潤，與他們兩人形成鮮明對比。

「來，讓我看看你，長高了嗎？嗯……還是這麼輕！就和當年我讓你騎在我的肩膀上、一起滿山遍野亂跑的時候一模一樣！」

「……是這樣嗎？」

克萊奧絲毫沒有要給好臉色的意思，表情仍舊冷淡。青年似乎也感受到了這一點，尷尬地將克萊奧放回地上。聽他一口一個「弟弟」，克萊奧幾乎可以確定，這人就是吉迪恩的長子：弗拉德．阿塞爾。

「唉唷，你竟然沒上當。我聽說你溺水後失去了記憶，所以才想說開個玩笑。」

『拜託，你看起來像是會跟小自己十一歲的弟弟手牽手一起玩耍的類型嗎？』

「弗拉德，別再胡鬧了。」

剛掛下電話的吉迪恩，轉過身面對兩人。他今天一如既往，打扮得像剛從時尚雜誌走出來一樣，一絲不苟。

「好久不見，父親。」

「嗯，是很久沒見了。」

「哎呀，父子見面何必這麼嚴肅？克萊奧你說話的方式還真像個老頭子，這可不符合你的年紀，別再這麼古板了，快坐下吧。」

弗拉德如此熱絡的樣子，讓人怎麼看都覺得不太自然。他那帶紅的金髮與淺灰藍的眼睛，與阿塞爾宅邸裡那幅特爾瑪的肖像畫十分相似，看樣子是遺傳自母親。

稍後，三人入座後，坎頓夫人端來了簡單的雞尾酒，讓他們在等待晚餐的同時，先小酌一番。

「好久沒喝這個酒了！坎頓夫人的吉拿雞尾酒[46]還是一樣讚啊。」

「謝謝您，大少爺。」

弗拉德接過坎頓夫人遞來的水晶酒瓶，先為吉迪恩倒了一杯，接著也問了克萊奧的意思。

「克萊奧，你也要來一杯嗎？」

終於聽到一句讓他開心的話了。

「好啊，請多倒一點吧。」

「失憶以後，感覺你成熟了不少耶，以前你根本不碰酒的。」

「就像你說的，因為坎頓夫人的調酒手藝實在太出色了。」

一杯酒下肚後，克萊奧的心情舒暢不少，嘴角微微勾起。但就在他放鬆下來的時候，吉迪恩突然開口了。

「克萊奧。」

「是，父親？」

「你這段期間做的事，我都聽說了。」

「啊，是……」

46 以義大利草本利口酒 Cynar（吉拿）為基底調製的雞尾酒，帶有甘苦風味，常作為開胃酒飲用。主要成分包含十三種草本植物，其中最具代表性的是朝鮮薊（artichoke）。

「我本來以為只是無謂的騷動，沒想到最後卻是讓你自己和我們家族名聲大噪。」

吉迪恩．阿塞爾幾乎沒動過酒，用一種難以捉摸的複雜眼神盯著克萊奧看。那視線讓他渾身不自在。覺得尷尬的克萊奧，只好一口接一口啜著雞尾酒。

沉默片刻後，吉迪恩接著說道：

「我承認，你的承諾不僅兌現了，甚至做得比預期的還要好。」

雖然他直接切入重點，卻省略了前後文，讓克萊奧摸不著頭緒。

『……我之前是有跟這位大人做過什麼約定嗎？』

距離上次見面，已經過了三個月，他完全不記得自己當時說了些什麼。回想一陣後，克萊奧總算想起放假前在學校說過的話。

『啊！當時我說過不會讓他失望……原來他是在回應那句話？好好稱讚人是會讓他少塊肉嗎？為什麼這麼小氣啊。』

「獲得相當於騎士勳位的榮譽勳章，你是阿塞爾家族中的第一人。」

「是這樣嗎。」

吉迪恩的表情依舊冷淡，語氣卻柔和了不少，看來對這個次子的表現頗為滿意。

畢竟，吉迪恩本來就對於讓次子從政抱有極大的野心。他大概認為，只要克萊奧獲得騎士爵位、在首都建立聲望，他的夢想就能輕易實現。

嗯，等亞瑟有朝一日成為國王，那吉迪恩的遠大抱負，或許也能間接成真——只是，他未必會滿意這個過程。

『總之，現在氣氛不錯……要不要趁機試探一下，把這棟宅邸要過來呢？』

克萊奧在腦中飛快盤算著該如何開口。

就在這時，站在一旁喝酒的弗拉德，突然插話打斷了氣氛，還伸手隨意揉亂了他的頭髮，把他當小孩一樣對待，讓他非常火大。

「這次是時隔一百年後頭一次頒發首都防衛勳章，而且你還是最年輕的受勳者呢，我也覺得很了不起！」

『這傢伙這段時間連個聯絡都沒有，現在突然裝熟是怎樣？』

「好了，弗拉德，你把你弟弟的衣服弄亂了。」

「哈哈，父親，實在是太久沒見了，一時沒忍住嘛。」

「克萊奧，今天的晚餐，我也邀請了格雷伊爾子爵和他的姪女迪奧內，你去整理一下儀容再過來吧。」

「好的，父親。」

離開會客室時，克萊奧的腦中靈光一閃。

『巴斯科．格雷伊爾要來?!』

迪奧內的叔叔巴斯科．格雷伊爾，不只是格雷伊爾商會的代表，更是天才級的魔導具修復師。

『對了，之前還和迪奧內討論過魔導具修復的事，但因為忙著買地，就把這件事拋到腦後了。格雷伊爾商會倉庫裡的魔導具可不是普通的寶物……既然迪奧內還沒正式接管家業，要談合作，勢必要先獲得巴斯科的同意吧？』

如果今晚的晚餐他也會來，那正是建立關係的好機會。雖然剛才被叫醒時心情不佳，但身為父親的吉迪恩，果然還是會做對兒子有利的事。想到這裡，克萊奧的嘴角微微上揚。

這頓晚餐持續了整整三個小時。這是首都宅邸重新開放後的第一場正式宴會，再加上吉迪恩親自到訪，使得這場晚宴的排場格外奢華。

克萊奧決定在執行計畫前先填飽肚子，但還是忍不住懷疑——

『坎頓夫人該不會會魔法吧？否則怎麼可能半天內就準備好這麼盛大的宴會？』

這場晚宴光是上菜與服務就動用了四名僕人，每位賓客的面前擺了十三件餐具、五只酒杯，一共上了八道菜。

等到餐後的起司盤端上桌時，巴斯科的臉頰與耳朵已經因為酒意而泛紅。

「我從迪奧內那裡聽了不少關於你的事！據說你修復了忒耳普西科瑞的里拉琴！」

他本來個子就不高，再加上那副燦爛的笑容，讓人更難相信他已經四十多歲了。

「是的，我也早有耳聞格雷伊爾大人的大名。」

克萊奧擠出一個標準的應酬笑容，然後親自替巴斯科倒酒。

「這小子，年紀不大，說話倒是挺討人喜歡的，不過別叫什麼大人了，怪彆扭的，直接叫我巴斯科吧！哈哈！」

「叔叔，您喝太多了。」

迪奧內壓低聲音，輕聲提醒。

「哈哈，好吧，既然妳這麼說，那我就聽妳的，畢竟要好好談事情就不能醉倒。」

「巴斯科，這句話我在契恩特倫時就已經聽你說過上百遍，但是一次都沒見你做到。」

「弗拉德，你這小子，怎麼老是笑著捅刀啊！」

看樣子，兩人應該是在一同前往契恩特倫大陸的期間變熟的，彼此之間沒有隔閡。

「我這長子在禮儀方面確實有些隨性，還請多包涵。」

「哪裡的話，我反而要感謝準男爵大人與弗拉德的幫助。以我們商會的規模，想要造訪契恩特倫可不是件容易的事。」

契恩特倫大陸位於德尼耶大陸的西側。嚴格來說，說它是大陸稍微嫌小，說是島嶼又太大。

想要造訪這片大陸並不容易。它位於大洋中央，周圍的洋流複雜而洶湧，附近的緯度與經度測量一直出現偏差。有人說這是古老魔法之力所致，也有人說是詛咒的影響。因此，契恩特倫與德尼耶大陸之間的海域，一度被稱為「世界的盡頭」。

「不知道有多少商船在還沒抵達契恩特倫大陸時就已經被海洋吞噬。能與阿塞爾商團同行，對我們來說是莫大的幸運。」

這倒也不奇怪。克萊奧曾聽聞，契恩特倫儘管不容易抵達，但只要能成功登陸，便能發現遍地財寶。

契恩特倫仍舊蘊藏著豐富的古代遺跡，以及珍貴的魔礦石與魔石，這些資源在德尼耶大陸已經越來越稀少。阿塞爾商會雖然目前已將事業拓展至各個領域，但最初便是靠著成功開拓契恩特倫貿易路線而打響名號的。

吉迪恩成功的祕訣，其實異常簡單：不吝惜在人力與安全上投資。

看來巴斯科在這次的契恩特倫行程中也獲得了不少收益。當然，他的探索能力和修復技術，肯定也為阿塞爾商會帶來了巨大利益。

「巴斯科，能與你同行更是我們的榮幸，無論是遺跡還是礦脈，這次的發掘成果都比以往豐碩得多，所以下次也請你務必同行。」

「沒問題，弗拉德，只要阿塞爾準男爵大人允許，我當然願意，而且，我也很放心把首都的事交給迪奧內。」

「哎呀，叔叔真是的。」

迪奧內用扇子掩住嘴角，擺出一副謙遜的姿態。

「只要子爵大人您願意同行，我當然十分歡迎。」

「謝謝您，阿塞爾準男爵大人。啊，差點忘了！我帶了禮物，卻一直沒拿出來！剛才的晚餐實在是太美味了，讓我竟然忘了這件事！」

巴斯科伸手探進掛在椅背上的亞空間袋，隨即掏出一根布滿鏽跡的金屬棒，約一公尺長。

「克萊奧！捕獲魔獸固然厲害，但聽了關於里拉琴的事後，我更覺得應該把這個東西交給你！」

迪奧內立刻喚來僕人，請他們收走巴斯科面前的酒杯與餐盤。

宴會廳內所有人的視線都集中在巴斯科手裡的物品上，克萊奧則啟用了〖約定〗的「理解」功能。金色的文字浮現，揭示了這根金屬棒的真面目。

【維格之劍

——遺物

＊目前處於需要修復的狀態。】

克萊奧見狀一驚，座椅也往後滑了一些。

『這個是……！我本來就很在意亞瑟老是用那些破爛的練習用劍，這也來得太及時了！』

雖然王室早已為亞瑟準備了屬於他的王族之劍，但要獲得它，前提是必須成為世子。而在原稿中，他在成為世子之前，使用的正是從巴斯科手中取得的「維格之劍」。

『遺物級的話，應該是非常強大的武器，連亞瑟那種蠻力應該也能撐住。』

本來以為在「最終版」裡巴斯科不會出場了，結果看來他還是會完成他的角色任務。

「這是我在契恩特倫大陸發現的，只要修復完成，應該會是個相當有價值的物件！你願意試著修復它嗎？」

「承蒙您贈與如此貴重的禮物，我會盡力的。」

既然對方要給，那就不需要推辭，克萊奧毫不猶豫地伸手接過。他本以為巴斯科會直接遞給他，沒想到對方卻忽然停住動作，問道：

「你知道這是什麼嗎？」

雖然他臉上帶著微醺的笑容，但雙眼依然清澈，顯然是在試探克萊奧。

『居然主動釣我，正合我意。』

克萊奧毫不猶豫地咬上巴斯科拋出的餌。

「我知道。」

「哦？那能說說看嗎？」

「這是一把早期樣式的長劍，劍刃較為寬闊，而且是雙刃設計，兩邊都可以使用。」

「那麼，你知道這把劍的名字嗎？」

「從形狀與年代來看，我推測這是『維格之劍』。根據傳聞，維格是過去契恩特倫大陸的一位君主，曾在異教徒入侵時號召族人團結一致，守護神的聖所，是一位英雄。」

克萊奧一字不差地背誦出原稿內容。

這設定明顯是作者借鑒了中世紀阿爾巴尼亞英雄[47]的故事。在《阿爾比恩王子》中，這段歷史被設定為契恩特倫大陸的傳說。

「你怎麼光是用看的就知道？」

「我在書上讀到過。」

克萊奧挺直了背脊，理直氣壯地回答。畢竟，他是在《阿爾比恩王子》第八稿裡讀到的，並不算撒謊。

『巴斯科當初可是費盡心力，翻找了無數古籍與口述紀錄，才拼湊出這把劍的來歷，要設計出最適合的咒語來打造它，也花了不少時間。』

---

47 指斯坎德培（Skanderbeg, 1405－1468），十五世紀中葉阿爾巴尼亞最著名的民族領袖與英雄，率領阿爾巴尼亞人抵抗鄂圖曼帝國侵略。據傳他有兩把劍，其中一把為雙刃直刃，傳聞他的利劍可一劍劈石、腰斬敵人。

「是哪本書？」

「這點就不便透露了，還請見諒。」

「哈哈，你這小子還真是會藏私啊！的確，魔法師不會輕易分享自己的底細。希望未來能有機會見識你的學識有多深。我雖然也是從古文獻中找到了一些線索，但以你這個年紀就能有這麼深的造詣，還真是令人驚訝。」

「您過獎了。」

「那麼，現在能試著修復它嗎？我實在是等不及了！」

「現在嗎？」

「當然！如果需要材料，我可以請祕書去商會拿！」

克萊奧看向父親、兄長和家庭教師，但沒人打算阻止巴斯科。迪奧內只是搖搖頭，弗拉德則是被挑起了興趣，一臉興奮的樣子。

『呃……我賣弄過頭了？』

現在後悔也來不及了。眼看無法脫身，克萊奧只能硬著頭皮接下這場考驗。

「巴斯科大人，我想應該不需要勞煩您的祕書。」

趁其他人從宴會廳移步至會客室時，克萊奧上樓回到自己的房間，翻找亞空間口袋。裡面除了青銅，還有鍛造過的「魔礦石」鑄鐵碎片。

『這些東西之前都沒有機會使用，結果竟然會在這種地方派上用場。』

這些原本是他繼【阿基里斯之槍】之後，準備用於創造【諸侯天使之焰】的魔法媒介。正因如此，他才會請迪奧內幫忙收集青銅與鑄鐵。

『不過，要修復這把劍的話，只要有鑄鐵就夠了。』

克萊奧將「魔礦石」鑄鐵碎片放進口袋，下樓來到會客室，發現眾人正一邊品嘗晚餐後的波特酒，一邊愉快地交談。那根金屬棒靜靜地躺在鋪著桌布的桌上，所有人都圍繞著它。

「來了嗎？看來今晚終於能見識到我弟弟隱藏的才華了！」

「竟然家裡就有材料，你還真是準備周全啊。」

「真的很巧，我也沒想到會在這種情況下派上用場。」

「嗯哼，聽說你擁有『預測』的聖痕，這個消息究竟是真的還是假的？」

「這就請您親自判斷吧。不過，我也無法保證這次是否能順利修復……但我會盡力試試。」

克萊奧的語氣謙遜，態度卻顯得沉穩自信。雖然情況發展得有些突然，但他知道自己其實掌握著一條捷徑。

『畢竟，原稿裡可是記載了巴斯科在修復這把劍時所使用的咒語呢。』

父親、兄長、迪奧內與巴斯科的視線全都集中在克萊奧身上。對於不喜歡成為眾人焦點的他來說，這種場面不怎麼愉快。但事已至此，就算跌倒了，也得順勢抓住些什麼再重新站起來。這正是一個好機會，能同時在巴斯科與父親心中留下深刻印象。

克萊奧走向桌前，仔細端詳著「維格之劍」。曾經鋒利無比的劍刃，如今早已覆滿紅褐色鏽跡，彷彿只是一塊廢棄的金屬塊。他輕撫著劍刃表面，接著從口袋中取出一塊鑄鐵。如果是像之前的里拉琴那樣內部結構繁複的物品，修復起來或許還有難度，但若只是修復劍刃，對現在的他而言不算困難。

『只要修復劍刃，之後再用一般技術製作劍柄與劍鞘就行了。』

「那麼……我開始了。」

克萊奧僅展開最小範圍的魔法陣。由於他的等級提升了，魔法陣範圍越小，以太就越集中，光芒也因此更加耀眼。迪奧內對此已經相當熟悉，立刻向後退開。但第一次親眼目睹克萊奧展開魔法陣的阿塞爾父子，露出了震驚的神情。

百聞不如一見。即便他們早已聽說過克萊奧的成長，但真正見到這個過去被認為不善交際又沒什麼本事的幼子，如今在自己眼前施展出如此耀眼奪目的魔法陣，這種震撼仍然無法言喻。

興奮的巴斯科甚至主動靠近克萊奧的魔法陣，伸出手感受那耀眼的光輝，驚嘆不已。

「這以太能量真是驚人……太驚人了！」

克萊奧站在宛如王冠般的以太光環中央，施展了【復原】術式。

魔法陣的輪廓清晰鮮明，宛如剛倒入模具的熔金一般流動，彷彿伸手便能觸碰。即使是曾經見過克萊奧對里拉琴施展【復原】魔法的迪奧內，此刻也忍不住闔上摺扇，屏住呼吸。僅僅幾個月的時間，克萊奧的魔法造詣已遠非過去可比。

專注於魔法的克萊奧，心中默默回憶著原稿中記載的咒語，等待著最佳時機。

這把劍，正是君主為了守護神與族人而英勇揮舞的武器，咒語則是為了頌揚他的英勇與奉獻。

當術式完全顯現時，克萊奧大聲吟誦出：

「**【喚醒守護神與族人的王者意志吧！】**」

隨著咒語響起，以太之光宛如熔金般洶湧而出，蔓延至整個會客室。

沒有人能睜開雙眼。即便不在魔法陣範圍內，眾人仍感受到一股強烈的壓迫感，彷彿自身被那狂暴的光流吞沒。令人震撼的光輝持續了許久，最終才逐漸平息。

克萊奧靜靜站立著，雙手穩穩托住用布包裹住的劍刃。他臉上沒有絲毫驚訝或自豪，只是冷靜地檢視著修復後的劍刃。

那是一把以大馬士革鋼鍛造的劍，表面覆蓋著獨特的波紋。隨著克萊奧微微轉動角度，會客室的燈光在這細緻的紋理上流轉，時而明亮，時而幽暗。

當他將劍放回桌上時，鋒利的劍刃竟無聲地將包覆著它的布匹斬開。被俐落斬斷的桌布輕飄飄地滑落至地板。這把劍堅韌而銳利，確實是無可取代的名劍。

「劍刃太過鋒利了，這樣放著實在太危險，需要重新打造劍柄與劍鞘。」

克萊奧輕描淡寫地總結說道。

原本總是帶著笑容的巴斯科，這時收起了所有嬉笑之色。

✦一切終於歸位

巴斯科．格雷伊爾以熾熱的目光來回打量著劍刃與少年。

「……可以把這件事交給我處理嗎？」

「如果您願意承擔這份工作，那自然是求之不得。」

「作為交換，日後如果我不在首都，希望你能偶爾幫忙修復一些魔導具。我很快又要出發前往梅里迪艾斯大陸了，而我這個侄女一直催促我，要我快點修復倉庫裡的魔導具。」

克萊奧回以一個純真燦爛的笑容——這正是他所期待的回應。

「只要是我力所能及之事，我都會盡力去做，雖然無法保證每次都能成功，但這對我來說也是寶貴的經驗。」

『當然，只要報酬給得夠，我可沒理由拒絕。畢竟，修復魔導具的方法，是你在前一版原稿裡教我的嘛。』

迪奧內斜偷偷使個眼色，嘴角微微上揚。既然負責實務的是她，相信自然會處理得妥妥當當。

「什麼？你說無法保證『每次』都成功?!有些人窮極一生鑽研魔法，也無法成功修復一次遺物或聖遺物等級的魔導具啊。你這孩子還真了不起！」

巴斯科轉身望向一旁難得露出驚訝神情的吉迪恩．阿塞爾。

「阿塞爾準男爵，您大概是這世上最無憂無慮的人吧？長子是如此優秀的繼承人，次子又稱得上是魔法天才，還有什麼需要操心的呢？」

「您過獎了。」

嘴上是這麼說，但吉迪恩看起來顯然心情不錯。平時他總是帶著如同零下二十度的冷漠神情，現在似乎回暖到了零下五度。

「這怎麼會是過獎呢？我敢說，這孩子將來肯定是我們這一代最傑出的魔法師，光是精通一種魔法就已經非常困難了，他卻同時在攻擊魔法與修復魔法上展現了過人的天賦，連澤貝迪・菲西斯教授當年都沒有這種程度的能力，我真恨不得再送他點什麼。」

聽著巴斯科的讚譽，吉迪恩忽然對克萊奧招了招手。

「正好，克萊奧，我正好也在想應該給你一些獎賞。你有想要什麼嗎？」

「這個要求可能有點過分……我可以直說嗎？」

「說吧。」

克萊奧對吉迪恩的期待就只有一個，現在正好是提出的時候。不管能不能成功，他都打算先試試看。

「請把這座宅邸送給我。」

這出乎意料的回答讓阿塞爾準男爵的手差一點沒拿穩酒杯。

阿塞爾準男爵在首都擁有的房產可不只這一棟，除了這座宅邸，他還擁有阿塞爾商會的首都分部大樓，地點就在皇家圓環附近，此外還有員工宿舍、各類用途的會館與倉庫。但這些不動產當中，最具價值的住宅，就是這座宅邸。

「你才剛成年不久，不是嗎？現在就把你母親留下的宅邸交給你，未免太早了。況且，就算真的交給你，你負擔得起庭院維護、稅金，還有僕人們的薪資嗎？」

「這個嘛……」

宅邸裡薪水最高的是坎頓夫人，她的年薪為四萬迪納爾。至於其他的僕人和女僕，就算薪水算得再寬裕，也不過是她的五分之一。以克萊奧目前的資產來看，要維持宅邸的運作根本不是問題。

但他現在還不能主動提起不動產的事，於是只能緊握拳頭，壓下衝動。

『我這麼拚命累積財產，就是為了過我想要的生活。現在不能在這裡就把底牌全攤出來。在他拿出房契之前，絕對不能讓他知道！』

當然，就他的判斷來看，吉迪恩應該不會用有失體面、沒品的手法來對待他。正當克萊奧沉默不語時，阿塞爾準男爵的銳利目光微微一閃，露出意味深長的神情。

「靠著勳章附帶的年金，肯定無法支撐這座宅邸的開銷，我每個月給你的零用錢，也會在你畢業後中止，你總不會打算仰賴格雷伊爾子爵的恩惠過活吧？既然你想擁有這座宅邸，就得先想清楚該如何維持這裡的一切。如果你能提出一個合理的方案，我也可以事先給你一些建議。」

無論怎麼看，對方都已經掌握他購買土地的事實，現在則是在逼他「自首」，主動坦白自己的財務狀況。

歐雷爾斯區的土地持有者名單早已被卡塔莉娜查出來，吉迪恩麾下的調查部門情報能力極強，沒理由不知道這件事。

如果他選擇不說，吉迪恩或許會繼續裝作不知情，放任他自由發展；但如果他現在選擇坦白，那麼吉迪恩極有可能會開始介入他的事務。這是一場讓人動搖在「想要得到宅邸的渴望」和「不想被干涉的意志」之間的試煉。

就在這時，巴斯科忽然開口，插入父子間的對話。

「準男爵的次子年僅十七歲就獲得了騎士稱號，將來地位必然會更上一層樓。若是有朝一日他獲得了貴族爵位，那麼便以這座宅邸作為賀禮送給他，您覺得如何？」

「雖然不知道是否真的可行，但這個提議倒是值得考慮。弗拉德，你怎麼想？」

這個提議簡直妙極了！那個身材矮小、古靈精怪的魔法師，巧妙地將局面扭轉到另一個方向。

但即便吉迪恩同意了，最終決定權仍掌握在繼承人弗拉德手中。如果他堅決反對，克萊奧就無法要求父親將這座宅邸轉讓給自己。

阿爾比恩王國沒有長子繼承制，但許多貴族家族依然會選擇將大部分財產傳給最有才幹的子嗣。克萊奧回憶起自己在購地時讀過的各種判例，偷偷觀察著弗拉德的神色。

『反正科爾福斯的城堡遲早是你的，這座宅邸就大方點讓給弟弟吧？心胸放寬點啊……』

他的願望似乎奏效了，弗拉德沉默地看了克萊奧幾秒，然後露出爽朗的笑容。

「哈哈，大家想得也太長遠了吧！不過，如果克萊奧覺得這裡住得舒服，我當然沒問題。」

「那就行了。至於宅邸的產權，等將來克萊奧取得相應的成就後，再來討論吧。」

「感謝您，父親。」

「今天你已經讓我驚訝好幾次了。」

「所以，這種驚訝會讓您感到不悅嗎？」

克萊奧的這句大膽反問，讓吉迪恩的表情微微一變。

「……反倒是讓我感到欣慰。只會走鋪好的道路的人，終究只能走到道路的盡頭，而敢於開闢新路的人，才能走得更遠。你成長了許多。」

話音落下後，吉迪恩的神情又恢復了平時的冷漠。克萊奧有點後悔，剛剛怎麼會一時衝動說出那種話。

『他還不如直接對我發火……希望他別因此對我抱有什麼奇怪的期待。總之，這下得想辦法讓亞瑟給我個爵位才行了。』

當他正在腦中盤算時，巴斯科忽然用力拍了拍他的背。這位中年魔法師個子小，手掌也不大，力氣卻大得驚人，讓克萊奧不禁踉蹌了一下。巴斯科扶住他，大笑著說：

「克萊奧，你這小子還真是爽快，你好像覺得自己一定能拿到爵位嘛！你的外表看上去很瘦弱，沒想到膽子卻滿大的。」

「叔叔，我和您說過好幾次了，現在總該相信了吧？」

「唉唷，我一直都相信啊！只是沒想到，這位少爺比我想的還要更厲害呢！」

◆◆◆

隨著克萊奧的病假結束，倫德因迎來了初霜。今年的冬天預計比往年更冷，氣象預報已經發出警告。

坎頓夫人擔心得不得了。為了確保體弱的少爺不會再次生病，她將各種保暖用品塞進克萊奧的行李裡：兩個巨大的熱水袋、塞滿鴨絨的厚被、和克萊奧身高一樣長的喀什米爾圍巾、好幾件溫暖的羊毛毛衣、厚實的羊毛襯衫，以及全新訂製的校服。此外，她還準備了兩大籃零食，讓他能和朋友們一起分享。

克萊奧自己準備的行李也不算少。首先是「維格之劍」，巴斯科已經安裝上帥氣的皮革劍鞘與握柄，並妥善收納在一個長形盒子中。此外，還有從阿塞爾商會與格雷伊爾商會以低價購入的魔礦石，以及為了抵禦冬季嚴寒而準備的一箱烈酒。

最後一共有兩輛馬車駛抵皇家首都防衛隊學院的宿舍門前，一輛載著克萊奧與貝赫莫特，另一輛完全裝滿了行李。

即使有兩名侍從幫忙，將馬車上的行李卸下來仍花了不少時間。最先發現克萊奧回來的，是剛結束週末下午劍術訓練的雙胞胎姐妹。

「啊！萊奧！」

「萊奧！你回來啦？」

「嗯，妳們都還好嗎？」

兩人以迅雷不及掩耳的速度飛撲過來，直接抱住克萊奧。

「我們一直都很健康啊！」

「萊奧你的臉色看起來好多了！」

「太好了！」

面對活力十足的兩人，克萊奧有些站不穩，身子搖晃了一下，卻被人從後頭扶住。

那隻手臂雖然纖細，卻意外地有力，還帶著淡淡的玫瑰香氣——是伊希爾。

「你還好嗎？」

「我沒事，多虧了妳。好久不見，妳最近還好嗎？」

等克萊奧重新站穩後，伊希爾悄然鬆開手，走到他的面前，還真有一種久別重逢的感覺。

『頭髮變長了，已經不是短髮了啊。』

自從他來到這裡後，時間已悄然流逝了好幾個月。看到伊希爾變長的髮絲，他才真切地意識到這一點。

但不管克萊奧是否正沉浸於感慨，伊希爾依舊一如既往直截了當。

「現在是關心我的時候嗎？你自己才剛經歷了那麼大的事。」

語氣雖然冷淡，但仍能感受到她的擔心。她一向是壓抑情緒的那種人。

「是報紙把事情寫得太誇張，實際上根本沒什麼……」

「如果連討伐魔獸都不算什麼，那首都防衛隊學校恐怕也沒必要存在了。好了，我不想再聽你這種空話。」

伊希爾乾脆地打斷了話題，默默撿起地上的兩個箱子。就在這時，靈活的黑影竄過她的腳邊。

貝赫莫特跟她打了聲招呼：

「喵嗚嗚嗚嗚——」

『這隻滑頭的貓，對漂亮女孩子完全沒有抵抗力。』

伊希爾微微愣住，似乎猶豫了一下，最後還是抱著箱子，略微彎下腰。貝赫莫特靈巧地一躍，輕盈地跳上伊希爾懷裡的箱子，穩穩地坐下。

「喵嗚，喵。」（我先走了，辛苦啦。）

「啊！我們也來幫忙！」

「一起搬吧！」

雙胞胎迅速加入，毫不費力地提起幾個箱子。她們雖然身形嬌小，但捲起的袖子下，隱約可見結實的肌肉。

有她們主動幫忙，宿舍的兩名侍從鬆了一口氣，剛剛他們還在擔心這些箱子要搬到什麼時候。

宿舍的會客室雖然不算狹窄，但當雙胞胎、伊希爾，以及不知何時聽到消息趕來的瑟爾、亞瑟，再加上剛從家裡回來的內博一起擠進來後，整個房間頓時熱鬧嘈雜起來，甚至還不得不從臥室裡多搬幾張椅子出來，雙胞胎乾脆直接坐在地上，對貝赫莫特又揉又捏。

等宿舍職員端來茶水後，眾人便打開裝滿點心的兩個巨大藤編籃子，裡面塞滿了各式各樣的甜點，雙胞胎看到後立刻驚呼出聲。

「克萊奧家的下午茶真的無敵！」

「這裡還有維多利亞蛋糕！」

「還有太妃堅果塔！看起來好好吃！」

她們動作俐落地將甜點擺放到桌上。

「啊，我也要一個太妃堅果塔。」

內博大口咬下太妃堅果塔，瑟爾拿起了一塊深紅色的玫瑰果凍，連那些外型可愛的甜點也毫不猶豫地品嘗過一輪，再將她覺得其中最好吃的一種，遞給坐得稍遠一點的伊希爾。

「伊希爾，妳不是喜歡玫瑰的香氣嗎？這顆果凍裡加了玫瑰露，香味真的很棒。克萊奧，託你的福，今天才能吃到這麼高級的甜點。」

「如果讓坎頓夫人知道，連德．內格飯店經營者的孩子都對這些甜點讚不絕口，她一定會開心得不得了。」

在克萊奧與瑟爾閒聊的同時，伊希爾小口地嘗著玫瑰果凍，難得露出放鬆的表情。

「真好吃……」

她似乎沒意識到自己已經把這句話說出口，反應過來後立刻緊閉嘴唇，彷彿想收回這句話。看到這一幕，瑟爾爽朗地大笑出聲。

「哈哈哈，伊希爾，喜歡的話就多吃點，這裡的玫瑰果凍全都給妳！」

「好主意！」

「一直以為伊希爾不喜歡吃甜的呢！」

「話說回來，內博，你是不是吃太多了？太妃堅果塔現在只剩下兩塊了！」

「啊……我吃著吃著，就停不下來了……」

就連端著茶杯站在壁爐前的亞瑟，也已經拿起了第二塊橄欖餅乾。桌上擺滿各式各樣的甜點，看來每個人都找到了自己喜歡的口味。

輕鬆的閒聊聲、茶具碰撞的細微聲響、貝赫莫特懶洋洋的咕嚕聲，以及孩子們的笑聲交織成一片，讓克萊奧感受到一種難以言喻的安心感。

『沒想到在這個隨時可能有地下城開啟，戰爭也近在咫尺的世界……還能有這樣的感受。』這份寧靜，是他在過去的世界從未體會過的。

他真切地感覺到，這裡就是他的歸屬，這份平靜。他真切地感覺到，非得失去原本的身體與名字，他才能獲得這種安定的感覺。這讓他覺得有些荒謬。然而，孩子們的笑聲聽起來格外悅耳，他便拋開這些複雜的思緒，不由自主跟著笑了。從陽台望出去，可以看到坦普斯河閃爍著粼粼波光，遠方的西邊被夕陽染成橙紅色，彷彿連河流都浸透了霞光。

茶會也在這一刻緩緩落幕。享受了滿滿甜點的孩子們，個個都露出幸福的笑容。雙胞胎率先起身，表示該去吃晚餐了。克萊奧有些驚訝——她們剛剛吃了那麼多的甜點，竟然還能吃得下晚餐？不過，考慮到她們的劍術訓練量，也不算太奇怪。

「謝啦！」

「謝謝你，萊奧！」

「沒什麼，妳們幫忙搬行李才是真的幫了我一個大忙。」

「萊奧瘦巴巴的，力氣又小，要好好吃飯才行！」

「不過下次有需要，我還是會幫你的！」

「光是有這份心意就足夠了。」

眾人陸續離開，各自回房或是前往餐廳。最後離開會客室的是亞瑟與伊希爾。克萊奧一直等著這個時機，於是開口叫住亞瑟：

「亞瑟，等一下。」

「嗯？怎麼了？」

「到我房間來一下。」

「怎麼啦？」

亞瑟停下腳步，伊希爾也理所當然跟著停下來。

「嗯……你應該已經把之前發生的事告訴伊希爾了吧？」

機靈的主從倆立刻明白克萊奧的意思。他們看了對方了一眼，然後跟著克萊奧進入房間。

✦君權神授

房間裡堆滿了大家一起搬進來的行李，那個細長的箱子被壓在最底下。
『看來是孩子們這樣放的。』
「亞瑟，你看到那邊那個最長的箱子了嗎？地板上那個。」
「嗯。」
「幫我拿出來。」
「喂你，原來是想叫我幹活才神祕兮兮地叫我進來喔。」
「我來吧。」
「不用，伊希爾，妳待著別動。」
亞瑟跪下來，輕鬆地把行李堆移開，將裝著劍的箱子拿出來，正準備遞給克萊奧，卻見他搖了搖頭，沒有接過。
「那是你的，拿去用吧。」
「……什麼啊？」
「劍啊。你之前那把不是斷了嗎？」
「我已經拿到新的練習用劍了。」
「但是以你的劍氣，學生用的劍撐不了幾天吧。給你你就收下，快打開來看看。」
「……謝了。」
亞瑟不再推辭，開始拆開包裝。

克萊奧在看到「維格之劍」的那一刻，就已經決定要把劍給亞瑟。這把劍對他來說根本毫無用處，連拿都拿不穩。他之所以開心收下這把劍，就只有一個理由。

『這小子升級的速度比前一版原稿還快，當然得早點有一把適合的劍，才能少受點傷，活得更久一點。』

這位可是肩負整個世界的命運卻沒有半點自覺的主角耶，至少得讓他配備一把像樣的武器。就算是為了後續的劇情，比起賣掉或留著，將這把劍交給亞瑟顯然會更有利。

『瓦爾格都出現了，很快地，地下城也會開啟，總不能讓他拿著工業量產的劍就跑去挑戰。』

亞瑟剝開層層的絲綢包巾後，終於看到底下的「維格之劍」。劍鞘以深黑色皮革製成，表面雕刻著與劍刃上的水波紋相應的精緻浮雕，首尾兩端鑲嵌著銀製裝飾。

握住劍柄的亞瑟，像是被什麼吸引了一般，輕輕地將劍抽出。鏘——寒光閃爍，鋒利的劍刃劃破空氣，彷彿連鬼魅都能斬斷。

『果然，長度也剛好適合這小子，這把劍果然是為主角準備的。』

克萊奧看著這一幕，滿意地點了點頭。亞瑟緊握著劍，目光牢牢鎖在刀身上，甚至連握劍的手臂都繃起了肌肉。或許是身為劍士的關係，連伊希爾也被這把劍深深吸引，目光始終未曾移開。

「這麼厲害的武器，真的能給我嗎？這不只是劍，而是魔導具吧？」

「是魔導具沒錯，但除了結實耐用以外，沒有其他特殊功能，別想靠這把劍一下子升級。」

「這怎麼可能只是普通的劍……」

亞瑟握著劍，雖然捨不得放手，卻又覺得這東西過於貴重，於是支吾著說些客套話。這位王子因為成長過程中吃了不少苦，所以很懂人情事故，這雖然是好事，但思維方式未免也太老百姓了。

克萊奧強忍住笑意，假裝一臉正色對他說：

「我之前不是說過『以信義之名宣誓』、『將竭盡全力輔佐你』嗎？你怎麼才過幾週就忘了？」

「我哪知道會這麼快就得到如此強大的助力……」
「這可不是白白送你的，以後要還我。」
「怎麼還？」
「給我貴族院的議席，怎麼樣？」
克萊奧話音剛落，伊希爾的眼神瞬間冷了幾分，不過他選擇裝作沒看見。
『這交易很公平吧？貴族院有一百個席次，只要給我一個，我就能拿到阿塞爾宅邸了。』
雖然早就打算將這把劍給他，但也沒必要直接拱手送上。這武器他是用不上，但那棟宅邸他可是非常想要。
「……我會記住的。」
亞瑟的語氣實在太認真了，克萊奧終究還是忍不住笑出來。
「哈哈哈，對，就是這樣，別忘了喔。」
『低買高賣，這樣才對啊。』
這世上，有什麼是金錢買不到的？
歷史早就證明了，連爵位和職位都能用金錢交易。
克萊奧心情大好，〔約定〕適時地彈出新訊息。如今，這種連鎖反應對他而言早已司空見慣。
【──使用者的敘事參與度上升。
──正在計算敘事參與度累積比例（□□%）】

✦ ✦ ✦

隔天的課程是古典文學。已經缺課好幾週的克萊奧，早就跟不上進度了，但他完全不在意。一邊聽著教授講解押沙龍[48]二世的桂冠詩人，一邊放空發呆，這樣的時光倒是格外悠閒。

校園裡的樹葉漸漸轉紅，秋風微微吹來，就連教授沉悶的講課聲，在這樣的天氣裡也顯得頗為悅耳。

學校唯一的變化，發生在瓦爾格出現之後。自那以後，校園中央的森林便被封鎖，禁止學生進入。從教學大樓遠遠望去，森林深處的「謨涅摩敘涅之門」如今被一道不分日夜閃耀著光芒的內部結界包圍著。

過去被克萊奧和亞瑟當作靠背使用的結界石，在千年後終於恢復它本來的用途。克萊奧看著遠方，心裡暗自鬆了口氣。

『設下這層防護後，出了什麼事也輪不到我操心了吧。』

中午時分，克萊奧被雙胞胎夾在中間共進午餐，隨後抱著有點不情願的心情叫來一輛馬車。車伕恭敬地詢問：

「請問您要去哪裡？」

「去議會。」

這回答讓車伕愣了一下，忍不住又多看了克萊奧一眼。

「議會那邊要通行證才能讓馬車進入，請問您有帶相關文件嗎？」

「啊……我有公文。」

沒帶背包、呆呆站在那裡的克萊奧，這才慢吞吞從懷裡掏出公文遞給對方。車伕看完內容後，

48 Absalom，舊約《聖經．撒母耳記》中的悲劇人物，以色列國王大衛（King David）的第三個兒子，以俊美外表與悲劇命運著稱，其故事經常用來象徵叛逆、父子衝突與權力鬥爭的代價，亦為歐美文學、藝術中常見的典故人物。此處的押沙龍二世為虛構的阿爾比恩國王。

雖然大感意外，但仍保持專業，不露任何聲色。

『這個學生到底是什麼來歷……該不會是哪家貴族或議員的後代吧？』

「明白了，我會盡快送您過去。」

車伕的語氣不僅變明快，態度也明顯更加恭敬了。克萊奧只顧著思考自己的事，絲毫沒注意到車伕的態度。

今天是授予首都防衛勳章的日子。

『去領當然是沒問題……但為什麼是世子本人親自頒發啊？』

想到等會兒必須和梅爾基奧見面，他就覺得很不舒服。而且在正式的授勳儀式前，他還得先出席王室諮詢委員會的會議，向他們陳述當時遭受魔獸襲擊的經過。這也是這次的目的地不是王宮，而是議會的原因。

澤貝迪告訴他，不用太緊張，這種聽證會只是走個形式，照實回答問題就行了。但克萊奧骨子裡仍舊是個小老百姓，滿腦子就只想逃。在他原本的世界，他連警察局都沒踏進去過，更別說什麼議會了。

『算了，忍一忍吧……畢竟拿到勳章後，就可以領一輩子的年金，而且應該還會根據物價上漲進行調整呢。』

其實就連這次的授勳儀式，本來也可能是個大麻煩。如果這不是單純授予與騎士待遇相當的榮譽資格，而是帶有**【誓盟】**效力的正式冊封，他肯定得費盡千辛萬苦才躲得掉。

直到來到異世界，克萊奧才明白，要保住房地產的價值是多麼辛苦的一件事。

議會大樓的筆直砂岩柱與高聳的穹頂，展現出威嚴壓迫的氣勢。這裡的內部結構錯綜複雜，若非有議會侍從帶路，克萊奧絕對找不到貴族院內的國王辦公廳。這裡現在是攝政的世子在使用。

「魔法師克萊奧．阿塞爾，已抵達。」

「克萊奧．阿塞爾，即將入內。」

站在門口兩側的護衛大聲通報他的到來。克萊奧立即開啟〖約定〗的「脫離」模式。侍從恭敬地為他開門，他卻遲遲沒有跨步進去。

他必須拚盡全力，才能強迫自己不移開視線，直視著梅爾基奧。那是一種你無法習慣的刺激。無論看過多少次，那張美得驚人的臉龐依舊能帶來震撼性的衝擊。

世子站在靠河的窗邊，面無表情地轉頭看向他，沒有施展任何異能，只是靜靜注視著。然而，就算只是這樣，站在門口的克萊奧仍感到四肢僵硬，難以動彈。

有生命的存在，怎麼可以被塑造成這種樣貌？

在過去的原稿裡，也曾描述梅爾基奧有著異常出眾的外貌。現在回想起來，這種描述實在過於敷衍了。在這個沒有精靈、妖精的《阿爾比恩王子》世界觀裡，梅爾基奧的存在本身就是一種矛盾。他的外貌已經超越人類審美範疇，甚至到了讓人覺得有些不舒服的地步。

就連他的侍從與護衛們，也都刻意避免與世子四目相對。這顯然不僅僅是因為他的身分，而是光是直視他，都需要做好心理準備。

「克萊奧？你看起來很緊張呢。」

「……是的，畢竟這是我第一次來議會。」

『還不都是因為大爺你！都是你害的！』克萊奧忍住內心的吶喊，尷尬地縮了縮脖子。

就算不清楚他的真正身分，無論如何，他仍然是世子梅爾基奧．里歐格蘭。自己要是一個不小心，被察覺到任何異樣，他一定會緊咬不放，窮追到底。

「離會議開始還有點時間，要不要來杯茶呢？」

世子用有點陰柔的語氣對克萊奧說。

「謝謝。」

簡樸的辦公室內，一張寬大的桃花心木書桌背對窗戶橫陳，書桌前擺放著簡單的沙發與茶几。克萊奧慢吞吞地走過去坐下。梅爾基奧親手從茶壺裡倒出茶，遞到他面前。他尷尬地接過茶杯。世子先輕抿一口，半闔著眼品味茶香，克萊奧則是草草吞下，完全不識滋味。

克萊奧避開與世子對視，書桌自然而然映入他的眼簾。桌上擺滿了墨水、鋼筆與文件，顯然世子剛才還在處理公務。

『之前就聽說世子很有能力……沒想到還這麼勤奮。』

克萊奧的注意力飄到了別處，讓對話一時停滯，但梅爾基奧依然耐心地引導話題。他無論在什麼情況下，都能輕而易舉地營造出良好的社交氛圍。這個能力很驚人。

兩人聊著天氣、茶的味道，以及阿塞爾商團的歸來。或許是與開啟了「脫離」有關，克萊奧的緊張感漸漸緩和下來。

就在這時，梅爾基奧突然發動攻勢。

「不過，你今天還是穿著校服來了呢。」

「是的，我詢問了澤貝迪魔法監察官，他建議學生參加議會時，最好穿著校服。」

「我明明送了更適合的衣服去，結果你還是選擇了校服。」

克萊奧差點沒拿穩手裡的茶杯，感覺剛才吃下的午餐都堵在胸口了。

梅爾基奧指的，無疑就是那件「里歐格蘭王室的禮服」。竟然還試探自己為何不穿？克萊奧如果真是國王的私生子，他這樣戳人未免太殘忍；而他如果不是，這番話也讓人壓力如山大。

『唉，那東西還不能直接一把火燒掉算了。』

這位世子似乎已經確信克萊奧是他的同父異母弟弟，因為無法用專屬異能讀取克萊奧的想法，顯然打算透過這種方式來試探。

此時，最好的應對方式就是答非所問。

「感謝您的好意，但那套衣服對我來說，實在是太大了。」

梅爾基奧微微揚起形狀優美的眉毛，似乎沒料到他會這樣回答，嘴角的笑意更深了。

「是嗎？」

「我的體型實在太單薄，無法展現出與您的賞賜相稱的氣度。那麼華貴的衣服，我甚至連放到身上稍微比對都不敢。」

「真是可惜，那件禮服與我們兄弟都非常相稱呢。」

『這傢伙又不打方向燈就切進來了。』

克萊奧繃緊神經，觀察著梅爾基奧的動作，以防他施展〔結構觀點〕的異能。

幸好，因為上次失敗了，梅爾基奧並未重蹈覆徹。

『他應該也知道，自己在國王生日宴上無法啟動異能時，世界都為之震盪吧？畢竟亞瑟在世界崩潰時也察覺到了異常。』

雖然對方不再使用異能是好事，但也因為這樣，他在試探時似乎更為執著。對於克萊奧來說，與世子相處的每一刻都如履薄冰。

「克萊奧，你的臉看起來像是把心思全都寫在上面，實際上又什麼也沒透露，真讓我覺得你和我的兩個弟弟很像。」

『我才不是你兄弟，只是個普通到不行的小說穿越者啦。』——這句話當然無法說出口，克萊奧只能在心底吶喊。

梅爾基奧細細打量克萊奧，見他臉色變差，溫柔地歪了歪頭。

「總之，你還是要多吃點才行，不要只長身高。」

「……承蒙關心，謝謝。」

這時，一名拿著懷錶的議會侍從，小心翼翼地插入梅爾基奧和克萊奧之間。

「殿下，王室諮詢委員會的會議時間到了。」

王室諮詢委員會的會議，在貴族院建築內視野最好的會議室舉行。

雖然與世子的辦公室只隔著一道門，裝潢風格卻截然不同。會議室內，紅色緞布覆滿牆壁，金飾點綴著四周，中央擺放著巨大的會議桌。

橢圓形會議桌的兩側各有十個席位，共計二十個委員席位，諮詢委員由貴族院與平民院各選出十人來擔任。

據原著所述，委員會設立的目的，是為了在國王擁有三分之一決策權的情況下，增加決策的客觀性。

『這國家還真是微妙，大部分課稅權轉移到了議會[49]，乍看之下像是近代國家，結果國王依然握有政治權力。』

會議桌一端的最裡面，擺放著一張覆以天鵝絨、雕刻著金獅的王座。由於梅爾基奧尚未登基，此刻他坐在王座右側的椅子上。但毫無疑問，沒有人會懷疑，那張王座就是為他量身打造的。

『簡直就像為梅爾基奧設計的一座戲劇舞台。』

在議會侍從的引導下，克萊奧來到牆邊的長椅，這裡是為臨時參與者準備的座位。

會議桌左側的首席，是專屬於平民院議長的座位，而議長也是最早抵達的人。

49　「課稅權」是君主權力的核心之一。隨著議會制度的發展，許多國家逐漸將課稅權移交給由人民選出的代表機構，即「議會」。這象徵著政體從君主專制邁向立憲制與民主制的關鍵轉變。

「比頓議長，您今天也特地趕來了呢。」

「殿下，近日可好？您太客氣了，這是身為委員應盡的職責。」

這名年過半百的男子，腿腳不便，拐杖就靠在椅子旁。他相貌樸實，卻散發出一種堅毅而廉潔的氣質，想必這就是班傑明．比頓。

『這人據說已經連任平民院議長十六年了，也是比頓家族的次子，家族三代都靠鋼鐵產業致富……將來應該會成為亞瑟的支持者吧。』

平民院議長是金湯匙出身並不奇怪。所謂的「平民院」，名義上雖然是平民的代表，但一百個由選舉產生的議席，早已被新興資產階級牢牢掌控。

若單論財富，貴族院的那一百名貴族其實不比平民資產階級更富有。這是因為來自領地的地租收入逐漸縮減，而商業活動帶來的收益卻不斷增加。不過，由於中央政府徵收的稅額無論對資產階級或貴族來說相差無幾，因此成了雙方衝突的導火線。

克萊奧一邊回想自己透過報紙努力了解的阿爾比恩政局，一邊等待著會議開始。然而，不知不覺間，距離會議時間早已過了許久。

王室諮詢委員會的主席，同時也是貴族院議長的克呂埃爾公爵，在超過時間許久後才悠然現身，而且才一抵達，也沒半點不好意思，直接拋出一個帶有攻擊性的提案。

「歐雷爾斯的火車站施工期延長了，現在投入的資金已經大幅超過了預算，真的值得為了蒂弗拉姆礦山的交通設施投入這麼多資源嗎？」

克萊奧立刻豎起耳朵，專心聆聽會議內容。

『阿爾比恩的王室土地產出的資源與稅收，都歸王室所有，克呂埃爾就是對這點不滿。』

來自王室土地的收益不過是用在維持王族體面所需的開支，並非能在政治上發揮實質影響的資金……

『但如果大陸唯一的蒂弗拉姆礦山歸王室所有，那王室與貴族院之間的權力平衡就會被撼動。克呂埃爾肯定不樂見梅爾基奧獨占礦山的權利。』

他顯然在處心積慮想要分一杯羹。

「沒錯，蒂弗拉姆的加工技術問題尚未解決，卻從一開始就過度投入國營鐵路公司的資源。」

與克呂埃爾同屬一派的蘭斯戴爾伯爵，是支持亞斯蘭的貴族之一，此刻毫不猶豫地點頭贊同。他光禿禿的額頭在燈光下閃閃發亮，比頓議長則冷冷盯著這一幕，神情透著一絲不悅。

「話可不能這麼說，克呂埃爾公爵。比起上個季度東南防衛軍額外增加的軍費，火車站施工延長所帶來的人事費用增長，根本稱不上浪費。話說回來，我們到底為什麼需要那種可以逆流而上的蒸汽船？」

「因為克羅托河[50]對岸的卡洛林格王國那些暴民的動向很不尋常！你對軍事一竅不通，還在這裡大放厥詞？」

克呂埃爾公爵與比頓議長的爭執越演越烈，後方負責速記的議會書記官也不得不加快記錄速度。而在這場激烈的爭論中，梅爾基奧只是淡淡微笑，靜靜地聆聽眾人的發言。

雖然名為「王室諮詢委員會」，但這場會議無疑是貴族院與平民院互相角力的戰場。

『雖然原稿裡寫了，由於菲利普國王臥病多年，導致貴族院氣焰囂張……但即便世子親自坐鎮，場面還是亂成這樣，嘖嘖。』

「好了，兩位議長，請冷靜一下。」

世子輕輕撐著桌面站起身，環顧四周，看似只是個簡單的動作，卻藏著他真正的意圖。

那一瞬間，一股壓迫感籠罩了整個會議室，克萊奧的肩膀不禁一縮。梅爾基奧的「專屬異能」

50 Clotho，希臘神話中，掌管生命之線的三位命運女神（Moirai）之一。克羅托負責紡織生命之線，她紡出的絲線象徵每個人命運的起點，為古代對生命與宿命的詩性隱喻之一。

開始支配這個空間。『約定』的「理解」自動啟動了。

【專屬異能：□□□的魅惑】

【──賦予使用者強大的魅惑力，使其獲得喜愛與讚嘆。

──使用者的聲音具有強大說服力。

使用者：梅爾基奧．里歐格蘭】

同時，能夠使他人的異能失效的『約定』的「脫離」功能也開到最大的效果。

克萊奧的左手食指劇烈發燙，彷彿要燒起來的感覺。他只能緊握拳頭，咬緊牙關，極力壓抑痛苦的神情。儘管『約定』看似近乎萬能，但在梅爾基奧的能力面前，終究還是顯露出極限。

「只要能維持以太的活性狀態，蒂弗拉姆就是能改變我們阿爾比恩未來的關鍵礦物。」

梅爾基奧一開口，方才還在爭論不休的所有議員，竟然像是馴服的羔羊般安靜了下來。

「至今為止的投資，絕非過度。我這裡有礦業局的正式報告，各位座位上已經備妥副本，請自行確認，相信各位看過後就會理解我的觀點。」

明明只是簡單地傳達資訊，但透過梅爾基奧的聲音說出來，就有如詩歌般動聽。

「原來如此，確實沒錯。」

剛才還劍拔弩張的克呂埃爾公爵，此刻竟乖乖坐回原位，有如學童般恭敬地翻閱礦業局的報告。

二十名議員紛紛拿起眼前的文件開始翻閱，彷彿梅爾基奧的話語即是神諭，無條件服從。

唯一清楚意識到這場景異常之處的，就只有貼著牆壁而坐、滿頭冷汗的克萊奧。

『這不是鬧著玩的……用這種異能來說服人，誰不會被打動？』

他之前就想過，假如這裡不是君主制國家，而是一個擁有廣播或電視的時代，根本沒有人能挑戰梅爾基奧的地位。他完全不需要去爭奪王位，直接就能當選政府的首腦。

『……或者，成為獨裁者。』

這場會議一開始時，克呂埃爾公爵還滿懷鬥志，打算狠狠給梅爾基奧一個教訓。然而，會議最後卻在他的「世子殿下果然有周全的計畫。」這句話下結束。

所有與梅爾基奧對峙的人，都輕易地失去了理智，無法堅持自己的信念與意志。面對世子手中這可怕的能力，克萊奧的心臟快要縮成一團了。

『明知道這異能對我沒用，還特意叫我來旁觀這一幕，是想跟我示威嗎？還是在試探我的真實身分？無論是哪一種，梅爾基奧這傢伙的陰險程度，一點不輸給亞斯蘭……呼。』

會議結束後，書記官隨即開口道：

「接下來，將由最近討伐魔獸的魔法師──克萊奧．阿塞爾開始陳述證詞，作為制定「謨敘涅之門」防禦對策時的參考。」

克萊奧拖拖拉拉地走到桌前站定。委員們仍然呆滯不語，因此當他描述魔獸的龐大與威脅性時，唯一認真聆聽並記錄的，就只有書記官。

作證結束後，他便動身前往預定舉行授勳儀式的王座廳。王室侍從原本要為他帶路，世子卻擺了擺手，堅持親自領他過去。臉色發青的克萊奧連拒絕的機會都沒有，只能無奈地跟在世子身後。

王宮與議會之間由一條長廊相連。世子似乎經常步行其間，沿途遇見的議員、職員或書記官，他都能逐一喊出姓名，並向對方打招呼。

「艾蜜莉小姐，今天也辛苦了。」

「謝謝您，殿下。」

跟在世子身後的克萊奧心生疑惑，便啟用了「理解」。令人驚訝的是，這並非某種專屬異能。梅爾基奧是真的連那個年輕速記員的名字都記得一清二楚。

『梅爾基奧的記憶力也太驚人，而且他作為劍士的以太等級好像也有四級？哎，人才真的是人才呀。』

在之前的原稿中，如果不是發生「那起事件」，梅爾基奧應該會成為一位傑出的君主。

『可是作者沒有選擇梅爾基奧。』

在過去的世界中，「正珍」從未信仰過神明，但在這個世界，他知道神是真實存在的。這位創造世界的神，正是透過文字編織一切的「作者」。

因此，在這個世界成為敘事的主角，就意味著被神選中。那樣的命運，擁有超越理性與合理性的力量。

『無論是墮落為惡人，還是被奉為英雄，世界的存在本身，都是為了實現那個人物的命運。』

在《阿爾比恩王子》中，梅爾基奧的角色設定就是：讓出王位繼承權，使其他順位的王子得以繼承之後便消失了。

這份原稿不允許其他詮釋，也不存在不同的讀解方式。構成這個世界的核心文本，不是那種可以由讀者重新書寫的類型。

在這樣的情況下，面對梅爾基奧這過於鮮明的魅力與超乎尋常的「專屬異能」，克萊奧的心情變得格外複雜。

倘若同一個角色已經活了八次，那麼去探究他最初來自何處、究竟是誰，還有意義嗎？

拋開作品之外的問題不談，僅從一個登場角色的角度來看，梅爾基奧本身就是個麻煩人物。

『歷經八次修改才發展出這種複雜性的角色，真的會按照作者的意願，在適當的時機退場嗎？即便他最終消失了，那方式會是作者想要的樣子嗎？』

答案顯然是否定的，而收拾這局面的人，無疑會是克萊奧自己。

他不禁深深嘆了口氣。這人似乎對自己不怎麼友善，甚至還懷有疑心。未來肯定不會太順遂。

「克萊奧？」

「啊是！殿下！」

「傷勢還未痊癒嗎？還是覺得累了？」

「不，不是……」

「你的步伐變慢了，要不要稍作歇息？」

「完全不需要！授動儀式的時間已經訂下，怎麼能耽擱呢？」

「這是人訂的規則而已，不必太過拘謹。你雖然和亞瑟一樣年紀，怎麼說話口氣像個老臣？」

「……我經常被人這麼說。」

在旁人看來，世子正溫和地與少年英雄交談，似乎充滿親切與憐愛。但隱藏在那笑容之下的，卻是執著而鋒利的試探。

即使從未關閉過「脫離」，克萊奧仍覺得腦子像是被人活生生剖開，手臂不禁泛起陣陣寒意。

『這條走廊怎麼這麼長……』

過了許久，這場煎熬才終於結束。

梅爾基奧告訴他，他們走的其實不是一般的出入口，而是後方的內部通道，因此稍微縮短了路程——幸好是這樣。

王室舉行加冕典禮的王座廳，與人們想像中的宏偉華麗大相逕庭，反而是一座風格質樸的大殿。這是阿爾比恩王宮最早建造的部分，千年歲月流轉，地板被無數人的足跡磨蝕，牆上的浮雕也早已剝落殘缺。

十多年前，亞瑟的苦難正是從這裡開始的。年幼的他曾在這裡宣示自己對王冠的繼承權，這裡未來也將是《阿爾比恩王子》迎來終局之地。

讀過太多次原稿，他對這座在故事的最末登場的王座廳，竟也生出一絲奇異的感慨。

「你是第一次來王座廳吧？」

「是的。」

「覺得怎麼樣？」

「嗯，比想像中……簡樸呢。」

「哈哈，因為這裡是舉行加冕的場所，外界總以為它富麗堂皇。但這裡不允許攝影師和報社的插畫家進入，你知道是為什麼嗎？」

「因為征服王列奧尼德一世陛下的石棺被安置在這裡，是神聖之地。」

「果然，聽說你成績優異，沒想到連歷史也相當熟悉啊。」

梅爾基奧像是在誇獎年幼的弟弟般，輕輕拍了拍克萊奧的背。那一瞬間，他寒毛倒豎，感覺脊椎彷彿被冰錐刺穿。

『並不是，我只是為了活下去才把原稿翻了個遍……算了，我何必解釋這些。』

正當克萊奧冷汗直流時，王室禮賓官開口解救了他。

「世子殿下，魔法師克萊奧．阿塞爾大人，授勳儀式已準備就緒。魔法師大人，請按照指示，站到台前黑色石塊標記的位置。」

✦革命的灰燼色火焰

授勳儀式舉行期間，廳內的觀禮席空蕩蕩的。出席者僅有禮賓官、王室侍從長，以及協助儀式的幾名侍從。

看來，這次的授勳同樣遭到貴族院的反對，但梅爾基奧似乎動用了他的「專屬異能」，強行推動了這件事。

公文上提到可以邀請家人出席，但克萊奧並未邀請任何人。吉迪恩和弗拉德已經返回科爾福斯，格雷伊爾家族的人則因為要處理前往契恩特倫的相關事宜，忙得不可開交。

『而且這種場合很尷尬……我又不是什麼要領獎的高中生。』

這場授勳儀式因為省略了【誓盟】，僅是授予等同騎士的地位，因此顯得格外簡單。克萊奧按照禮賓官的指示，朗讀宣誓文，該坐時坐、該站時站，儀式便迅速結束了。

王室侍從長捧著的勳章，是繫在綠、白、靛藍三色交織的絲帶上，本體是一枚刻有獅子與盾徽的金質徽章。梅爾基奧動了動戴著手套的手指，親手將勳章別在克萊奧的衣領上。

禮賓官高聲宣讀，聲音迴盪在整座大廳內。

「特此授予克萊奧．阿塞爾爵士『阿爾比恩王國首都防衛勳章』，願此榮耀永存！」

『尷尬死。』

無論是別在衣領上的勳章，還是「爵士」這個稱呼，都讓克萊奧覺得很不習慣，忍不住抬手搔了搔後腦勺。這時，梅爾基奧按住了他的手臂。

「好了，準備好了嗎？」

「……不是已經結束了？」

「你在說什麼？典禮才剛開始呢。來，準備好，可能會有點刺眼。」

「準備什麼……？」

啪——！

砰——！

王政廳的大門倏然敞開，刺耳的喧囂聲與耀眼的光芒瞬間湧入。聲音的來源，是相機閃光燈與記者們接連拋出的問題。閃光燈閃爍的瞬間，粉末[51]燃燒的爆裂聲與濃煙交錯，既嘈雜又刺眼，讓克萊奧感覺彷彿踏入煙火四濺的戰場。

面向中庭的王政廳正門，擠滿了蜂擁而至的記者、攝影師與插畫家。原來授勳儀式期間，周圍的寂靜全是靠著魔法維持——後來克萊奧才知道，王政廳的大門上鑲嵌著蒂弗拉姆，上面還施加了【隔音】與【隱蔽】的術式。

「克萊奧爵士，能請您說幾句話嗎？您是當今世上最年輕獲得正式騎士位階的人……！」

「請問您與梅爾基奧世子私交如何……？」

「能談談魔獸的事嗎……？」

這世界既然存在著報紙，自然也會有記者，可克萊奧從未想過自己竟然會被這樣圍攻。

他腦中一片空白，完全不知所措，梅爾基奧顯然對此習以為常。他一手輕輕搭在這位「少年英雄」的肩上，另一手則優雅地揮動著，向記者們示意。

「各位，請一個一個提問，今天就先讓《倫德因標準報》的馬古斯先生提問吧。」

51 早期的閃光燈是透過燃燒鎂粉來產生強光，閃爍時會伴隨爆裂聲與濃煙，因此又稱為「鎂光燈」。

梅爾基奧真是個既詭異又可怕的傢伙。

『這到底是怎樣……？為什麼一個出生在十九世紀的王族，可以這麼熟練地操縱媒體？這根本說不通。』

今天的主要報紙幾乎都刊登了梅爾基奧與克萊奧勉強地站在一起的照片，或者是插畫家繪製的插圖。

現在他終於明白，世子為何這麼急著頒發勳章——因為魔獸出沒帶來了恐慌，必須有能安撫民心的象徵，而世子還順勢利用這個機會，與深受市民關注與喜愛的「少年英雄」同台，製造政治宣傳的形象。

更糟的是，這張報紙甚至成了大家的笑柄。當天下課後，瑟爾逕自跑來克萊奧的會客室，毫不客氣地坐上主位，笑得前仰後合。

「哎呀，萊奧，現在大家大概都覺得你是梅爾基奧的親信了吧！」

「隨他們怎麼想，我根本不知道攝影師會在場。」

「你現在可是首都的名人了，真的是一點自覺都沒有！」

「嗯……但照片太亮、太晃了，臉根本看不清楚，對吧，莉比？」

「呃嗯，沒錯，蕾蒂莎。而且不管怎麼看，還是這一邊的插畫比較好。」

「是比較好沒錯，只是和本人一點都不像。」

莉比把報紙高舉給大家看，蕾蒂莎湊過去，托腮歪頭。

「上次討伐魔獸的時候也是這樣。這些報社的插畫家是都沒有眼睛嗎？為什麼每次畫萊奧都畫不像？」

「對不對？萊奧應該是一副軟趴趴、提不起勁的樣子才對。」

「但這幅畫裡的『克萊奧爵士』，看起來又帥又威風！」

雙胞胎用天真無邪的語氣，毫不留情地打擊克萊奧。他默默灌了一大口裝在扁酒瓶裡的威士忌，泥煤香氣繚繞喉間，稍微舒緩了緊繃的神經。這種情況，非得靠酒精才撐得下去。

當然，根本不把當事人心情放在眼裡的安傑利恩雙胞胎，毫不客氣地扯著克萊奧的制服領子，只顧著說自己想說的話。

「什麼呀，這酒味，好像大叔喔！」

「不過，這個徽飾真的好帥！你以後是不是都得天天戴著它呀。」

「曾祖父以前跟我說過，蕾蒂莎，妳如果想要這種徽飾，就長大後自己去向國王陛下領取吧！嘿嘿。」

「好啦好啦，總有一天妳們也能拿到的。」

「什麼嘛，萊奧，你怎麼這麼敷衍。」

「真的，一點誠意都沒有。」

就在這時，柳巴舍監敲了敲克萊奧的宿舍門。

「克萊奧？」

「是，柳巴舍監。」

「剛剛王室送來了賞賜。」

「賞賜……？」

「好像是食物，但份量太多，沒辦法送到房間來。你來看看吧。」

柳巴舍監的話還沒說完，雙胞胎就猛地跳起來，緊抓住克萊奧的雙臂。

「是吃的！」

「是什麼？」

「快去看看！」

克萊奧下樓來到一樓大廳，下一秒，他覺得自己需要來杯酒壓壓驚，因為眼前的畫面簡直讓人頭昏眼花：一個個盒子堆得像像牆一樣高，把整個空間都堵住了。

這幾十個印著里歐格蘭王室徽章的盒子，裡面全是甜點，有各種派餅、法奇軟糖、太妃糖、巧克力，琳瑯滿目。

『這折磨人的方式還真是創新啊。』

這些烘烤得金黃酥脆、香氣四溢的點心，顯然是在針對他之前抱怨「禮服尺寸不合，沒辦法穿」的話，本來也許可以當作一個玩笑，讓人覺得輕鬆有趣，但只要是梅爾基奧做的事情，無論如何都讓人笑不出來。

雙胞胎倒是玩得很開心，一邊拆箱一邊歡呼。

「我要奶油太妃糖！」

「橙片巧克力是我的！」

「太棒了！」

嗅到食物香氣後，立刻跟著跑下樓的貝赫莫特用鼻子嗅了嗅，然後發出抱怨：

「喵嗚嗚嗚嗚。」（甜的都吃膩了，怎麼沒有酒味的！）

克萊奧有氣無力地拆開一個箱子，內心與貝赫莫特的想法不謀而合。他從堆積如山的箱子裡挑出一盒檸檬塔，其餘的全交給柳巴舍監處理。

「老師。」

「怎麼了，克萊奧？」

「這些點心能不能分給宿舍的學生、職員和侍從們？」

「哎呀，這可是王室的賞賜，這樣做沒問題嗎？」

「沒關係，世子殿下應該是特地準備給大家一起享用的。」

「哎呀，你還真是個貼心的孩子。」

雖然感覺這麼做只是白白為梅爾基奧爾提高名望，但這次他也只能認了。

克萊奧一手提著裝有檸檬塔的盒子，一手拿著扁酒瓶，帶著貝赫莫特在校園內閒晃。不知不覺間，酒瓶裡的威士忌已經喝得一滴不剩——不過不是他一個人喝掉的，有一半是被貝赫莫特搶去了。這隻貓喝完酒，一副「事情辦完了」的樣子，甩著尾巴跑進校園裡的森林，去巡視自己的領地。

克萊奧靠著血液裡流竄的威士忌勉強提起精神，硬是振作起本來就所剩無幾的正面心情。

『不能再拖了，得好好說服弗朗才行。』

他早就提前向柳巴舍監打聽過對方的行蹤，現在正準備直搗黃龍，前往弗朗的地盤。

克萊奧握緊手裡的盒子，慢吞吞地朝宿舍北側入口走去。盒子裡裝著的，正是他特意留下來的檸檬塔。

『想馴服一隻會豎起尖刺的野獸，總之先給點吃的試試看。』

在之前的原稿裡，弗朗對「酸甜口味」毫無抵抗力。他還曾說過，當思緒卡住時，這種味道能幫助大腦保持清醒之類的話。按照過去的模式來看，這個世界的發展方向雖然會變，細節設定卻不太會更動。

『今天不管怎樣都要和弗朗攤牌。』

自從回到學校後，他已經嘗試好幾次要找弗朗，每次都被對方溜掉。只要到了自由研究時間，他都預訂了魔法練習室，可那傢伙根本沒來過一次，結果只有他自己一個人練魔法練得很過癮。但也多虧如此，他才能把【屬性增幅】、【燃燒】、【追蹤】、【加速】這幾種術式組合起來，理論上幾乎已經完成用「魔礦石」鑄鐵作為媒介的【諸侯天使之焰】。

除此之外，在設計【諸侯天使之焰】的咒語時，他還發現一件很神奇的事：越是在原本的世界裡被廣泛引用且長年閱讀的文學作品句子，如果拿來當咒語使用，魔法的威力就越強。為了確認這點，他試著將自己最常用的【防禦】魔法改用新的咒語來施展，結果毫無疑問——真的有效。

『我確實是聽說過什麼從傳說或史詩裡引用句子來寫咒語……但是連那邊世界的文字也能通用，這裡的魔法體系規則未免太鬆散了？』

越是了解這個世界，越覺得它神祕莫測。不過，今天可不是坐在練習室裡空等弗朗、悠哉進行自由研究的時候。

現在，解決「蒂弗拉姆的以太永久活化」問題已經迫在眉睫。蒂弗拉姆是關係到國家命運的戰略資源，若能夠徹底掌握它，阿爾比恩就能在下一場戰爭中占據絕對優勢。

克萊奧的內心焦躁不已。「最終版」的進展速度比之前的快上許多，這意味著戰爭爆發的時間也將提前。

『參與王室諮詢委員會議時，克呂埃爾公爵不也說了？蒂弗拉姆的以太活化問題至今仍未解決，而唯一能破解這問題的人，就是弗朗……但這傢伙壓根沒在關心研究，這下可麻煩了。話說回來，他的房間怎麼會在這麼高的地方，呃啊啊……』

這位反骨的留級生，弗朗西斯・加布里埃爾・海德－懷特，他的房間位於宿舍北側塔樓六樓的最末端。

這裡原本是用來懲罰違規學生的禁閉室，但聽舍監說，怪人弗朗西斯表示自己喜歡獨處，然後就堂而皇之地把這間房據為己有。

他這麼做倒也不是不能理解。

當克萊奧費盡力氣爬上塔樓的螺旋階梯、終於抵達弗朗的房門前時，眼前所見活像是《世上怎麼會有這種事》[52]節目上才會出現的離譜景象。

『……這堆垃圾到底是什麼鬼啊？』

門不知道是被拆了還是怎麼了，連入口在哪裡都快分不清楚。

「弗朗，你在裡面嗎？」

突然，一道尖銳的聲音從與克萊奧身高等高的紙堆之間傳來──

「是誰？」

「是我，克萊奧．阿塞爾。」

「滾。」

克萊奧無視了這句逐客令，小心翼翼地避開滿地的紙張和書籍，慢慢往混亂的中心走去。弗朗斜倚在一張破舊的扶手椅上，椅面的布料已經被扯爛了。

「誰准你進來的？」

「不想讓人進來，就把門板裝回去吧。」

「要是我是老師或世子，你也敢用這種態度嗎？看來你只會對有權勢的人乖乖聽話嘛。」

「那個，我不知道你誤會了什麼……」

「『以太感知力極高，術式應用能力也異常優秀，擁有無可挑剔的天賦。』……看來你在澤貝迪面前可是搖了不少尾巴啊。」

弗朗翻閱的那疊文件，看起來像是克萊奧一年級上學期的學業評估報告。

52 세상에 이런 일이，韓國電視節目，專門報導各種奇人異事、特殊現象與不可思議的事件。

「不知道你清不清楚，皇家首都防衛隊學校的學生成績和個人資料紀錄都被視為公文，私自竊取或非法複製可是會被司法處置的。」

「哈！司法處置？你以為胸口多掛了一枚小小的勳章，就真的變成什麼了不起的人物嗎？我完全不想再跟你浪費唇舌，滾出去。」

「說實在的，我也不想在這個垃圾堆裡多待一秒鐘……但今天下午這三個小時，我非得黏著你不可。」

「這是什麼歪理……！」

「你這麼討厭自己的空間被打擾，那怎麼不來練習室呢？我叫了你好幾次，是你連一次都沒出現吧。」

「守護了首都的大英雄，居然會這麼在意一個留級生？我是不是該感到榮幸才對？」

克萊奧一手叉著腰，深深嘆了口氣。

『十八歲不是早該過了中二病的年紀了？怎麼還這麼彆扭難搞。』

「沒那個必要。這裡有檸檬塔，拿去吃就好。」

克萊奧覺得再繼續講下去也無濟於事，乾脆直接拆開盒子。隨著盒蓋被掀開，濃郁的酸甜香氣瞬間瀰漫開來。

「我為什麼要收這種東西……！」

「你好好享用。對了，我可以順便參觀一下你的房間吧？」

克萊奧像在餵流浪貓一樣，把檸檬塔的盒子擺到弗朗面前，隨即往後退開，地打量起房內的擺設。他身後傳來含糊不清的抱怨聲，但過沒多久，那聲音便被咀嚼糕點的聲音取代。

『畢竟是王室賞賜的點心，味道應該不會差到哪裡去。』

橫放在書架上的那本厚重辭典，封皮的某處微微凹陷，約像是被挖成了左輪手槍的形狀。但克萊奧只是瞥一眼，假裝沒看見。

他的視線移向窗邊的書桌，桌上凌亂地擺放著政治宣傳小冊子、號召示威的傳單，以及用鐵筆[53]刻寫再油印[54]的聲明文。在這些陌生的印刷品中，他看見一本熟悉的雜誌：所謂的左派週刊《號角》。

『往好處想吧……政治傾向本來就是個人自由，只要他還是把研究做好就沒問題。好歹他也是個魔法師對吧？既然其他人的能力沒有變化，他應該也一樣才對。』

在之前的原稿裡，弗朗的確是個魔法師，雖然等級不高。「海德－懷特博士」的偉大之處不在於魔法，而是在於「魔導科學」的領域。

克萊奧心裡暗自決定無論如何也要說服弗朗，只好勉強硬撐，用拙劣的話術開口。

「這是《號角》耶……你也會看這種雜誌嗎？」

這是個相當拙劣的嘗試，他自己都覺得可笑。但他總得先建立一些共同話題，才能慢慢切入正題。為了找話題，他隨手翻閱雜誌的內容，沒多久就翻到一頁壓得很平整、似乎被讀過很多次的社論，作者署名為「吉布里爾・法蘭奇」。

〈世界革命的前景──共和主義的成功與挫折：回顧卡洛林格共和國的革命〉

這篇文章的內文被弗朗用紅筆畫滿了修改痕跡，但克萊奧仔細一看，察覺到一個重要的事實。

『這根本是把整篇內容重寫過了吧？文體完全一致，主張卻完全不同……難道這是他自己寫的文章？』

53 stylus，一種用於在蠟紙或特殊謄寫紙上刻寫文字的工具，常見於早期油印機的謄寫作業中。
54 Mimeograph，一種早期的文書複製技術。使用鐵筆在蠟紙上刻寫文字後，將蠟紙覆在白紙上滾上油墨，油墨會透過刻痕印在紙上。這種方法在影印機普及前，廣泛應用於學校與機關，用來印製考卷、傳單等文書。

「等等……原來你不是讀者，而是投稿人？真是了不起。」

克萊奧這次發出的嘆息，是從他的靈魂深處自然地湧出。呼……

『也太認真了吧！』

「哼，王室的走狗，眼睛倒是挺尖的。」

弗朗猛地站起身，把雜誌「啪」地闔上，像是完全沒吃過那兩塊塔似地大聲吼道。

「好好好，隨便你怎麼叫我，但你到底是哪裡不滿意，才把文章改成這個樣子？」

「編輯委員覺得我的觀點太折衷了，居然沒經過我的同意就擅自改掉……等等，你問這個是想幹嘛？」

弗朗似乎是為此感到很不甘心，克萊奧才輕輕一戳，他就嘩拉拉地把心裡話倒出來。克萊奧暗自嘆了口氣：這個火爆小子雖然滿腔熱血，但顯然當不了縝密的行動派。

也許是因為意識到自己對著不喜歡的人說得太多，弗朗不悅地瞥開視線，開始猛擦眼鏡。

就在這一刻，克萊奧注意到他的手背上隱隱浮現出一道淡淡的痕跡。

『那是什麼？看起來像是聖痕……？』

「你這樣擦，眼鏡只會越擦越髒，給我看看。」

「不用了，我自己——」

當克萊奧伸手去拿眼鏡時，弗朗下意識地推了他一把，但克萊奧順勢握住了弗朗的右手。

他用盡全力抓著對方的手，隨後導入以太。一道耀眼的金光在兩人相碰觸的地方迸發而出。弗朗立刻猛力甩開克萊奧，但光芒已經暴露了一切。他下意識地伸手遮掩手背，但已經太遲了。

那個猩紅色的紋路，勾勒出一個號角的形狀。

〖約定〗的「理解」能力立即解釋了這個聖痕的真相——

【專屬異能：「宣傳」[55]
—對使用者的言語與文字賦予煽動人心的力量。
—使用者能激發群眾的憤怒與勇氣。
使用者：弗朗西斯．加布里埃爾．海德—懷特
適用人數：∞（無限）】

這是克萊奧從未見過的專屬異能。
『之前的原稿裡，我就覺得這傢伙有種莫名的說服力……現在連專屬異能都變成了這種的，難道在「最終版」裡，他真的變成跟科學無關的人物了嗎？』
「你……你剛才對我做了什麼?!」
「只是確認一下聖痕而已。」
「幹嘛做這種事啊！」
「因為我也有聖痕，看到覺得很開心而已。」
克萊奧自己也知道這個藉口沒什麼說服力。弗朗撿起掉在地上的眼鏡戴上後，用像是看仇人一樣的眼神狠狠地瞪著他。這個少年比外表看起來還要健壯，沒立刻揮拳就已經算是萬幸了。
『但我和他根本沒見過幾次面，他到底為什麼這麼討厭我……』
「吉布里爾．法蘭奇……這個筆名我記得，發生魔獸襲擊事件的時候，還寫了一篇對我有利的文章，怎麼才沒過多久，態度就徹底改變了？」

55 propaganda，源自拉丁文 propagare（意為「傳播、延伸」），原指宗教信仰的傳播。在近現代語境中，特指有目的性地透過言語、文字、圖像等手段，影響群眾思想與情緒、操控輿論的行為。此詞常帶有負面意涵，用以描述政治、軍事、革命或大型運動中，利用偏頗或操弄性的資訊來動員民眾的策略。

「你還敢說？你不是跟梅爾基奧那個怪物勾肩搭背合照嗎？照片還登在所有報紙的頭條上，我真是對你失望透頂！」

弗朗一邊罵，一邊伸手指著克萊奧，激動得脖子上青筋暴起。他的聲音微微顫抖，洶湧的情緒中，憎惡與恐懼交織在一起，是一種超越個人厭惡的公憤。

「弗朗，你對世子了解多少？」

「不了解。」

「既然不了解，那為什麼這麼激動？」

「對於那種存在，我怎麼可能了解什麼？」

這個回答意味深長。

『難道他發現了世子的專屬異能？不對，如果他真的知道了，梅爾基奧怎麼可能會放他一馬？那他到底是在害怕什麼？』

「你和世子殿下有見過面嗎？」

「……有。」

弗朗的聲音細如蚊蚋，彷彿又回想起某段令人恐懼的過去。

『之前亞瑟說過，弗朗可能隸屬某個地下組織，再加上梅爾基奧擁有祕密情報部門，這樣一來，答案就呼之欲出了。』

對於一個知道獨裁政權與國情院的韓國人來說，這種情況根本不用看也猜得出來怎麼回事。[56]看弗朗只要一提到世子就發抖，搞不好是他的同伴被抓，或者他自己曾經被帶走過。

56 韓國於一九六〇～八〇年代經歷長期軍事獨裁統治，當時政權常藉「維護國家安全」之名打壓異議。情報機關如「國情院」（國家情報院）實際上扮演監控民眾、操控輿論、整肅反對勢力的角色，成為國家暴力的象徵。因此在韓國人的歷史記憶中，「獨裁政權」與「國情院」連結著無所不在的監視、莫須有的逮捕與恐怖統治。

『就連迪奧內也擔心過我會不會被列入祕密情報部門的「重點關注對象」名單……』

克萊奧並非過度敏感，而是真的能感覺到梅爾基奧身上具備獨裁者的特質。當一個人既能讀取他人的心思，又能迷惑人心時，即便是聖人，也可能成為怪物。

『總之，梅爾基奧這傢伙還真是什麼事都做得出來。到底他是根本沒發現弗朗是有多重要的人才，還是他其實知道些什麼，所以才故意這麼做？』

克萊奧默默開展魔法陣，弗朗本能地想往後退，卻被他一把拉入陣內。弗朗的身體已經被冷汗浸濕。當魔法陣亮起光芒時，【隔音】與【隱蔽】兩個術式便從地面浮現。

「**【言語的祕密將永存其中！】**」

這是克萊奧曾經看過迪奧內使用的魔法屏障。他當時覺得這個術式很有用，便稍微記了下來，並對咒語做了一點修改。

「弗朗，這個魔法一旦啟動，無論是魔法道具，還是人的眼睛与耳朵，都無法窺探魔法陣內的談話，所以你可以放心。」

「你……」

「『以信義之名宣誓。』報紙上的那張照片，不是我自願拍攝的。」

透過弗朗的眼鏡鏡片，看著他扭曲變形的雙眼，克萊奧像在雕刻般地一字一句堅定說出：

「你應該很清楚，那是世子慣用的卑劣手段。」

弗朗的臉上第一次露出動搖的神情。

「有效嗎？」

「如果你不想說自己是什麼時候、在哪裡、又是如何和那傢伙牽扯上的，我不會勉強你。但如果你需要幫助，可以隨時來找我。」

「……你為什麼要對我做到這種程度？」

「這個嘛……你對科學不感興趣嗎？」

「科學？」

「例如冶金學、化學之類的？」

「該不會你連我在科學學院時期寫的論文都找來看了吧？」

弗朗本來稍微緩和下來的語氣，一下子又變得冰冷。

『他還真的寫過論文？看來我抓對方向了。』

「呃，是啊……」

「真不知道你是從哪裡挖出來的。」

「因為我對蒂弗拉姆的加工問題很感興趣，所以在到處打聽，尋找可以幫上忙的人。」

「蒂弗拉姆嗎……不管你想要什麼，對我來說，那都已經是過去的事了，我已經找到了自己真正的人生目標。」

魔法陣的效力消失。術式結束後，結界解除。弗朗緊閉著嘴，一句話也不願再說，克萊奧則忍不住想抓狂。

『到底他為什麼不好好當科學家，非要轉行跑去當什麼左派媒體人啊？明明未來掌握在理工科手上！』

徹頭徹尾的文科生，同時也是「前」印刷媒體工作者——金正珍，從心底發出了絕望的哀號。

✦ ✦ ✦

幾週過去了，克萊奧連弗朗的影子都沒見著一次。轉眼間，期中考前的最後一項校內活動——校外教學，已經近在眼前。

只要一想到旅行結束後，自己又得面對貝赫莫特的斯巴達式魔鬼課程，克萊奧的心情便沉重了起來。

懷抱著這份憂鬱，他登上了火車。汽笛聲響起，列車駛入隧道。

「哇啊啊啊！」

「是隧道耶！」

「帽子要飛走啦！」

與克萊奧同車廂的雙胞胎興奮地大叫。相比之下，坐在另一節車廂裡的亞瑟、伊希爾、內博和弗朗到現在都沒聽見半點聲音。

「喂，妳們這樣很危險，乖乖坐好，不要亂動！」

就在蕾蒂莎的帽子差點被風吹出窗外時，瑟爾迅速出手一把抓住，並阻止了雙胞胎姐妹繼續胡鬧。

「知道啦，瑟爾！」

「謝謝妳！」

車廂內的座位配置為兩排相對的座椅，中間擺著一張桌子。

莉比迅速轉動手把關上窗戶，搶先坐到克萊奧的右側。蕾蒂莎也沒去找瑟爾，而是直接跳上克萊奧左側的座位。

「妳們倆能不能有一個去坐瑟爾那邊……」

「不要，我們要一起分點心吃啦！」

「萊奧，反正你又占不滿一個人的座位。」

這班列車是前往杜布里斯市的特快列車，一等車廂的座位空間相當寬敞。然而，被雙胞胎左右夾擊的克萊奧，不僅無法安靜休息，連試圖挪開身體都做不到。

相較之下，瑟爾獨自霸占了對面的那排座位。她悠閒地靠在走道旁的隔板上，兩腿朝窗邊伸直，一副悠然愜意的模樣。

「喔～謝啦，孩子們，這樣我就可以舒舒服服地一路躺著去啦。」

今天是秋季校外教學的日子。

這次的旅程為期四天三夜，一年級的學生將前往芬托斯山脈北部的「王之森」進行訓練與實地參觀。負責帶隊的老師瑪麗亞．詹蒂萊好像還詳細說了不少細節，但當時的克萊奧在打瞌睡，所以沒聽到。

「杜布里斯現在應該正是栗子採收的季節吧？」

「那我們可以吃到蒙布朗和糖漬栗子！」

「感覺好好吃！」

「我們一到後就馬上去森林吧！」

「我也想看看動物！」

雙胞胎似乎已經去過森林，滿懷期待地計畫著抵達後的行程。

「動物？森林裡有動物？」

「當然囉！超多的！」

「妳們也喜歡動物嗎？」

「當然啦！莉比喜歡兔子。」

「蕾蒂莎是鴿子對吧？」

克萊奧不禁露出一抹微笑。

『小孩果然就是小孩，還挺可愛的嘛。』

當然，這種天真的想法很快就被現實狠狠打臉。

「剛獵到的新鮮兔子，抹上芥末醬烤一烤最美味了。」

「把秋天的野菇塞進鴿子肚子裡一起烤，好吃到不行。」
「兔子抓到的時候要馬上放血，這樣味道才會更好。」
「對吧！」
「啊！好想快點吃到喔！」
『喜歡……原來是這種喜歡嗎……呃。』
對身為現代人的克萊奧來說，這番話讓他有些反胃。最先察覺到他神情不對勁的是瑟爾。
「哈哈哈，萊奧，你該不會被嚇到了吧？連魔獸都敢殺的你，怎麼會光是聽到打獵的話題就臉色發白？」
「不是啊，魔獸根本不能算是生命體吧？死了以後就像礦石一樣，和一般的野獸完全不同。」
「這就是典型的城裡人！」
「我既不拿劍，也不玩弓箭，對打獵沒興趣不是理所當然的嗎？」
蕾蒂莎立刻毫不留情駁回了克萊奧的話。
「打獵為什麼要用劍或弓？我們有槍啊，對吧，莉比？」
「沒錯，我還很擅長保養槍枝呢！」
「安傑利恩子爵是出了名的狩獵愛好者，這兩個小鬼在西南地區也是赫赫有名的神射手喔。」
「上次我一口氣打到十四隻！」
「我那次才十二隻……這次絕對不會輸！」
莉比與蕾蒂莎你來我往地誇耀著自己的戰績。看著這兩名會用槍的少女，克萊奧再次深刻體認到，自己果然是這群人裡面最弱的一個。
「妳們好像常去『王之森』？」
「當然！每年都去，在舉行學生劍術大會的時候！」

「我們也是在那裡認識瑟爾的！」

「是喔？」

「對啊，我記得好像是三年前吧？她們兩個現在雖然也很可愛，但那個時候才十歲，真的就像會走路的洋娃娃呢！」

「瑟爾那時候就很帥了，現在也是。」

「哈哈，謝啦，瑟爾。」

「哎呀，感謝誇獎。」

瑟爾隨手撥了撥被風吹亂的深藍色頭髮，對著莉比眨了眨銀色的眼睛。她右臉頰上的那顆痣，非常迷人且顯眼。

她總是那麼自然又真心在撩人，而在這節車廂裡，唯一覺得尷尬的似乎只有克萊奧。

『學生劍術大會嗎……』

前一版的原稿中也提過這場比賽。當時亞瑟年僅十一歲，就已經展現出三級劍士的實力，也因此再也沒有參加過這項活動。

在阿爾比恩，凡是十六歲以下、有在學習劍術的孩子都能參加這場比賽。而在「最終版」中，亞瑟的這幾名「親衛隊」成員已經被調整為年齡相近，所以她們以前就在比賽中互相認識，也就不足為奇了。

『再確認一下好了。』

「瑟爾，那妳和亞瑟、伊希爾也是在入學前就認識了嗎？」

「是啊，伊希爾本來就很有名，她從九歲到十五歲，每年都是比賽的冠軍喔。」

瑟爾把雙腳從座位上放下，身體微微向克萊奧靠近一些。火車的噪音掩蓋了她略帶沙啞的嗓音，讓走道上的人聽不清她說的話。

「可是真正讓人難忘的還是亞瑟。十一歲那年他第一次上場，之後就再也不出賽了，但他在那場比賽中展現的劍氣真的很震撼人心，只要是親眼見過的人……大概都會想到傳說中的列奧尼德一世吧。」

『看來這點跟之前的原稿一樣，亞斯蘭就是在得知亞瑟平安長大後才派刺客來。』

「列奧尼德一世……這麼驚人的比喻可以隨便拿來用嗎？」

「為什麼不能？怕觸犯褻瀆王室的罪嗎？亞瑟也是里歐格蘭王族的王子啊。」

克萊奧微微瞇起眼睛。瑟爾的語氣比平時低了些，讓他感覺似乎是在試探自己，或是有什麼話沒說出口。

他仔細觀察瑟爾的表情，但她那張總是掛著笑容的臉，從不輕易吐露真心。

「在那之後就很少見到他了，所以後來在學校看到亞瑟，真是覺得又開心又驚訝。」

「因為他變成一個紈绔子弟嗎？」

瑟爾短暫地沉默了一下，感覺是在思考自己該說多少。最後，她似乎下定某種決心，恢復先前的輕快語氣。

「嗯，有各種原因啦，不過最近他倒是全都放開了，也不再隱藏自己的力量，大概是覺得時候到了。」

「還是說，反正藏著也沒用？」

「總之這樣比較好，而且我們這一屆的成員特別突出，就算亞瑟偶爾做些引人注意的事，也會被蓋過去，算是一個優點吧。」

「特別突出？」

「你想想，安傑利恩家的雙胞胎和我都已經是三級劍士，伊希爾是四級，亞瑟甚至已經五級了。人家都說我們九七七屆是『黃金世代』耶，你不知道嗎？」

「我是吊車尾進來的，怎麼可能知道這種事？」

「哈哈哈，別再說這種傻話了。我們這屆的王牌，毫無疑問就是你啊，未來的八級魔法師——克萊奧爵士！」

瑟爾伸手戳了戳克萊奧衣領上的首都防衛勳章徽飾。

「怎麼連妳也這樣？」

「克萊奧爵士不喜歡被表揚嗎？」

「喂！」

「哈哈哈，別生氣嘛，這次的旅行應該會很有趣，不是說還要去參觀最近討論度很高的蒂弗拉姆礦山和臨時設置的研究站嗎。」

「是嗎？」

「剛剛瑪麗亞教授在說明的時候，你不會是在睡覺吧？」

「哎我體力差嘛。」

「哎呀，你也該多鍛鍊一下體力了。不過話說回來，這次我們可以參觀一個尚未對外界開放的礦山，算是一種特別待遇，聽說是梅爾基奧世子特地批准的，而且他還出借冬宮的別館讓我們大家住喔。」

「世子……？」

克萊奧突然有種不祥的預感。就跟國王生日宴一樣，原作裡根本沒提過這次的秋季校外教學。看來，這次恐怕也無法平安無事地結束。

「梅爾基奧世子現在正在杜布里斯視察，剛好和我們的校外教學時間重疊。他甚至說要特地為『國家的未來希望』——也就是我們這些首都防衛隊學校的學生——舉辦一場晚宴喔。」

『呃啊啊啊……怎麼又是那傢伙！』

「剛好」個屁咧！梅爾基奧所做的一切，哪來的偶然可言？但不管克萊奧有多不想見到對方，這輛列車仍毫不猶豫地駛向他此刻最不想抵達的地方。

就算是文科生，到異世界也不必感到抱歉【第一部】①

문과라도 안 죄송한 이세계로 감 1 부

作　　者　Jeong Su Uil（정수일）
譯　　者　郭盈孜
編輯協力　紀采昀、吳恩淇、箱玖
封面插畫　九日曦
書名設計　倪旻鋒
封面設計　高巧怡
行銷企畫　蕭浩仰、羅聿軒
行銷統籌　駱漢琦
業務發行　邱紹溢
營運顧問　郭其彬
責任編輯　林淑雅（第二編輯室）
總 編 輯　李亞南

出　　版　漫遊者文化事業股份有限公司
地　　址　台北市103大同區重慶北路二段88號2樓之6
電　　話　(02) 2715-2022
傳　　真　(02) 2715-2021
服務信箱　service@azothbooks.com
網路書店　www.azothbooks.com
臉　　書　www.facebook.com/azothbooks.read
發　　行　大雁出版基地
地　　址　新北市231新店區北新路三段207-3號5樓
電　　話　02-8913-1005
訂單傳真　02-8913-1056
初版一刷　2025年9月
定　　價　台幣480元

ISBN　978-626-409-140-4

國家圖書館出版品預行編目 (CIP) 資料

就算是文科生，到異世界也不必感到抱歉 ①/정수일著；郭盈孜譯. -- 初版. -- 臺北市：漫遊者文化事業股份有限公司出版；新北市：大雁出版基地發行, 2025.9
416 面；14.8x21 公分
譯自：문과라도 안 죄송한 이세계로 감 1 부
ISBN 978-626-409-140-4 (平裝)
862.57　　114010675